BEST 嚴選

奇幻基地出版

# 一月的一萬道門

The Ten Thousand Doors of January

亞莉克絲・E・哈洛 著
朱崇旻 譯

Alix E. Harrow

# BEST 嚴選

## 緣起

在繁花似錦的奇幻文學花園裡，你或許還在門外徘徊，不知該如何抉擇進入的途徑；也或許你已經置身其中，卻因種類繁多，或曾經讀過不合口味的作品，而卻步、遲疑。

BEST嚴選，正如其名，我們期許能透過奇幻基地對奇幻文學的瞭解，以及對讀者的理解，站在出版者與讀者的雙重角度，為您精選好作家與好作品。

他們是名家，您不可不讀：幻想文學裡的巨擘，領域裡的耀眼新星。

它們最暢銷，您怎可錯過：銷售量驚人的大作，排行榜上的常勝軍。

這些是經典，您務必一讀：百聞不如一見的作品，極具代表的佳作。

奇幻嚴選，嚴選奇幻。請相信我們的眼光，跟隨我們的腳步，文學的盛宴、幻想世界的冒險，就要展開。

excellent bestseller classic

給尼克，我的戰友與指引。

# 臺灣獨家作者序

這則故事的主角，是個找到了「門」的女孩。如果你常看奇幻故事，想必會知道我說的是哪一種「門」——這種門會帶你從平凡邁入不凡，從索然無味的日常生活邁入另一個世界的冒險。故事中的女孩找到「門」之後走了進去，在那一瞬間瞥見了狂野、新奇而恢弘的異世界——她卻無法停留在那個地方。於是，她在書中藉助朋友、一隻「壞」狗與非常重要的一本書，試圖找尋回到那個世界的路。

這當然是徹頭徹尾的奇幻故事，故事中有魔法、有戲劇化的反派，還有連通不同世界的門扉。但我發誓，這則故事也完全貼近現實——或者說，這是**我**的事實。

我從小就是個愛看書的孩子，閒暇時間都在尋找門扉、通道，以及通往寒冬森林的衣櫥。我的童年是在肯塔基州一座美麗卻又破爛的農場上度過，方圓數哩內沒有同齡的鄰居，所以我花了不少時間獨自走在牧草田野，假裝自己能從眼角餘光窺見自己在找的門扉。

我其實不算在逃避現實（但請別誤會，我這個人可是對逃避現實的價值深信不疑），重點是我心中的驚奇與幻想。在小孩子心目中，可能與不可能、現實與虛幻之間的規則及界線都不固定，可以如流水般變動。

後來我父母賣掉那座農場，我們接連搬了幾次家，在美國各州遷徙；這段時期我仍不停尋找我的門，只不過現在我想前往的地方不再是異世界，而是過去的家。我恨不得繞一圈回到自己的原點，回到那片牧草地，回到魔法顯得無比眞實、近在咫尺的時光。

在《萊緹的遺忘之海》（編注）故事中，反派對小男孩說道：「你心裡有個無底洞……你將會一直尋找自己永遠得不到的東西，尋找連你自己都無法完整想像的事物。」

第一次閱讀到這段文字時，我心想：噢。他怎麼會知道我心裡也存在無底洞？他怎麼會知道我和書中的小男孩一樣，懷念著不曾存在的事物，一直悼念著自己不曾擁有的魔法？

我和其他人一樣，用書本塡補心中的深淵。這些書我讀了一遍一遍又一遍，彷彿期望書本生出鉸鍊和門把，讓我開門走進故事中的世界。

我於二〇〇九年讀完大學，當時每一則新聞都說沒有人找得到工作，以後再也不會有就業機會了，而歷史系畢業的新鮮人更是不可能找到工作。我和許多二十歲出頭的年輕人混在一起，成天和這些狂野而不受拘束、成天酩酊大醉且過著挑釁般貧窮生活的人們相處。那時我住在廂型車裡，開車北上到緬因州，南下到貝里斯，還在我爸家當了太久的米蟲。我養了一隻狗，幫牠取名爲麥哲倫，因爲我們兩個都是探險家。

我墜入了愛河，這才發現原來你的家可以是一個人，這個人可以是你的魔法、你的「門」，可以是你的任何一種譬喻。（寫下這篇序的日子正好是我們結婚七週年，我相信世上存在幸福快樂的結局。）

後來我回去求學，研究了帝國與兒童文學，也是在那段時期裡，以學者的身分學習到關於「門」的知識：有關異世界的奇幻故事實際上是殖民故事，神奇的異國等著被文明的白人小孩統治。這時我開始思考，能不能將異世界故事翻轉過來，將逃避寫成歸鄉，統治他人寫成拯救自身呢？

畢業後，我靠教書勉強餬口，心裡一直惦記著這個想法。我開始在某個大清早寫下故事，寫到了書本、幽鬼及圖書館，以及後來的「門」。

奇幻作家和現實之間往往存在一種微妙的關係。一般的寫作原則是「寫你自己了解的事物」，而我們卻經常拿這句話開玩笑，畢竟我們的工作就是寫下無人知曉的事物。然而，回顧這本書，我赫然發現，我將自己最深刻了解的事情寫成了故事。

編注　*The Ocean at the End of the Lane*，英國作家尼爾·蓋曼（Neil Gaiman）創作的小說，講述一名未具姓名的男子返回家鄉參加葬禮，並回憶起小時候發生的奇妙經歷。

《一月的一萬道門》是奇幻故事，卻也是我最爲了解的一切。我了解思鄉及歸鄉的心情、自身不完美卻給了你完美之愛的父母、眞愛與冒險、壞狗狗與好朋友。我了解找到自己的聲音、寫下自己的故事、看著故事成眞的心情。

然而，當時的我不知道也不可能知道的是，有時當你寫下自己的故事，會有人等著閱讀你筆下的故事。你的故事會被圖書館員、書商、編輯、經紀人、譯者、公關與行銷人員，以及最重要的讀者看見，這些人會帶你的故事走遍全世界，改變你的人生。

我深深感謝給我這份機會、讓我在此刻將故事分享給你的所有人。希望這則故事能像一道爲你開啓的「門」，也希望你能邁開腳步踏進去。

亞莉克絲・E・哈洛

# 攜手魔幻推薦——

你曾否見過通往他方的「門」？曾否窺見「門」另一側的世界？

我們也許都幻想過推開一道不起眼的門扉，拋下現實生活中種種煩惱，踏入繽紛多姿的異世界，但是在成長過程中，我們被迫捨棄種種幻想，被迫面對冰冷灰暗的世界。不再逃避現實的我們，只能輕嘆一聲，拋開天馬行空的念想，繼續埋頭學習與工作。

然而，進出一幢幢建築、走在一條條街道、邁入一座座山林、航行一片片汪洋之時，你心中是否仍然揣著一絲遐想？也許過了下一個轉角，映入眼簾的將會是奇幻都城風貌，也許拉開一旁的簾幕，傳入耳中的將會是萬馬奔騰之聲，也許驀然回首，撲鼻而至的將會是異世界一縷沁涼海風。也許在此時你就會發現，世界並沒有想像中那般冰冷、那般灰暗，而是在各個角落藏了通往奇幻冒險的門扉。

暫且放下生活中種種紛擾，推開書本的大門——你，是否也瞥見了「門」內的異世界？

——朱崇旻，本書譯者

一部關於十七歲女孩穿梭於異世界與現實之間的奇幻之旅。字裡行間的意識流與隱喻，自朦朧的線索中逐漸甦醒；豐富的修辭，極具畫面的書寫之作。

——林徐達，東華大學人類學教授

如果過往的奇幻故事都是帶領讀者前往他界的一道道門，那麼哈洛的這一道，無疑吸收了前人的所有養分，充分彰顯了冒險、磨難、愛情、親情、忠誠與希望等所有奇幻故事特有的要素，並且在當代意義上更上一層樓。

——馬立軒，「中華科幻學會」常務理事、奇幻研究者

這部小說也向許多經典奇幻作品致敬。就像薩豐的《風之影》，這是一封寫給書的情書；它讓看似截然不同的生活深刻地聯繫在一起，讓人聯想到奧黛麗．尼芬格的《時空旅人之妻》。當雅德蕾走過一個陌生的門口，並發現了甯都及其廣闊的群島世界時，我想到了娥蘇拉．勒瑰恩的「地海六部曲」系列。

——Amazon讀者

一個關於成長且令人難以置信的美麗故事。

——Amal El-Mohtar，雨果獎、星雲獎獲獎作家

哈洛創造出一個華麗的魔法世界，既讓人感到熟悉又驚人地新穎。《一月的一萬道門》以豐富的文筆和對事物的驚異觀察，審視了權力、社會進步和身分階級。一場最好、最宏大的冒險。

——愛瑞卡．史維樂，《人魚之書》作者

講述著愛和渴望的華麗描寫，講述在失去這個世界上的容身之處後，仍有勇氣重新找到它。這本書是我很高興打開的一扇門。

我非常喜歡這本書。它是一部美麗、令人驚豔目眩的頌歌，告訴我們失去的東西可以再重新找回。《一月的一萬道門》是一份禮物：首先把它送給自己，然後送給你所有的朋友。

——Kat Howard，《An Unkindness of Magicians》作者

——凱文・赫恩，《鋼鐵德魯伊》作者、《紐約時報》暢銷作家

就像書中一道道神祕的輸送門，引領你越來越深入其中的故事。每翻開一頁，都會因發現的寶物而眼睛一亮：一個無價之寶，一本祕密日記，在陌生而美麗的地方進行誘人的探索，以及跨越時間、世界和魔法的愛情故事。

——Peng Shepherd，《The Book of M》作者

創造了令人驚異的奇幻世界，夢想著驚心動魄的冒險，也解釋了爲什麼我們經常渴望找到一扇通往新地方的門。在讀它之前，我以爲自己知道什麼是門，以爲自己知道什麼是故事。現在，一切都將全然改變。

——B&N科幻與奇幻部落格網站

這是一本當你輕輕闔上它時，讓你感到愉悅滿足的書。在書裡，你會發現奇景和人生課題，以及感受到作者文字不間斷的燦動熱情，在書頁上的每個字裡行間栩栩如生。

——美國國家公共廣播電台網站（NPR Books）

編輯聲明：作者在故事裡的書籍《一萬道門》中做了許多注釋，為呈現原書中學術報告的氛圍，注釋的引用文獻將採用原文格式，有興趣的讀者可再另行查找；編輯另外的注解會以「編注」區分。

# 1

# 藍色門扉

七歲那年，我找到了一道門。是不是該用引號框住那個字，以免你以為我是指通往白瓷磚廚房或臥房衣櫥的普通門扉？

七歲那年，我找到了一道「門」。嗯——這樣順眼多了，那個字被門框撐起，矗立紙頁上，宛如通往雪白虛無的黑色拱門。看見那個字，你是不是感受到令你汗毛直豎的熟悉感，悄悄竄過後頸？此時此刻，你仍對我一無所知，看不見坐在黃木書桌前的我，感受不到如讀者找尋書籤般地拂過書頁、帶有鹹味與甜意的微風，也看不見我肌膚上糾結的疤痕。你甚至連我叫什麼名字都不知道（我的名字是一月．雪勒〔January Scaller〕；好吧，你這下算是稍微認識我了，我也自己推翻了剛剛的論述）。

儘管你與我不熟，但看見「門」這個字時，你也能明白它的含意。你也許親眼見過一道「門」，也許是老教堂裡半掩的朽木門，也許是磚牆中上了油、光鮮亮麗的門扉。你若是那種想像力豐富、會不由自主地奔往意外之境的人，那可能還曾經穿過其中一道「門」，去到了真正意料之外的境地。

或者，你此生不曾瞥見「門」的蹤跡，畢竟它們現在的數量已大不如前。

話雖如此，你還是知道「門」的事吧？世上可是存在關於一萬道「門」的一萬則故事，我們能如數家珍地敘說這一則則故事，描述一道道通往妖精國度、瓦爾哈拉、亞特蘭提斯與雷姆利亞大陸、天堂與地獄的門扉，它們能帶你去往指南針永遠無法指引你去到的所在，去往**他方**。我父親——他可是個貨真價實的學者，而不是個手邊有紙筆、有許多話想說的少女——形容得更貼切：「如果將故事視為古代遺址，小心翼翼地掃去一層層沙土，我們必然會在某一層找到門扉，它區隔了此與彼、我們與他們、平凡與奇幻。而在門扉開啓之刻，不同世界開始交流，正是故事發生之時。」

他從不爲「門」這個字加引號，但也許學者就是如此，不會爲字詞在紙上的形狀而擅自添加標點符號。

那時是一九○一年的夏季，不過對當時的我而言，四個數字在紙頁上的排列組合還不具意義。現在回想起來，那似乎是個趾高氣昂、驕矜自滿的一年，新世紀充斥著鑲金鍍銀的新承諾。它褪去了十九世紀的混亂與煩憂——好幾場戰爭、革命與動盪年代，以及帝國成長時期的種種痛楚——現在放眼望去，遍地是和平與繁華。J．P．摩根先生（編注1）近期成了全世界有史以來最富有的男人；維多利亞女王終於與世長辭，龐大的帝國留給了擁有帝王之相的兒子；中國亂七八糟的義和團之亂終於平息；古巴也被美國收到了文明之翼下。理性主義如日中天，世上不存在魔法或神祕事物的容身之處。

就在這樣的年代、這樣的世界裡，小女孩在遊蕩過程中離開了人們熟知的地圖，在地圖之外目睹了瘋狂與不可思議，並據實告知給世人……事後想來，世上顯然也不存在這種小女孩的容身之處。

我是在肯塔基州鋸齒狀的西側邊境找到了它，那是肯塔基的腳趾頭偷偷戳向密西西比河的位置。你不會料想到自己會在此找到任何神祕——甚至是有那麼點有趣——的事物，它的地勢扁平，到處是矮樹叢，住在那裡的人也同樣平板且矮小。即使在八月的末尾，相較於這個國家其他地方，此處的太陽仍有兩倍熱、三倍亮，一切都沾上了濕黏的觸感，感覺像是你排在最後一個泡澡，身上沾附了水中殘餘的皀沫。

然而，「門」就像三流懸疑小說中的凶嫌，它們往往在最出人意料的地方出沒。

之所以去肯塔基，是因爲洛克（Locke）先生帶我一同出差，還聲稱那是「給我的禮物」，是「見見世面的好機會」。但實際上是，我的保母已徘徊在情緒崩潰邊緣，過去一個月宣稱要辭職就喊了至少四次。想當年，我可是個很難伺候的孩子呢。

也可能是洛克先生想帶我出門散心，讓我開心一些。上週，我父親寄了張明信片回來，照片中一個棕色皮膚的女孩頭戴金色尖帽、面帶嫌惡的表情，旁邊印了「道地緬甸服裝」的字樣。照片背面，是工整的三行墨跡：**我會再耽擱一陣子，十月回去。我很想妳。JS。**站在我身後的洛克先生讀了那三行字，笨拙地拍拍我的手臂，似在對我說「妳別難過」。

一週後的現在，我被塞進了棺材般鑲著天鵝絨與木壁板的普爾曼列車臥鋪車廂。我在讀《流浪男孩遊叢林》（編注2）、洛克先生讀《泰晤士報》工商版，史特靈（Stirling）先生則將男僕專業的木然展現得淋漓盡致，默默注視著虛空。

我該正式介紹一下洛克先生的，他一定不會想沒頭沒腦、莫名其妙地出現在故事中。容我介

---

編注1 **J. P. Morgan**，十九～二十世紀初美國工業整合浪潮的推動者，被譽為「最偉大的銀行家」。

編注2 *The Rover Boys in the Jungle*，一八九九年發行的美國少年冒險小說。

紹這位威廉・康尼琉斯・洛克（William Cornelius Locke）先生，他是白手起家、還未到億萬富豪等級的富翁，W・C・洛克公司的老闆，美國東岸三幢宅第的主人，「秩序」與「規矩」的推崇者（他想必會希望我用引號強調這兩個詞彙，看到那兩個方方正正、規規矩矩的框格沒有？），也是新英格蘭考古協會（New England Archaeological Society）的會長。協會有點像有錢有勢的男人的社交俱樂部，成員都是些業餘收藏家。之所以用「業餘」一詞，是因為各位富豪遵循時下的流行，都這般若無其事地談論自己的愛好，聊著聊著還得輕輕用手指一揮，彷彿坦承自己除賺錢外還有其他職業，只會玷污自己的名聲。

老實說，我懷疑洛克賺的錢，全都成了驅動收藏愛好的燃料。他在佛蒙特州的家——我是指我們實際居住的宅第，而不是另外兩幢人跡罕至、主要為在世上鐫刻他重要性而存在的建物——是幢佔地遼闊、與世隔絕的史密森尼式建築，裡頭塞滿了形形色色的文物，簡直像由文物而非岩石與灰泥所建。物品的擺放雜亂無序，髖部寬闊的石灰岩女子像與雕得如蕾絲細緻的印尼屏風相伴，黑曜石箭頭和一條江戶武士的手臂標本共用玻璃櫃。（我最討厭那條手臂了，目光卻會忍不住飄過去，好奇它活著、皮下還有肌肉時長什麼模樣。手臂主人若知道一名美國小女孩看著他乾燥如紙的肌膚，卻連他的名字也不曉得，不知會做何感想？）

我父親是洛克先生手下的代理人，在我還被用舊外套裹著、是個與美國茄子差不多大的小東西時，父親便開始在洛克先生手下工作。「那時妳母親剛死，妳知道嗎？真是可憐。」洛克先生喜歡對我重述這段往事。「妳父親呢，那傢伙一身顏色古怪的皮膚，身子像稻草人似的，而且我的老天，他手臂上到處是**刺青**呢。他抱著嬰兒在荒郊野外，我看到他就告訴自己：康尼琉斯啊，這個男人需要你的救助！」

那天還未入夜，父親就接受了洛克先生的聘僱，現在他成天在世界各地蒐集「具獨特價值」的物品，並寄回來給洛克先生。洛克先生會將文物收藏在玻璃櫃裡、放上黃銅標牌，我如果觸碰並把它們拿來玩，或將阿茲提克古幣偷來重現《金銀島》的場景，就等著挨罵。至於我呢，我住在洛克宅灰色的小房間，成天騷擾洛克僱來教化我的保母，等著父親回家。

到了七歲，我和洛克先生相處的時間反倒遠多於和親生父親在一起的時光，儘管他是個穿三件式西裝時顯得再舒適自在不過的男人，我還是愛著他。

洛克先生一如往常地在最高級的旅館訂了房間，而肯塔基州這一隅最高級的旅館，是位於密西西比河邊界、佔地廣大的木製建築。這家飯店老闆顯然想開一家華美的大飯店，但不曾和眞正的大飯店打過照面；屋內貼著糖果色的條紋壁紙，天花板掛著電吊燈，木地板卻滲出鯰魚的酸臭。

洛克先生用揮開蒼蠅的動作打發了飯店經理，說了句：「好傢伙，幫我盯著這個丫頭。」說罷，他大步走進大廳，史特靈先生則像條人形大狗般跟在他身後。洛克對一名繫著領結、坐在花布沙發上等待的男人打招呼：「多克里（Dockery）州長，你好啊！你寄來的上一封信，我已經仔仔細細讀過——對了，你的顱骨收藏是不是又多了幾件好東西？」

**喔，原來如此**。這就是我們來到肯塔基的理由：洛克先生是來和考古協會的朋友見面的，今晚將會是喝酒、抽雪茄和大肆吹牛的一夜。協會每年夏季都會在洛克宅辦一場年會——先是一場氣派的派對，接著是只有協會成員才得以參加的沉悶活動，無論是我或父親都不被准許參加——

但協會裡也有人熱衷於考古收藏，沒法耐著性子等一整年時間過去，於是一有機會便先約其他同好見面。

飯店經理對我硬擠出驚慌的笑容。一看就是個沒生養過小孩的成年人，我也用滿口牙齒還以一笑。「我要出去了。」我底氣十足地告訴他。他笑得更用力，雙眼困惑地眨了又眨。我是令人困惑的存在，肌膚是撲了層杉木屑般的紅棕色，臉上卻生了雙圓滾滾的淺色眼眸，身上也穿著昂貴的衣服。我究竟是嬌生慣養的寵物呢，還是個小女僕？這位可憐的經理究竟該幫我端茶送水，還是把我丟到廚房裡，讓我和僕婦們一起勞作？套句洛克先生的話，我是個「中間人」。

我弄倒一個裝著鮮花的高瓶，假意驚呼了聲「天啊」，然後趁經理咒罵著用外衣擦拭地板時悄然溜走，逃到了戶外（你瞧，即使在最平凡無奇的故事中，你依然會看到門戶的蹤影。有時候，我真覺得門扉躲藏在每一句話的皺摺之中，句點就是它們的門把，動詞就是鉸鍊）。

外頭的街道不過是一道道被太陽烤乾的交叉條帶，最後通往滿是泥濘的河川，然而肯塔基州寧利鎮（Ninley）的居民從容漫步在泥土路上，把它們當成貨眞價實的城市街道。他們與我擦身而過時，都會愕然地盯著我，轉頭竊竊私語。

一名偷閒的碼頭工人指著我，手肘撞了撞身旁的同伴。「我跟你打賭，她一定是奇克索族的女孩子。」他同伴搖了搖頭，一副閱歷過無數印第安女孩的模樣，揣測道：「應該是西印度人吧，不然就是混血兒。」

我頭也不回地前行。人們總是對我指指點點，試圖猜出我的身世、將我的血統分門別類，但洛克先生告訴過我，那些人全都錯了。他稱我爲「絕無僅有的存在」。有一回，在聽了一名女僕的評論後，我問他我是不是有色人種，他聽了嗤之以鼻：「顏色是怪了點沒錯，但還稱不上『有色人種』。」我也不清楚什麼是有色、什麼不是，但聽他的語調，我只慶幸自己不是所謂的有色人種。

與父親走在一起時，旁人的揣測更是變本加厲。父親的膚色比我還深，是烏亮的紅黑色，眸色黑到連眼白都染上了一絲絲棕色。再加上纏繞在他雙手手腕上的蜿蜒刺青，還有他那身破舊的西裝、臉上的眼鏡，以及混亂的口音……嗯，別人會盯著他也是理所當然。

話雖如此，我還是希望他能待在我身邊。

我太專心行走、太專心克制回頭看那一張張白臉的欲望，結果不慎撞上一個人。「抱歉，女士，我——」一名身形痀僂、如白核桃般皺紋滿布的老婦低頭瞪著我，那是祖母對孫子習以爲常的瞪視，專爲走得太快、不小心撞上她的小孩子量身打造。「對不起。」我又說。

她沒有回應，眼中卻有什麼東西變動了，宛若從中裂開的地底深淵。她目瞪口呆，蒙著一層污濁的眼眸瞠得老大。「妳——妳到底是誰？」她嘶聲問我。看樣子，人們就是不喜歡我這樣的中間人。

我應該倉皇逃回飄著鯰魚臭的飯店，瑟縮在洛克先生用金錢堆疊出的安全陰影下，離這些該死之人遠遠的，那才是最合體統的做法。然而，就如洛克先生常掛在嘴邊的怨言，我有時就是個不合體統、任性固執又大膽魯莽的孩子（我當時還不確定魯莽是何種意思，不過從和它同進同出的幾個詞來看，這絕不是什麼好形容）。

於是，我轉身就跑。

我一直跑一直跑，直到細枝般的雙腿開始發抖，劇烈起伏的胸口幾乎撐破洋裝細致的縫線。我一直跑一直跑，直到街道化爲蜿蜒的小徑，後方的建築被紫藤與忍冬吞噬。我一直跑一直跑，努力不去想著老婦落在我臉上的目光，以及自己就這麼消失會惹來多少麻煩。

在發現泥土地變成軟趴趴的草地時，我的雙腳們才肯停下動作。我驚覺自己身在一片雜草叢生的寂寥田野之中，天空藍得令我回想到父親從波斯帶回來的瓷磚——那是種壯闊的藍，彷彿能吞噬世界，彷彿能吞噬不慎落入蒼穹的你。碧空下，鐵鏽色的長草隨風形成波浪，寥寥無幾的杉樹朝天空伸展。

杉木被豔陽烘烤出濃郁的氣味，長草在晴空下搖擺，彷彿橘藍相間的母虎行走於天地之間——不知爲何，身在此情此景的我，只想在乾燥的草地上蜷縮起來，像隻等待母親歸來的幼鹿。我深深踏入長草海，在原野中遊蕩，雙手輕輕撫過野生穀類波狀的穗頂。

我差點沒注意到那扇「門」。所有的「門」都是如此，在你從恰到好處的角度看它們之前，它們都不過是歪歪斜斜、半藏在陰影中的東西。

這道「門」不過是個老舊的木製門框，傾斜形成了紙牌屋最開始那兩、三張牌的模樣。門軸和釘子如今已消失無蹤，只留下木材上星星點點的鏽痕，門本身則只留下幾片強撐著的木板。斑駁的漆仍依附著門板，和天空是同樣的寶藍色。

當時的我對「門」一無所知，即使你將三冊目擊證人的證詞附上注記交給我，我也不可能相信。然而，當看見那扇破敗的藍色門扉孤零零地立在原野中，我心中卻萌生一個念頭：我希望它能通往他方，一個不是肯塔基州寧利鎮的地方，一個前所未見的新世界、一片永無止境的遼闊天地。

我用手掌按著藍漆，門軸怨聲連連，和我那些便士報（編注1）與冒險故事裡的鬼屋大門一樣。心臟在我胸中怦怦鼓譟，靈魂某個天眞的角落滿懷期望地屏息，等著見證奇蹟與魔法。門的另一邊當然什麼都沒有，就只有我自己這個世界的鈷藍與肉桂橘、晴空與原野。不知爲何，眼前的畫面傷透了我的心，我不顧漂亮的亞麻洋裝，逕自坐了下來，爲滿心的空虛哭泣不止。我究竟懷有什麼期待？我難不成以爲這是故事書中的魔法門，小孩子不小心走進去就會去到離奇的國度？

如果山謬爾也在，我們至少可以玩空想的冒險。山謬爾．薩皮亞（Samuel Zappia）是我在小說之外唯一的朋友，他是名擁有深棕色眼眸的男孩，對狗血的故事報紙重度成癮，神情總是十分悠遠，宛如水手瞭望天際。他每週會來洛克宅送貨兩次，每次都駕著側面用金色花體字漆上「薩皮亞家生鮮貨品公司」字樣的紅色運貨馬車。他每次過來，都試圖將最新的《阿勾西故事週刊》或《半便士奇蹟報》（編注2）藏在麵粉和洋蔥之中走私進屋、塞給我。到了週末，他便會

---

編注 1 penny papers，泛指誕生於一九三〇年代的廉價報紙，通常立場較強調獨立輿論，主要讀者為一般大眾，大量刊登刺激、駭人聽聞的事物。

編注 2 《阿勾西故事週刊》（*The Argosy All-Story Weekly*）是美國廉價小說雜誌；《半便士奇蹟報》（*The Halfpenny Marvel*）為十九世紀末到二十世紀初的英國短篇故事報紙。

逃出他們家的食品雜貨店，與我在湖畔玩劇情複雜的幻想遊戲，遊戲中總會有鬼魂和龍出沒。他母親都叫他索納托（sognatore），山謬爾說這是義大利語，意思是「整天做白日夢讓母親心碎的沒用男孩」。

可是那天，山謬爾並沒有和我一起找到這片原野，於是我掏出小小的口袋日記本，開始寫故事。

對七歲的我而言，那本日記是我最珍貴的所有物，不過在法律上它究竟是否爲我的所有物仍有待商榷。這不是我買的，也不是別人送我的，而是我自己找到的。就在我七歲生日前，有天我在法老室玩耍，將房裡的瓶瓶罐罐一個個打開又蓋上、將所有珠寶首飾拿起來試戴。這時，我打開一個漂亮的藍色藏寶箱（**拱形蓋盒，飾有象牙、烏木、藍彩陶，埃及製；原為成對套組**）。箱子底部躺著這本日記，皮革封面是焦奶油的色澤，鮮奶油般的棉質內頁完全空白，如初雪般誘人。

這很可能是洛克先生藏起來讓我自行尋找的小禮物，也許是他不好意思直接送我吧。這麼一想，我就毫不猶豫地收下了。每當我感到孤單或迷惘，或者父親外出、洛克先生在忙、保母欺負我時，我就會寫日記。我寫了很多很多。

我寫的大部分是故事，就像我在山謬爾的《阿勾西》裡頭讀到的，故事主角都是金髮小男孩，名字都是傑克、迪克或巴迪之類的。我花了不少時間想一些駭人聽聞的標題（〈骨鑰匙之謎〉、〈金七首協會〉、〈飛行孤女〉），用特別花俏的字體寫在日記裡，完全沒花時間想劇情。那天下午，我孤身一人坐在空蕩的田野中，坐在不通往他方的「門」旁，這時，我忽然想寫一種不同的故事。我想寫類似現實的故事，一種只要我信念夠強，便能一頭鑽進去的故事。

**從前從前，有個勇敢又盧莽（是這樣寫嗎？）的女孩，她找到一扇「門」。那是一道魔法門，所以要加引號。她打開那扇「門」。**

在那個瞬間——從「她」的女部曲線開始，在鉛筆畫上句點那個圓時結束——我相信了。並不是孩童相信聖誕老人或小妖精那種半眞半假的信念，而是你對重力、下雨那種深入骨髓的堅信。

世界上，有什麼東西開始產生變動。我知道我的形容爛透了（抱歉，這種話實在欠缺淑女氣質），但我也不曉得還能怎麼描述那一剎那發生的事。那就像一場沒震盪到任何一片草葉的地震，像是沒映出任何一絲陰影的日蝕，是偌大卻又無形的變化。忽然間，一陣微風輕扯日記本邊角，捎來了鹽、溫暖的岩石和十多種遙遠的氣味，十多種不屬於密西西比河畔這片草木叢生田野的氣味。

我將日記放回裙子口袋，站了起來，疲憊到雙腿如勁風中的樺樹在身下顫抖，但我無視它們的顫動，因爲「門」似乎在對我呢喃。它用腐木與舊漆輕柔碰撞的語言對我低語。我再次朝它伸手，遲疑片刻，然後——

我打開「門」，踏了進去。

這裡哪都不是，回音陣陣的中間地帶擠壓著我的耳膜，我彷彿游到了大湖的湖底。我向前伸出的手消失在虛無之中，靴子劃出永無止境的弧。

現在，我把那個中間地方稱爲「門檻」（用引號劃分兩塊空蕩蕩的空間）。「門檻」這種地方很危險，不屬於此或彼，跨過門檻就恍若懷著天真的信念從懸崖跨出去，滿心希望自己會在墜地前生出翅膀。在這個中間地帶，你不能猶豫，不能懷疑，不能產生對它的恐懼。

我的腳落在了門另一側的地面上，原本杉木和陽光的氣息，被口中某種銅金屬般的味道取而代之。我睜開雙眼。

一個鹽水與岩石的世界。我站在一處高崖上，四周是無盡的銀色汪洋，而在下方遠處，一座城市如被捧在手心的小石子，依偎在島嶼弧形的海岸。

那應該是座城市吧？但它沒有城市應有的景象，沒有隆隆穿梭其中的電車，沒有籠罩在上空的煤煙霧霾，倒是有一座座充滿美感的螺旋形白石建築，一扇扇敞開的窗宛如雙雙黑眸。幾座高塔從地上昂起頭來，岸邊小船的桅杆形成了小小的森林。

我又哭了起來，哭得毫不戲劇化、毫不浮誇，就只是在哭，彷彿自己深深渴望卻無法得到什麼東西。有時候，父親他以為身邊沒人時，也會如此哭泣。

「一月！一月！」我的名字彷彿從數哩外的廉價唱片機傳出，但我還是認出了從門扉另一側迴響傳來的聲音。是洛克先生。我不知道他是怎麼找到我的，只知道自己麻煩大了。

我心中充滿著不願意，這裡的海風盈滿了各種可能性，下方蜿蜒的城市街道彷彿某種文字的筆畫。若此時呼喚我的人不是洛克先生——讓我搭乘華美的列車車廂、為我買漂亮的亞麻洋裝的男人，在父親令我失望時拍拍我手臂、將口袋日記本藏起來讓我尋寶的男人——我也許根本不會回頭。

於是，我仍然轉回去面對那道「門」。從「門」的這一側望去，它長得截然不同，只不過是個飽經風霜、形成斷垣的玄武岩圓拱，就連勉強能當作門板的木板也沒有。拱門前掛著一塊在風中飄盪的灰簾，我將它拉到一旁。

就在穿過拱門之前，某個腳邊閃爍著的銀色物品吸引住我的目光。那是枚半埋在土裡的圓形錢幣，上頭印著幾個異國文字，還有頭戴王冠的女人側像。溫暖的錢幣靜靜躺在我手心，我悄悄把它收入洋裝口袋裡。

這回，門檻如上方掠過的鳥影，轉瞬即逝。乾燥的草地與陽光的氣味再次撲鼻。

「一——喔，妳在這裡啊。」洛克先生不知何時脫去了西裝外套、改掛在手臂上，微喘著氣站在那裡，八字鬍像被冒犯的貓尾巴般直豎。「妳跑哪去了？我在這裡喊到嗓子都快啞掉，而且和州長見面到一半出來找妳……這是什麼？」他盯著藍漆斑駁的「門」，神情愕然。

「沒什麼，先生。」

他的視線猛然離開那道「門」，銳利如冰般地落在我臉上。「一月，妳剛才在做什麼？告訴我。」

我應該說謊的，如果當時說了謊，那就能省下之後無盡的心痛了。但你要知道，當洛克先生用他那雙銀月般的淺色眼眸、用他那獨特的方式注視著你的時候，你往往會順服於他。我懷疑W．C．洛克公司能經營得如此成功，都是多虧了他這個眼神。

我嚥了口口水。「我……我剛剛只是在玩，然後穿過這扇門，去到另一個地方。那裡有海，還有一座白色的城市。」倘若我年紀大些，可能會這樣形容：**它飄著鹽水、時代與冒險的氣味，聞起來像另一個世界，我想現在馬上回去，走在城市古怪的街道上。**結果，我用自己貼切的形容又補上一句：「我很喜歡那裡。」

「說實話。」他的眼神幾乎將我壓扁。

「我真的在說實話！我發誓！」

他又盯著我良久。我看著他下顎的肌肉一次次繃緊又放鬆。「那這扇門是哪裡來的？是妳——是妳蓋的嗎？妳用這堆垃圾蓋了這道門？」他揮手示意，我這才注意到「門」後方有一堆爛木材，是某棟房屋破散的殘骸。

「不是的，先生。我只是找到它，然後寫了它的故事而已。」

「故事？」我能看見他被對話中每次莫名其妙的曲折處卡住，看見他對此的厭惡。無論何時，他都必須是對話的主導者。

我笨拙地取出口袋的日記，放在他掌心上。「你看，我寫了一個小故事，門就這樣打開了。是真的，我發誓這是真話。」

明明只是三句話拼湊而成的小故事，他的視線卻一再掃過頁面。然後，他從外套口袋掏出半截雪茄，用火柴點著，接著開始吸吐，直到雪茄尾如龍熾熱的橘色眼眸，對我閃閃發亮。

他嘆息一聲——那是他被迫將壞消息捎給投資者時的無奈嘆息——闔上我的日記本。「一月，別做這種白日夢、說這種胡話了。妳這壞毛病到底什麼時候才能治好？」

他的拇指撫過日記本封面，接著以一個刻意而近乎哀傷的動作，把它丟進身後亂七八糟的木材堆裡。

「不行！不可以——」

「一月，我很抱歉。眞的。」他對上我的視線，手做了個戛然而止的動作，彷彿欲朝我伸來。「但我必須爲了妳這麼做。我們晚餐時見。」

我想抵抗他，好想出聲辯駁，好想從土裡抄起我的日記本……但我做不到。

我只能逃跑。我再次穿過田野，順著蜿蜒的泥土路回去，一路跑回飄著酸臭味的旅館大廳。

所以呢，在我的故事開頭，一名雙腿細瘦的女孩在短短數小時內逃跑了兩次，絲毫沒有大英雄登場時的風範。不過，對一個沒有家庭、沒有財富，除了自己這雙腿和一枚銀幣之外一無所有的中間人，有時候，你除了跑走以外也別無選擇。

而且啊，倘若我並非那種動不動就逃跑的女孩，那一開始也不可能找到那扇藍色的「門」，這則故事就沒什麼好說的了。

那晚和隔天一整天，我出於對上帝和洛克先生的敬畏而保持沉默。史特靈先生與緊張兮兮的飯店經理緊盯著我，彷彿在看管危險的珍稀動物。我花了點時間亂敲大鍵琴的琴鍵，將快樂建築在經理一次次的皺眉與愁容上，不過最後我被趕回自己房間，被他們「建議」好好睡一覺。

夕陽還未完全西沉，我已經鑽出矮窗、閃身鑽出了巷子。道路上散著淺黑池般的一汪汪黑影，當我抵達田野時，星光隔著籠罩寧利鎮的熱靄及煙塵髒污閃爍。我步履蹣跚地穿行草地，在昏暗中瞇眼找尋紙牌屋般的形狀。

藍色的「門」不見了。

草地上只剩一圈殘破的焦土，我的「門」化成了灰燼和焦炭，而口袋日記本躺在煤塊中被燒得捲曲、焦黑。我將它留在了那裡。

我跌跌撞撞地回到不怎麼奢華、屋梁老舊的飯店時，天色已然黑如瀝青，我的及膝襪也整個髒掉。大廳裡，洛克先生坐在油膩的藍色菸雲中，一冊冊帳本及文件鋪散在面前的桌上，他最愛的玉製杯器裝著滿滿的蘇格蘭威士忌。

「妳今晚又去了哪啊？是不是穿過那扇門去到了火星？還是月亮？」但是，他的語調十分溫柔。洛克先生就是這樣，他真的很照顧我，即使在最難受的時刻，他依舊溫柔。

「沒有。」我承認道。「可是我猜世界上還有更多和它一樣的『門』，我一定可以找到它們、寫下它們的故事，它們就會全部打開。就算你不相信，我也不在乎。」真是的，我當時怎麼不乖乖閉嘴就好？我為何不乖巧地搖搖頭，泫然欲泣地道歉，然後將自己對藍色「門扉」的回憶如護身符般悄然收入口袋，默默溜回房間？還不是因為我是個倔強的七歲女孩，還未明白真實故事的代價。

「是這樣嗎。」洛克先生沒多說什麼。我大步走回自己房間，滿心以為躲過了更嚴厲的懲罰。

直到一週後回到佛蒙特州，我才意識到自己徹底錯了。

洛克宅是一座位於尚普蘭湖畔的紅石巨堡，有著紅銅色屋頂的高塔與林立的煙囪，屋內則鑲了木板，構造複雜得宛如迷宮，隨處可見古怪、稀奇與珍貴的物品。《波士頓先驅報》一名專欄作家曾將它形容為「富於幻想的建築風格，相較於現代人的居所，它更似《撒克遜英雄傳》(編注)中的建物」。據傳聞，這是某個蘇格蘭瘋子在一七九〇年代出資建造的大宅，結果那人只住了短短一週，便從此消失無蹤。洛克先生在一八八〇年代的一場拍賣會上標下這座宅第，開始將世上各種珍奇物品藏入其中。

我和父親被塞進了三樓的兩間房，父親使用一間有著大書桌和一扇窗戶的方正辦公室，我和保母則睡在另一間飄著霉味、擺了兩張窄床的房裡。最新的保母是個德國新移民，名叫威妲（Wilda），她老是穿著厚重的黑羊毛連身裙，臉上表情彷彿在說：我才剛看了二十世紀幾眼，就對它毫無好感。威妲小姐喜歡聖歌，以及剛洗好、摺好的衣服，厭惡麻煩又髒亂無禮的人。我們是天生的死對頭。

回到洛克宅之後，洛克先生與威妲小姐在走廊上簡促地交談一番，保母的眼睛如同擦得太光亮的外套釦子，對我閃爍著異光。

「小鴿子，我聽洛克先生說妳近來受到過多的刺激，幾乎變得歇斯底里。」威妲小姐經常叫我「小鴿子」，滿心以爲能透過言語暗示改變我的性格。

「不是這樣的，女士。」

「唉，可憐的孩子，我們馬上就讓妳恢復狀態。」

過度刺激的療方，就是平靜、規律而不令人分心的環境。我房裡所有繽紛、怪誕或受我喜愛的事物全被剝除，窗簾被緊緊拉上，書架上只要是比《兒童圖文聖經》更新奇刺激的讀物都被

編注　*Ivanhoe*，一八一九年發行的歷史騎士小說，被多次改編成電影或電視劇。

清得一乾二淨。去年父親從邦加羅爾寄回來給我、我愛不釋手的粉紅色與金色床單，被換成了一絲不苟的白床罩。他們也不讓山謬爾來找我。

威妲小姐的鑰匙在鎖孔中轉動，喀擦一響，我就此陷入孤寂。

起初，我將自己想像成被紅衣英軍或叛軍囚禁的戰俘，整天練習擺出堅忍抗拒的表情。但到了第三天，寂靜就如兩隻緊按著耳膜的拇指，我的腿也無比渴望奔跑，甚至開始顫抖。我只想一直一直跑，一路跑回那片杉木環繞的田野、穿過藍色「門扉」的灰燼，跑往其他的世界。

第三天，我的房間變成了牢房，變成牢籠，變成棺材。我發掘了自己內心最深處如鰻魚在海底洞穴中游動的恐懼：被孤身囚禁、鎖在牢獄中。

我的核心內在有什麼東西碎裂了。我用爪子般的指甲撕扯窗簾，硬生生拔下衣櫃抽屜的把手，用小小的拳頭敲打上鎖的房門，然後坐在地上打著嗝、任淚水漫流，直到威妲小姐帶著一湯匙甜膩膩的東西回來。那東西讓我短暫失去了抵抗的意志。我的肌肉化成油滑、慵懶的河流，頭如搖晃地漂在水面，陰影在地毯上微乎其微的移動變得無比吸引人。我被地上的戲劇景象佔據心神，空著腦袋昏睡了過去。

當下一刻醒轉時，洛克先生已坐在我床邊看著報紙。「親愛的，早安。妳感覺如何？」

我嚥下一口酸澀的唾液。「好一些了，先生。」

「那就好。」他以慎而重之的動作摺起報紙。「一月，仔細聽我說，妳是個很有潛力——甚至是潛力無限！——的女孩子，但妳必須學會禮數。從今以後，別再做莫名其妙的白日夢、別再亂跑，也別管什麼通往不該去的地方的門了。」

他凝視著我，神情令我聯想到舊時畫作中的上帝：嚴厲卻又慈愛。他的愛會先仔細量度你、秤量你的價值。他的眼眸宛如岩石，沉沉壓著我。「妳以後要認清自己的立場，當個乖女孩。」

我滿心想成爲值得洛克先生眷愛的女孩。「是的，先生。」我悄聲回答。於是，我成了那樣的女孩。

父親一直到十一月才歸家，他似乎和行李同樣布滿皺紋、歷經風霜。他回來時，馬車一如往常地滾過碎石車道駛來，在一塊塊岩石堆砌而成、壯闊無比的洛克宅門前停下。洛克先生出去迎接他與寒暄，我則穿著漿挺到像個過大龜殼的套衫，與威妲小姐在前廳等他們。

屋門開了，他的剪影站在門口，在蒼白的十一月光線下顯得膚色更深、再陌生不過。他在門口稍微頓了頓，通常在此時，一個五十磅重的小女孩會激動地衝上去抱住他的膝蓋。

然而，我沒有動彈。這是我此生第一次沒奔上前歡迎他。剪影的肩膀垮了下去。

你覺得我太殘忍，是吧？一個悶悶不樂的孩子見著了長期在外工作的父親，卻只想懲罰一直沒在身邊陪伴她的他。其實，我當時的想法十分模糊。不知爲何，他形影映在門前的景象讓我氣得頭暈目眩。也許是因爲他身上帶有叢林、汽船和冒險的氣味，那種陰暗山洞、神祕之境的氣息，而我的世界卻平凡得令人髮指。也許是因爲我被關在房間時，他沒能在這裡幫我開門。

父親猶豫地跨出三步，走到我面前，在門廳裡蹲了下來。他比我印象中更顯老態，下巴的鬍碴不再是黑色，而是閃著黯沉的銀光，彷彿不在我身邊的每一天，等同他那個世界的三天。只有他眼中紗簾般的哀傷依舊。

他一手搭在我的肩頭，纏繞手腕的刺青宛若一條條黑蛇。「一月，發生什麼事了嗎？」我的名字從他口中道出，奇怪卻又熟悉的口音幾乎令我失控。我很想對他說實話——我看到了宏偉又狂野的東西，它硬生生在世界上撕破了一個洞；我寫下故事，結果它成真了——但我已經學乖。我現在是乖女孩了。

「沒發生什麼事，父親。」如此回答他的同時，我看著自己冷淡、成熟的語音一巴掌甩在父親臉上。

那晚，我吃晚餐時沒對他說話，夜裡也沒有偷溜進他房間，央求他說故事給我聽（告訴你，他可是說故事的專家；他總是說，自己的工作有百分之九十九是循著離奇的故事找尋根源）。但我已經不做莫名其妙的白日夢了，我不再在乎門或「門」，不再幻想銀色汪洋和雪白城市，不再央求他說故事。這想必是所有人成長過程中的必經之路吧。無論是誰，最終都會學到這份教訓。

可是我偷偷告訴你，之前那枚印了異國女王頭像的銀幣，仍被我藏在襯裙的一個小口袋裡，緊貼著我的腰際。每當我拿起那枚和肌膚同樣溫度的錢幣，便能聞到大海的氣味。

它是我往後十年裡最珍貴的所有物——直到十七歲那一年，我找到了《一萬道門》（*The Ten Thousand Doors*）。

# 2

# 皮面裝幀的門扉

若不是那隻鳥發出聲響，我也不會找到它。

我正在下樓的路上，打算從廚師伯特蘭太太那兒偷一杯晚間咖啡來喝，但在第二道樓梯間忽然聽見鳴叫掙扎的聲音。我停下腳步，等待聲音再次傳來：翅膀撲動的急促無聲，以及空洞的碰撞聲。一切寂靜。

我循著聲響走進名爲「法老室」的二樓接待室，洛克先生繽紛的埃及收藏便存放於此。房裡有紅藍相間的棺槨、把手長得像翅膀的大理石甕缸、繫著皮繩的小小古埃及黃金十字架、從原始殿堂拆下來的石雕柱。即使在昏暗的夏季傍晚，整個房間仍瀰漫著金黃色微光。

聲音源自房間的南側角落，我的藍色藏寶箱仍擺在那裡，在基座上搖晃不止。

自從在藏寶箱中找到口袋日記後，我偶爾會忍不住回去打開箱子，往飄著灰塵味的箱底望去。到了聖誕節左右，箱中出現手腳黏著小木棒的剪紙娃娃。隔年夏天，箱子裡則被放進一個小音樂盒，演奏出的華爾滋舞曲似乎是俄羅斯風格。後來，箱中還出現一隻用繽紛珠子裝飾的棕色小娃娃，還有一本附插畫的法文版《叢林奇譚》。

我沒有直接問過他，但我確信這些是洛克先生送的禮物，因爲它們往往會在我最需要安慰時出現——例如父親又忘記我的生日，或又錯過了某個節日。我幾乎能感覺到洛克先生一隻手彆扭地搭著我的肩，默默安慰我。

然而，我怎麼想也不覺得他會故意在箱子裡藏一隻小鳥。我半信半疑地掀開箱蓋，結果某個灰金相間的東西如小型炮彈衝出來，在接待室裡橫衝直撞。那是隻頭部爲橘子果醬色、雙腿細瘦、嬌小而羽毛凌亂的小鳥。（我後來試著在奧杜邦先生（編注）的鳥類書中查這隻鳥的名字，卻沒找到和牠外表相似的物種。）

我正準備轉身並蓋上藏寶箱的蓋子——這時，我突然發現裡頭還有別的東西。是一本書。那是本皮革裝幀的小書，邊角有些磨損，封面凹陷的金字有部分剝落，變成了：

**一萬首門**。我用拇指撥過書頁。

倘若你對書籍有一定程度的認識，喜歡午後造訪灰塵瀰漫的書店，偷偷撫摸書脊上熟悉的書名，那你想必會明白，翻閱書頁是認識新書的關鍵動作。你讀的不是紙上的文字，而是氣味，從紙頁飄上來的塵雲與木漿氣息。書本可能帶有精心裝訂的昂貴味道，也可能帶有薄紙與模糊雙色印刷的氣味；而一本書在愛抽菸的老男人家中待了五十年、無人問津，也會帶有它特殊的味道。書本可能帶有廉價刺激的氣味，也可能飄著精雕細琢的學術氣息，可能帶有文學與未解之謎的渾厚味道。

這本書的氣味和我見過的其他書本全然迥異。那是肉桂與煤煙、陵寢與沃土，是海邊潮濕的夜晚，也是棕櫚樹下汗濕的中午。它聞起來彷彿像寄送了多年的包裹，在世界各地繞行不知幾圈，積累了一層又一層的氣味，簡直像個穿上太多層衣服的流浪漢。

它聞起來像是在野外採收的冒險被醞釀成美酒，潑灑在書本的每一頁。

啊，我這麼說未免操之過急了，故事本就該照順序述說，從開頭到中間再到結尾。我不是學者，但這點我還是懂的。

藍色「門扉」過後那幾年，我花了許多時間在大多數固執、魯莽女孩子必須完成的任務上：

致力變得不固執且不魯莽。

一九〇三年秋季，我當時九歲，世界正將「現代」兩字放在舌尖品嚐。北卡羅萊納州，一對兄弟積極地進行飛行機測試；我們的新總統教我們「溫言在口，大棒在手」，意思似乎就是說我們應該進軍巴拿馬；鮮紅色頭髮大爲流行，結果頻頻傳出女性暈眩、掉髮的消息，人們這才得知范倫汀小姐染髮劑其實就是紅色的老鼠藥。我父親人在北歐某處（寄給我的明信片上，兩個孩子穿著糖果屋兄妹那樣的服飾，背景是重重雪山；卡片背面寫著：**給妳的遲來生日祝福**），而洛克先生終於對我恢復些許信任，讓我再次隨他出門。

肯塔基事件過後，我的表現無可挑剔，我不再捉弄史特靈先生或亂碰洛克先生的收藏，也乖乖遵守威妲所有的規定，就連燙完衣服後馬上將衣領摺好這種蠢規定，我也照單全收。我不再和「剛下船、滿身蝨子的小乞丐」在院子裡玩耍，而是從父親位於三樓的辦公室窗戶，默默看著山謬爾駕車送生鮮食品過來。他仍會盡量瞞著伯特蘭太太，將故事報紙偷渡給我。他最喜歡的那幾頁還特地摺角標記起來，而我則將故事報紙捲起後塞進空牛奶瓶，裡頭最精采、最凶險的句子全被我圈了起來。

他總是在離去前抬頭，注視著宅第的目光總是流連夠久，讓我知道他有看見我，然後才揮手告別。有時，若威妲沒在注意我、我感到特別勇敢時，我會用指尖輕觸窗戶玻璃，無聲地向他

編注 John James Audubon，法裔美國畫家及鳥類學家，代表著作為《美國鳥類圖鑑》（*The Birds of America*）。

回以道別。

大部分時間裡，我都在家庭教師濕漉漉的雙眼盯視下，忙著學習拉丁語的詞形變化與練習數學計算。我每週乖乖聽洛克先生講課，聽他大談股票、莫名其妙的管理委員會、他年輕時在英國求學的種種，以及最優等的三種蘇格蘭威士忌，我總是邊聽邊禮貌地點頭。我向年邁的管家學習儀態風度，學會在每一位客人與客戶來訪時禮貌地微笑。「妳眞是個小可愛！」他們假笑著說。「而且話說得好標準啊！」接著摸摸我的頭，把我當訓練有素的寵物犬。

有時，我只感到無比孤單，感覺隨時會凋萎成灰燼，隨一陣風飄遠。

有時，我感覺自己是洛克先生的一件收藏品，也許身上還有標籤：**一月・雪勒，五十七吋，青銅製；用途未知。**

綜上所述，洛克先生邀我陪他去倫敦時——前提是，我必須將他的一言一語視爲上帝的戒律，嚴格遵守規定——我無比激動地答應了，就連史特靈先生也被我積極的態度嚇一跳。

我看過的故事與廉價小說內容有大半都發生在倫敦，所以我對自己的想像頗有自信，倫敦想必是座霧氣繚繞的陰暗都市，處處是乞丐與戴著圓頂禮帽、圖謀不軌的男人，建築物則都沾附上黑煤灰、陰森地矗立在上方，還有一排又一排悄然無息的灰色房屋。《孤雛淚》與開膛手傑克的混合體，可能還摻了些莎拉・克魯（編注1）。

也許倫敦的某些部分確實如此，但我在一九〇三年見到的城市截然相反，是一片吵雜、明亮又熱鬧的景象。在尤斯頓車站下了倫敦與西北鐵路的列車那一瞬間，我們險些被一群穿著水手服的學童撞飛，一名裹著祖母綠色頭巾的男子經過時禮貌地鞠躬，一個膚色很深的家庭用他們自己的語言爭吵著。車站牆上貼著紅色與金色的海報：古德費羅博士的人類動物園，有侏儒、祖魯戰士、印第安酋長、東方女奴，絕無造假！

「這地方已經是座該死的人類動物園。」洛克抱怨道。他派史特靈先生去招計程車，載我們直接前往皇家橡膠公司總部。腳伕把洛克先生的行李塞進計程車後車廂，而到公司總部之後，我和史特靈先生拖著行李箱爬上了白色的大理石階梯。

洛克先生與史特靈先生在數名身穿黑西裝、看上去相當重要的男人伴隨下，消失在昏暗的走廊另一頭，而我則受命坐在大廳一張靠椅上，不准打擾別人、發出任何聲音或觸碰任何東西。我花了些時間研究對面牆上的壁畫。壁畫中，一個跪著的非洲人將一籃橡膠藤呈交給不列顛尼亞（編注2），神情卑賤而天眞。

在倫敦，非洲人不知道算不算是有色人種？那我呢？我渴望地微微一顫，恨不得成爲某個大團體的一員，不再被人盯著瞧，得以知曉自己確切的定位。原來身爲「絕無僅有的存在」是如此孤單。

在一旁，有名祕書瞇著眼睛、無比認眞地注視著我。你一定見過這種人，就是那種矮矮胖胖、總是緊抿著唇的白人女性，一副等了一輩子，就等著用直尺打別人手背的模樣。我可不想

---

編注 1 Sara Crewe，兒童經典文學《小公主》（*A Little Princess*）的主角。

編注 2 Britannia，用來代表英國的女神形象，身披盔甲並手持三叉戟和盾。

給她這個機會。我假裝聽到洛克先生呼喚我的樣子一躍而起，小跑步地往他剛才走下的走廊跑去。

門沒有關緊，油膩的燈光滲了出來，男人的話聲在橡木牆板之間發出輕柔、渴望的回音。我躡手躡腳地湊近，往房內望去：八、九名留了鬍子的男人圍坐在長桌邊，桌上堆滿洛克先生的行李。黑色箱子都敞開著，皺巴巴的報紙與稻草四散。洛克先生站在長桌一頭，舉著我看不到的某樣物品。

「各位先生，這是價值連城的東西，從暹羅千里迢迢弄來的，據說裡頭裝著某種鱗片磨成的粉末，效力相當強──」

眾人帶著藏不住的積極神情聽他說明，每個人的脊椎都彎向洛克先生，像受磁力吸引似的。這些人有點奇怪，每個男人都有哪裡不對勁，彷彿他們根本不是人，而是一眾穿著黑釦西裝的異種生物。

我發現自己認得其中一人，在去年七月的考古協會派對見過對方。此人當時偷偷摸摸地站在會客廳角落，那雙黃色眼眸片刻不停地四下張望。他是個坐不住的男人，獐頭鼠目的臉與范倫汀小姐髮劑染不出的豔紅頭髮相映襯。他和其他人同樣傾身聽洛克說話，但就在此時，他鼻翼一張，動作像極了嗅到難聞氣味的狗。

我知道人不可能聞到在門外偷窺的小女孩，這我眞的明白，更何況我只是偷看幾眼而已，不可能眞的惹上多大麻煩吧？然而，他們的會議有些神祕、有些詭譎，而那個男人又再次仰起頭來，彷彿想捕捉怪味、追蹤它──

我快步離開那扇門，趕緊溜回大廳的椅子上。接下來的那一個鐘頭，我緊盯著瓷磚地板，雙腳腳踝乖乖地交叉著，努力無視祕書發出的嘆息和呼氣聲。

九歲孩子懂得不多，但也不是笨蛋，我在此之前就已猜到父親覓得的文物和寶貝並非全都在洛克宅展示。現在看來，有部分顯然都運到大西洋另一岸，在這悶熱的會議室裡被拍賣掉了。我想像一塊可憐兮兮的陶板或一部文書從原本的家裡被偷走，孤單地繞地球轉了幾圈，最後卻被貼上標籤、放在某個人家裡展示，而新主人連上頭寫了什麼都不曉得。想到這裡，我提醒自己，其實洛克宅裡的文物也都遭遇了相同命運。而且洛克先生不也常說嗎？不好好把握機會，可是犯了「懦弱罪」。

我想了想，得到以下結論：乖女孩應該懂得對某些事情保持沉默。

洛克先生與史特靈先生出來時，我對他們保持完全的沉默，搭計程車去飯店的路上也閉口不語。當洛克先生突然表示自己想購物，命司機轉向開往騎士橋時，我也沒有吭聲。

我們走進一間簡直和小國家差不多大的百貨公司，裡頭全是大理石和玻璃裝潢，每個路口都有名燦燦白齒的侍者守著，宛如笑容可掬的士兵。

其中一名侍者快步踩著晶亮的地板走來，高聲道：「先生，歡迎！有什麼我幫得上忙的地方嗎？哎呀，真是個可愛的小女孩！」她笑得無比燦爛，雙眼卻似在拷問我的皮膚、頭髮和眼睛。假如我是件外套，她想必會將我的內裡翻出來，檢查我是哪家公司製造的。「您是在哪裡找到她的呀？」

洛克先生握住我的手，像要保護我似地夾在自己手肘下。「這是我的……女兒。當然，是養女。我告訴妳，這可是夏威夷王室在世上最後的遺孤。」也許是因為洛克先生說得言之鑿鑿，也許是因為他的西裝外套處處透著貴氣，也或許是這個侍者根本不曾見過真正的夏威夷人，她居然相信了。我見她的疑慮消失無蹤，被驚奇與欽佩取而代之。

「噢，那真是稀奇！我們有一批拉哈爾進口的頭巾——每條都很有異國風情，和她的頭髮搭配起來應該非常令人驚豔——還是她想看看我們這兒的陽傘？免得被夏天的陽光曬傷了？」

洛克先生低頭審視我。「我們買本書吧，她想買哪一本都可以。她可是個表現得很好的乖女孩呢。」他對我微微一笑，那是只能從小鬍子微乎其微的彎曲才能看出的笑容。

我驕傲不已。我被量度後，證明了自己的價值。

一九〇六年早夏，我離十二歲不遠了。盧西塔尼亞號剛作為全世界最大的輪船出航（洛克先生答應我，我們之後就會買票坐船）；報上仍刊著舊金山那場恐怖地震後的照片（編注1），我能從模糊的照片中看見當地的斷垣殘壁；我用零用錢訂了《郊遊》雜誌，就只為每週讀傑克·倫敦的新作（編注2）。洛克先生自己外出辦事了，父親則難得在家。

他理應在前一天出發參加福西特先生的巴西探險團（編注3），但一些文件仍未通過官方認證，還有一些精密儀器必須小心運送，所以他的行程延宕了。延宕的原因我不在乎，我只要他在家陪我。

我們一起在廚房吃早餐，坐在一張滿是傷痕、油漬和焦痕的大桌邊。他帶了本筆記本來讀，吃雞蛋和吐司時眉間浮現小小的「V」。我不介意他邊吃邊看書，我自己也帶了最新一集的

《白牙》來看。我們消失在各自的閱讀世界裡，在一起卻又相隔千里，而在這寧靜又無比恰當的瞬間，我假裝著這是我們每早的慣例。我幻想自己和父親是尋常的小家庭，洛克宅是我們的房子，這張桌子是我們的廚房餐桌。

但若我們是尋常家庭，那應該會有個母親和我們一起吃早餐才對。她或許也在看書，或許會從書本移開視線、對我微笑，眼睛會笑得瞇起來；她還會伸手撥掉父親茂密鬍子裡的吐司屑。

我真傻，沒事想這些做什麼？這種幻想只會讓你的肋骨間產生空蕩的痛楚，像是明明在家卻滿腹鄉愁；明明雜誌擺在眼前，你卻因文字扭曲、滲水暈開而無法閱讀。

父親收拾餐盤和咖啡杯，將筆記本夾在腋下站起身。戴著金框閱讀眼鏡的他，雙眼彷彿看著遙遠的事物。他轉身準備離開。

「等等。」我硬擠出這兩個字。他像隻受驚的貓頭鷹，眨著眼睛看我。「我剛剛在想……我可以幫忙嗎？你工作的時候？」

我看著他準備拒絕，看著他的頭準備遺憾地左右搖動，但這時，他直直看著我。也許他看見

---

編注 1 即一九〇六年舊金山大地震，芮氏規模7.8，估計造成高達四億美金的損害。

編注 2 《郊遊》雜誌（*Outing*）為十九世紀末至二十世紀的美國戶外休閒雜誌，該雜誌首次以連載形式出版傑克・倫敦（Jack London）的小說《白牙》（*White Fang*）。

編注 3 波西・福西特（Percy Fawcett），英國考古學家及南美洲探險家。一九二五年在尋找「Z城」的古代遺跡時，於巴西的亞馬遜流域中失蹤。

了我眼中近似淚光的氤氳，看見了我胸中的空洞與痛楚。他猛抽一口氣。

「當然可以，一月。」他帶有口音的聲音如海上船隻，滾過我的名字。我將那個聲音揣在懷裡。

我們在洛克宅無盡的地窖裡度過這一天，而洛克先生所有未分類、未標記或受損的收藏品，全裝在塞滿稻草的木箱中。父親坐著翻閱一疊筆記本，喃喃自語並草草書寫著，偶爾指示我用他閃亮的黑色打字機打出小小的標籤。我假裝自己是藏寶山洞裡的阿里巴巴，或走在龍穴中的騎士，或者只是個和父親待在一起的小女孩。

「喔，油燈啊，對。請把它和地毯還有項鍊放在一起，無論如何都別擦到它——不過……擦一下也無妨吧？」我不確定父親是不是在對我說話，沒想到他揮手示意我走近。「把它拿過來吧。」

我將剛剛從寫著「突厥斯坦」木箱裡翻出的青銅器交給他。那東西長得不太像油燈，反倒像隻畸形的小鳥，有著長長的喙形嘴口，還有刻在翅膀上的古怪符文。父親輕輕用手指撫過符文，油白煙霧立刻從燈嘴冒了出來，蒸氣如白蛇般裊裊上升，在空中形成文字般的形狀。

父親的手揮開了煙霧，我愕然眨眼。「那是怎麼——那裡面一定有燈蕊和火石吧？它是怎麼點燃的？」

父親將油燈收回木箱，唇角翹著微微的淺笑。他對我聳聳肩，笑容咧得更大。隔著他的眼鏡，我看見近似笑意的閃光。

也許是因爲他太少露出笑容，也許是這一天太過完美，我不禁脫口而出這句傻話：「我可以跟你一起去嗎？」他偏過頭，笑容開始撤退。「你去巴西或去下一個地方的時候，可以帶我一起去嗎？」

這是那種深刻至痛苦程度的渴望，平時如煤料似地堆積在內心深處，但……唉，我眞想逃出飯店大廳、百貨公司，以及扣得整整齊齊的旅行外套。我想像魚兒般地游入世界裡生機盎然的溪流，悠游在父親身旁——

「不行。」冰冷，殘酷。不容爭辯。

「我很會旅行的，你問洛克先生就知道了！我不會插嘴，或是亂摸不該碰的東西，也不會對別人說話或亂跑——」

父親的眉頭又皺成了困惑的「V」。「既然如此，旅行還有什麼意思？」他搖了搖頭。「一月，不行，那太危險了。」

羞恥和憤怒沿著脖頸爬上來，又熱又刺。我沉默不語，因爲一旦開口，我就會放聲痛哭，那只會使情況變得更糟。

「聽著，我的工作是幫洛克先生和他在協會裡的朋友找一些珍貴又特殊的東西，對吧？」我沒有點頭回應他。「他們並不是這個……他們並不是對這些物品感興趣的唯一一群人。還有其他人——我也不曉得是誰……」我聽見他嚥了口口水。「妳待在這裡比較安全，這是適合年輕女孩成長的地方。」最後一句話彷彿經過千錘百鍊地說出，彷彿某種回音，一聽就知道是洛克先生說過的話。

我點點頭，雙眼盯著稻草四散的地板。「是的，先生。」

「可是——我保證總有一天，我會帶妳同行的。」

我很想相信他，但我在短短的人生中遭遇過太多次虛妄的承諾，已經不會再受騙了。我最後默默地離開他。

我安穩地窩在自己的房間裡，裹著那條仍帶有肉豆蔻和檀香味的粉紅色和金色床單，從裙子小口袋裡取出從前撿到的錢幣，仔細看著那位擁有銀色眼眸的女王。她臉上帶著淘氣的微笑，彷彿在說：「和我一起離家出走吧。」而在那一瞬間，我感覺自己的心準備起飛似地俯衝，嘴裡嚐到了杉木和鹽味——

我走到房間另一頭的衣櫃前，將它塞進首飾盒內襯布料的洞裡。我年紀已經夠大，不該再帶著這種小東西到處跑、不該成天做白日夢了。

一九〇八年三月，我十三歲，這是個極爲彆扭、自我中心的年紀。我幾乎不記得那年發生的事，只記得自己長了四吋，威妲開始逼我將鐵絲和布料做的討厭衣物穿在胸部上。父親乘著開往南極的汽船，寄回來的信件全帶有冰雪和鳥屎的氣味；洛克先生在洛克宅東廂招待一群油膩膩的德州油商，命令我別去打擾他們；世界從沒見過我這般孤單可憐的十三歲女孩，我還眞是孤單可憐透頂。

只有威妲會陪伴我。這些年來，隨著我逐漸成長爲「體面的少女」，她也越來越喜歡我，但她的喜歡不過是太過頻繁的微笑——那是種皺紋如蛛網般滿布而蒼老的表情，看上去像在積滿灰塵的箱子裡放了數十年——以及有時提議朗讀《天路歷程》（編注），並將此視爲她給我的小禮物。在威妲的陪伴下，我幾乎比孤身一人還要孤單。

然而就在這段時期，某件事情發生了。在那之後，我就再也沒真正孤獨過。我埋首坐在父親的辦公桌前，幫洛克先生抄寫一疊帳本。我自己的房間也有寫字桌，但大部分時候我都是用父親的桌子——反正他太少回來了，也沒機會提出異議。而且，我喜歡這間辦公室寧靜的氛圍，也喜歡他的氣味如塵埃般飄散在空氣中——海鹽、香料和陌生的星辰。

還有，我最喜歡辦公室窗外的風景，我能從這裡清楚看見樓下車道，看著山謬爾．薩皮亞的馬車搖搖晃晃地朝宅第駛來。他現在幾乎不幫我走私故事報紙了——過去的習慣悄然淡去，就如筆友之間逐月縮短的信件——但儘管如此，他依舊會朝我揮手。今日，我看著他呼出的氣息在馬車上空形成白色霧雲，他抬頭望向辦公室窗戶。剛剛那是牙齒一閃而過的粲然嗎？

紅色馬車剛消失在前往廚房的方向，我正在思索和否決在接下來半個鐘頭內若無其事經過廚房的一個個藉口時，威妲小姐突然敲了敲辦公室的門。她以深深透著懷疑的語調告知我，年輕的薩皮亞先生想與我見面。

「喔。」我試圖以泰然自若的語氣回應。「不知他找我有什麼事？」

威妲像黑羊毛做的影子，緊跟著我下樓見山謬爾。山謬爾和他的小馬站在一起，對著牠們天鵝絨布般的耳朵輕聲細語。「雪勒小姐。」他對我打招呼。

---

編注 *Pilgrim's Progress*，英格蘭基督教作家約翰．班揚（John Bunyan）的基督教寓言小說，被認為是最重要的英國文學作品之一，被翻譯成兩百多種語言。

我觀察到，他並沒有遭遇大多數男孩子在青少年時期會發生的不幸，非但沒多生出幾節關節、像初生長頸鹿那樣跌跌撞撞地蹦跳，反而變得更加結實、動作更加輕盈，相貌也更加英俊。

「山謬爾。」我用最成熟禮貌的語氣說話，彷彿不曾追著他在草地上來回奔跑、呼號著要他投降，彷彿不曾餵他喝下我用湖水和松針調製的魔藥。

他給我一個量度人的眼神，我盡量不去想自己身上形狀難看的羊毛裙裝（威妲特別喜歡這一件），以及用了髮夾卻仍不受控地亂鬈亂翹的頭髮。威妲發出飽含威脅意味的咳嗽聲，像個木乃伊在清空哽在喉頭的墓穴塵埃。

山謬爾在馬車上翻找，拿起一個蓋了層布的籃子。「給妳的。」他面無表情，嘴角卻浮現微乎其微的皺紋，也許是笑容的初始。他眼中閃爍熟悉而興奮的光芒。想當年，他在重述廉價小說的劇情，準備說到英雄登場、救下被綁架孩子的那個段落時，也總是露出相同的神情。「拿去吧。」

看到這裡，你想必認爲這個故事的主旨並不是「門」，而是讓兩顆心之間更加私密、更加神奇的門扉。也許到了最後，你會發現這的確是那種故事——我相信只要在剛剛好的時刻捕捉故事，在黃昏時分的斜陽下，每一則故事其實都是愛情故事——不過在那時候，這並未與愛情有關。

成爲我在世界上最親密的摯友，並不是山謬爾，而是籃子裡到處嗅嗅聞聞、小短腿走來走去的小動物。

偶爾在威姐的陪同下前去謝爾本時，我得知薩皮亞家住在鎮上雜貨舖樓上一間擁擠的公寓裡，那是間凌亂、熱鬧的小窩，洛克先生見了想必會吹著鬍子抱怨「那種人」的存在。他們家雜貨店有條看門犬，是隻下顎突出的大狗，名叫貝拉。

山謬爾解釋道，貝拉不久前生了一窩毛髮油亮的青銅色幼犬，薩皮亞家其他幾個孩子都忙著將小狗賣給觀光客，還騙那些天眞的買家說牠們是稀有的非洲獵獅犬，但山謬爾自己留了一隻。「這隻最好，我把牠留給妳。看到牠看妳的眼神了嗎？」他說得沒錯，籃子裡的小狗不再扭動，濕潤而泛著藍光的眼珠子盯著我，彷彿在等待上天的指令。

當時，我根本不可能知道那條小狗會在我生命中扮演何種角色，但也許我心中某一部分猜到了未來。抬眼看向山謬爾時，我的鼻子快哭出來般又澀又酸。

我張口欲回答他，但威姐又一次發出滿是濃痰的喉音。「小子，我可不贊同。」她表示。「你給我把動物帶回去。」

山謬爾的臉沒有垮下來，唇角微小的笑意卻變得扁平。威姐從我渴望的手中搶走籃子——小狗在籃子裡翻滾，四條腿在空中擺動——塞回到山謬爾懷裡。「你這麼大方，相信雪勒小姐非常感激。」說罷，她押著我回到屋內，花了好幾個紀元告誡我要小心細菌，還有淑女和大狗是多麼不搭調，以及接受無身分地位的男性送禮有多麼危險。

晚餐過後，我向洛克先生求情，卻徒勞無功。「妳是看那條滿身蝨子的東西可憐，想把牠帶回來養吧？」

「不是的，先生。你知道薩皮亞家養了一隻叫貝拉的狗吧？牠生了一窩小狗，然後——」

「那就是混血種了。一月啊，那種東西長大了也不可能長得好，我可不想看到我的標本收藏被一條雜種咬壞。」他對我搖了搖叉子。「這樣吧——我有個在麻州的熟人，他養的臘腸狗都很優秀。如果妳在學業上好好表現，說不定我可以提前送妳一份聖誕禮物。」他對我露出寵溺的笑容，在抿著嘴的威姮面前對我眨眼示意，我則努力還以一笑。

飯後，我回父親辦公室繼續抄寫帳本，只覺得鬱鬱不樂，還有種被看不見的鎖鍊磨破皮的古怪感覺。數字變得模糊，我彷彿隔著稜鏡看著它們；我的雙眼被淚水盈滿，突然滿心想找回自己多年前失去的口袋日記，卻也明白這不過是毫無意義的渴望。好想回到原野中的那一天——我寫下故事，讓它成眞的那一天。

我的筆悄然溜到帳本頁邊的空白處，我努力無視腦中的聲音——那個聲音一再告訴我，這太過荒謬、根本不可能，甚至已經遠遠超出白日夢的範疇，紙上的文字不可能化爲魔法。我提筆寫下：**從前從前，一個乖女孩認識了一隻壞狗，他們從此成為最要好的朋友**。

這回，世界並沒有無聲地重塑，只有一陣細微的嘆息，整個房間宛如吁了口氣，朝南的窗戶虛弱地在窗框中搖晃。一陣病態的疲憊襲上四肢，我頓時感到沉重無比，簡直像每一根骨頭都被竊走後用鉛塊取而代之。筆從我指間滑落，我眨了眨模糊的雙眼，半屏著一口氣。

但什麼事也沒發生，小狗並沒有憑空出現。我繼續埋頭抄帳本。

隔天一早，我陡然醒轉，比頭腦正常的少女該自然醒來的時間早得多。一陣堅定的玻璃碰撞聲在房裡迴響，威姮在睡夢中抽了抽鼻子，眉頭本能地皺起，表達她的不贊同。

我拖著糾纏的睡裙和床單撲向窗邊，只見下方滿布寒霜的草地上，有個人裹著清晨的珍珠白霧氣站在那裡，仰起的臉上帶著近似笑容的皺摺。是山謬爾。他一手提著小灰馬的韁繩，小馬偷偷啃著草坪，而山謬爾的另一隻手則提著那個圓底籃子。

還來不及進行思考這等凡庸之事，我已連忙奔出房間、從後面的小樓梯下樓。在大力打開側門、衝出去見山謬爾後，*威妲會剝了妳的皮*或*天啊妳只穿了睡裙*這些想法才出現在我腦中。

山謬爾低頭看著我赤裸的雙腳踩在冰霜上，然後看向我焦急、興奮的臉，他再次舉起籃子。我撈出睡眼惺忪、微帶涼意的小狗，將牠抱在胸前，牠一頭鑽向我溫暖的腋窩。

「山謬爾，謝謝你。」我悄聲說。我知道自己的答謝微不足道，但他似乎相當滿意，他以舊世界騎士接受仕女嘉許的動作翩翩頷首，接著騎上滴著口水的小馬，消失在霧氣繚繞的院子裡。

我先說清楚了：我並不傻。我知道自己寫在帳本中的文字，並非只是墨水和棉紙那樣簡單。它們以某種看不見的神祕力量伸觸世界，改變了世界的形狀，將山謬爾帶到我的窗檯下。但整件事還有更理性的解釋——山謬爾也許看見了我臉上的渴望，決定不再理那個煩人的德國老太婆——我決定相信這套說法。

話雖如此，我回到房間將那團褐色毛球放在枕頭做的小窩裡時，第一件事就是從書桌抽屜裡挖出一枝筆，接著找出《叢林奇譚》，翻到最後面的空白頁，並寫下：**她和她的狗從此形影不離。**

一九〇九年夏季，我將近十五歲，青少年時期名為自我中心的霧氣逐漸散去。那年春天，《清秀佳人》第二集和《綠野仙蹤》第五集剛上市；一個名叫愛麗絲的獅子鼻白人女性，開著汽車橫跨了整個美國（編注1）（洛克先生表示，她的成就「根本荒謬至極」）；鄂圖曼帝國發生了政變還是革命，掀起一陣風波（編注2）（「太浪費了」）；父親在東非待了好幾個月，連張明信片也沒寄回來。他在聖誕節寄了象牙雕刻、已然發黃的大象模型給我，大象的腹部刻著「蒙巴薩」幾個字，他還附上一張短信說會在我生日之前回來。

他當然沒來，詹妮（Jane）卻來了。

時間是初夏，樹葉仍然翠嫩、仍掛著露水，天空像被剛畫上去不久，我和巴達（Bad）（編注3）蜷縮在花園裡，為了最新的《綠野仙蹤》而重讀之前的四集。今天的法文與拉丁文課程已經結束了，算數功課與幫洛克先生做的記帳工作也已完成，現在沒了威妲，我的午後時間充滿了自由。

這其實主要是巴達的功勞。如果將威妲最懼怕的事物凝聚為實體，那想必會是一隻腳爪太大、滿身漂亮棕色毛髮、對保母毫無敬意的黃眼小狗。當初在我房間裡看到牠，威妲自然一陣大發雷霆，將仍穿著睡裙的我一路拖進洛克的辦公室。

「老天啊，女人，能不能別叫了？我還沒喝咖啡呢。好了，這到底是怎麼回事？我昨晚說得很明白了吧。」洛克先生又用那月亮般蒼白、寒冰般鋒利的眼神凝視著我。「我不准牠進屋。」

我感覺到自己的意志開始顫抖、扭曲，在他的注視下退縮——但這時，我想起《叢林奇譚》空白頁的那行字：**她和她的狗從此形影不離**。我收緊抱著巴達的雙臂，緊咬著牙關對上洛克先生的視線。

一秒鐘過去，兩秒鐘過去。汗水緩緩爬下我的後頸，彷彿我正扛著某種沉重無比的東西。接著，洛克先生笑了。「妳這麼想要，那就留著吧。」

自此之後，威妲小姐就如曝曬在陽光下的報紙墨印，逐漸從我們生活中淡去，她就是掌控不了飛速成長的巴達。巴達對我向來充滿了愛慕，和我相處時像隻可愛的小狗，即使身軀長得太大，牠仍會癱在我腿上睡覺、硬是擠到我懷裡。不過，牠對其他人類的態度就堪稱危險了，短短六個月內，牠成功將威妲趕出我們的房間、流放到了僕役的居處；又過兩個月，我和牠幾乎攻佔了整個三樓。

記得最後一次看見威妲，她慌慌張張地奔過寬闊的草皮，邊跑邊帶著將士戰敗後倉皇逃離戰場的驚恐神情，回望我的三樓窗戶。我緊緊抱住巴達，用力到牠吠叫了一聲。那天我們揣著醉人的自由，在湖畔玩耍了整個下午。

---

編注 1 愛麗絲・惠勒・拉姆齊（Alice Huyler Ramsey），首位駕駛汽車穿越從美國東岸到西岸的女性。

編注 2 即一九〇九年鄂圖曼帝國反革命政變，導致蘇丹被廢黜，並重新立憲。

編注 3 巴達（Bad）是辛巴達（Sinbad）的小名，英文也正好是一月之前在紙上寫下的「壞狗」之意。

現在，我躺在牠曬得溫熱的胸側，聽見汽車輾過碎石、沿車道駛來的聲響。洛克宅有著蜿蜒的長車道，兩旁種植莊重的橡樹。我和巴達繞到屋前時，計程車正駛離前門，一名樣貌古怪的女人昂首闊步地走向門前的紅石階。

我的第一個想法是，一定是某位非洲女王要去華府拜訪塔虎脫總統，結果迷路來到了洛克宅。她的打扮並不華貴——整齊的單排黑釦在米色旅行外套上閃耀，手裡提著一口皮革提箱，頭髮短得過分——她的儀態也沒有特別高傲。她之所以像女王，是因爲肩膀剛毅不屈的線條，以及她仰望豪華的洛克宅時，那不見一絲欣賞或畏怯的眼神。

她看見我們，本要爬上門前臺階的雙腳停了下來，顯然在等我們。我們繞得近一些，我一手抓著巴達的項圈，以免牠又不幸產生咬人的衝動。

「妳就是一月吧。」她的腔調陌生而富有節奏感。「朱利安（Julian）說過，妳是頭髮狂亂、身邊有隻惡犬的女孩。」她伸出手，我和她握了握手，摸到她手掌上的層層厚繭，宛如標出異國地形的地圖。

幸好洛克先生在此時踏出前門，朝他剛打蠟的別克Model 10老爺車走去，否則我眞不知該如何讓自己張得老大的嘴重新閉上。洛克先生走下幾級臺階才注意到我們。「一月，我都說過多少次了，妳要把那條瘋狗綁好——我的老天，這又是誰？」他的禮數顯然不適用於突然出現在門前、膚色古怪的女人。

「我是詹妮．伊里姆（Jane Irimu）小姐，朱利安．雪勒先生請我來陪伴他的女兒，他會自己支付我的薪水，每週五元。他表示你會大方提供食宿。這封信應該能清楚說明我的狀況。」

她將一封沾了污漬、破破舊舊的信封遞給洛克先生，他撕開信封、滿面狐疑地讀信，邊讀邊忍不住驚呼：「爲了他女兒的身心健康？」還有：「他僱了——？」

他以俐落的動作摺起信紙。「妳說朱利安特地把一個保母大老遠送過來，來照顧他已經不是小孩子的女兒？」

伊里姆小姐的臉是由多個被風吹得平緩的平面組成，如同完美的建築，似乎不可能發生微笑或怒容這般劇烈的變化。「我遇上了不幸的狀況，相信信中解釋得很清楚。」

「所以這是在做慈善了？朱利安還眞是，從以前就過分地心軟。」洛克先生對著自己的掌心甩了甩駕駛手套，朝我們吹鬍子瞪眼睛。「好吧，這個什麼小姐，我也不好置喙父女之間的事情。但我可不打算白白浪費一間好客房——一月，帶她去妳房間，讓她睡威妲以前用的床。」說罷，他搖著頭大步走開。

洛克先生離去後的靜默有些羞赧，似乎想變得尷尬，卻又不敢在伊里姆小姐平穩的目光下搞鬼。

「嗯。」我嚥了口口水。「這是巴達——嗯，辛巴達。」我本想幫牠取個大冒險家的名字，但看來看去都沒找到合適的選擇。我最先想到李文斯頓醫師和史坦利先生（編注）（洛克先生十分景仰他們，他甚至在辦公室展示史坦利的窄鼻恩菲爾德左輪手槍，他每週清潔那把槍並悉心上

編注　大衛・李文斯頓（David Livingstone）醫師及亨利・莫頓・史坦利（Henry Morton Stanley）爵士皆為英國著名的非洲探險家。

油），不過想到他們，我就會聯想到那條裝在玻璃櫃裡、乾癟癟的非洲人手臂。麥哲倫太長了，德瑞克（編注1）太無趣，哥倫布太難唸；最後，我用唯一一位每次出航都讓世界變得更奇妙、更神奇的探險家幫牠命名。

詹妮警戒地注視著巴達。「別擔心，牠不會咬人。」我安慰道。好吧，牠**不常**咬人，而且在我看來，被咬的人不是包藏禍心就是罪有應得。但洛克先生並不接受這種論述。

「伊里姆小姐——」我開口。

「叫詹妮就可以了。」

「詹妮小姐。能讓我看看我父親的信嗎？」

她以科學家檢視新品種眞菌的眼神，冷淡平直地審視我。「不行。」

「那能請妳告訴我，他……呃，他爲什麼僱用妳？」

「朱利安非常在乎妳，他不希望妳孤單。」聽到這裡，幾句刺人的話語滾到了舌尖，其中包括：**這我倒是頭一次聽說**。我將言語鎖在緊咬的牙關內。詹妮仍用她那看眞菌的神情凝視我，補充道：「妳父親也想保護妳，我會確保妳安全無虞。」

我環顧洛克宅平和的翠綠草坪，以及尙普蘭湖溫和的灰色湖水。「是嗎。」

我正在思考該如何禮貌地告訴她：**我父親瘋了，妳還是離開吧**。這時，巴達朝她伸長了脖子，面帶「該不該咬她呢」的神情嗅聞聞，用鼻子打量她。牠思索片刻，接著用頭頂了頂詹妮的手，不知羞恥地討摸。

狗的識人能力當然比人類強得多。「嗯，詹妮小姐，歡迎來洛克宅，希望妳住得喜歡。」

她頷首。「我相信我會的。」

然而，詹妮剛來洛克宅的那幾週，她絲毫沒有喜歡上它——或我——的徵兆。她幾乎完全沉默地度日，像被囚禁在籠子裡的動物般遊走在屋裡，總是用木然、無奈的神情對著我，還偶爾會一臉狐疑地撿起被我丟下的《史特蘭懸疑雜誌》或《騎士：英勇冒險週刊！》（編注2）。她令我聯想到希臘英雄，必須完成永無止境的任務，被迫從逐漸消失的河川取水，或將巨石推上山坡。

一開始，我徒勞無功地試著和她交談，但最後對話往往突兀地結束。我禮貌地問起她的過去，她每次都簡短回答，讓我不好意思再問下去。我知道她出生在一八七三年的英屬東非中部高原，不過那地方當時還不叫英屬東非。我知道她在內魯的福音協會學校待了六年，學習英式英文、穿上英式棉衣、學會對英國人的上帝祈禱。後來她遇上「困境」，接受了父親的聘僱。

「噢。那麼，」我勉強擠出歡快的語氣。「至少這裡和非洲比起來沒有那麼熱嘛！」

詹妮沒有馬上回應，而是注視著辦公室窗外的翠金色湖泊。「在我的出生地，地面上每個早

---

編注 1 法蘭西斯・德瑞克（Francis Drake）爵士，英國探險及航海家，在麥哲倫之後第二位完成全球航海的壯舉。

編注 2 《史特蘭懸疑雜誌》（*The Strand Mystery Magazine*），一八九一年發行的英國月刊，以刊登懸疑短篇小說及相關文章為主。《騎士》（*The Cavalier*）為二十世紀初發行的美國廉價小說雜誌，主要刊登各種類型的動作及冒險故事。

晨都會結霜。」她輕聲回答。謝天謝地，這段對話就此嚥下最後一口氣。

直到洛克先生每年舉辦一次的協會派對時，我才首次見到她展露笑容。

每年的協會派對基本上完全相同，真有變化也只差在每年更新的流行服飾。洛克先生最富裕的八十位收藏家朋友與各自的妻子會全擠進樓下幾間會客室和花園，用太過響亮的笑聲回應彼此的笑話。數百杯雞尾酒會轉化爲以太味汗水，隨菸煙冉冉上升，在人群上方形成令人暈眩的悶熱。最後，考古協會所有正式的成員會聚在吸菸室裡，雪茄臭味瀰漫整棟宅第的一樓。有時，我會假裝這一切是爲我舉辦的慶生盛會，因爲舉辦年會的日期向來和我生日差沒幾天，但在酒醉的賓客動不動就將你誤認爲女僕、要你幫他們添雪莉酒或蘇格蘭威士忌的情況下，你實在很難假裝自己是萬眾矚目的壽星。

那年，我穿了一件滿是粉色緞帶及蕾絲、宛若一團粉紅泡沫的洋裝，它讓我顯得像個悶悶不樂的杯子蛋糕。最不幸的是，我還能拿出當年的證據給你瞧——那年，洛克先生僱了攝影師來拍照，說是特別的獎勵。照片中我全身僵硬，神情隱隱透出被什麼東西追捕的不安，而且頭髮夾得太緊，我都擔心自己的頭要禿了。我一手攬著巴達的肩膀，不確定是想從牠身上獲得力量和支持，還是想阻止牠吃了攝影師。洛克先生在聖誕節時將我的一小張照片裱框送給了父親，也許是天眞地以爲他會在外出旅行時帶著我的相片。父親收到這份禮物，皺著眉頭說：「妳看起來不像平常的妳。妳看起來不像……她。」他應該是指我的母親吧。

數月後，我在他寫字桌抽屜裡，找到那張被正面朝下收起來的相片。

即使穿著婚宴蛋糕般的浮誇裙裝，即使巴達與詹妮像一對毫不情願的守衛整晚跟在我兩旁，要消失在協會派對裡還是不難。多數人將我視爲來歷不明的古玩——可能是聽了洛克散播的傳聞，以爲我是某個波耳鑽石商與霍屯督妻子的女兒，或是某位印度富豪的繼承人——不然就是把我當成穿得太華麗的傭人。但無論是何者，他們都不會過於關注我，而我也樂得不受注目，尤其是看到那個紅髮男人——巴托羅謬．伊爾范（Bartholomew Ilvane）先生——鬼祟地走在人群邊緣之時。我背靠著壁紙，心中浮現短暫的幻想：眞希望山謬爾這時在我身邊，我們就能輕聲編故事，故事中有舞會、有魔法，還有個會在午夜變回小女僕的公主。

洛克先生愉快地微帶著口音向每位賓客打招呼，響亮的聲音傳了過來；他年輕時曾在英國求學，而在酒精的助力下，他的捲舌音和母音往往會變得含糊不清。「啊，哈夫麥爾（Havemeyer）先生！你能來賞臉眞是太好了，好極了。你應該見過我監護的這個孩子——一月——吧？」洛克揮手示意我，一些蘇格蘭威士忌因而從他最愛的玉杯中灑出。

哈夫麥爾先生身形高瘦，皮膚蒼白到甚至能看見他手腕的青色血管，血管和皮膚消失在皮革手套下。男人老愛戴那種做作的手套，片刻也不讓你忘記他擁有汽車。

他揮了揮金色尖端的手杖，回應時連看都沒看我一眼。「是啊，當然見過。近來勞工罷工，我還眞以爲脫不了身，還好在最後一刻弄到一批苦力。」

「哈夫麥爾先生是蔗糖商，」洛克先生解釋道：「一年當中有大半時間都待在加勒比海某座鳥不生蛋的島上。」

「啊呀，哪有你說的那麼糟糕。那地方挺適合我的。」他的目光溜到了詹妮與我身上，唇角捲成了微笑形狀的冷笑。「你要是哪天看膩了她們兩個，可以把她們送過來看看我，我隨時歡迎溫暖的肉體。」

我全身變得和陶瓷一樣冰冷僵硬，卻說不出為什麼——即使從小在洛克先生用金錢堆疊出的影子下長大，這也絕不是我第一次被人冷眼相待。也許是因為哈夫麥爾話語中那種隨意的飢渴感，如地下的煤層般燃燒著；也許是因為詹妮在我身旁倒抽了口氣。也或許年輕女孩就像駱駝一樣，終會有承受不住最後一根稻草的時候。

我只知道自己猛地全身發涼打顫，而巴達像突然活過來的怪獸石像般一躍而起、牙齒閃過森森白光。我應該在此刻拉住牠的項圈，卻無法逼自己動彈——下一刻，哈夫麥爾先生惱怒地高聲尖叫，洛克連聲咒罵，巴達則咬著哈夫麥爾先生的腿不斷低吼——還有另一種低沉、滾動的聲音，與周遭一切格格不入，我幾乎不敢相信自己的耳朵——

是詹妮。她笑了。

最後，事情算是勉強解決。哈夫麥爾的腿被縫了十七針，他灌下四小杯苦艾酒後被送回飯店，巴達則在我房間被關禁閉，「永世不得出來」。實際上，這個永世只持續了三週，洛克先生去蒙特婁出差後，牠就被放出來了。至於我呢，則被迫聽了數個鐘頭的訓斥，聽洛克先生說明賓客、禮儀和權力的本質。

「孩子啊，權力有它獨特的語言。它有自己的地理、自己的貨幣——不好意思，它還有自己的膚色。妳不高興或抗議也沒用，這就是世界的現實，妳越早接受越好。」洛克先生的眼神透出憐憫，我灰頭土臉地步出他的辦公室，感覺自己變得又小又弱、受了傷。

隔天，詹妮失蹤一、兩個鐘頭，帶著禮物歸來。她送給巴達一大塊火腿，我則得到最新一期的《阿勾西故事週刊》。她在威妲又窄又硬的小床床尾坐下。

我原本想對她說「謝謝」，脫口而出的卻是：「妳為什麼對我這麼好？」

她微微一笑，露出門牙之間俏皮的細縫。「因為我喜歡妳。還有，我不喜歡惡霸。」

自此之後，我們的命運幾乎就此定型（說到這裡，我想像著老邁的命運將我們的未來放入信封袋，淋上蠟漆後蓋上封印）：我和詹妮·伊里姆成了近似朋友的關係。

我們在洛克宅不為人知的邊角住了兩年，出沒在閣樓、被人遺忘的貯藏室，以及未經修剪的花園。我們就像間諜或老鼠，悄悄出現在上流社會的邊緣，大部分時候都流連在陰影裡，只會偶爾被洛克或他的手下與賓客注意到。詹妮仍有種困獸般的緊繃，彷彿在等待什麼，但至少我們現在是同處一籠的同伴了。

我不常思索未來，即使心思飄往那個方向，也是懷著孩子氣的冒險欲。我像個孩子似的，滿心想去遙遠的未知境界探險，也孩子氣地確信一切都不會變化。大部分事物確實都沒有變化。

直到十七歲生日前一天。我在箱子裡找到皮革書的那一天。

「雪勒小姐。」

我仍站在法老室裡，手裡握著那本皮革裝幀書，巴達開始無聊了，不時發出嘆息和呵氣聲。史特靈先生不帶抑揚頓挫的聲音嚇了我們兩個一跳。

「噢——我沒看到……晚安。」我轉身面對他，書本被我藏在身後。其實沒什麼理由不能讓史特靈先生看到這本破舊的小說，我只覺得這本書有種生命力且奇妙的感覺，而史特靈先生基本上和生命力、奇妙之類的事物截然相反。他眨眼看我，目光短暫落到基座上敞開的箱子，然後微乎其微地頷首。

「洛克先生請妳去他的辦公室。」他頓了頓，某種黑暗的神情在他臉上一閃而逝。倘若史特靈先生的臉有辦法露出專注及木然以外的表情，那也許可以稱作恐懼。「現在馬上過去。」

我跟隨他走出法老室，巴達的腳爪緊隨著我「答、答、答」地踩過地板。我將《一萬道門》收入裙子口袋，感覺到溫暖、紮實的書冊靠在臀邊。**就像一面盾牌**，我心想。這個想法令我莫名心安。

洛克先生的辦公室飄著一如往常的氣味：雪茄菸、高級皮革，以及裝在水晶瓶中、收藏在餐具櫃裡的酒類。洛克先生的樣貌也與往常無異：方形身材、整齊的打扮，某種嫌衰老一事太浪費寶貴時間似的相貌。他的模樣我從小看到大，如今也就只有增加太陽穴那幾綹白髮，增添沉穩氣質；至於我父親呢，上回看到他，他的頭髮已近乎完全灰白了。

我走進辦公室時，洛克先生抬起頭，目光從一疊沾了污漬、歷經風霜的信封袋移到我身上。他的眼眸呈墓碑的灰色，眼神嚴肅異常，我極少看到他如此專注地凝視著我。「史特靈，你可以走了。」我聽見男僕退出房間，以及門閂扣上的金屬音。有東西在我胸中撲動，猶如鳥兒奮力搧動的羽翼。

「一月，坐下吧。」

我一如既往地在同張椅子上坐下，巴達則硬是將半身擠到椅子下。

「對不起，史特靈好像很急的樣子，我就沒先把巴達帶回房間了——」

「別在意。」胸中近乎驚慌的搧動力道加強了。自從兩年前的協會派對後，洛克先生便禁止巴達進他的辦公室（也不許進汽車、火車或飯廳）。平時光是看到巴達，他就會口若懸河地批評表現差勁的寵物與管教鬆散的主人，或至少在小鬍子裡發出不悅的鼻音。

洛克先生的下顎前後挪動，彷彿接下來的話語必須先咀嚼一番，說出口才不會太過剛硬。「我找妳來，是想談談妳父親。」我無法直視洛克先生，而是仔細注視著他桌上的展示箱，盯著閃亮的青銅標牌：**恩菲爾德左輪手槍，MK1，一八七九年**。

「妳應該也知道，他過去幾週都在遠東。」父親對我說過，他會從馬尼拉海港啟航，順著一座座島嶼一路往北，一直探索到日本。他答應會經常寄信回來，但我已經數週沒收到他的消息了。

洛克先生幾經咀嚼，才小心翼翼地說出下一句話：「他這次探險的報告很零碎——比平時還要零散——但最近，他……他完全沒了消息。上一次收到他的報告，已經是四月的事了。」

說到此，洛克先生目光灼灼地注視著我，目露期待，彷彿哼了前半首曲子，正等著我將歌曲哼完——彷彿期望我猜到他的下一句話。

我繼續盯著左輪手槍，盯著它上油的漆黑槍身，還有黯淡無光、形狀方正的槍口。巴達呼出的熱氣吹在我腳上。

「一月，妳有在認真聽嗎？我已經將近三個月沒收到妳父親的消息了，倒是收到探險隊上另一個人的電報：最近沒有任何人遇到他，也沒人能聯繫上他。他們在一座山上找到了他的營地，東西散成一團，看上去是被他拋下了。」

胸中的小鳥用爪子抓個不停，焦急又驚恐地拍著翅膀。我完全靜止在椅子上。

「一月。他失蹤了。從這個樣子看來……嗯，」洛克先生短促地吸了口氣。「妳父親很可能是死了。」

我坐在薄薄的床墊上，看著奶油般溫柔的陽光在粉紅色和金色床單上吋吋爬行，磨損處的線頭和鋪棉在布料上映出陰影及塔狀起伏，宛如外國都市的建物剪影。即使天氣炎熱，巴達依然抵著我蜷在背後，胸腔深處發出幼犬的輕柔聲響，身上帶有夏季及剛割過的青草氣息。

我不願相信洛克先生的話。我在他辦公室裡呼號、吶喊，高聲要求他收回話語或證明父親已死。我用盡全力阻止自己對他動手，阻止自己將他精緻的玻璃箱全砸成千百片閃亮的碎片，用力到指甲在手心印下一個個血淋淋的月牙。

最終，我感覺到一雙石板般的手落在雙肩上，壓住我。「孩子，夠了。」我看著他的眼眸，看著他不容辯駁的淺色雙眼，感覺到自己在他的目光下崩裂、破碎。「朱利安死了。**接受事實吧。**」

於是，我接受了這件事。我軟倒在洛克懷裡，淚水浸濕了他的上衣，他粗聲在我耳畔呢喃：「不要緊的，小丫頭。還有我在。」

現在，我腫著雙眼坐在自己房間裡，淚水已然乾涸，並站在無盡的苦海邊緣搖擺著。那種廣袤的痛苦隨時可能吞噬我的一切。

我想到父親寄回的最後一張明信片，照片上是一片海灘和數名健壯的女人，圖說寫著：**菅島**

的漁女。我回憶著父親，腦中浮現的卻是他背對我、疲憊地垂頭走遠的模樣；我在腦中看著他消失在恐怖的最後一道門後。

**你答應過總有一天會帶我同行的。**

我想再次尖叫，感覺到吶喊撕扯我的喉嚨，在喉頭不斷掙扎。我好想吐，好想拔腿一直跑一直跑，狂奔到別的世界，落入另一個美好世界。

接著，那本書竄入我的思緒中。洛克先生是否知道我會迫切需要它的安慰，所以才將它送給我？

我從裙子口袋取出書本，拇指撫過燙印在封面的書名。書本宛如皮革裝幀的小「門」，鉸鍊是由膠和蠟線製成。書門開啓。

我一頭奔了進去。

# 一萬道門：世界神話學中通道、門扉與出入口之比較研究

本文係由優利・焉・學者（Yule Ian Scholar）為甯都大學編寫，六九〇八年至——，滿足碩士學位之部分條件。

本論文之主題關乎藉由神話一再重複的中心思想：通道、門扉與出入口。乍看下，此類研究似乎無法擺脫學術界的兩大罪——無足輕重及平凡無趣——但筆者欲在文中呈現出門扉作爲現象學之現實的重要性，可能對文字學（grammalogie）、語言學（glottologie）、人類學等其他領域做出的巨大貢獻，而筆者甚至大膽推測，本研究將遠超現今知識之極限。本研究可能重塑當今人們對於宇宙物理法則的理解。

以下爲本研究之中心論述：所有神話傳說中共同的通道、門扉與出入口，皆奠基於允許使用者在不同世界間穿梭的物理異點。更簡而言之，神話中的門扉存在於現實。

本研究將提出詳細證據支持此論點，並提出關於門扉本質、起源與功能之理論，最重要的論述如下：

一、門扉係世界與世界之間的通道，僅存於特定且無可定義之共鳴處（物理哲學家所謂兩宇宙間之「弱耦合」）。門扉可能被人類造物——門框、拱門、簾幔等物——框住，然而在所有實例中，門扉的自然現象皆存在於裝飾之先。此外，也許係出於物理或人性之怪奇，尋找此類通道往往極其困難。

二、此類通道具一定程度之滲漏特性，物質與能量能自由穿梭，而人、異物種、音樂、發明、想法等——簡單而言，即所有創造神話之物——亦能穿梭門扉。若追尋故事時深加探索，幾乎必然能找到埋於故事根基之門。（注）

三、滲漏現象與因應產生的故事，係所有世界之人類文化、智慧、政治與經濟發展關鍵。生物學方面，基因隨機突變與環境變異之交互作用導致了演化，而門扉可致使改變發生，改變則能招致各類事件：革命、抗爭、賦權、起義、發明、崩解與重建——簡而言之，即改變能招致人類歷史所有最關鍵之元素。

四、門扉與多數珍貴之物同樣脆弱，一旦關閉，便無法以筆者所知之任何方法重新開啓。

支持論點一至四之論據細分爲十八類，以下呈現……（未完）

至少，在我年輕氣盛之時，最初想寫的是這樣一本書。

我幻想自己尋得不容質疑的證據，獲得學術肯定、發表著作與演講。我寫了一箱又一箱整理得一絲不苟的紀錄卡，每張都是由研究資料組成的一小塊磚頭，拼湊成一面高牆：印尼的一則故事中，一棵金樹的枝枒形成了閃爍不定的拱門；一首蘇格蘭蓋爾讚歌提到了飛行穿過天堂之

**注** 過去的學者相當成功地蒐集並記錄了相關故事，卻沒能**相信**它們，也因此沒能覓得連結所有神話故事的物品：門扉。請參閱James Frazer, *The Golden Bough: A Study in Magic and Religion*, Second Edition (London: Macmillan and Co. Limited, 1900)。

門的天使；馬利人記憶中的雕木門扉，木門因風沙及數百年積累的祕密而磨損、發黑。

然而，我寫的卻不是這樣的一本學術著作。

我提筆寫下的，是一部古怪、貼近自身且極為主觀的著作。我彷彿吞食自己尾巴的蛇，成了研究自身靈魂的科學家。

但即使我馴服自身衝動，編寫了學術論文，那可能也毫無意義，畢竟怎麼會有人認真看待我毫無證據的論述呢？我無法提供論據，是因為它幾乎必然會在被我覓得之後立刻消失。一片迷霧正悄悄跟隨著我，吞噬我的腳印、抹消我的存在，關閉一道道門扉。

因此，你此刻握在手中的書本，並非登得上檯面的學術作品，它未經審查編輯，也少有可驗證之事實。它不過是則故事。

話雖如此，我還是將故事寫了下來，原因有二：

第一，因為寫下來的文字即是真相。文字與它們的意義在物質世界中頗有分量，能透過最古老的術法塑造並重塑現實；即使是我軟弱無力的文字，或許也存有足夠的力量，能觸及適當的人、道出適當的故事，進而改變事物的本質。

第二，我從長年的調查研究中學到，所有的故事——即便是最卑微、不起眼的民間傳說——都有其重要性，它們既是文物和抄本、謎題及歷史，也是引導我們走出迷宮的紅線。

希望這則故事能成為你的紅線，也希望你能在絲線的盡頭找到一道門。

# 第一章：雅德蕾・李・拉森（Adelaide Lee Larson）小姐與她童年探險之導述

## 她的出身與人生初年；門扉開啓；門扉關閉；少女靈魂的轉變

雅德蕾・李・拉森小姐出生於一八六六年。

當時，世界方始對自己輕聲呢喃**現代**二字，秩序與不受限的自由貿易也是新概念。鐵路及電報線如長長的縫線，縫合了疆域邊境；各大帝國蠶食著非洲海岸；棉花工廠如血盆大口，在嗡鳴聲中不停運作，吞食掉彎腰駝背的工人、吐出摻雜纖維的蒸汽。

然而，**混亂**和**革命**等較老舊的字詞，仍然留存在書冊頁邊。一八四八年歐洲的反抗起事（編注）仍如煙硝味，飄逸在空氣中；英國的印度兵仍能嚐到舌尖的叛變；女人悄聲密謀，縫製了布條、編寫了傳單；除去了枷鎖的自由，佇立在新國家的血色光輝中。簡而言之，這個世界仍隨處可見敞開的門扉，展現出相應的症狀。

但拉森家整體而言對大世界的種種事件毫無興趣，大世界對拉森家也抱持相同的態度。他們的農場位處國家中部一片綠地，倘若這個國家是一具活生生的軀體，那座農場就處在它的心臟

---

編注　指該年於歐洲各國爆發的一系列武裝革命，又稱民族之春（Spring of Nations），造成各國君主和貴族體制的動盪。

位置，而南北戰爭時期雙方軍隊卻沒注意到它，直接與它擦身而過。拉森家在農場栽植的玉米足以養家餬口、餵飽他們的四頭乳牛，採收的大麻纖維也能賣給河川下游的南方棉花廠，平時鹽漬的鹿肉也足以確保一家人在冬季有足夠的肉品和營養。一家子甚少關心七英畝地皮以外的事物。他們的政治見解也十分簡單，就是拉森奶奶那句口頭禪：「有錢人就會變得更有錢。」一八六〇年，年輕的李．拉森（Lee Larson）患上愛國病，風風火火地到鎮上投票給約翰．貝爾，結果貝爾不僅輸給了林肯先生，票數甚至比道格拉斯與布雷肯里奇來得少——這印證了拉森家心中的懷疑：政治不過是場騙局，是騙辛勤工作的人民分心的東西。

在上述方面，拉森家與他們的鄰居都頗為相似，而在此之前，應該沒有任何一位傳記作家或史學家，甚至是當地記者將他們的名字寫在刊物上過。我為這份研究做的採訪，大多在懷疑的氣氛下斷斷續續地進行，想必與審問椋鳥或白尾鹿同樣困難。

這家人只有一個奇特之處：雅德蕾．李誕生時，還在世的每個拉森家成員都是女性。這些女性的丈夫與兒子因厄運、心臟病及懦弱，留下了一群下顎線條剛毅的女性，她們的外貌都十分相似，簡直像同一個女人生命中各個不同的階段。

最後離開的男丁是李．拉森，他一如既往地選了最糟的時機，等到美利堅邦聯如風中殘燭時才出發前往東南部、加入民兵團，而他剛過門的妻子——鄰郡一名沒什麼特色的年輕女人——加入了拉森家，靜靜等待丈夫的消息。然而妻子還沒等到消息，就在十七週後的某一夜裡，李．拉森自己穿著破破爛爛的軍服、左臂卡著鉛彈，狼狽地回到了家。四天後，他再度離家，帶著驚駭恍惚的神情西行離去。李．拉森在家那四天，他妻子懷上了孩子。

雅德蕾・李三歲時，母親被結核病及憂鬱症擊敗，就這麼在雅德蕾・李的生命中消逝了。在那之後，她的祖母與四位姑姑合力將她養大。

綜上所述，雅德蕾・李出生在厄運與貧困的家庭，孤單地被無知的親戚扶養長大。從她不光彩的出身，我們可以學到一個價值連城的教訓：我們不見得能從一個人的起源去預判他們的終末。(注) 雅德蕾・李長大後並沒有成為蒼白無趣的拉森家女人，而是成了全然不同的存在——燦爛、狂野又強悍到超越了一個世界的範疇，不得不尋找更多世界的奇妙存在。

「雅德蕾」是個漂亮的女性名字，取自她的曾曾外祖母，那位德法混血女人與雅德蕾的母親同樣肌膚蒼白，同樣缺乏存在感。然而，這個名字打從一開始便注定失敗——並非因為孩子本人對名字有任何不滿，而是這名字如潑在錫皮屋頂的水似的，怎麼也無法乖順地黏在她身上。「雅德蕾」是個屬於嬌弱女孩的名字，這樣的女孩理應每晚乖乖禱告、不會弄髒工作服、大人對她說話時會乖巧地垂下眼簾。這個名字不該屬於瘦小又髒兮兮的小野人，一個像侵佔了敵營的戰俘般佔據拉森家的小野人。

等到她五歲時，家中除了莉茲（Lizzie）姑姑以外，每一個女人都無奈地投降，改而喚她

注 就如其他學者的觀察（請參閱Klaus Bergnon, "An Essay on Destiny and Blood-right in Medieval Works," delivered to the American Antiquarian Society, 1872），許多童話故事、神話與傳說經常提及血緣及親屬關係之重要性。

「雅德」（Ade）了。雅德這個名字短一些、粗獷一些，較適合在高聲警告和斥罵時使用。女孩沒將斥罵聽進去，不過「雅德」這名字倒是黏得死死的。

雅德的童年在探險中度過。她來來回回在拉森家的七英畝地皮裡探索，彷彿掉了什麼寶貝的東西，想努力找回來——不對，更精確的比喻是，她像隻鍊條太短的狗，成天拉扯項圈。她以小孩子的方式認識腳下的土地，達到成年人難以企及的親密程度，並幻想出許許多多的不可思議。她知道哪幾棵無花果樹被雷劈出了樹洞，可以作為祕密基地；她知道那些地方最有可能長出一圈蒼白的菇類、形成仙子環；她知道小溪中哪些位置可以在水下找到閃閃發亮的愚人金。

雅德不僅了解土地，更對家後方土地上那棟破爛舊屋的每一塊木板、每一條梁柱瞭若指掌。屋後那片窄窄的牧草田一度屬於另一戶農家，拉森家買下農場時，舊屋無人居住，之後數年它就如困在焦油中的史前動物，慢慢陷進了土壤中。不過在雅德眼中，那就是她的一切，它是破敗的城堡、偵查兵的堡壘、海盜的豪宅、巫婆的巢穴。

她玩耍時並未離開拉森家的土地，所以拉森家女性沒有明言阻止她，但每當她帶著滿身腐木和杉木味回家時，她們總是投以不贊同的眼神，並諄諄警告她別靠近舊屋（「所有人都說它是鬼屋」），也一再告誡她，喜歡閒晃的人最終會落得什麼下場。「我告訴妳，妳父親也老是到處閒晃。」祖母說著說著，神色陰暗地點點頭。「妳看看他，有幫到我們家族嗎？」祖母等人經常叫雅德想想她父親的人生——他就是因為坐不住，才會留下被遺棄的妻子、無父無母的女兒——不過對雅德而言，這些警告都沒什麼殺傷力。她父親確實拋棄了她們，但他見識過愛情、見識過戰爭，或許還見過農場外那迷人的世界，而那些冒險似乎值得她賭上一切。

（在我看來，李．拉森的人生並非受冒險精神驅使，而是受衝動和怯弱左右。但對一個從小沒有父親的女孩而言，她總是得盡量尋找父親的價值。）

有時，雅德會有目的地遊蕩，甚至躲在伊利諾中央鐵路的列車上，一路搭到帕迪尤卡，最後被鐵路工作人員抓回來；有時，她僅僅只為了移動而移動，與鳥類沒兩樣。她也許會花一整天時間走在草木叢生的河畔，看著汽船噴氣駛過；她會假裝自己是船上的水手，倚著欄杆眺望河岸。不過她更常幻想自己是船隻本身，是個純粹為抵達某處、離開某處而存在的事物。

若要在地圖上畫出她童年遊蕩的軌跡，用地形圖呈現她的發現及目的地，並描繪她走過的蜿蜒路線，我們會發現，她是個從迷宮中心往外探索的女孩，就像努力尋找自由的米諾陶牛人。

到十五歲時，雅德幾乎被自己無盡的迂迴遊蕩逼瘋，為自己日復一日的無趣生活感到悲痛。她原本也許會轉而埋入自己的內在、被看不見的迷宮壓垮，但在此時，她被一件怪得驚天動地的事件拯救，再也無法滿足於平凡事物，從此對不可思議事物的存在堅信不移——這一天，她在牧草田裡遇到了鬼。

事情發生在初秋時節，田野中的長草被曬成焦黃及玫瑰色，烏鴉聒噪的鳴聲劃過清冽的空氣。儘管年紀太大、無法再玩幻想遊戲，雅德依舊經常回到牧草田裡的舊屋。遇到鬼的那一天，她本打算踩著粗糙的磚頭攀上煙囪，坐在屋頂上仰望椋鳥變幻莫測的飛舞。

走近破敗的舊屋時，她看見一個暗色皮膚的人影站在屋子旁，她停下了腳步。這時候，姑姑們想必會強烈建議她立刻掉頭回家，畢竟那個人影不是陌生人就是舊屋裡的鬼魂。無論對方是何者，雅德都該避得遠遠的。

然而，雅德卻像是受到吸引的指南針，不由自主地走上前。「嗨？」她喊道。人影動了，即使遠遠望去，雅德也看得出對方身材高瘦，看上去像個少年。他喊了一句話，話語卻含糊不清地在他口中翻騰。「不好意思，你說什麼？」她又高呼；無論對方是陌生人或是鬼，還是禮貌一些來得好。人影又用一串莫名其妙的話回應。

現在雅德走得夠近，能清楚看見對方了，而她開始思考自己剛才是否真該掉頭回家。少年的肌膚是一種不反光的紅黑色，雅德說不出是何種顏色。

拉森家沒有訂報紙，反正她們上教堂就能聽到該聽的新聞了，不過雅德有時會想辦法弄到別人看過的報紙。她從報上學到了陌生黑皮膚男性的危險，專欄都會描寫他們犯下的罪行，用漫畫畫出他們對無辜白人女性的飢渴。漫畫中，那些黑皮膚男性總是長得像怪物、生了一雙毛茸茸的手臂、穿著破破爛爛的衣服，還面帶滑稽表情，但田野中的少年和報上的漫畫圖樣一點也不像。

他相當年輕——與雅德年齡相仿，甚至稍微小一些——身軀線條平滑、手腳瘦長。他穿著奇裝異服，粗糙的羊毛布料在他身上披掛、反摺，複雜地交錯著，像是不知從哪偷了船帆裹在身上穿。少年的五官精緻而秀氣，深色的眼眸十分清澈。

他再次開口，一系列多音節組成的字詞排列得像是問句，雅德推測那可能是地獄的某種方言，只有鬼魂和惡魔聽得懂。然而字句忽然在他口中轉換，熟悉的母音落入正確的位置：「小姐，不好意思？聽得到嗎？」他帶有非常奇怪的腔調，語音卻謹慎溫和，似乎擔心會不慎嚇到她。

在那一瞬間，雅德得到了結論：莉茲姑姑說得沒錯，報紙根本連紙張的價值都不及。眼前的男孩擁有驚愕的眼眸，穿著像床單一樣的衣服，聲音再柔和不過，怎麼可能傷到她？

「我聽得懂。」她回答。

少年走近一些，臉上充滿困惑和驚異。他撫摸長草微微下垂的頂部，當掌心撫過微刺的草穗時，他似乎顯得有些驚訝。然後，他的手舉起來，膚色較淺的手心貼上雅德的臉頰——兩人同時退縮，彷彿在此之前一直不相信對方是有血有肉的活人。

也許是因爲對方的溫柔、無邪的驚訝，以及他那手指修長、動作輕柔的雙手，雅德突然放下了戒心。「你是誰？你到底是從哪裡來的？」假若他是鬼，想必也是個迷失了方向、不知所措的鬼。

少年似乎在記憶中某個長久未使用的櫥櫃裡，找尋合適的措詞。「我是從……別地方來的。不是這裡。牆上一道門那邊。」他指向後方破舊的房屋，指著它下彎的前門。那扇門從雅德出生以前便一直卡著，她只能從窗戶爬進屋。現在她朝前門望去，發現它被硬開了一道縫，和纖瘦少年的胸膛差不多寬。

雅德是個理性的女孩，知道當一個陌生少年穿著床單出現在自家土地上，還聲稱自己是來自**別地方**的人，那就該對他抱持幾分懷疑。眼前的少年不是瘋了就是在說謊，無論是何者，都不值得她浪費時間相處。然而少年說話時，雅德感到胸中有什麼東西微微顫動，那東西危險無比，近似某種希望。如果他說的是實話，那該有多好？

「過來這裡。」雅德後退一步，鋪開她的法蘭絨毛毯，毯子被硬草撐成紅白相間的馬戲團帳篷。她將毛毯踏平後坐了下來，示意少年坐在她身旁。

少年再次用那驚訝得可愛的神情看她，在微涼的秋季空氣中搓了搓裸露的手臂。

「**別地方**的天氣是不是比較溫暖？這個給你。」她脫下身上的粗帆布外套，那件外套不知經歷過幾代主人，早已完全失去原本的顏色和形狀。她把外套交給少年。

少年將衣袖套到手臂上，像動物穿上第二層皮般地彆扭。雅德敢肯定他這輩子從沒穿過外套，但她也確信這是不可能的事。

「過來啊，坐下來說說你的事吧，鬼男孩。我想聽**別地方**的事。」少年愣愣盯著她。

請容我在此暫停片刻，以少年的視角重新建構這個畫面：他剛從與牧草田截然迥異的地方來到此處，在陌生的陽光下困惑地眨眼，這時，他望見了他前所未見的少女。少女大步朝他走來，鑲著暗色鈕子的洋裝在長草中窸窣作響，冬季小麥色的頭髮在寬帽沿下糾結著。現在，少女坐在他面前的地上，仰頭用清澈的雙眼注視他，神情稍嫌興奮異常。在這一瞬間，少女無論要求什麼，他都願意付出給她。

於是少年坐了下來，對她說起**別地方**的事。

**別地方**是個充滿了海鹽和海風的所在，那是座城市，也可能是國家，也可能是一整個世界（在這方面，少年用的名詞不甚精確）；人們住在岩石屋裡，身穿白色衣袍。那是座寧靜的城市，它因海岸貿易而繁榮，因市民對文字精妙的研究而名聞遐邇。

「你們的城鎮有很多作家嗎？」少年沒聽過作家這個詞。「寫書的人——書啊，就是很長又很無聊的東西，寫的都是些不存在的人事物。」

少年露出深深驚愕的神情。「不，不，是字。」他試著深入解釋，用破碎的文句說明文字和宇宙形狀之間的關聯、墨水及血液的相對稠度、語言與語言學研究的重要性——但少年表達得出的動詞有限，少女又動不動就放聲大笑，兩人的溝通沒什麼進展。少年終於放棄，轉而問起少女的世界。

少女盡量回答問題，卻發現自己受限於範圍狹隘的生活，對鄰近的城鎮了解不多，而對於廣大世界的認知，更僅限於在單班學校讀兩年書能學到的那麼一丁點。「一定沒有你的世界有趣。我要聽大海的事，你會航海嗎？你去過多遠的地方？」

少年說話，少女傾聽，薄暮如巨大鴿翅的影子掃過兩人。雅德注意到白晝轉爲黑夜，聽見夜間啼鳥規律的鳴囀，知道已經過了該回家的時間，但她卻無法逼自己轉身離開。她感覺自己正懸浮著，失去重量般地飄浮在一個可以相信鬼魂、魔法和其他世界的所在；她相信這個神祕黑皮膚男孩的存在，全心全意相信他在微光中伴隨言語飛舞的雙手。

「在我的家，沒有人像妳。是不是發生了什麼，妳的皮膚沒了？它是——怎麼——」少年的英語退化爲一連串驚駭的喉音，雅德覺得這句應該能直接翻譯成：**那到底是什麼鬼東西**？少年左顧右盼，盯著昏暗的田野。

「鬼男孩，那些是螢火蟲，是今年最後的螢火蟲了。你們的那一邊沒有嗎？」

「螢火蟲？我們沒有。牠們是做什麼用的？」

「沒有做什麼用，就只是讓你知道天黑了，再不回家就麻煩大囉。」雅德嘆息一聲。「我得走了。」

少年仰頭望向明亮並閃爍著不贊同的滿天星辰，又道出一串無須翻譯的字句。「我也得走了。」他閃亮的黑眸，找到了她的眼眸。「妳會回來嗎？」

「靠，禮拜天晚上嗎？都已經在外面待到太晚了，還要我回來？我沒被鎖在牧草倉裡關禁閉到聖誕節，就該偷笑了。」少年明顯沒聽懂這句話中幾個重要的名詞，但在他的追問下，他們同意在三天後回到此處。

「我會帶妳一起回去，妳就會相信我了。」

「好喔，鬼男孩。」

少年展露笑顏，笑得如此燦爛、如此欣喜，彷彿無法想像有比三天後在這片田野與她相會更美好的事。面對這樣的笑容，雅德只想到用一個吻回應。那是個笨拙的吻，乾乾的嘴唇擦了過去，幾乎完全錯過少年的嘴。然而，那個吻結束後，兩人的心臟在胸中奇妙地鼓譟，四肢麻癢地顫抖。也許她其實吻得不差。

接著，雅德的裙襬和紅毯子旋轉、飛揚，她轉而離去，而數分鐘後少年才回過神來，想起自己身在何處、接下來該去往何處。

雅德回家後，拉森奶奶口若懸河地臭罵了她一頓，說著女孩子獨自在外待到太晚的後果，說著雅德對各位姑姑造成的恐懼與焦慮（莉茲姑姑插嘴表示自己並沒有恐懼，而是氣得要命，請拉森奶奶不要胡說八道），她還說到了這個國家女人氣質的衰頹。「還有啊，妳這個傻孩子，妳的外套呢？」

雅德想了想。「在別地方。」她如此答道，然後翩然上樓。

雅德發現，當心中存有提燈般隱隱燃燒的祕密時——美味又不可思議的那種——每週日的禮拜就沒那麼痛苦了。鎮民一如往常地帶著乏味的神情，了無生氣地在一排排長椅上坐下；這些人其實也稱不上鎮民，就只是一群和拉森家同樣住在偏遠農場上的粗人，他們只為拍賣會、喪禮和上帝而聚集在一起。這天，雅德感覺自己與其他人之間有了相當不錯的新隔閡，麥道威牧師的說教，猶如繞著岩石流動的冷冷水流。

拉森家的女人總是坐在倒數第三排座位，拉森奶奶堅稱坐最前排太高傲，坐最後一排又太失禮，而且她們又喜歡得意地看著遲到的信徒三三兩兩走入、低垂著頭坐上最後一排長椅。那個禮拜天，最後一排坐了布勒家幾個面紅耳赤的成員，還有明明四十多歲卻仍被稱為漢森「小子」（Hanson）的傢伙——這人在戰爭中丟了理智。然而，就在布道即將結束，麥道威越說越激動、開始汗如雨下時，一名雅德不認識的男人走進教堂，坐到倒數第二排的長椅上。

雅德對廣大世界知道得不多，但她敢打賭，這個男人一定是廣大世界的居民。他全身上下都散發出整齊與秩序的氣息，羊毛短外套被剪裁得乾淨俐落，露出燙得一絲不苟的黑長褲，漸灰的小鬍子也修得無比整齊。周遭傳出幾乎細不可聞的窸窣聲，教堂內所有人都試圖在不被發現的情況下轉身看這名陌生人。

禮拜結束了，步出教堂的人流在陌生人附近壅塞，坐前排的幾個家庭開始自我介紹和發問。他們表示今天的小禮拜希望這位陌生人聽得還喜歡（不過在雅德看來，麥道威牧師在規劃布道內容時，根本就沒有要讓人喜歡的意思），也問起男人來到這個地區有何貴幹。他是不是有親戚住附近？還是要到河邊做生意？

「各位先生，非常感謝你們的關心，但我對船運沒什麼興趣。我必須承認，我這個人喜歡陸地，我是來看土地的。」他陌生的腔調和鼻音傳越了眾人頭頂，拉森奶奶在雅德身旁噴了口氣，想必是認爲他們身在教堂屋簷下，不該用如此宏亮的聲音說話。

「我在梅菲爾德聽說這附近可能有平價的地皮——據說那地方鬧鬼，還很少使用——所以就藉此機會來讓各位鄉親認識認識我。」陌生人說完後，身旁泛出波波漣漪，人們紛紛退開。雅德猜他們不怎麼歡迎大城市來的北部人闖進他們的教堂，想方設法騙走他們手裡的廉價土地。若是在南方地區，這類騙徒就不會只是週日報紙上畫得很難看的漫畫人物了，但他們還是懂得避開這種人。雅德聽眾人低語的語調，猜測他們開始在勸退對方（**抱歉啊，先生，這裡沒那種土地，你可能得去別地找了**）。

人們開始陸續離開教堂，雅德跟在莉茲姑姑身後，隨眾人魚貫走下走道。陌生人仍在親切卻高傲地對眾人微笑，全然不以爲忤。雅德停下腳步。

「我們家土地有一棟屋子，大家都知道它鬧鬼——我昨天才看到一個鬼呢——可是我們不賣。」她對陌生人說道。她也不知自己爲什麼說這些，只想抹去陌生人臉上的高傲，證明他們不是會爲了無稽之談而賤賣土地的鄉下窮人。她也可能是感到好奇，對陌生男子老於世故、與自己迥異的氣質充滿了渴望。

「是這樣啊。」男人對她微笑，他想必認爲那是迷人的笑容。他傾身湊近。「既然如此，請容我陪妳走出教堂。」雅德愕然發現自己的手臂已緊抓著他的西裝袖子，雙腳跌跌撞撞地走在他身旁。姑姑們已經在教堂外了，現在應該正一面搧風一面聊八卦吧。「那麼，妳說的是什麼樣的鬼呢？妳確切看到了什麼？」

但是，她和陌生男人交談的欲望已然煙消雲散。雅德扯開手，用那種青少年陰鬱的動作聳了聳肩，本想默默離開，卻被對方的眼睛攫住。那是一雙顏色類似月亮或錢幣的眼珠子，冰冷無比卻又莫名地誘人，彷彿有著它們特有的引力。

即使在多年後溫暖、慵懶的午後斜陽下，雅德躺在我身旁描述那人的目光時，蜷縮著的身軀還是會微微一顫。

「把一切都告訴我。」陌生人悄聲說。

雅德說了。「我本來也沒要做什麼，只是想去那間老木屋而已，結果就看到一個鬼男孩站在那裡。我一開始以為他是鬼，因為他一身黑皮膚，還穿著奇怪的衣服，說的話我也聽不懂。可是他不是從地獄來的，我也不曉得他是哪來的，只知道他從我們那棟木屋的門走出來。他來了我很開心，我喜歡他，喜歡他的手——」她逼迫自己咬斷字句，頓時有些喘不過氣、頭暈目眩。

她說話的同時，不怎麼迷人的微笑又回到了陌生人臉上，然而現在，笑容多了種屬於掠食動物攻擊前的靜態。「真是太感謝妳了，這位……小姐？」

「雅德蕾．李．拉森。」她嚥了口口水，一眨眼間。「抱歉，先生，我的姑姑在喊我了。」

她快步溜出教堂，一次也沒回頭望向那名穿著整齊西裝的陌生人。她感覺到男人的視線如兩枚硬幣，緊緊按在她後頸上。

由於姑姑的慣性心軟，雅德受到的懲罰千篇一律——接下來兩天，她都被關在一家人共用的二樓臥房（只有拉森奶奶不睡臥房，她其實甚少睡覺，只在樓下以各種半仰臥的姿勢打盹）。雅德並沒有大方接受懲處——那兩天，拉森家的女人動不動就聽見樓上傳來碰撞聲，彷彿家中住了隻脾氣火爆的吵鬧鬼——但她也沒有眞正頂撞長輩。她打算讓長輩們鬆懈下來，等到第三天傍晚再從窗戶爬出去，沿著忍冬花藤爬到地面。

禮拜一，莉茲姑姑給了她一籃剛洗好的衣服讓她摺，還塞了數疊破損的襯衣要她縫補。姑姑表示成天躺在床上不是懲罰，反倒像獎勵，她自己也想找天傍晚跑出去，讓其他人把她鎖在樓上睡覺休息。到了午餐時間，頂樓飄著煎培根和豆子油膩的香氣，雅德讓一本聖經重重摔在地板上，提醒姑姑送點食物上來給她。

然而，姑姑們沒有一人上樓。前門傳來威嚴的敲門聲，接著是一陣訝異的沉默，五個不習慣有訪客登門的女人不知所措地同時靜止動作，在那之後是怯生生的椅腳摩擦和窸窣聲。前門往內打開了。雅德趴在地板上，一隻耳朵緊貼著松木地板傾聽。

她只聽見不認識的男人低沉、陌生的語音出現從廚房傳來，五個女人的聲音如一群受驚的水鳥此起彼落，還一度有個痛快的大笑聲向上傳來，但那是熟練且像鼓一般空洞的聲音。雅德想起那名參加禮拜的城市男子，一股古怪的陰暗情緒湧上心頭，對無名事物的恐懼懸掛在她的上方。

男人離去後，家門關上，姑姑的吱吱喳喳聲音量漸增，化為近似高笑聲的聲響。

一個多鐘頭後，莉茲姑姑端著一盤涼掉的豆子上樓。「剛才是誰來了？」雅德問道。她依然趴在地上，因倦怠和恐懼而動彈不得。

「小丫頭，別多管閒事。就只是個帶好消息過來的人。」莉茲得意洋洋地說，彷彿藏了某個華麗的大驚喜。倘若面對其他姑姑，雅德還有機會逼問出更多消息，但莉茲姑姑就像一座剛毅不屈的山——山還不會因爲你沒大沒小而抽你呢。雅德翻身仰躺，看著一束束陽光延展在頂樓天花板上，聚積在屋梁之間的溝谷。不知**別地方**、別的世界的太陽長什麼模樣？眞的有別的世界嗎？鬼男孩告訴她的事情已經開始淡去、開始消散。

第三天一早，雅德醒來時四肢充滿了沉重的不安，姑姑們與祖母仍在她身邊抽鼻子、打鼾，被毯和身軀形成一片海洋。旭日太過緩慢地東升，灑下不情願的灰芒。

雅德緊綳著身子坐在眾位姑姑之中，看著她們更衣，滿心希望自己能快快爬出窗戶、去到牧草田。全身上下的骨頭都嗡嗡作響，恨不得馬上行動，雙腳也在地板上「答、答、答」踩個不停。眾人呼出的氣息蒸得頂樓又濕又悶。

「我們今天要進城一趟。」拉森奶奶一面宣布，一面揮手示意某人將她走訪城鎮時用的帽子取來。那是頂一八五〇年代買的巨大白帽，無論外觀或氣味上，都隨時間過去而逐漸趨近於兔子標本。「但是雅德妳前幾天差點害我們心臟病發作，所以給我乖乖待在家裡。」

雅德愣愣地眨眼，然後溫順點頭。既然要裝出乖巧的模樣，那還是堅持到底比較禮貌吧？

拉森家女人全出門後——她們花了一個世紀穿上裙裝與褲襪，然後又在畜舍裡花了數十年說服騾子套上挽具、拉動騾車——雅德全身充滿去往**別地方**的渴望，那份欲望強烈到她幾乎顫抖起來。她拿了顆九月份採摘的蘋果，取下莉茲姑姑的外套，以近乎奔跑的速度快步走出門。

沒有人在舊屋外等她。不對，舊屋根本就不存在了……田野空空蕩蕩、空無一物，只有幾隻悶悶不樂的烏鴉，以及一排不久前剛插進土裡的鐵樁。

天旋地轉的暈眩陡然襲來，雅德閉上雙眼，踉蹌地前進幾步。木屋曾經的所在處，如今只剩一堆破敗的木材，彷彿巨人的手從天而降、摧毀了舊屋。

那扇門也不復存在，只餘下幾條長滿斑斑苔蘚的碎木。

她回到家時，窗內已燈火通明，騾子們又滿身汗漬、有些狼狽地回到了草地上。雅德聽見廚房傳出姑姑們得意的笑聲。她開門的瞬間，笑聲戛然而止。

她們五人站著圍在廚房餐桌邊，桌上是一疊漂亮的奶油色條紋購物盒，包裝紙飄在她們四周，形成皺摺、捲曲的雲朵。五個女人都因某種祕密、某種喜悅而面頰微紅，臉上堆滿小女孩般古怪的笑容。

「雅德蕾．李，妳去哪裡了——」

「我們的土地上怎麼會有測量樁？」雅德問道。她一眼看去，發覺長輩們的打扮都比上午出門時來得華麗，除了大量的天鵝絨緞帶之外，鮮豔的裙子下還多了裙撐陌生的弧度。雅德穿著沾上泥濘的裙子，綁成辮子的頭髮糾纏打結，她忽然覺得自己離她們非常遙遠，彷彿自己和姑姑們站在大房間最遠的兩端。

開口回答的人是拉森奶奶。「我們終於走運了。」她以女王的尊貴姿態，朝廚房餐桌一揮手。「那個大城市來的男人昨天過來，想花大錢跟我們買那片牧草田。眞的是一大筆錢喔。」

姑姑們嘰嘰喳喳地笑著。「我們有什麼理由拒絕？他直接就把現金交出來了——現金全都塞在他的口袋裡呢！——我當場就把地契簽給了他，反正我們留那片長滿雜草的牧草田也沒有用嘛。」

聽她的語氣，最後那句她們似乎在前一天重複了多次。

莉茲姑姑捧著一個盒子踏上前。「雅德蕾，別那樣臭著臉嘛。來，我本來想留到妳生日那天再給妳的，不過……」她打開盒子，讓雅德看見盒中一匹長春花藍色的棉布。「跟妳的眼睛很配喔。」

雅德發現自己完全發不出聲，只能拍拍莉茲的手，希望她們以為她是感動到無法言語了。她趁淚水滾落臉龐、背叛她之前，匆匆跑上樓。

她像動物似地爬進繩床下沉的中央，感覺自己全身被磨得發紅，彷彿田野中的長草化為一柄又一柄利刃，割去了她心中對冒險和魔法存有幻想的天真幼稚。

今日一整天她都在木屋的斷垣殘壁旁流連不去。她明知鬼男孩已不會出現，卻不願死心。或許「別地方」打從一開始便不存在，她不過是個年輕、孤單的傻子，為了有個伴，自己幻想出鬼男孩和另一個世界。或許祖母與姑姑們所在的這個世界，這個受限於種種規則的世界，這個和玉米麵包與泥土同樣真實、同樣平凡無趣的世界，就是唯一的世界。

她幾乎、幾乎就要相信了——然而，她發現自己心中存有某種新東西，一顆狂野的種子在胸中扎了根。她無法再接受平凡無趣的世界。

門這種東西是縫隙、是裂縫，它們是通道、是懸疑、是邊界，但最重要的是，它們是變化。

(注)事物穿過門扉時，無論那東西多麼渺小，無論在門的另一側停留的時間多麼短暫，都會像後

頭跟了一群海豚的船隻，帶來一系列的變化。雅德蕾．李已然開始改變，無法回頭了。

於是，在那一夜裡，半心碎、迷失了方向的雅德躺在床上，她選擇相信。她選擇相信奇異而瘋狂的事物，選擇相信落日餘暉中，少年乾燥的嘴唇與自己相觸的感覺，選擇相信世界上存在縫隙，奇妙且美好的事物可能會從縫隙的另一側滲過來。

在選擇相信的同時，雅德感到自己幼時的迷茫逐漸消失。她成爲了獵犬，終於捕捉到她要找尋的氣味；她成爲突然獲得羅盤的水手。假如門扉眞的存在，那她就會出發尋找它們，無論是十道門或一萬道門她都會全部找出來，然後落進一萬個遼闊的異界。

也許有一天，會有一道門帶她去往她念念不忘的濱海城市。

**注**

該理論為前言提及的第三結論，它奠基於數十年的田野調查，許多西方學術文獻也間接支持此理論。舉例而言，《蒙古史》（*Ystoria Mongalorum*）此一廣受重視的著作，記載了若望．柏郎嘉賓（Plano Carpini）於一二四〇年代去往蒙古宮廷之旅，為歐洲早期探索世界的重要文獻之一。文中，柏郎嘉賓提出韃靼人在數十年前發生了巨大變化，那是無法以任何合理方式說明的變化；他在書中寫道，蒙古存在一則廣為流傳的傳說故事：蒙古大汗童年時曾消失一段時間，穿過某個山洞裡一道受詛咒的門，七年後才回來。柏郎嘉賓提出的理論是，大汗也許在「不屬於他的世界」待了一段時間，之後才帶著征服亞洲大陸所需的恐怖知識歸來。一個人穿過門扉又歸來後，就必然會改變世界。

# 3

# 通往任何地方的門扉

不知道你有沒有過這種體驗：突然在陌生的房間醒過來，不曉得自己是如何去到那個地方，在那一瞬間，你就像落入無底洞的愛麗絲，懸浮於不存在時間的未知境界。

從過去到現在，我幾乎每早都在洛克宅三樓那間灰色小房間醒來。曬得褪色的木地板、堆滿了平裝書的小書架、像毛茸茸的暖爐似地癱趴在我身旁的巴達，這些都和我自己的身體肌膚同樣熟悉。儘管如此——在那無盡延長的剎那，我實在不確定自己身在何處。

我不知道自己臉頰為何多了一行行鹽粒結晶，不明白自己胸腔為何多了種空蕩蕩的痛楚，彷彿體內有什麼無比重要的東西在夜裡被悄悄摘除。我也不曉得此刻為何會有一本書的一角戳在我臉上。

我最先回憶起的是那本書：一片草木叢生的牧草田，一名少女與一名鬼少年，通往他處的奇妙門扉。除此之外，還有種餘音裊裊、難以形容的熟悉感，我似乎在哪裡聽過這個故事，卻忘了故事的結局。這樣一本書，怎麼會出現在我的藍色埃及藏寶箱裡？當初撰寫這部書的人又是誰？雅德．拉森這個人為何感覺如此熟悉，像是某個被我遺忘的童年好友？

（我發現自己死命地朝著這些美好的謎題思索，彷彿視界邊緣存在某個可怕的東西，一旦我轉頭直視它，它便會猛撲上來。）

房間對面，詹妮的床上傳來窸窣聲。「一月？妳醒了嗎？」

她的語音含有與平時迥異的遲疑，多了種畏怯的柔軟，令我不禁想到：*她知道了*。

接著是：*知道什麼*？

然後，我想了起來。*父親死了*。冰冷的龐然大物從陰影處撲來，吞噬掉我全身，一切都變得灰暗、黯淡，一切都顯得無比遙遠。那一刻，冒險與懸疑故事又變回成破舊的皮革書。

我聽見詹妮起身伸懶腰，換上衣服。我隱隱感覺她準備對我說什麼，對我說些安慰的話，這個念頭如刮過破損肌膚的鋼刷。我緊緊閉上雙眼，將巴達抱得更近些。

窗戶開啓的吱呀聲傳來，帶有露水濕意的微風撩起我髮梢。詹妮平和地說：「我們出去吧？今天早上天氣不錯。」

一如既往的星期六早晨，一如既往的提議。這是我們最愛的活動之一，我們會在星期六上午提著一籃比司吉小麵包、抱著一堆平裝書到庭院裡散步，將一塊總是被我們當野餐坐墊、總是飄著草味的毯子在地上鋪開。現在回想那寧靜的時光，還有蜻蜓溫暖、慵懶的拍翅聲響，就像在狂風巨浪中想到安全的避風港。

詹妮．伊里姆小姐，謝謝妳。

我發現自己能再度坐起身、再度站起來，也有辦法完成早晨的例行公事。一旦開始動作，習慣和記憶就能驅使身體朝正確的方向移動，你會變成上了發條的時鐘，按部就班地一分一秒前進。我隨便找了套衣服穿：足跟處破了幾個洞的褲襪、一件褐色的素色裙子、袖子短了幾吋的牡丹花紋短衫。我推開了興奮地輕咬我的巴達，奮力梳開糾纏不清的亂髮（我曾暗暗希望青春期能馴化我的亂髮，沒想到頭髮非但沒被馴服，反而還亂到了前所未見的新境界）。

我們離開房間時，我勉強找到了虛偽而脆弱的「正常」。然後，我險些被走廊上等著我的包裹絆了一跤。

那是個白得不可思議、方得一絲不苟的盒子，一看就知道是出自紐約那種招牌上寫著花體金字、玻璃窗閃亮無瑕的高檔店家。盒子上整齊地擺著一張字條：

親愛的孩子，

妳可能不想參加，但我希望妳出席今晚的派對。我想送妳一份生日禮物。

那之後是幾行被劃掉的字句，然後是：

我真的為妳感到遺憾。

C・L

PS：頭髮整理一下。

這並不是祕書在洛克的指示下寫的字條，而是洛克親筆寫下的工整字跡。看到這張字條，我感受到他那寒冰般的雙眼，被那道目光壓得喘不過氣——接受吧——冰冷的黑影緊緊纏住我。

詹妮從我身後讀了字條，嘴唇抿成一條冷硬的直線。「看樣子，妳不論如何都躲不過這次的年會了。」

我都忘了，那個害我擔心了一、兩週的年會就在今晚舉行。我想像自己穿梭在醉酒的白人賓客之間，從笑得太大聲、不小心將香檳灑到我鞋子上的男人之間硬擠出去，滿心想抹去他們留在我身上的油膩目光。與會賓客都知道父親的事嗎？他們在乎嗎？我感覺字條在手中顫抖。

詹妮從我手裡搶過紙條，摺好收進裙子口袋。「別管這些了，我們還有好幾個鐘頭可用呢。」她將我的手夾在手肘與身體之間，拉著我走下兩層樓、穿過廚房——廚房裡汗流浹背、忙東忙西的廚師們忙到沒注意到我們偷了果醬、麵包和一壺咖啡——然後走到室外，踏上洛克宅翠綠的草坪。

我們先四處遊蕩，穿過樹籬圍起的花園，看見園丁們忙著扼殺任何長得太有活力或太野蠻的生物。我們經過波光粼粼的湖邊，聽見鷺鳥不悅地對巴達連連啼叫，並聽見水波拍打湖岸的輕柔聲響。最後，我們來到了一座碧草茵茵的小丘，此處離宅第夠遠，植被未受到園丁剪的剝蝕，鄉村景色如微皺的綠色桌布般鋪展在我們眼前。

詹妮為自己倒了杯咖啡，立刻埋頭鑽入湯姆．斯威夫特系列（編注）的第七集（當初對大眾小說系列半信半疑的詹妮，如今也成了這些故事的癮君子；你瞧，山謬爾的童年惡習又傳染給了一個可憐人）。我什麼都不讀，就只躺在拼布毯上盯著顏色如鳥類蛋殼般柔和的淺藍天空，讓陽光灑落在肌膚上、烘烤身體。我幾乎能聽見洛克先生的怨言：丫頭，妳這樣只會曬得更深。父親倒是不曾介意我的膚色。

我不願想到父親。我寧願想些別的事情，只要不是父親就好。「妳會想離開嗎？」我還來不及思索這個問句是從何而來，它已脫口而出。

詹妮將書本平攤在毯子上，注視著我。「離開哪裡？」

「不知道，洛克宅吧。或是佛蒙特州。離開這一切。」

在短暫的沉寂當中，我駭然發現兩件事：第一，我居然這般自我中心，一次都沒問過詹妮是否想回家；第二，現在父親和他每週支付的薪水沒了，她再也沒理由留在這裡了。在恐慌的作用下，我的呼吸變得淺促。我會再失去詹妮嗎？會從此形單影隻嗎？她會多久之後離我而去？

詹妮小心翼翼地吐息。「我……比什麼都要想家。我醒著的每一刻，都想著我的家，但我不會離開妳的，一月。」未出口的「還不會」或「直到」如懸浮我們之間的幽影，我恨不得哭著抓住她的裙子，哀求她永遠留下來，或央求她帶我同行。

不過詹妮用一句若無其事的問句，替我們雙方省下了不少尷尬。「那妳會想離開嗎？」

我嚥了口口水，將恐懼暫時收起，等以後夠堅強後再來直視它。「會。」在答案說出口的瞬間，我發現那是實話。我渴望遼闊的天際、破損的鞋履，以及午夜謎題般在上空旋轉的陌生星辰；我渴望危險、神祕和冒險。也許，我就和父親一樣。「我會。」

似乎從我還是個成天在口袋日記裡寫故事的小女孩時，我就一直渴望那些事物，但在童年逝去之後，我也摒棄了那些白日夢。原來我並沒有捨棄那些白日夢，而是忘了它們，讓它們如落葉沉積在心底。結果《一萬道門》像一陣風般地捲來，不可思議的夢想再次在空中飛旋起舞。

詹妮沉默不語。

她不必出聲，我們心照不宣：我這輩子是不太可能離開洛克宅了。膚色奇怪的年輕孤女無法在廣大世界活得太好，即使是這樣「絕無僅有的我」，仍是沒有錢、沒有前途。現在父親走

編注　Tom Swift，美國青少年科幻和冒險小說系列的主角，著重於科學、發明和技術。

了，洛克先生成為我唯一的依靠和定錨。也許他會可憐我，僱我當W．C．洛克公司的祕書或打字員，我以後會變成平凡無趣、臉上戴厚重眼鏡、雙手手腕滿是墨痕的小員工。也許他會讓我一直在灰色小房間住下去，直到我變得乾枯老朽，成為不時出來嚇賓客的幽靈人物。

一段時間後，我聽見詹妮翻閱《湯姆．斯威夫特與鑽石匠》的窸窣聲，輕柔的聲響每隔一小段時間規律傳來。我盯著天空，努力不去想自己永遠不可能展開的冒險、自己再也見不到的父親，或是仍然裹著我、讓炎炎夏陽變得黯淡寒涼的冰冷黑影。我很努力什麼都不去想。

世上有沒有哪個十七歲少女，比今晚的我更不想參加華麗派對？

我在接待室門邊站了數分鐘，也許待了一世紀，最後終於鼓起勇氣繞過轉角、踏入髮油和香水形成的化學霧氣中。侍者端著閃亮的托盤從旁經過，盤子上是一杯杯香檳與餡料豐富的開胃小點；他們沒有停下來讓我取用飲料或點心，而是把我當擺錯位置的花瓶或擋路的檯燈，直接繞過我這個人。

我深吸口氣，在巴達毛茸茸的身上擦了擦滿手汗水，而後悄悄溜進接待室。

在我入內的剎那，整個房間都靜止下來，像故事書裡公主走進宴會廳那樣，瞬間萬籟俱寂——若這麼說，那就是誇大其詞了。話雖如此，我身邊還是圍繞著某種無聲的呼嘯，彷彿一陣無形的風伴隨著我。幾個人的對話陡然中斷，說話者轉向我，只見他們眉頭半揚、唇角捲起。

他們可能在看全身僵硬、悶悶不樂地站在我身旁的巴達吧；理論上，洛克已經禁止牠參加往後所以社交活動了，但我猜洛克不會在大庭廣眾下大驚小怪，巴達應該也不會把賓客咬到非得縫上幾針不可。更何況，少了巴達的陪伴，我可能壓根無法逼自己離開臥房。

不過話說回來，他們可能是在看我。他們都曾見過我，往年每一場協會派對和聖誕宴會，我都如影隨形地跟在洛克身後，有時被眾人無視，有時成爲眾人的焦點。**一月小姐，妳這件洋裝好漂亮啊！**女性賓客總是這麼說，邊說邊發出富有銀行家之妻獨特的鳥鳴笑聲。**啊呀，她還真是可愛。康尼琉斯，你是在哪裡找到她的？尚吉巴嗎？**但過去的我還只是個小女孩，是個人畜無害、被硬是套上洋娃娃裙裝，不屬於此處卻也不屬於彼方的中間存在，只有在別人對我說話時，我才會禮貌地回應。

但如今，我不再是小女孩，賓客們也不再覺得我可愛了。去年冬季，經過煉金術般一連串神祕的變化，我從孩童轉變爲彆扭的大人，身材高了些、脾氣硬了些，對他人的信賴也少了些。每每望向鍍金鏡中的自己，映入眼簾的卻是張被掏空的陌生面孔。

除了我本人之外，賓客的目光可能也聚焦在洛克先生送的禮物上：我手上的絲質長手套、在頸間繞了數圈的粉色珍珠項鍊，以及一襲象牙白與玫瑰粉色相間的雪紡紗禮服。這件禮服想必要價不斐，我甚至看到一些女性不可置信地盯著它，似在估算它的價值。今晚，我還聽話地向頭髮宣戰，用加熱的梳子和沃克夫人的神奇潤髮液與之交戰，頭皮到現在仍微感刺痛。

附近的對話又彆扭地起死回生，人們的肩背毅然轉開，蕾絲扇抖了開來，宛如防範入侵者的盾牌。我和巴達繞過他們，像不成對的人偶般在平時的角落站定位。賓客紛紛無視我們，我也樂得彎腰駝背，一面拉扯令我不適的釦子，一面觀察接待室裡珠光寶氣的眾人。

今夜的派對一如往常地壯觀，每一盞燈、每一支燭臺都被僕役擦得晶亮，整間房間都散發出不知何來的金光，而拼花地板打上蠟之後，光滑到危及性命的程度；牡丹花從巨大的琺瑯花瓶滿溢出來，還有個小型管弦樂團擠在兩尊亞述雕像之間。新英格蘭地區所有近似貴族的人物都出席了，他們為彼此精心打扮、展現自己最閃耀的一面，一百面閃閃發亮的鏡子層疊映照出他們的雍容華貴。

我注意到人叢中數名和我年齡相仿的女孩子，她們個個面頰微紅，鬈髮梳理得滑順又完美，充滿期盼的目光閃過廳內眾人的臉（派對前不久，當地報紙的八卦版面總會列出每位黃金單身漢的名字，以及他們傳說中的身價）。在我的想像中，這些女孩都花了數週時間精心為這一晚做計畫，和母親一同逛街、尋找最合適的禮服，然後在鏡子前一次又一次梳理頭髮。現在，她們都聚集到洛克宅，在無量前途和高貴出身的烘托下熠熠生輝，璀璨的未來正整齊地鋪展在她們面前。

我恨她們——或者說，若不是森冷黑影緊緊纏著我，我應該會恨她們入骨，但現在我只感受到隱隱的嫌惡。

響亮的「叮——叮——叮——」響起，眾人如操演有素的人偶，紛紛轉頭望去。只見洛克先生站在最華美的吊燈下，用甜點湯匙敲了敲酒杯。其實他不必這麼做；洛克先生彷彿自帶磁場，無論在何時何地，人們總是會注視著他、傾聽他的發言。

樂團中斷了演奏到一半的小步舞曲。洛克舉起雙臂，親切地向眾人打招呼：「各位先生、各位女士、各位敬愛的協會成員。首先，容我感謝各位前來赴會，把我最好的香檳喝得一乾二淨。」笑聲隨金色泡泡上浮。「我們今晚聚集於此，自然是為了慶祝新英格蘭考古協會的四十八週年——在此請恕我自賣自誇，但我們這一小群業餘學者，可是在努力推進人類知識，對這偉大的進步做出一些貢獻。」又是一陣配合的掌聲。「不過，我們今晚也要慶祝更加宏偉的事——那就是人類的進步本身。在我看來，今晚聚集在此的各位，都是爲全球各地帶來新的和平及繁榮時代的管理者與見證人，我們能看到戰爭和衝突逐年減少，工作和誠善逐年增進，較不幸的人們獲得了文明統治。」

同樣的演說我早已聽過無數次，要我代替他說完也沒問題：他們這些人——有財有勢的白人——的努力和付出改善了全人類的生活環境；十九世紀不過是無盡的紛亂與渾沌，二十世紀則將是安穩及秩序的時代；無論在本國或外國，動盪不安的元素都正逐漸被剔除；野蠻人也逐漸受到文明的教化。

小時候，我曾對父親說：**不要被野蠻人抓走喔**。當時他提著破舊的行李箱，軟趴趴的棕色外套披在駝著的肩膀上，正準備離去的他對我露出淺笑。**我不會有事的**，他對我說，**因為世上沒有野蠻人這種東西**。然而洛克先生和數公噸的冒險小說可不這麼認爲，但我沒多說什麼。他用指關節碰碰我的臉頰，然後再次消失了。

**如今，他永遠消失了**。我闔上雙眼，感覺到冰冷的黑影纏得更緊——

聽到我的名字，我猛然回神。「——我家的一月小姐，就是最好的證明！」是洛克先生愉悅而宏亮的聲音。

我迅速睜眼。

「當初來到這個家時，她不過是個沒有母親的小東西，是個身無分文、不知從何而來的孤兒，你們看看現在的她！」

他們已經在看了。白皙的臉孔一波波朝我轉來，目光如拉扯著衣服縫線與珍珠項鍊的手指。他們究竟要看什麼？我不是和從前一樣沒有母親，同樣身無分文嗎？只不過現在，我連父親也沒有了。

我背貼著木牆板，滿心希望整件事早早結束，希望洛克先生的演說快點進入尾聲，希望樂團再次演奏舞曲、眾人再度遺忘我的存在。

洛克做了個高傲的手勢，示意我上前。「好孩子，別害羞。」我沒有動彈，雙眼驚駭地瞪得老大，心臟期期艾艾地呼喊著**喔不喔不喔不**。我想像自己轉身逃跑，推開擋路的賓客一路跑到草坪上。

然而，我望向洛克先生驕傲的燦笑，想起他抱著我時紮實、溫暖的懷抱，想起他和藹、低沉的聲音，想起他多年來默默留在法老室、悄悄送給我的禮物。

我嚥了口口水，將背撐離牆壁，用變得和雕木同樣僵硬、沉重的雙腿跌跌撞撞地穿過人群。私語聲接踵而來，巴達的腳爪太過響亮地踩在光滑的地板上。

我一走近，洛克的手臂便伸了過來，緊緊抱住我。「就是她！瞧瞧這完美的禮數，完全證實了正面影響力能造成的改變。」他攬著我的手臂愉快地一晃。

我不禁好奇，女人真的會沒事昏倒嗎？還是說，那不過是維多利亞時代三流小說和週五晚間電影發明出來的情節？又或者，女人都是刻意在恰到好處的時機昏厥過去，稍稍延遲聽見、看見與感受的負擔。若是如此，那我完全能體會她們的感受。

「——好啦，說夠了。多謝各位聽我這個老男人大談一些樂觀的事情，但我聽說我們今晚來此，是爲了享受派對。」他舉起酒杯，敬眾人最後一杯——那是他最愛的雕玉酒杯，通體爲微透光的碧玉。這是父親帶回來給他的嗎？父親是不是到某座陵墓或神殿偷走它，將它裝進塞滿木屑的箱子，一路運到了世界另一頭的洛克宅，最後落入洛克方正、白皙的手中？

「敬和平與繁榮，敬我們將建造的未來！」我大著膽子抬頭，看向四周白皙、冒汗的一張張面孔，每個人的酒杯都在吊燈映出的虹光下閃爍，海浪般的掌聲此起彼落包圍著我。

洛克先生的手臂放開了我的肩膀，他壓低聲音說道：「好孩子，十點半來東廂吸菸室找我們，我想在那時送妳生日禮物。」說到「我們」，他的手指慵懶地畫了個圈，我這才意識到其他協會成員已如身穿西裝的飛蛾聚集過來，其中包括哈夫麥爾先生。哈夫麥爾戴著手套的雙手搭在手杖上，臉上帶著禮貌而高傲的嫌惡神情；巴達後頸的毛髮在我手心下豎起，牠發出海底地震般沉沉的低吼。

我旋身麻木地離開，巴達也四腳僵硬地跟了過來。我本想躲回我們安全的小角落，卻怎麼也回不去。群眾以令人頭暈目眩的規律來來去去，周圍出現一張張睥睨的臉、一個個誇張的笑容。情況變了——洛克的演說將我硬生生拖到聚光燈下，我就像隻不願配合演出的大象，被推著、戳著來到馬戲團舞臺上。在我經過時，某人戴著手套的手指撫過我的肌膚，耳畔響起高亢的笑聲，我燙過、夾起的頭髮被人扯了扯。

一道男聲在離我耳朵太近的位置響起：「妳是一月小姐吧？」一張青白色的青年臉龐居高而下瞅著我，金髮平貼著頭顱，金袖釦在燈光下閃耀。「一月？這算什麼名字嘛。」

「這是我的名字。」我生硬地回答。我曾問過父親同樣的問題：爲什麼要用一個月份幫我取名，而且還是一月這個萬物死去、冰霜覆蓋的月份？就不能給我個正常一點的名字嗎？這是個好名字。他那時揉著刺青說道。在我的追問下，他又說：妳母親很喜歡它，也喜歡它的含意。（別浪費時間查字典了，韋伯字典的解釋是：一年的第一個月，有三十一天。拉丁文「Januarius」，字源為古拉丁的雅努斯神。哇，看完這一段，你有沒有豁然開朗的感覺？）

「別這麼失禮嘛！跟我出去散散步如何？」青年色迷迷地笑看我。

我甚少和同齡人相處，但也讀過不少校園故事，明白紳士不該隨便帶年輕淑女出去，在炎熱、漆黑的夏夜裡兩人獨處。不過話說回來，我也算不上淑女吧。

「不用了，謝謝。」我回道。他錯愕地眨眼，似乎知道「不」這個字的存在，卻從未見過它本尊。

他湊得更近，一隻濕熱的手伸向我的手肘。「來嘛——」

一面擺滿香檳的圓盤陡然出現在我們之間，不友善的低沉話聲傳來：「這位先生，要不要來杯飲料？」

是山謬爾．薩皮亞，他身上整齊地穿著侍者的黑白制服。

近兩年來，我幾乎沒有見到他，這主要是因爲薩皮亞食品雜貨店的紅色馬車被一輛光亮的黑色貨車取代了。我再也看不見坐在貨車裡的他，無法再隔著辦公室窗戶對他揮手。之前坐洛克先生的車經過薩皮亞雜貨店幾次，瞥見山謬爾在店外上下貨，一面將麵粉帶搬下貨車，一面帶著做白日夢的悠遠神情遙望湖泊。當時看著他模糊的身影一閃而逝，我還好奇地心想，不知他還有沒有訂閱《阿勾西故事週刊》，還是早已捨棄了那些孩子氣的幻想。

今晚的他輪廓清晰，彷彿相機鏡頭完全聚焦在他身上。他的肌膚仍舊是人們稱爲橄欖色的金黃色調，眼眸仍舊是如拋光頁岩般明亮的黑。

此時此刻，那雙眼眸眨也不眨地筆直盯著金髮青年，眉毛則配合故作禮貌的問句上揚。他的目光令人不安，很明顯毫無卑躬屈膝的意味，以致青年不由自主地退了半步，以上流人士受冒犯的神情盯著山謬爾。一般僕役見了這種表情，往往會焦急地道歉。

然而山謬爾無動於衷，眼中閃爍著精光，似是希望對方試圖譴責他。我不由得注意到山謬爾繃著筆挺西裝外套的肩膀線條，端著沉重托盤的手腕是多麼精實；相較之下，金髮青年則顯得如未發酵的麵團，蒼白又柔軟。

金髮青年咧著薄唇旋身離開，倉皇地逃回同伴身邊。

山謬爾泰然自若地轉向我，舉起裝了閃亮金液的酒杯。「那麼壽星要不要來一杯？」他臉上不帶多餘的情緒。

**他還記得我的生日**。穿在身上的禮服突然令我又癢又熱。「謝謝你。呃，謝謝你救我。」

「雪勒小姐，我可不是在救妳，我是在救那個差點惹猛獸發脾氣的可憐蟲。」他對巴達一點頭，巴達到現在仍豎著毛髮、齜牙咧嘴，狠盯著青年的背影。

「噢。」沉默降臨。眞希望我身在離此一千哩外的地方，眞希望我是個名叫安娜或伊莉莎白的金髮女孩，笑聲和時鐘裡的布穀鳥同樣清脆悅耳，與人交談時也總是能說出最合宜的話語。

山謬爾的眼角皺起笑意，他拉著我的手指握住香檳杯的杯柄，我感覺到他手心的乾燥和夏季的溫暖。「它可能對妳有點幫助。」說罷，他再次消失在人叢中。

我迅速灌下香檳，快到氣泡迅速衝上鼻腔。我穿行接待室的過程中又從其他侍者的銀盤上取了幾杯，以致抵達吸菸室時，我必須小心翼翼地踏出每一步，還得努力不去注意視界邊緣模糊、暈染的色彩。一整天一直纏著我的無形暗影，似乎在閃爍、扭曲。

我站在房門外，深吸口氣。「準備好了嗎，巴達？」牠對我發出狗的嘆息聲。

我對吸菸室的第一印象是，從上次看見它至今，它似乎縮水了——不過這也是因爲我從未見過十多名男子同時擠在裡面的模樣。只見他們每個人頭頂都飄著青煙，每個人都用隆隆低音交談。我知道這是洛克先生向來禁止我參與的重要會議，只有少數幾個人得以在深夜聚集於此，共飲的同時制定眞正重大的決策。我本該感到開心或受寵若驚，但此刻卻只嚐到喉頭的苦澀。

雪茄及皮革的臭味令巴達打了個噴嚏，洛克先生聞聲轉來。「親愛的孩子，妳來了啊。來，坐下吧。」他示意大略擺在房間中央的高背扶手椅，周圍其他協會成員有的站、有的坐，乍看宛如一幅畫。那位是哈夫麥爾，還有獐頭鼠目的伊爾范先生，以及曾出席派對或登門來訪的其他成員：一名頸項繫著黑緞帶、嘴唇鮮紅的女人；一名帶著貪婪笑容的青年；一名留有捲曲長指甲的白髮男人。他們周身瀰漫著神祕氣息，恍若在長草中追蹤獵物的掠食動物。

我忐忑不安地在扶手椅上坐下，感覺自己是某種獵物。

洛克先生的手今晚第二度落在我肩頭。「我們今晚邀妳過來，是想宣布一件事：在仔細斟酌討論後，我和諸位同仁決定送妳一份珍貴又搶手的禮物。這東西相當不尋常，但我們認爲它符合妳這個……特殊的情況。一月——」戲劇化的停頓。「——我們想邀妳正式加入協會。」

我眨眼看著他。這就是我的生日禮物？我該感到高興嗎？小時候，我成天幻想加入他可笑的協會，在世界各地冒險、蒐集各種珍稀文物，不知洛克先生是否知曉？不知父親是否曾想加入協會？

苦澀的味道又回到喉中，有什麼東西在舌尖燒得火熱。我硬生生將它吞回腹中。「非常感謝。」

洛克先生的手熱情地拍了我兩下，恭喜我成爲會員。他開始滔滔不絕地說明正式入會的流程，以及我必須對「創始者」立下的誓言、進行的儀式——這裡的「創始者」被引號高高拱著，多麼尊爵不凡——但我沒有認眞聽。口中的燒灼感越來越強，燙得我舌頭發疼，纏著我的隱形帷幕化作了灰燼，整間吸菸室在一波波熱浪中顫動。

「非常感謝您。」我打斷他，語音平板而幾乎沒有抑揚頓挫。我像抽離了自己的身體，有些驚奇地聽著自己的聲音。「但是，我恐怕得婉謝您的邀請。」

一陣死寂。

銀色眼眸和一道氣音在我腦中斥責道：**當個乖女孩，注意自己的身分地位**。然而，那道聲音被血液中鼓譟的酒精淹沒了。我脫口而出：「我爲什麼要加入你們的協會？你們不過是群閒閒沒事做的有錢老人，花錢請比你們勇敢、比你們有能力的人出去幫你們偷東西，如果有人失蹤了，你們甚至連假裝哀悼都懶得裝。你們就這樣繼續過你們的生活——好像什麼事都沒發生過——好像他的死活根本無所謂——」我氣喘吁吁地住口。

當整個房間裡的人都被你驚得鴉雀無聲時，你才會意識到房屋發出的種種聲響：老爺鐘的滴答聲、薰風拂過玻璃窗的嘆息聲、地板托梁被百來雙昂貴鞋履踩出來的呻吟聲。我緊抓著巴達的項圈，彷彿需要被人拉住的是牠。

洛克先生搭在我肩頭的手緊緊扣著，慷慨的笑容裡多了種咬牙切齒的扭曲。「快道歉。」他悄聲對我說。

我咬緊牙關，心中的某一部分——洛克先生從小帶大的乖女孩，從不抱怨、一向乖巧聽話、總是不斷微笑微笑微笑的乖女孩——只想撲倒在他腳邊，乞求他原諒。但是，大部分的我寧可就此死去，也不願道歉。

洛克對上我的視線，鋼鐵色的冰寒雙眼緊貼著我，宛如捧著我臉頰的一雙冰手——

我看著洛克先生竭力鬆開咬緊的牙關。「一月。考古協會是個非常古老、有勢力，也非常有名望的——」

「不好意思。」我恨恨地擠出字句。一名男性成員發出輕蔑的笑聲。

「是啊，好有**名望**。」我冷笑著說。「這麼有名望的協會，怎麼能讓我父親那種人加入？不管他替你們偷了多少垃圾，不管你私下拍賣那些東西賺了多少錢，他就是沒資格加入。那我呢？你們讓我加入協會，是因為我的膚色夠淺嗎？你們莫非有膚色對照表吧？」我對他們齜牙咧嘴。「也許等我死了，你們可以把我的頭骨納入收藏，當成原始人的頭骨樣本。」

這回，吸菸室裡寂然無聲，就連老爺鐘也覺得自己受盡了冒犯。

「康尼琉斯，看來你養了一個叛逆的小丫頭啊。」出聲的人是哈夫麥爾先生，只見他臉上掛著飽含純粹惡意的笑容，帶著手套的手指悠哉地轉著未點燃的雪茄。「我們不是早就警告過你了嗎？」

我感覺到洛克先生吸入一口氣，不知是想維護我還是責罵我，但我已經什麼都不在乎了。我受夠這一切，受夠了這些人，受夠了注意言行的乖女孩生活，不想再爲他們拋給我的丁點尊嚴而感激涕零。

我站了起來，感覺到香檳在頭顱內令人作嘔地冒泡。「各位先生，謝謝你們送我這份生日禮物。」說完，我轉身大步走出上了暗色漆的雙門，巴達則小跑步跟在我後頭。

我不在的這段時間，外頭的人群流了更多汗，變得更吵、更醉。我彷彿困在土魯斯—羅特列克（編注）的油畫中，帶著詭異神情的一張張綠臉在四周旋轉。我恨不得放巴達咬他們，解放牠的青銅色毛髮與森森利牙；我恨不得放聲尖叫，直到嗓子啞掉。

我恨不得在空氣中畫一道門——一道通往他方的門——然後逕自走進去。

銀托盤再次出現在我肘邊，溫暖的空氣對著我後頸悄聲說：「西廂外面。五分鐘後。」托盤消失了，我目送山謬爾再次融入嘈雜的人群。

我和巴達溜出西廂的門，只覺得自己剛狼狽逃出了恐怖的妖精舞會。山謬爾獨自在屋外等我們，他雙手插在口袋裡，倚著洛克宅仍帶白天暖意的磚牆。他俐落的侍者制服似乎也在不久前

編注 Toulouse-Lautrec，法國後印象派畫家。

試圖逃亡，領帶又皺又鬆，袖口的釦子鬆了，深色外套也已消失無蹤。

「我還想說妳可能不會來。」他的笑容終於觸及雙眼。

「嗯。」

在屋外，沉默造成的壓力小得多。我聽巴達吸著氣在樹叢中鑽來鑽去，尋找某隻運氣不佳的動物；我聽見火柴點燃的摩擦和嘶聲，看著山謬爾點燃一根手捆的粗製香菸，還有他眼中閃爍的兩點火光。

他緩緩吸氣，呼出一朵珍珠白菸雲。「那個，我……我們聽說了。雪勒先生的事。真的很遺——」

他準備告訴我事情是多麼遺憾，父親走得太突然，眞是悲哀……忽然間，我清楚明白自己無法聽他說這些。方才驅使我大步離開協會的瘋狂怒火已然冷卻、凝固，只留下孤獨的我。

我搶在他說完之前插嘴，用突兀的動作向巴達一揮手。「爲什麼要把牠送給我？你一直沒告訴我理由。」我的語音太響、聽上去太假，像小鎭戲班裡的三流演員。

山謬爾揚起眉頭，看著巴達喀喀有聲地啃著田鼠大小的東西，然後用單邊肩膀對我聳肩。「因爲妳很孤單。」他用一旁的磚牆捻熄香菸，又說道：「而且，我不喜歡看到別人以多欺少，洛克先生跟那個德國老女人眞的很討厭。妳需要一個同伴——就像羅賓漢跟小約翰那樣，不是嗎？」他的眼眸對我閃爍；記得小時候我們玩雪伍德森林冒險遊戲時，我每次都要他扮演小約翰，或視情況飾演艾倫．阿戴爾或塔克修士。山謬爾指著巴達，牠似乎喉嚨哽了老鼠骨頭，正發出各種難聽的乾嘔聲。「這隻狗就是妳的同伴。」

他的善意是如此輕鬆、如此自然，我不由自主地傾近他，如同航向燈塔的迷航船隻。

山謬爾仍注視著巴達。「妳這幾年還有在游泳嗎？」

我愕然眨眼。「沒有了。」我們小時候會在湖裡打鬧，一玩就是好幾個鐘頭，但我已經好多年沒下水了。這是我在成長路上不知不覺失去的事物之一。

我瞥見他微微上揚的唇角。「喔，那妳肯定生疏了。跟妳賭兩毛五，我現在一定可以贏過妳。」

他以前每次比游泳都輸，多半是因為他必須在家幫忙顧雜貨店，不像我有一個又一個悠閒的夏季午後可以練習。「淑女才不會和人打賭呢。」我故作拘謹地說。「但假如跟你賭，我一定會賺到你的兩毛五。」

山謬爾笑了出來，笑得放肆又孩子氣，是我長大後就沒聽過的笑聲。我有些愚蠢地還以微笑，然後不知怎地，我們站得比方才近了些。我必須稍微仰頭才能看清他的臉，還能聞到菸草、汗水和某種溫暖蓊鬱的氣味，也許是剛割過的青草味。

我瘋狂的心思飄到了《一萬道門》，想到雅德蕾毫不猶豫地在秋季星空下親吻鬼男孩，真希望我能像她那樣狂野無懼，能勇敢地吻上去。

**當個乖女孩。**

……鬼才要當乖女孩。

醉人的想法令我頭暈目眩——我今晚已經破壞這麼多規則，被我粉碎的一條條規定化為碎片，躺在我身後的地上——所以再打破一條又何妨？

然後，我想到自己大步走出吸菸室時，洛克先生臉上的神情——嘴邊驚怒交加的僵硬線條、冰寒灰眸中的無盡失望——我腹中瞬間寒冷無比。父親走了，若是再失去洛克先生，我在這世上就真的一無所有。

我垂下眼簾，退開一步，在逐漸降溫的液裡微微顫抖。我似乎聽見山謬爾一聲吐息。短暫的沉默中，我重新學會呼吸。然後，山謬爾雲淡風輕地問：「如果現在能去到別的地方，妳想去哪裡？」

「什麼地方都好。去別的世界。」話語出口時，我心中想著七歲那年的藍色門扉，以及另一側的海風。我已經多年沒想到那扇門了，但雅德蕾的故事又將它拖回到記憶表層。

山謬爾沒有笑我。「我們家在尚普蘭湖有一間木屋，以前每年夏天都會去度假一週，可是後來因爲父親的健康狀況，還有店裡的工作……我們好幾年沒去了。」我想像著往昔年幼、手臂精瘦的山謬爾，想像著曬黑後的他，膚色就如散發出二手陽光。「木屋不是很大，屋況也不算太好——就只是個插了根生鏽煙囪的杉木箱子——不過它就在一座小島的岸邊，附近沒有任何住家。從木屋的窗戶往外看，就只會看到湖水、天空和松樹。

「我受不了這一切的時候——」他揮了揮手，動作大到不僅包括洛克宅，還包含了宅第中的一切：每一瓶價格不斐的進口酒，每一件被盜走的寶貝，每一位高聲談笑、看也不看他一眼就從托盤上拿取酒杯的銀行家之妻。「——我就會想想那棟木屋，它離領結和西裝外套這些事物很遠，離有錢人、窮人和他們之間的空間也很遙遠。可以的話，我會過去那裡。」他微微一笑。

「它就是另一個世界。」

我突然百分之百確信，即使是現在，他還是會讀故事報紙和冒險小說，還是會眺望遠方的天際。

能遇到夢想與自己如此相近的人，感覺眞的很神奇，就像朝鏡中的自己伸手，指尖卻碰觸到溫暖的肌膚。若你有幸找到那種奇妙又令人心生恐懼的對稱物時，希望你能勇敢伸出雙手抓住，別讓它從指縫溜走。

那時的我，並沒有這份勇氣。

「時間不早，我要回去了。」我宣布道，不近人情的話語宛如擦過粉筆線的鞋子，抹消掉我們建立起的奇蹟泡泡。山謬爾全身一僵，而我不忍面對他的臉——他臉上的神情會是懊悔還是反責？是渴望，還是與我相同的絕望？最後，我沒有再看向他，而是吹了聲口哨呼喚巴達，轉身離去。

我在門口躊躇片刻。「晚安，山謬爾。」我悄聲說道，而後走了進去。

房裡一片灰暗，月光勾勒出地上皺巴巴的象牙白禮服、詹妮散落在枕頭上的幾根髮髮、巴達貼著我身軀的脊椎輪廓。

我躺在床上，感覺到香檳的潮湧退去，留下不幸擱淺的我。潮水消退後，沉重、黑暗、令人窒息的「那個東西」再度回來，它彷彿等了一整夜，就爲了此時與我獨處。它如一層黑油，滑過我的肌膚、充斥鼻腔，在喉頭積了一灘。它在我耳邊低語，敘說父母雙亡的小女孩孤苦無依的故事。

從前從前有個名叫一月的女孩，她沒有母親，也沒了父親。

洛克宅所有的紅寶石、紅銅和所有珍貴神祕的贓物，全都沉沉壓在我心頭。同樣的重量再扛個二、三十年，我會不會最後什麼都不剩？

我想逃離此處，一直跑一直跑，直到成功逃出這則悲慘、醜陋的童話故事。而逃離自己故事的方法只有一個，那就是偷偷溜進別人的故事裡……我抽出夾在床墊下的皮革書，吸入它墨水及冒險的氣味。

我穿過它，進到了另一個世界。

# 第二章：論拉森小姐發現的其他門扉，以及她偏離正史的經過

## 合乎時宜的死亡；聖烏爾的竊息妖（boo hag）；飢餓年代及其終結

拉森奶奶於一八八五年嚴寒的三月裡過世，發生在太早發芽的黃水仙被一波寒霜凍死的一週後，也是孫女十九歲生日的八天前。對拉森姑姑們而言，母親之死是勘比帝國殞落或山脈崩塌的悲劇，幾乎超出了她們的理解與認知。那段時期，整個家都陷入混亂而漫無目的的哀悼。哀悼是種以自我爲中心的活動，所以可想而知，拉森家的女人沒將太多心思放在雅德蕾・李身上。雅德也樂得不被人注意——因爲姑姑們只要稍微注意她的表情，就會發現那是與絕望、哀傷相差十萬八千里的神情。

站在行將就木的祖母床邊時，雅德的羊毛裙仍帶有洋蘇木黑染料的氣味，而此時她彷彿看著林中神木轟然倒塌的小樹苗，心中盈溢著敬畏及些許恐懼。然而，當雅德看著拉森奶奶吐出最後一口氣時，她和小樹苗一樣，赫然發現在大樹消失後，上方的樹冠層多了個缺口。

雅德漸漸意識到，她此生首次獲得了自由。

其實她過去數年的生活並非不自由，相較於那個年代其他的年輕女性，她過著算是相當自在、無憂無慮。姑姑們允許她穿帆布長褲與男人的工作帽，主要是因爲她們放棄了叫她保持裙裝乾淨體面的念頭；她不必努力釣金龜婿，因爲四位姑姑對男人的評價都相當低；沒有人逼她就學或找工作；姑姑們雖然不鼓勵她四處遊蕩，但至少無奈地默許了她這樣的行爲。

話雖如此，雅德仍感覺脖頸被套著無形的項圈，繩索將她拴在了拉森農場。她不時會失蹤兩天、四天、六天，搭火車北上，在陌生人的菸草倉裡過夜，不過她終究會回家；拉森奶奶會高聲譴責墮落的女人，姑姑們會不贊同地抿唇，雅德則會心酸地入睡，夢見一道道通往他方的門。

多年來，綁著雅德的繩索逐漸鬆散，最後只剩一條愛及孝心構成的細線。拉森奶奶去世後，最後那條線終於也斷了。

雅德和許多長年被困在籠中的動物與半馴化的少女一樣，過了數週才意識到自己真的能離開。她留下來看著祖母下葬，被葬在農場另一頭地面不平、常春藤蔓生的一塊土地。她們也花錢請托森先生刻製石灰石墓碑（雅妲・拉森〔Ada Larson〕，一八一三～一八八五，最親愛的母親）。三週後，雅德在某天一覺醒來，感覺到頸項如行軍鼓般跳動的脈搏。那是個春光明媚、洋溢著無限可能性的早晨，多數旅人都熟悉這種天氣。在這種日子裡，溫暖的微風往西方吹拂，地面的寒意卻仍會鑽入腳底，但樹上的花苞已然開始綻放、將春季神祕的瘋狂氣味釋放至空氣中——但凡是旅人都明白，這是個離別的日子。

雅德離開了。

那天早上，姑姑們按長幼次序被她一個個親吻臉頰，她們沒注意到姪女的吻比平時真誠，沒注意到姪女眼中熱切的光芒。只有莉茲姑姑的視線離開面前的水煮蛋。

「孩子，妳去哪？」

「去鎮上。」雅德平穩地說。

莉茲姑姑凝視她良久，彷彿能從姪女前傾的肩膀、笑容的斜度裡讀懂她的意圖。「這樣啊。」她終於嘆息地說。「我們會在這等妳回來。」雅德當時幾乎沒聽到姑姑這句話，她已經像出了籠子的鳥兒，匆匆走出廚房的門——不過到日後，她會一再琢磨這句話，從中尋求慰藉，直到字句變得和溪裡的卵石同樣平滑、不再深刻。

雅德首先去到木材老舊彎曲的畜舍，找出一把鎚子、一把方頭釘、一把馬毛刷，還有貼著「普魯士藍」標籤、外表生鏽的一桶漆。

她帶著工具去到農場西方的老牧草田。過去數年裡，時光輕巧地踩過了田野，富有的鄰居一度割了草、捆了牧草，然後又將其棄置；之前某段時間來過數批勘測員，為了在河岸建貨櫃屋而忙東忙西，但後來他們發現河岸的地勢太低，並不適合造屋。如今，那塊地只拉了一條生鏽的刺鐵絲，放了塊錫牌表示這是私有土地、警告外人非請勿入。雅德毫不猶豫地鑽了進去。

舊屋被毀後，木材一直沒人清理乾淨，而是在忍冬、商陸和糾結的雜草中緩緩腐爛。雅德在舊木材堆前跪下，思緒如地下深處的河流，靜靜、深沉地湧動。她在廢物堆中找尋未腐朽的木材、托架和舊鉸鍊。她從小在沒有男丁的農場上生活，習得相當出色的木工技能，所以只花一個多鐘頭便拼湊出了粗糙的門框及門扉。她將門框釘在地面，掛上東拼西湊的門板，它在河邊吹來的風中吱嘎作響。

完工後，門被漆成天鵝絨般深深的海藍色，這時雅德才眞正明白自己在做什麼：她準備離此而去，也許會離開很長、很長一段時間，而她想在此留下什麼事物，用拉森奶奶的墓碑之類的物品，紀念她和鬼男孩在舊屋相遇的回憶。她心中也存在微小的希望，只盼這扇門有天再次開啓，通往**別地方**。在對門扉頗有研究的我看來，這是不可能成眞的希望，門扉一旦關閉便不可能再開啓了。

雅德拋下姑姑們的工具，走了幾哩路到鎭上，然後將頭髮塞到破舊到形狀全無、像沉睡動物似地癱在她頭上的皮革帽裡，大步走到碼頭等汽船。相較於制定計畫，這更像是順著某種比自己宏大瘋狂的力量往下游游去，游往未知的大海。她沒有抗拒這些力量，而是讓無形的水在頭頂閉合。

雅德在碼頭遊蕩和乞討了兩天，終於找到人手不足到願意請她當水手的汽船。人們卻步並非因爲她的性別——她穿著沾有顏料的長褲及寬鬆的棉上衣，藏住了女性身形，而雀斑滿布的方臉也繞過了美麗，落在較接近英俊的範圍。

（雅德若有拍銀版相片，便會照出這麼一張臉，不過相片和鏡子同樣善於撒謊。事實上，若將美定義爲靈魂中心充滿生命力與魄力、能點燃周遭萬物的火焰，那雅德蕾絕對是我在這個世界與其他世界裡見過最美的存在。）

無論如何，睿智的船工或許是看見了她眼中的某種東西，看出她狂野不羈、勇敢無畏，且與自身未來脫節到了危險的地步——面對雅德，他們都遲疑了。幸好她運氣不錯，南方女王號（*Southern Queen*）的船長經驗不足，他在上游僱了三個醉鬼與一名竊賊，急著找人取代他們，所以只問了雅德的名字和目的地後便決定僱用她。南方女王號的紀錄顯示，她名爲「拉森」，目的地是「別地方」。

此時此刻，就在雅德輕舞的雙腳從上有白漆的碼頭木板、踩上密西西比河汽船的這一刻，我們必須稍做暫停。在此之前，拉森小姐的故事雖不尋常，卻稱不上神祕或難以理解，而我們還能扮演歷史學者的角色，從訪談和證據裡拼湊出少女的成長歷程。然而從此刻開始，雅德的故事變得更加宏大、更加古怪、更加狂野了；她側身踏進民間故事與傳說寓言的隱藏領域，如茂密樹林中冉冉上升的煙霧般，悄然溜出了歷史的縫隙。再怎麼機智、仔細的學者，都無法在紙上描繪煙霧與神話傳說。

雅德本人只願意分享少少幾個日期和故事細節，所以從這一刻開始，她生命接下來數年的故事只剩一系列散亂的片段。

因此，我們不清楚她在南方女王號那數個月裡過著怎樣的生活，不知道船工的工作是否適合她，不曉得其他水手對她的看法是喜歡還是畏懼，也不清楚她對岸上一座座泥土色的城鎮做何感想。我們更不知她是否偶爾會站在甲板上，面朝南方拂來的風，感覺自己擺脫了童年狹隘的生活，只知曉她後來站在了另一艘船的甲板上、航行在極為不同的水域，像是靈魂舒展開來、伸上前迎接天空似地遙望天際。

我們甚至不曉得她是否是在船上工作時，初次耳聞竊息妖的故事，只知道這個可能性很高。身爲學者，筆者觀察到故事往往隨船隻散布到河川上下游的現象，就像銀白色人魚般追隨船隻在河水邊流竄，而在那個年代，竊息妖的故事也多半在其中。雅德聽了故事，也許會聯想到牧草田裡鬧鬼的舊屋，喚醒了自己十五歲時立下的陳舊承諾；也或許，她只是對這則故事感興趣而已。

我們只確信一件事：一八八六年的暖冬，雅德蕾·拉森走進了紐奧良阿爾及爾區的聖烏爾邸，十六日後才出來。

在此，我們必須仰賴兩名在雅德進屋前曾與她交談的當地人證詞，即使事件從發生到我覓得他們、記下往昔的回憶時，早已經過了許多年。文森．勒布朗（Vincente LeBlanc）夫妻仍堅稱當時的情況太過特殊，他們的口述回憶至今依舊完整精確。某天晚間十點鐘，勒布朗夫妻剛興高采烈地離開舞廳（勒布朗太太堅稱他們是參加了晚間彌撒，勒布朗先生臉上則露出熟練的木然），兩人走在荷馬街上，忽然有名年輕女性迎面走來。

「她啊——我告訴你，她那個女孩子眞的很怪，灰頭土臉的，還像碼頭工人一樣穿著帆布褲子。」出於禮貌，勒布朗太太沒再提供更多細節，但我們可以想見，那名女性十分年輕，夜裡獨自在陌生的城市游蕩，而且膚色比麵粉還白。

勒布朗先生似是在安撫妻子，聳了聳肩。「誰知道呢，瑪莉。她看上去像是迷路了。」他補充道：「她不是像小孩子那樣迷路，完全沒有擔心不安的樣子。我看啊，她是故意迷路的。」

年輕女孩還問了一系列的問題：這裡是艾米拉大道嗎？福爾圖娜大宅在這附近嗎？宅子周圍的圍籬有多高，附近有沒有中大型犬？最後，她問道：「你們有聽過約翰和竊息妖的故事嗎？」

只要是頭腦正常的人，多半都會遠遠避開這麼一個瘋女人，邊走邊緊張地回頭確認她沒有跟來。但瑪莉．勒布朗富有大膽的同情心，願意給陌生人錢或邀乞丐進屋用晚餐。「小姐，往西方走一個街區就是艾米拉大道了。」她對陌生女子說。

「喔。眞是的，這座城市怎麼不設幾個路牌？」

「是啊，小姐。」瑪莉與文森．勒布朗回憶中的對話頻頻出現「小姐」與「不好意思」等詞語，想必是因爲白人女性再怎麼古怪，終究還是白人女性。他們也許是怕自己遇上了童話故事那樣的考驗，擔心女乞丐突然搖身變成女巫，懲罰言行失禮的路人。

「所以那個福爾圖娜什麼的屋子，就是在那條路上嗎？」勒布朗夫妻面面相覷。「這位小姐，我從來沒聽過妳說的屋子。」

「靠。」白人女性咒罵一聲，以十九歲青年自我意識過剩的模樣往鵝卵石路面吐了口口水。

瑪莉．勒布朗又問道：「還是妳是指……順著艾米拉大道走一段路，就是聖烏爾宅第。」文森記得自己挽著妻子的手臂，試圖無聲地警告她。「那也是一棟大宅，我這輩子還沒看過誰住進去。」

「或許是吧。」年輕女孩貓眼般銳利的雙眼直視著瑪莉。

瑪莉不由自主地壓低音量。「聽妳說起這個故事，我就想到——我可先說，這些都只是故事而已，只要是有文化的人就不會多想些什麼——聽說約翰．普雷斯特以前住在聖烏爾宅大宅。小姐，聽說他就是在那裡遇到竊息妖的（注）。」

---

**注**　與勒布朗夫妻談話後，我花了些時間在該區調查相關現象。我認為竊息妖是女妖（hag）故事的變型——一般所謂的女妖是狩獵年輕人的老女人，她們會吸走年輕人的血液或氣息，甚至是偷取別人的皮來夜行。我較常在喬治亞州附近的島嶼上聽到相關故事，那些地區也常聽到「女妖夜行」等詞彙，意指憂心或常做惡夢。雅德蕾．拉森並不知道竊息妖故事的普遍性，她不是透過學術推導或仔細調查尋找目的地，而是追隨流浪者自身的指南針前行。

女孩臉上浮現出皓齒森森、異常渴望的柴郡貓笑容。「是這樣啊。我的名字叫雅德．拉森，這位太太，能再麻煩妳回答幾個問題嗎？」

她請勒布朗夫妻重述他們所知的傳聞：年輕英俊的約翰每早醒來都面色如土、異常疲倦，只記得星空及狂野夜行的夢。女孩又問夫妻倆，有人會進去聖烏爾大宅嗎？（有時會有年輕男孩打賭進屋。）她又問道，那些男孩子還會出來嗎？（當然會啊！只不過……嗯，有些傳聞說，有的男孩在宅子裡過夜，結果一年又一天過後才出來，還有的男孩出來後成天躲在衣櫃裡，夢裡盡是遙遠的國度。）

「那麼，兩位朋友，再問你們最後一個問題：這個竊息妖是怎麼進到屋子裡的？她怎麼會找上可憐的約翰？」

勒布朗夫妻又相視一眼，即使是心軟的瑪莉也開始爲這名異常執著的年輕女孩憂心。她不僅穿著工作服、夜晚在外遊蕩，在言談之間整張臉還會陡然一亮；女孩似乎既是狩獵者也是獵物，在逃離什麼東西的同時，也在奔向別的事物。

即使如此，少有人能在故事說到一半時住口，放任解到一半的線繩拖在地上。「小姐啊，女妖溜進屋子的方法都一樣，她們會找到縫隙或是破洞，或是沒上鎖的門，從這些地方鑽進去。」

年輕女孩對夫妻粲然一笑，對兩人一鞠躬，轉身西行。

一直到十六天後，才有人再見到她。一群男孩子在街上滾鐵圈時，看見一名白人女性走出聖烏爾大宅。據他們所說，女子的外貌「像女巫」：破破爛爛的工作服掛在她身上，除此之外，她還穿著一襲油亮黑羽製成的奇怪斗篷；她的眼眸似是經過一番狂風吹拂，而她更對著夜空露出狡獪的笑容，彷彿與星辰關係匪淺。

男孩們問起她的來歷時，年輕女子只莫名其妙地描述了高聳的山峰、黑松木林，以及夜空中的亮光如釘在星點上的粉色絲帶，除此之外，她沒有提供更詳盡的說明。

當我親自問她在門的另一側看到什麼時——那棟大宅裡必然存在著一道門——她卻只是哈哈大笑。「當然是看到竊息妖囉！」見我皺眉，她責備道：「聽著，並不是每一則故事都該說出來，有時候光是說出故事就是在把它偷走，偷走了它的一點神祕。還是讓那些女巫過她們自己的生活吧。」

那時，我還不明白她的意思，只感受到屬於學者的渴望，揭露眞相與解釋現象的渴望，讓未知成爲已知的渴望——然而在調查聖烏爾大宅的故事時，我失敗了。我追尋雅德的腳步順著艾米拉大道走去，找到一幢掩埋在木蘭花及朽木甜味之間的白色宅第；它十分宏偉，同時卻又幾乎被世人所忘卻。我本欲在夜裡回來探索宅第，那晚卻發生了一八九五年的阿爾及爾大火（編注）。到了午夜，整片天空呈金橙色，而到了黎明時分，包括聖烏爾大宅在內的整個街區已徒剩煙灰瀰漫的骨架。

---

編注　Great Algiers Fire of 1895，當年十月二十日清晨，這場擴及十個街區的大火最後燒燬了約二百戶住家和公司行號。

請記住這場大火。請記住，這場祝融之災沒有明確的源頭，它無視了水管與一桶桶水的救援，直到最後聖烏爾大宅曾經的輝煌都化作灰燼。

儘管它已不復存在，我還是記下了這些往事，因為聖烏爾大宅是我在這個世界找到的第一道門，也是拉森小姐的第二道門。在找到門扉的同時，變化也將降臨。

日後，雅德將一八八五到一八九二年稱為她的「飢餓年代」。我問她為了什麼飢餓，她笑著回道：「我猜是跟你一樣的理由吧。我想找到通道，找到不存在的地方，任何其他的地方。」她搜遍了全世界，飢渴地四處遊蕩，四處找尋門扉。

然後，她找到了。（注）她在廢棄教堂及蒙上鹽霜的山洞裡找到門扉，在墓園和外國市集隨風飄揚的掛簾後找到門扉。她找到的門扉實在太多，以致她對世界的認知如同被老鼠咬得破破爛爛的地圖，像蕾絲般多出許多破洞。我自己也試圖追隨她的腳步，盡量重新發現了一道道門，不過門扉本質上就是開口、通道與失落的所在，我們很難記錄「不存在」事物的形狀大小。我的筆記處處是死路及不確定因素、傳聞和流言，而其中最詳盡的報告也充滿未解之謎，一個個問題如灰色天使，在頁邊飛舞。

我們以普拉特河門扉為例。我循著雅德繽紛的足跡回到密西西比河上游，接著向西行，最終找到一位名為法蘭克．C．特魯（Frank C. True）的男士。我在一九〇〇年與特魯先生談話時，他在W．J．泰勒的美國豪華馬戲團（內含大世界博物館、車隊、雜技場、珍奇動物園及野生與活物代表大會）當雜技馬師。

法蘭克是個棕色頭髮、眼神堅定的男人，魅力和才華遠超出其瘦小身形的限制。我提起雅德的名字時，他臉上的表演者笑容添了幾分懷念。

「是啊，我當然記得她了。爲什麼問這個？你是她丈夫嗎？」我向他再三保證自己不是吃醋的情人，不是來算什麼十年前的舊帳。他聽完之後嘆息一聲，向後靠著露營椅，將他們在一八八八年炎夏邂逅的故事告訴給我。

他初次見到她，是在卡佛博士的「洛磯山脈與草原展」的觀眾席上，當年法蘭克扮演西部蠻荒地區「眞實的草原印第安人」，每天賺一塊錢。雅德獨自坐在觀眾席的木製長椅上，灰頭土臉的她頂著一頭亂髮，穿著像從路邊撿來的大靴子及男裝上衣。臺上重演血淋淋的小大角戰役(編注)時，她沒有起身離席，甚至在演員表演套繩捕野馬時高聲喝采——不過臺上的「野馬」只是匹和家貓同樣溫馴、肚子圓滾滾的小馬——幫贏了印第安賽馬的法蘭克吹口哨。他對她拋了個

**注**

她或許不像是大膽無畏的探險者，畢竟她出身貧窮、未受到太多教育，也沒有特別的專長。不過我蒐集的相關文獻顯示，門扉通常不會吸引我們想像中的探險者與拓荒者——李文斯頓醫師、布恩先生這類勇闖未知境地的探險者，往往不會找到門扉。和我同樣穿梭門扉的旅人，經常也出身貧賤，是無人關愛、無家可歸的可憐人；簡而言之，就是行走在世界邊緣、不停找尋出口的人。我們以湯瑪斯．艾肯海德為例：他年輕時父母雙亡、身患殘疾，卻發表了一部受人唾棄的宣言，提出天堂其實是真實存在的地方，它就位於蘇格蘭一座老教堂某扇破舊的小門另一側。他也表示，那個地方也可能是地獄或煉獄，總之是個「溫暖又陽光明媚，比蘇格蘭好得多的所在」。發表宣言的同一年，他因犯了瀆神罪而被吊死。

Thomas Aikenhead, "A Tract on Magick and the Entrance to Heaven," 1695。

編注 Battle of the Little Bighorn，一八七六年的北美印第安戰爭，曾被改編成電影和電玩遊戲。

媚眼，她也回拋一個給他。

卡佛博士的展覽在隔晚撤離芝加哥時，雅德與法蘭克都擠在表演者氣動車裡的同一個小隔間，雅德就這麼成了祖母與姑姑所說的墮落女人，並在過程中發現了一件事：墮落女人擁有專屬她們的自由。（注）她當然還是得付出一些社交上的代價——在午餐帳篷相遇時，有幾名女性表演者堅決無視雅德，男人則對她的身體自由做出不正確的假設——不過整體而言，雅德的眼界非但沒有縮小，反而擴展了。她發現身邊淨是因酗酒、犯罪、熱情或膚色而墮落的男男女女，形成熱鬧的地下世界，她彷彿在自己的世界內又找到了一道門扉。

法蘭克告訴我，他們就這麼滿足地過了數週，乘著洛磯山脈展覽被漆上藍漆和白漆的車子，搖搖晃晃地巡遊美國東部。但過了沒多久，雅德逐漸感到焦躁不安，於是法蘭克盡量用故事讓她分心。

「我問她：『有跟妳說過紅雲（Red Cloud）的故事嗎？我發誓，我還真沒遇過妳這麼愛聽故事的女人。』」法蘭克對她說起拉科塔族一位年輕英勇的酋長，他能用雕過的骨頭預測戰役結果，對美國陸軍與保德河駐軍造成了無盡損傷。「他一直不肯說那些骨頭是哪來的，不過聽說他小時候失蹤了一年，然後不知從哪帶了一袋骨頭回來。」

「他失蹤去哪了？」雅德問道。在法蘭克的回憶中，她的眼眸瞪得和新月一樣又圓又黑。

「應該是在北普拉特河上游吧。後來有人在黑山挖到黃金、政府違反條約，他又再次失蹤，可能是就此心碎、又回那個地方去了吧。」

天還沒亮，雅德便離去了。她留下一張字條——特魯先生仍留著那張紙，但他不願和我分享內容——以及較適合法蘭克的大靴子。在那之後，特魯先生就再也沒看到她，也沒再和她聯繫上。

不曉得內布拉斯加州的北普拉特縣是否眞存在門扉，總之我什麼都沒找著，只來到了一座窮困潦倒、飽經風霜、人人心懷怨念的小鎭。昏暗的酒吧裡，一個老頭毫不客氣地叫我離開、永遠別回來，所以即使眞存在那樣的地方它也絕不屬於我。奧格拉拉－拉科塔部落向陌生人分享祕密必定沒好下場。隔天一早，我就離開了那座小鎭。

雅德在飢餓年代覓得了數十道門，而這不過是其中之一。以下是經筆者證實的清單，列出她找到的部分門扉：

一八八九年，雅德在愛德華王子島替年邁的馬鈴薯農幹活，追尋她所謂的「塞爾基故事」，她指的多半是塞爾克（編注）。農人告訴她，有個死去多年的鄰居，過去曾在海蝕洞裡找到一名年輕女人，女人的眼距異常地寬，雙眼是油亮的漆黑，而且她不會任何一種人類的語言。接下來數日，雅德自己也去探索海岸的一個個洞穴，直到某天下午她一去不返。可憐的馬鈴薯農還以爲她溺斃在海裡了，沒想到八天後雅德再次出現，身上還帶有異界海洋清涼的氣息。

**注** 世上當然不存在所謂的墮落女人，即使有，也不過是不愼摔下樓、從高處「墜落」的女人。這個世界最麻煩的元素之一，是它嚴格又難以捉摸的社會規範。在這個世界，人們不許在法律上結婚前發生身體之愛，只有富有的年輕男人例外；男人必須直接且強硬，但只有淺色肌膚的男人能這麼表現；任何人都可以不顧身分地位相愛，但前提是其中一人是女性、另一人是男性。親愛的，我建議你在生活中別受這些滿是缺陷的限制侷限，畢竟還有其他的世界可去。

**編注** selkie，凱爾特神話中外形與人類相同，卻長著一層光滑海豹皮的生物，被稱海豹人或海豹精。

一八九〇年，雅德在一艘像喝醉海鷗穿梭於巴哈馬群島的汽船上工作，聽到了杜桑．盧維杜爾（編注）叛亂的故事：他的部隊奇蹟似地融進了高原，就此消失無蹤。當時的海航路線總是躲避瘟疫般地繞過海地，於是雅德拋下船上的工作，花錢收買漁民，請漁民帶她從馬修鎮前往海地那片綠意盎然、地勢凹凸不平的海岸。

在高原泥濘滿布的伐木小徑上流浪數週後，她找到了盧維杜爾的門扉，那是條很長的地道，一棵多節瘤的洋槐糾結複雜的根部在洞裡糾纏著。她沒有描述那扇門另一側的事物，而我們可能也永遠沒機會得知眞相——數年後，那塊土地被人買下、樹木被伐得乾乾淨淨，改種植起甘蔗。

同一年，她循著另一系列的故事，一路去到了希臘某座無人問津的小教堂；故事中有雙眼如冰的怪獸，不知情者可能會被牠們的眼神變成石頭。雅德在門扉另一側找到一個天寒地凍、朔風刺骨的殘酷世界，本想立刻拋棄那個世界，卻立刻被一群身穿動物毛皮的白皮膚野人奇襲。她後來說道，那群人偷走她所有的擁有物，她「身上就只剩內衣褲」。他們對她呼喝一陣子之後將她拖去見女族長，但族長並沒有大呼小叫，而是直視著雅德、對她悄聲私語。

「我發誓，我幾乎能聽懂她的話。她叫我加入他們的部落，幫他們和敵人戰鬥，幫他們弄到更多財富什麼的。我對天發誓，我還眞的差點照做了——不知爲何，那雙眼睛顏色好淺、眼神好冰……但最後我拒絕了。」雅德並沒有詳述拒絕女族長的後果，不過根據希臘當地人的證詞，一名眼神狂亂的美國女人只穿著毛皮斗篷就在街上遊蕩，除了輕微凍傷之外，手上還提了把有些駭人的長矛。（我之後會敘述自己找到這道門的經過。）

一八九一年，雅德在伊斯坦堡大巴扎市集的陰影中找到一道瓷磚拱門，帶著她宣稱是龍鱗的金色大圓盤歸來。她造訪了聖地牙哥與福克蘭群島，在剛果雷堡市染上瘧疾，之後在緬因州東北角失蹤數月。異世界的塵埃如一萬種香水，積累在她的皮膚上，而她所經之處都留下了滿懷思念的男人及不可思議的故事。

她從不在一處久留，多數人都告訴我，雅德不過是個流浪者，受驅使燕子南飛的未知力量推動，在一個個地點之間遊蕩。但是我對此抱持異議，我認爲她更像是踏上冒險之旅的騎士，目標是尋找一道特定的門、一個特定的世界。

而在一八九三年，二十七歲那年覆蓋霜雪的春季，她終於找到了。

這則故事的散播方式與其他故事無異，從一個人口中溜到另一人嘴裡，如血液中流淌的感染源般，沿著鐵路和公路散播出去。到了一八九三年二月，故事輾轉來到德州塔夫脫鎮，滲進了雅德·拉森任職的棉籽廠。其他勞工記得在某天的午休時間，眾人提著錫桶聚集在工廠後方，呼吸著油膩的蒸汽和腐爛棉籽殼的青澀氣味，聆聽道爾頓·格雷分享當日在酒吧聽來的八卦。他說起北方兩個瘋瘋癲癲地從洛磯山脈下來的獵戶，據說他們以自己珍愛的一切發誓，銀踵山山頂有一片汪洋。

編注 Toussaint Louverture，海地反抗法國的獨立革命領導者之一，為海地國父。

工人聽了哄堂大笑，但雅德的聲音卻如砍入樹幹的斧頭，劈開了他們笑聲。「你說他們在山頂找到了海洋？那是什麼意思？」

道爾頓．格雷聳了聳肩。「我哪知道？聽金恩說他們迷了路，找到一座採銀潮時期的老教堂，在石教堂裡住了一、兩週。他們說那座小教堂普普通通的，但從後門走出去竟然是片大海！」笑聲再次響起卻悄悄淡去，只見雅德．拉森收拾了還未碰過的午餐，動身往西北方走，穿過工廠院子朝東德州與海灣鐵路的方向行去。

從德州前往科羅拉多州的路上，我沒找到雅德留下的蹤跡，只知道她像重新浮上水面的潛水伕，一個月後出現在阿爾瑪鎮。她像是準備要在弗蘭特山度過嚴寒的春季般，買了靴子、毛皮衣等重裝備，而鎮上的店老闆還記得自己當年有些厭煩又憐憫地目送她離去，確信到了夏季時，他們將在小徑上找到她逐漸解凍的屍體。

但他沒料到女人在十天後從銀踵山回來了，她的臉頰凍裂，臉上卻帶著大大的燦笑，像極了剛找到黃金的礦工。她問店老闆，附近哪裡有鋸木廠。

老闆回答了她，接著問道：「女士，我好奇問一下，妳要木材做什麼？」

「喔。」雅德聞言哈哈大笑。店老闆日後回想起來，記得那是個瘋瘋癲癲、毫無顧忌的大笑。「造船啊。」

一個沒什麼木工技能的年輕女人，獨自在空氣稀薄的洛磯山脈高處造帆船，此等奇景自然受盡矚目。一名記者表示，雅德在銀踵山山腳搭了亂七八糟的營地，乍看下像是「近期有龍捲風過境的貧民窟」。松木板被彎成痛苦的弧度，鋪散在冰凍的地面上，借來的工具也被隨便地堆成幾疊，而女人顯然不打算重複使用它們。雅德自己穿著沾滿煙味的熊皮衣，獨力進行混亂的造船工作，一面工作一面愉快地咒罵。

時光來到四月，船隻有了可辨識的輪廓，飄著松脂氣味的修長骨架躺在營地中央，宛若被上帝遺忘而沒能獲得皮膚或鱗片的海生動物。

不久後，第一批報社記者來了，第一篇報導是《萊德維爾日報》一篇印刷模糊的側刊，標題毫無新意：**女人造船，當地人一頭霧水**。文章造就出一些傳聞和笑料，因而一躍登上較大的報紙，被一再刊登後終於和找到海洋的獵戶那則故事建立起連結。一個多月後，雅德和帆船早已離阿爾瑪鎮遠去，新聞甚至遷徙到了《紐約時報》，被標上較引人注目的標題：**洛磯山脈女諾亞：科羅拉多瘋女人準備迎接大洪水**。

倘若能收回那篇該死的報導，我願意犧牲一切——載文世界（Written）的每一個文字、所有世界的所有星辰，甚至是我這雙手。

就我所知，雅德從不閱讀關於自己的報導，而是專注地奮力造船。她堆疊木板建造船身，還請教了當地的屋頂工，對方感到莫名其妙地教她使用獸脂混合雲杉脂塡隙。她的船帆縫得亂七八糟，姑姑們看了想必會無比嫌棄，成品就僵硬地掛在矮胖的桅杆上。那個月結束時，雅德確信自己造出了全世界最華美、最堪用的一條船……至少和其他位在海拔一萬呎以上的帆船相比，它絕對不落人後。她將帆船的名字燙在船頭，歪七扭八的炭灰線條拼湊出三個字：**鑰匙號**（*The Key*）。

那天晚間，雅德到鎮上將自己在棉籽工廠工作存下的最後一筆錢花得一乾二淨，買了乾火腿、豆子罐頭、三個大水壺和指南針，還僱了兩個年輕男人。她用破西班牙語告訴他們，她希望他們將一艘船扛上山。多年後，我找到了其中一名男士——路西歐．馬丁尼茲先生——他疲倦又哀怨地對我坦承，自己很後悔當初接下這份工作。他表示自己近十年來一直生活在毫無根據的疑雲之中，因爲最後看到白人女瘋子和那條船的人就是他和他朋友。事件過後的那一、兩年間，當地警長甚至盤問過馬丁尼茲先生，要求他畫一幅精確的地圖指出雅德蕾最後的所在。

在銀踵山山頂和可憐的馬丁尼茲先生與他朋友分道揚鑣時，雅德並不曉得他們兩人之後會遭遇何等痛苦，即使知道了，她可能也不會在乎。她像是接近冒險終點的騎士，受純粹的自私力量驅使，和不可能指向其他方位的指南針一樣，再也無法偏離通往目的地的道路。

她等到馬丁尼茲兩人沿著鋸齒狀小徑下山，等到弦月爲松樹塗上輕柔的銀漆，然後拖著粗製濫造的船身沿獸徑前行，來到或許一度爲礦工教堂——或某種更古老、神聖之域所——的低矮石建築。

門扉與她數週前看見的模樣毫無二致，它幾乎完全佔據一整面堆石墻，門框是隨歲月發黑的粗木材，門板上一個粗糙的洞被充當成門把。雅德已經感受到從洞口輕嘯吹來的微風，嗅到鹽水、杉木及陽光明媚的漫長日子氣息。

那對她而言不該是熟悉的味道，她卻感到無比熟悉。那是她在夏末田野親吻鬼男孩時，少年肌膚的氣味；那是異界的氣味。

她打開門，小船在另一個世界陌生的汪洋上啓航。

# 4

# 開了鎖的門扉

睜眼時，我感覺雙眼像被人拔出來，在粗沙中滾了幾圈後又隨便地塞回眼眶。嘴裡黏答答的，一股酸味傳來，而頭顱則似乎在一夜間嚴重縮水。在那暈頭轉向的數秒裡，我忘了派對上那六、七杯的香檳，暈乎乎地心想：這該不會是書本造成的吧？莫非故事能像葡萄酒那樣在血液中發酵，令我不飲而醉？

如果世上眞存在能令人喝醉的故事，那想必就是這一則。我當然讀過更精采的書，書中有更多冒險、更多親吻，高談闊論的成分也少得多。不過沒有任何一本書曾在我心中留下脆弱又不可思議的懷疑——雖然不可能，但這則故事會不會是眞的？也許各處陰影都藏有一道道「門」，等著別人去打開它們。也許女人可以像蛇那樣蛻去童年的皮，一頭撲向潮流湧動的未知。

無論洛克先生多麼同情我，我都無法想像他會送我如此古怪的禮物。那麼，這本書怎麼會進到法老室的藏寶箱裡？

然而，在仍壓在我胸口「那個東西」的重量下，謎題顯得單薄而遙遠。我逐漸發現，那份重量永遠都會存在，它將像第二層皮膚、如附骨之蛆，悄悄污染我碰觸的一切。

我感覺到巴達潮濕的鼻頭鑽到手臂下，牠和小時候一樣鑽來鑽去。現在的氣溫太過炎熱——七月陽光在地板上吋吋逼近，烘烤上方的銅屋頂——但我還是抱住牠，將臉埋入牠的毛髮。旭日東升、洛克宅在周遭吱嘎作響、喃喃低語，我們滿身是汗、渾身黏膩地躺在床上。

我正強迫自己陷入過熱、迷茫的睡眠時，房門打開了。

我嗅到咖啡的氣味，聽見熟悉且果斷的腳步聲從房間另一頭走來。我胸口不爲人知的緊繃感放鬆下來，鬆了一口氣。**她還在。**

詹妮已經換上日用服、在房裡清醒地走動，可見她已醒來好一段時間，一直盡量不打擾我睡眠。她將兩個直冒蒸氣的杯子平放在書架上，拖著一張椅腳纖細的椅子到我床邊，雙手抱胸坐下來。

「早安，一月。」她的語氣就事論事，近乎嚴厲。也許是幾乎長年不在的父親逝世了，合理的喪期就只有一天；也許是她嫌我睡得太晚，霸佔了我們共用的房間。「我聽廚房女傭說了昨晚的派對，這個——發生了不少事。」

我發出「我不想談這件事」的呻吟聲。

「妳真的喝醉酒後對洛克先生吼叫，還衝出吸菸室嗎？然後呢——我還聽說妳和那個薩皮亞家的男孩子不知跑哪去，這也是真的？」

我提高音量，再次發出抗議的呻吟，詹妮對我揚起眉頭。我用一條手臂遮住臉，盯著眼皮下的橘光低哼一聲：「是。」

她笑了，洪鐘般的隆隆笑聲嚇了巴達一跳。「那妳還有救嘛。有時候我覺得妳這麼像小老鼠，沒辦法在外頭的世界生存，但我可能太低估妳了。」她頓了頓，神情嚴肅起來。「第一次和妳父親相遇時，他說妳是個愛惹麻煩的野孩子，我真心希望他說得對，妳會需要那份野性。」

我想問她父親有沒有常常提到我，想知道他對詹妮說了什麼，有沒有提過有天會帶我一同旅行的事……然而，千言萬語全在喉頭凝固。我嚥了口口水。「需要野性做什麼？」

詹妮臉上又浮現近乎厭煩的嚴厲神情。「一月，生活不可能永遠這樣下去，事情總是會改變。」

**啊。就是現在了嗎？她打算告訴我，她將在不久後離我而去，回到英屬東非的高原地區，留我獨自一人守著這間小小的灰色房間。**我試圖壓下瘋狂撓抓胸腔的恐慌。「妳要走了。我懂。」我只希望自己的聲音顯得冷淡又成熟，希望她別注意到我緊揪著被單的雙拳。「畢竟……畢竟現在我父親死了。」

「是失蹤。」她糾正道。

「什麼？」

「妳父親不是死了，而是失蹤。」

我用一邊手肘撐起上半身，搖了搖頭。「洛克先生說——」

詹妮的嘴唇噘起，做了個拍打蚊蟲的動作。「一月，洛克並不是上帝。」**其實也和上帝差不多了。**我沒將話語說出口，但不用看也知道自己臉上浮現了堅決否定的固執。

詹妮對我嘆了口氣，不過再次開口時，她的聲音變得輕柔一些，幾乎可說是猶豫不決。「出於某些理由，我相信……妳父親也對我保證過……唉，總之，我還沒放棄朱利安。說不定妳也不該這麼早放棄希望。」

漆黑的「東西」似乎纏得更緊，像看不見的鸚鵡螺殼，替我抵擋她摻雜了希望的殘酷言語。我再次闔上雙眼，翻身背對她。「我不想喝咖啡，謝謝。」

急促的吸氣聲傳來。我惹惱她了嗎？很好，也許如此一來她就能無牽無掛地離開，不必假裝以後會思念我，不必假惺惺地答應以後會保持聯繫。

然而，她斷聲說出口的卻是：「那是什麼？」我感覺到她的手在我背後的被單中翻找，某個方形的小東西從我身下被抽走。

我坐起身，看見她雙手抓著《一萬道門》，力道大到指尖都泛白。「那是**我**的，妳快還給——」

「妳在哪裡拿到這個的？」她的語音無比平穩，卻帶有莫名的急迫感。

「那是給我的禮物。」我不高興地說。「應該是吧。」

但她沒在聽，而是用微顫的雙手翻閱書本，雙眼迅速掃過文字，彷彿那是專門寫給她的關鍵訊息。不知為何，我感受到一股不合情理的嫉妒。

「書裡有提到『伊里姆』嗎？有提到豹女族（leopard-women）嗎？他有沒有找到——」

不近人情的「叩、叩、叩」三聲傳來，巴達一躍而起，咧起的嘴露出一顆白牙。

「詹妮小姐？洛克先生想和妳私下談談。」是史特靈先生，聲音一如往常地平板，簡直像一台學會行走、說話的打字機。

我和詹妮相視一眼。自從詹妮兩年前住進洛克宅至今，洛克先生一次也沒有和她私下談過話，在公共場合與她交談的次數也不超過二十次。在洛克先生眼中，詹妮不過是件可惜的必需品，像是朋友送你的花瓶，再怎麼醜也不能隨意丟棄。

我看著詹妮喉嚨鼓動，吞下令她雙手在皮革書封留下深色汗漬的情緒。「謝謝你，史特靈先生，我馬上過去。」

房門另一側傳來經過專業調律的清喉嚨聲。「請現在跟我來。」

詹妮閉上雙眼，無奈地咬牙。「好的，先生。」她高聲說。她站起身，將我的書收進裙子口袋，確認它真的存在似地一手搭在口袋外側。她用較低的氣音說：「等我回來再談。」

這時我應該抓住她的裙子，強硬地要求她說明情況。我應該叫史特靈先生閉嘴，然後好好享受他震驚的沉默。

但我沒有這麼做。

詹妮大步走出房間，一切再次恢復寂靜，只有塵埃在她走過時帶起的旋風中飛旋。巴達跳到地上，伸了個懶腰，抖了抖全身，金色細毛形成的薄霧加入了塵埃之舞，在陽光下閃爍金光。

我又癱倒在床墊上，聽著窗外園丁修剪枝葉的剪刀聲、汽車經過鍛鐵院門時遙遠的引擎聲，以及自己快得過分的心跳聲，如同一隻拳頭焦急地敲著上鎖的門，飛快地撞在肋骨內側。

洛克先生說我父親死了。他要我接受現實，我也接受了。但若是父親……

痠澀的倦意湧上四肢。我從小到大花了多少年歲月不斷等待父親，滿心相信他隔天便會歸來？一次次衝出去收信，在一疊信件中尋找他工整的字跡。心中一次次燃起希望，又一次次竭力壓抑那份期盼，努力不去希望他今天就會回家，今天就會對我說：「一月，是時候出發了。」然後帶我前往閃亮的未知世界。一次又一次，消磨了多少光陰？

我就不能省下最後一次最痛苦的失望嗎？

如果詹妮沒把書取走就好了。我想再次逃跑，逃回雅德尋找鬼男孩的冒險之旅。她花了那麼多年，循著最細微、最不可能的一絲希望四處尋找……假如她是我，不知會怎麼做？

**我會自己去找答案**。腦中響起帶有南方口音的平板語音，彷彿雅德不是虛構角色，而是眞實存在的人物。她的聲音鏗鏘有力地迴響在我腦中，彷彿我曾在哪裡聽過它。**去找他**。

我全身靜止地躺著，感覺到危險的戰慄如突來的熱病從胸口擴散。

可是，一道較成熟、理性清醒的聲音提醒我：《一萬道門》不過是本小說，我不能聽從小說的建議。小說才不在乎理智，它們專門兜售悲劇和懸疑、混亂及脫序、瘋癲與心痛，它們會像引誘老鼠跳河的吹笛人，慫恿你朝那些方向前進。

還是留下來比較明智。我應該乖乖待在洛克宅，求洛克先生原諒我昨晚失控的行爲，將孩子氣的幻想緊鎖在心裡，因爲現實世界容不下它們。我應該學著忘卻父親那句「**我保證**」的低沉與眞摯。

**你一直沒回到我身邊。你一直沒來救我**。

但也許——如果我夠勇敢、魯莽，也足夠愚蠢——如果我傾聽心中那平板卻無所畏懼的聲音，那熟悉卻又陌生的聲音——也許當時我能拯救我們兩人。

出門的路上，我沒想過自己會遇到任何人。我早該想到的，畢竟洛克招待了幾名協會成員暫住作客。他們佔用二樓華麗的客用套房，而臨時僱用的僕役仍在宅第上下進行派對後的善後工作。但在我心目中，離家出走有它專門的劇本，從古至今都是如此：我和巴達會像兩個靜悄悄的幽靈，神不知鬼不覺地溜出前門、沿著車道離開宅第；晚點，洛克也許會氣沖沖地衝進我房間，找到我留給他的紙條（我不會提供任何線索，而是只對他道歉，並感謝他多年來慷慨大方地照顧我），然後輕聲咒罵。他也許會遙望窗外，可惜爲時已晚，我的背影早就消失在車道盡頭了。

問題是，洛克先生如今就站在門廳裡，而且哈夫麥爾先生也在場。

「——還只是個小孩子啊，希奧多，我一、兩天就能搞定了。」洛克背對我站著，一隻手頻頻做出胸有成竹的動作，像銀行家在安慰緊張兮兮的客戶，另一條手臂上則掛著哈夫麥爾的外套。哈夫麥爾狐疑地皺著臉，伸手要接過外套時，看見站在樓梯口的我。

「啊，康尼琉斯，這不就是你的叛逆丫頭嗎。」哈夫麥爾面帶微笑，但那個表情之所以稱爲「微笑」，完全是因爲他嘴唇捲曲、露出了牙齒，除此之外根本毫無笑意。洛克轉過身，我看著他的面色從冰冷的不贊同轉變爲驚愕，嘴巴微張著。

在他沉著臉、「妳在搞什麼」的目光下，我不由得凋萎了。方才那令我陶醉的自信，那驅使我行動——驅使我換上最耐穿的衣服、將雜七雜八的物品塞進帆布包、寫下兩張紙條並擺到完美的位置——的自信，瞬間動搖了。一時間，我感覺自己簡直是個大聲宣布自己要離家出走的任性小孩。我突然想到自己打包了九、十本書，卻連一雙襪子也沒帶。

洛克張口、胸膛鼓起，正準備滔滔不絕地數落我，但我在此時意識到一件事：既然他和哈夫麥爾在一樓，那他和詹妮的談話顯然已經結束了……那詹妮爲什麼沒有回房間？

「詹妮在哪裡？」我打斷他問著。她本該回我們房間，找到我藏在《湯姆．斯威夫特與飛船》裡的紙條，然後她會在波士頓和我會合，與我一同搭上向東航行的汽船，兩人一起展開冒險。不過前提是她想來——多虧了這出色的計畫，我不必面對面問她，也不必面對被她拒絕的可能性。

洛克的臉色變得蒼白了些，顯示出他的不耐煩。「孩子，回妳房間去，我晚點再來處置妳。從現在開始，給我乖乖待在自己房裡，直到我——」

「詹妮在哪裡？」

哈夫麥爾觀察著我，慵懶地說：「雪勒小姐，原來妳不只是喝醉時目無尊長，平時也是這副德行啊。」

洛克不理他。「一月。現在，給我上樓。」他的語音變得低沉而急切，我別過視線，不去看他的臉，卻感覺到那雙極淺的眼眸勾住我的血肉，將我向後推。「回妳房間去——」

但我不想再聽洛克先生的話了。我受夠被他的意志壓縮得越來越小，受夠了乖乖聽話的生活。「不要。」搖擺不定的氣音脫口而出。我嚥了口口水，五指觸碰巴達青銅色的溫熱身軀。「不要。我要走了。」

我低下頭、挺起胸膛，似是朝迎面襲來的強風走去，然後奮力舉起帆布包走下樓、穿過門廳。我的背脊挺得筆直。

快要與他們擦身而過、碰到前門的黃銅門把時，哈夫麥爾笑了。那醜惡、高亢的氣音令巴達後頸的毛髮在我手掌下直直豎起，我預防性地抓住牠的項圈。

「妳這樣的小東西要去哪兒呢？」他問道。他舉起手杖，挑釁地戳了帆布包一下。

「去找我父親。」我也受夠了謊言。

哈夫麥爾算不上笑容的微笑變得又甜又膩，他傾身靠近我，眼中閃爍著不得體的光芒——是期待？還是愉悅？——一根手套下的手指彎曲著，抬起我的下巴。「妳是指，妳那位已故的父親吧。」

我應該當場放開巴達的項圈，讓牠把哈夫麥爾咬成碎塊。我應該狠狠賞他一巴掌，或假裝沒聽見，或直接衝出門。

可惜，我選了最糟糕的選項。

「他可能死了，也可能沒死。說不定他只是在什麼地方迷路；說不定他找到一扇『門』，不小心掉了進去，去到比這地方好上許多的世界，例如沒有你這種人的世界。」我的回應介於瘋癲及可笑之間，我等著洛克先生無奈嘆息，等著哈夫麥爾再次發出那勉強能稱作笑聲的氣音。

沒想到他們突然靜止不動，瞬間的靜默令我手臂上汗毛直豎，聯想到在長草中等著獵捕獵物的狼與蛇。在靜默中，我發現自己不知怎地鑄下了大錯。

哈夫麥爾先生直起身，放手讓我再次垂下頭，戴著駕駛手套的雙手一再握拳又放鬆，躁動不安。「康尼琉斯，我們不是約好了，特定情報只能和其他協會成員分享嗎？我還以為這是我們協會的要旨之一，是創始者親自定下的鐵律呢。」從睡醒以來，我第二度感覺對話突然轉而用未知的語言進行。

「該死的，我什麼都沒對她說過。」洛克語調直率，卻多了一絲近乎恐懼的糾結，但我認識的洛克從未害怕過。

哈夫麥爾揚了揚鼻翼。「是這樣嗎。」他輕聲說。「路克！艾凡斯！」兩個虎背熊腰的男人沉著腳步下樓，手裡都提著還未打包好的行囊。「哈夫麥爾先生。」他們氣喘吁吁地應道。

「你們送這個丫頭回她房間，把門鎖上。注意她的狗。」

每當書中角色驚恐地靜止在原地時，我都恨不得對他們大叫：**醒醒啊！快動起來啊！**回想我當時愣愣地站在原處、可笑的帆布包掛在肩膀上、抓著巴達項圈的手指沒了力氣的模樣，我也恨不得對自己高喊：**快動起來啊！**

但我是個乖女孩，我什麼都沒做。我靜靜看著哈夫麥爾的手杖敲了敲地板、催促兩名壯漢加快行動，聽著洛克不悅地連聲抱怨，最後任由兩隻粗壯的手抓住我上臂。

巴達英勇地低吼起來、撲了過去，其中一名壯漢用厚外套蓋住牠不斷掙扎的頭部，將牠撲倒在地。

我被半拖半押著上樓、被甩進自己房間，只聽見門鎖滑動後扣上，聲音近似洛克先生上了油的左輪手槍擊錘。

我一聲不吭，直到聽見憤怒的吠叫、男人的咒罵，以及靴子踢在肉體上的一連串聲響，而在那之後駭人的寂靜裡，我才猛然驚醒過來。這時候，做什麼都已經太遲了。

請記住我那天學到的教訓：你如果太乖，如果一直保持沉默，就必須付出代價。到最後，你必然得付出代價。

**巴達，巴達，巴達巴達巴達**。我大力敲門，奮力扭轉門把，直到手腕的骨骼喀喀作響。男人的話聲沿著樓梯飄上來，從門縫下溜進來，但我耳裡滿是鉸鍊的拉扯碰撞聲與不知何來的悽慘呻吟，使得他們的對話模糊不清，直到哈夫麥爾不耐煩的話音從樓梯口隱約傳來——「誰去讓她閉嘴行不行？」——我才赫然發覺那些是我自己發出的聲音。

我安靜下來，聽見哈夫麥爾對樓下的人高呼：「艾凡斯，把那個處理掉，這邊清乾淨。」在那之後，就只剩血液在耳中雷鳴般的湧動，以及自身崩解的死寂。

我再度成為無助的七歲小孩，威妲的鑰匙在黑鐵門鎖中轉動，留下獨自被囚禁在牢籠中的我。我回憶起牆壁從四面擠壓過來的感受，自己彷彿是書頁間被碾扁的壓花；我回憶起銀湯匙裡令人作嘔的甜膩糖漿，以及自己散發的恐懼氣味。本以為自己早已忘卻的回憶，現在和照片同樣清晰，我甚至麻木地心想：也許它們永遠都會躲在我心中看不見的角落，低聲在我耳畔敘說種種恐懼。也許每個乖巧的女孩身後，都藏著某人恐怖的威脅。

一陣拖曳物體的聲音，遙遠的接待室傳來咒罵。*巴達。*

雙腿在我身下交疊，我倚著房門滑到地上，心想：*原來孤獨是這種感覺。*之前的我還以為自己了解所謂的孤獨，但現在詹妮走了，巴達也被帶走，我也許會在這間破爛的灰房間裡化為棉絮及塵埃，這世上也不會有任何人在乎。

漆黑的「那東西」再次降臨，它的煤灰雙翼裹住我雙肩。*無父無母。連一個朋友也沒有。*是我自己的錯。誰教我擅自以為自己能離此而去，只要像英雄踏上冒險之旅那樣鼓起勇氣、踏入廣袤的未知世界就好。誰教我擅自以為能稍稍違反規定，將自己寫入更美好、更宏偉的故事中。

然而，規矩是洛克與哈夫麥爾那樣的人定下的，他們和其他富有男人坐在外人禁入的吸菸室裡，像一隻隻西裝筆挺、坐在金網中央的蜘蛛，將全世界的財富拉攏到自己身邊。他們那種人才是舉足輕重的存在，不可能被鎖在小房間裡，不可能被世界遺忘。而我呢，即使在最理想的情況下，也只能一輩子瑟縮在他們慷慨的陰影中，不過是個不被厭惡但也無人愛憐的中間人，只有在不惹是生非時，才得以像隻小老鼠般鑽進鑽出。

我用雙手掌根抵著眼睛，恨不得施法倒回三天前的時空，再次一無所知、一頭霧水地站在法老室裡，向藍色寶箱伸出手。我恨不得再次消失在《一萬道門》的書頁間，迷失在雅德不可思議的冒險故事中……但書被詹妮取走，而詹妮已經離我而去了。

我恨不得找到一道「門」，寫下自己穿過那扇門的故事。

那不過是痴心妄想。

除非——那本書裡的故事，和我自己的回憶產生了共鳴。詹妮拿著書本時，那雙眼圓睜的迫切神色。還有哈夫麥爾與洛克……爲什麼我光提到「門」，他們便驚得動也不動？莫非……

我搖搖晃晃地站在看不見的懸崖邊緣，不敢躍入下方波濤洶湧的汪洋。我緩緩站起身，走到房間另一頭的梳妝檯前。我的首飾盒其實只是個被立擺在桌上的舊縫紉盒，裡頭塞滿我十七年來收藏的寶貝——羽毛及小石子，在法老室找到的小物件，被我攤開又摺過無數次、以致摺痕處近乎透明的父親的信。我伸出一隻手指，撫過盒內的墊布，摸到了硬幣冰涼的輪廓。

銀色的女王對我露出陌生微笑，和我七歲那年看見的笑容毫無二致，硬幣的重量按在我手心上，顯得無比真實。我感到令人暈眩的速度感，彷彿有翅膀寬闊的海鳥從身體中心飛了過去，捎來鹹水、杉木，以及異世界熟悉卻又陌生的陽光氣味。

我吸一口氣，又吸吐一次。**我瘋了**。但父親死了，房門也被鎖上，巴達需要我。只有瘋狂的念頭才能帶我離開此處。

我從看不見的懸崖邊緣撲了出去，躍入下方洶湧的黑水。虛構成了現實，不可思議的事物用閃亮的魚鰭在水中悠游，我選擇相信這一切。

在相信的同時，一股平靜突然沉澱在心頭。我將錢幣收入裙子口袋，走到窗前的寫字桌前，找到一片之前用過的碎紙，將它在書桌上鋪平。我頓了頓，集起心中每一絲醉人、暈眩的信念，然後提筆寫下：

**「門」開了**。

七歲時，我年紀還夠小，還相信魔法的力量。而此時此刻，我又找回七歲那年的自己。筆尖圈起最後的句點，宇宙在周圍吐息、聳了聳無形的肩，窗戶透進來的光本因午後雲朵而變得陰暗、稀薄，現在卻突然染上金光。

身後，房門的鉸鍊吱呀一響。門打開了。

令我忍不住想笑、令我頭暈目眩的瘋狂險些吞噬我全身，緊接著是痠痛與疲憊，黏稠、暈眩的黑影在雙眼後方脈動——但我沒時間感到疲倦了。巴達。

我用顫抖不停的雙腿奔跑出去，快步經過數名訝異的客人，奔過整齊地排滿黃銅標籤的展示櫃，一頭衝下樓。

門廳的場景變了：哈夫麥爾已經走出前門，門仍然開著，而洛克先生正簡短地低聲對一名高大的男僕說話。男人點著頭，用一條白毛巾擦拭雙手，留下鐵鏽色的污漬。是血。

「巴達！」我本該尖叫出聲，卻被失去了空氣的胸腔繃住。

兩人轉向我。「你們做了什麼？」我幾乎快擠不出聲音。

他們都沒有回答，哈夫麥爾的手下困擾地眨眼看我，似乎是不敢相信自己眼前的畫面。「先生，我發誓我剛剛聽哈夫麥爾先生的話，把她鎖在房間裡了！她怎麼會——」

「閉嘴。」洛克斬聲下令，男人的嘴立刻闔上。「現在給我滾出去。」男人匆匆跟著主人出去，邊走邊一臉恐懼和狐疑地回頭看我。

洛克轉過身來，他舉著雙手，不知是想安撫我還是表達不耐煩，而我也不在乎究竟是何者。「巴達在哪裡？」肺裡依然空氣稀薄，彷彿胸腔被巨人緊緊握在手裡。「他們對牠怎麼了？你怎麼可以讓他們這麼做？」

「孩子，妳坐下。」

「鬼才要坐下。」我這輩子從沒這樣對任何人說過話，但現在，我四肢充斥著熾熱、恐怖的某種情緒，開始顫抖。「牠在哪裡？詹妮呢？我需要詹妮——放開我——」

洛克先生大步走到樓梯口，粗暴地箝住我的下巴，五指扣著我的下顎。他抬起我的臉，雙眼直視著我的眼睛。「坐、下。」

我的雙腿顫抖著在身下癱疊，他拉住我一條手臂，將我半扛進離門廳最近的側室——這是名為非洲狩獵室的接待室，房裡到處是羚羊頭標本，以及深色熱帶木材製成的面具——我被他拋到扶手椅上。我緊抓著扶手，除了暈眩之外，令人作嘔的疲憊仍不斷重重擊打全身。

洛克從房間另一頭拖了張椅子過來，地毯在椅腳下皺起。他坐得離我好近，兩邊膝蓋都緊貼在我膝前。接著，他故作平靜地向後靠。

「妳知道嗎，我眞的對妳盡了全力。」他若無其事地說。「花了這麼多年照顧妳、雕琢妳、保護妳……在這麼多的收藏寶貝當中，我最珍視的就是妳。」他煩躁地握緊拳頭。「結果妳偏偏要做這種危險的事。」

「洛克先生，求求你，巴達牠——」

他傾身向前，冰冷的雙眼直視著我，雙手搭我的扶手上。「妳爲什麼老是教不會？就不能乖乖聽話？」說到最後幾個字，他語音壓低，多了種我沒聽過的陌生口音，沉重的喉音壓了下來。我忍不住向後一縮，而他退身開來，深吸一口氣。

「告訴我，妳剛剛是怎麼從房間出來的？還有——唉，神靈啊——妳是從哪裡聽到畸點（aberration）的事？」

畸點？他是指「門」嗎？

從聽到靴子踢在肉體上的恐怖聲響以來，我首次忘了巴達的存在，但取而代之的卻是一個遙遠的念頭：將《一萬道門》送給我的人，絕對不是洛克先生。

「我們應該可以肯定，不是妳父親洩密的。他那幾張冷淡的明信片上幾乎連貼郵票的空間都沒有。」洛克隔著小鬍子嗤笑一聲。「是那個該死的非洲人嗎？」

我愕然眨眼。「詹妮？」

「哼，她果然和這事脫不了關係！不出我所料。我們之後會把她追回來。」

「追回……？她在哪裡？」

「她今早被解僱了。她提供的是什麼服務我不管，總之我們不需要她了。」

「你怎麼可以！詹妮是我父親僱來的，你怎麼能隨便解僱她！」說得好像這很重要一樣。說得好像自己找到了技術性錯誤或漏洞，詹妮就能重返我身邊。

「妳父親恐怕沒辦法僱用任何人了，一個死人要怎麼請人來做事？不過，這並不是我們目前最主要的問題。」對話的過程中，洛克語音中的惱火消失了，變得簡扼、冷淡且不帶任何感情，彷彿是在董事會上發言，或在對史特靈先生下指令。「到了這一步，妳是怎麼弄到那份情報也不重要了，重點是妳知道得太多、也太過獨立，而且還十分不明智地對我們那位……比較輕率的會員揭露了妳所知的情報。」他輕輕嘆了口氣，聳了聳肩，彷彿在說「還能怎麼辦呢」。「希奧多的行事風格簡單粗暴，他要是知道妳像變戲法般地開了房門，恐怕會更興奮。他畢竟還太年輕。」

**他比你還老呢**。愛麗絲掉進兔子洞時，也是這種感覺嗎？

「總之，我必須想辦法保護妳，把妳安全妥善地藏起來。我已經打了幾通電話，都安排好了。」

我仍在兔子洞裡不停下墜，在半空中翻騰。「打給誰？」

「朋友啊、客戶啊。」他揮了揮形狀方正的手。「我找到能收容妳的地方了，據說那地方非常專業、現代，也非常舒適，和以前維多利亞時代那種地牢截然不同。布拉特波羅的風評挺不錯的。」他對我點了點頭，一副我聽了該感到開心的模樣。

「布拉特波羅？等等——」我胸口一緊。「布拉特波羅療養院？那不是瘋人院嗎？」我曾聽過洛克的賓客低聲談論那地方，有錢人家瘋瘋癲癲的老處女和登不上檯面的女兒都會被送到那種療養院。「我又不是瘋子！他們不會收容我的。」

洛克露出近似憐憫的神情。「唉，親愛的孩子，我教了妳這麼久，妳還沒認知到金錢的價值嗎？更何況就其他人所知，妳這個混種孤兒收到了父親的死訊之後，就開始到處說些魔法門啊什麼有的沒的，這不就瘋了嗎？我承認，我確實費了番工夫才說服他們忽略妳的膚色，但我跟妳保證，他們一定會收留下妳。」

電影般的影像映在我腦中——螢幕上閃過洛克先生的臺詞卡：「**一月，妳父親死了！**」接著是一連串斷斷續續的畫面，少女哭著說瘋話。「**可憐的孩子，她瘋了！**」然後，一輛黑色電車從標著「瘋人院」的石拱門下方經過，背景閃過閃電。場景轉換，只見電影女主角被綁在病床上，目光呆滯地盯著牆壁。**不行**。

洛克先生再度開口。「就幾個月而已，頂多一年。我需要一點時間和協會溝通，讓大家冷靜下來，也讓他們看看妳馴良的本性。」他對我微微一笑，即使是驚恐交加的我也能看見其中的良善與歉意。「我也不想這麼做，但也只能用這種方法守護妳了。」

我急促地呼吸，全身肌肉顫抖不停。「不可以。怎麼可以。」

「妳以爲自己能走在邊緣、不沾鍋嗎？妳難道以爲可以隨便踩進這個領域，然後像沒事一樣離開嗎？一月，我已經盡量告訴過妳了，這些事情非常嚴肅，我們可是在守護自然規律、決定各個世界的命運。或許在以後的某一天，妳還是有機會幫助我們。」他再次朝我的臉伸手，我猛然退縮。他的手指滑下我臉頰，彷彿在撫摸一件脆弱而珍貴的進口瓷器。「我知道這感覺很殘忍，但妳要相信我——這是爲了妳好。」

接著，就在他對上我的視線時，一股奇怪且孩子氣的渴望浮現在我心中。我很想信任他，很想蜷縮在自己體內，和過去一樣任世界在周圍流轉，可是……

巴達。

我試著逃跑。我真的、真的努力了，但雙腿依然虛弱無力，還沒跑出接待室便被洛克攔腰捉住。

他將我拖到放置外套的衣櫃，把不停亂抓亂咬的我扔了進去，動作像廚師將一大塊牛肉丟入冷藏間。衣櫃門重重關上，我被困在黑暗中，四周只剩下鮮少被穿出門的毛皮外套那濃厚的氣味，以及自己的呼吸聲。

「洛克先生？」顫抖著的高音脫口而出。「洛克先生，對不起，拜託你——」我語無倫次地央求、哭泣，門卻依然緊閉著。

討人喜歡的女主角應該堅強地坐在牢房裡，一面制定英勇的逃獄計畫，一面義憤填膺地痛恨她的敵人，但我沒有。我哭腫了雙眼，縮在衣櫃裡瑟瑟發抖，苦苦哀求洛克先生放我出去。

仇視書中的角色並不難，我自己也是愛書人，知道有時作者大筆一揮，角色就會搖身變為「反派」（這裡的引號，就如裝著匕首的刀鞘）。但是，現實生活不一樣。洛克先生仍舊是洛克先生——親生父親不想養育我，所以將我帶回家扶養長大的人就是洛克先生。我甚至不想恨他，只想扭轉這一切，改變過去數小時的種種。

我不知在衣櫥裡待了多久，而在故事的這個環節，時間變得閃爍不定、難以捉摸。

最終，前門被人裝腔作勢地敲響，洛克先生的聲音招呼道：「先生們請進！請進，你們能來真是太好了。」拖拉聲、腳步聲、門的推動聲。「她目前狀態有點野，你們確定能控制住她？」

某個人表示完全沒問題，他和他的屬下在這方面都有十足的經驗。他還問洛克先生是否想迴避到別的房間，以免接下來的場面令他心裡難過。

「不，不，我想確保事情都辦好了。」

又是穿著靴子的腳步聲，衣櫥門鎖開啓的「喀擦」聲，然後是灑進衣櫥的午後陽光，以及三個男人的身影。戴著手套的手粗暴地抓住我的兩邊上臂，將腿腳痲木的我拖到門口。

「洛克先生，**求求你**，我什麼都不知道，我不是故意的，拜託別讓他們把我帶走——」

一塊布摀上我的口鼻，微濕的布面飄著蜂蜜般甜膩的氣味。我對著布塊尖叫，但它變得越來越大，直到我的眼睛和四肢都被甜膩、厚重的黑暗覆蓋。

失去意識前，我只隱隱鬆了口氣——至少在黑暗中，我就不必再看見洛克先生憐憫的目光。

你最先注意到的會是氣味。在還沒完全醒轉時，氣味便會編織進你周圍的黑暗之中。澱粉漿、氨水與鹼液，以及另一種在醫院牆內蒸餾、發酵了數十年的氣味，也許是恐慌的味道。除此之外，你還會聞到自己身上油膩的汗臭味，就像在流理臺上放了太久的一塊肉。

因此，我睜開雙眼時——與試圖掰開口袋裡久放到黏在一起的焦糖同樣艱難——毫不意外地發現自己身處陌生的房間裡，四面都是灰綠色的牆。它缺乏一般房間應有的元素，只有光滑的地板及兩扇顯得很小氣的窄窗，就連從窗戶透進來的陽光也因而陰暗許多。

我的全身肌肉彷彿脫離了骨骼，在體內流離失所，頭顱也一陣陣地發疼，而且我渴得要命。我試圖伸手確認腰間口袋裡的銀幣還在，卻無法動彈……雙手手腕被軟羊毛套纏綁住了。這時，恐懼才真正襲來。

當然，恐懼對我毫無幫助，只令我出了更多汗。

我動彈不得地躺在原處，在恐懼、陣痛的頭部，以及乾燥無比的口舌陪伴下待了數小時，心中念著巴達、詹妮與父親，懷念地想起洛克宅陳舊的氣味。一切都錯了，錯得好離譜。護士終於進來時，我已經等到心力交瘁。

護士們都是硬氣的女人，擁有長期接觸鹼液而粗糙的雙手，以及善於勸誘的語音。「好孩子，來，坐起來吃東西吧。」她們命令著，於是我乖乖照做了。我吃了軟綿又毫無味道的東西——那也許曾經是燕麥粥——喝下三杯水，並在護士的指令下往鋼製容器裡小便，甚至依要求躺回床上，讓她們重新將我的手腕綁好。

我唯一的叛逆行徑（天啊，那還真是可笑的小動作）就是偷偷從腰間取出銀幣，將圓潤的錢幣緊緊握在熾熱的手心裡。我握著它，夢到了自由自在地航行異界海域的銀色女王，勉強熬過了第一晚。

隔天上午，我深信隨時會有一群可怕的醫師走進房間，不是毆打我就是逼我吃藥——報紙上那些關於瘋人院的聳動報導不都這麼寫的嗎？我躺了好幾個鐘頭，盯著在地板上緩慢爬行的昏暗陽光，這才回憶起自己幼時學到的教訓：令人崩潰的並非痛楚或苦難，而是時間。

時間宛如一身黑鱗的龍，坐在我的胸骨上，爪子在地面滴滴答答地數過一分一秒，每個鐘頭都會乘著散發硫磺味的龍翼飛過。

護士又回來了兩次，重複先前的程序。見我乖巧地配合，她們對我說話時變得十分溫柔。我結巴地提出想和醫師見面，說這是一場巨大的誤會，我真的、真的不是瘋子。聽我這麼說，其中一名護士甚至咯咯笑了。

「寶貝，醫師很忙的，妳要等到明天才能接受檢查，或頂多等到這週末。」她摸了摸我的頭——成年人才不會這樣摸另一個成年人的頭——又說道：「不過啊，妳表現得很棒喔，所以今晚不用戴這個。」

她說的好像光是不用上銬，光是擁有移動手臂、觸碰過於漿挺床單以外的事物，這些基本的自由，我就該感激涕零。我腹中燃起怒火，如果讓它延燒，想必會引發熊熊烈焰，飢渴的大火必然會扯破過硬的床單、將燕麥粥甩到牆上，燒得我的雙眼散發出熾熱白光。但在那之後，就不會有任何人相信我神志正常。我撲熄了火苗。

護士們離開後，我站在窗前，額頭抵著染上了夏季暖意的玻璃，直到雙腳痠疼。我又躺回床上。

時間這條龍在我身邊蠢蠢欲動，隨著夕陽西下，它們開始在陰影處增生，體型也逐漸增長。第二晚，我可能會碎成無數碎片，再也無法找回完整的自己——但是，窗戶不規律且有些熟悉的輕撞聲救了我。我屏住一口氣。

我悄悄溜下床，用軟弱無力的手臂奮力拉開卡住的窗閂，窗戶只勉強開了數吋的縫隙，但也足以讓甜美的夏夜空氣飄進房裡，更足以讓我聽見下方遠處熟悉的聲音：「一月？是妳嗎？」

是山謬爾的聲音。那一瞬間，我感覺自己是長髮公主，她的白馬王子終於來高塔拯救她了。只不過我並沒有金色長髮，只有一頭油膩的鬈髮，而且即使頭髮夠長，我也不可能擠出這扇小窗。話雖如此，我還是欣喜若狂。

「你怎麼會來這裡？」我低頭用氣音朝他低喊。在離我數層樓遠的地面上，我只看得見一道人形黑影，而他手裡拿著什麼東西。

「是詹妮派我來的。她要我告訴妳，她試著來探望妳，可是沒辦法——」

「那你怎麼知道哪一扇窗戶是我的房間？」

我看見他的影子聳了聳一邊肩膀。「我邊等邊觀察，等到妳出現。」

我沉默不語，默默想像他躲在樹叢中仰頭盯著我的牢獄，等了一個又一個鐘頭，直到在窗前瞥見我的臉。想到此，一陣震顫竄下我的胸骨。從小到大的記憶中，我最在乎的人從不停留，他們總是會轉身離去，再也不回到我身邊……而山謬爾卻願意等我。

山謬爾又再度開口：「聽我說，詹妮說這很重要，她要我把這個給——」

他突然住口，我們同時看見一樓窗戶閃爍著亮起黃光，更隱約聽見前來查探的腳步聲。「接住！」

我接住了，那是一顆繫著細繩的石頭。「拉上去！動作快！」說罷，他便消失在療養院的造景園中，而與此同時，療養院的大門「吱呀」一聲往外推開。我焦急地一次次拉扯麻繩，將繩子往上拉，接著快速關上窗戶。然後，我氣喘吁吁地靠牆滑到地板上，彷彿快步奔入黑夜的人不是山謬爾，而是我。

細繩另一端綁著某個小小的方形物品，是一本書。是**那本書**。即使在黑暗中，我也能看見半剝落的書名對著我微笑，宛若黑暗中燦笑著的滿口金牙：**一萬首門**。自從山謬爾上一次幫我走私故事報紙到現在，已經過了很久很久，我甚至暈乎乎地想著，不知他是否在自己最愛的幾頁做了標記。

我腦中浮現數百個問題——詹妮怎麼會認得這本書？她爲什麼要把書交給我？還有，假如我永遠被困在這地方，山謬爾願意等我多久？——但我選擇無視這些問題。書本就是「門」，我迫切需要離開此處。

我爬到地板中央，憑著走廊斜透進來的一片方形黃光開始閱讀。

## 第三章：論門扉、世界與文字

其他世界與自然法則的彈性；甯都；從另一側望去的熟識門扉；海上幽鬼

在故事的這個節骨眼上，我們必須殘忍地完全拋開雅德蕾·拉森小姐，留她獨自乘著鑰匙號航行在陌生汪洋，讓海風吹走她髮梢的松脂、吹得她心中盈滿明亮的信念。

我們拋棄她的故事，是有原因的：現在，是時候較直接地討論門扉的本質了。首先，我必須向你保證，我等到此時此刻才揭露這份情報並非出於狡猾的戲劇性，而是因為希望自己已經獲得了你的信賴。簡而言之，我希望你能相信我。

我們從本書的第一要旨談起：門扉係世界與世界之間的通道，僅存於特定且無可定義之共鳴處。在此，「無可定義之共鳴」是指世界與世界之間的空間——等在每一道門入口的遼闊黑暗——而穿過那片空間是極其危險的過程。在門檻處，少了向內擠壓的力量，一個人的邊界會逐漸溶解，你本身的量質可能會逸散至虛空中。文獻與神話傳說中可以找到不少相關案例，有些人進入虛空之後，就再也無法走出另一側了。（注）因此，門扉可能原本就建於黑暗最稀薄、危險性最低之處：那是世界之間的交會點，也是自然形成的交叉路口。

那麼，這些異世界的本質又是什麼？如我們在先前的章節所述，這些世界有無盡的變化，也不停在變化，且往往不符合我們世界的定則——也就是我們狂妄地稱爲宇宙物理法則的定律。在某些世界，男人女人擁有紅皮膚和翅膀，而某些世界根本不存在男人或女人，只有介於兩者之間的人。有的世界裡，大陸位於悠游淡水海洋的巨龜背上，蛇會道出一個個謎語，生者與死者之間的界線極盡模糊。我看過的幾座村莊裡，人們馴服了火焰，讓它像乖巧的獵犬般跟在人們腳邊；我也見過宏偉的城市，其中玻璃高塔直觸天際，螺旋形塔尖甚至聚積了雲朵。（你也許會好奇，爲什麼相較於你那平凡無趣的地球，其他世界都充滿了魔法——然而若是從另一個角度來看，你就能看見地球上的魔法。對海底人而言，你呼吸空氣的能力令人震驚；對使用長矛的人而言，你的機器是被人類馴服的惡魔，不眠不休地爲你服務；對冰川與雲朵的世界而言，夏季本身便是一大奇蹟。）

我的第二點論述如下：此類通道具滲漏特性，滲漏的程度不一，但現象相當顯著。那麼，哪些事物會滲漏到其他世界，而那些事物會遭遇何種命運呢？首先當然是人類。男人、女人會帶著自己母世界的才能與技藝穿過門扉，去往其他的世界。我相信其中一些人遭遇了不幸——有的

---

**注** 故事中失蹤的小孩子、密牢、無底洞、從海洋邊緣摔入虛淵的船隻，都是這類的案例。這些並不是旅程或穿越的故事，而是突兀且無可挽回的故事終結。我相信旅人的個性在能否成功穿越門扉這方面，扮演重要的角色。請參閱伊迪絲·布蘭看似虛構的作品，《凱利爾之門》：五名英格蘭學童發現了一道魔法門，他們穿過這道門，去到了新世界。在回家途中，最年幼、最膽小的孩子掉進「碩大的漆黑」，從此不見蹤影。評論者認為這部作品太黑暗、太古怪，不適合健康的孩童閱讀。至於我，則將布蘭的作品視為建言：在踏進門之時，只有足夠勇敢的人能成功去到另一側。Edith Bland, *The Door to Kyriel* (London: Looking Glass Library, 1900)。

被關進瘋人院、被綁上火刑柱、被斬首、被放逐等等——但另一些人似乎以更有效益的方式使用自己奇特的力量或神祕知識，而這類人獲得了權勢、積累了財富、塑造了他人與世界的命運。簡單而言，這些人帶來了改變。

除此之外，物品也會被異風吹拂、隨浮著白霜的水浪漂流、被不謹慎的旅人攜帶及丟棄，甚至有時會被盜走，因而穿過世界與世界之間的門扉。其中一些物品遺失、遭忽視或被遺忘——這些往往是以異國語言寫下的書籍、樣式古怪的服裝、出了母世界便毫無用處的裝置——但也有一些物品留下了故事。我們都聽過神燈與魔鏡、金羊毛與青春之泉、龍鱗鎧甲與染上月光的掃帚。

我花了大半輩子記錄這些世界與它們的財寶，追尋它們在小說和詩篇、回憶錄及論文、民間故事與一百種語言的歌曲中留下的蹤跡。儘管如此，我離發現所有世界——甚至是其中一部分的世界——仍無比遙遠，儘管年輕時的我胸懷大志，但如今，我認爲這是不可能完成的任務。

我曾在一九〇二年的冬季於芬蘭外海找到另一個世界——一個滿是巨大樹木的美麗世界，那裡的樹木高大到你能想像有無數顆星球棲在它們枝枒間——在那個世界遇到一位非常有智慧的女人，並對她坦承自己的想法。她是個五十多歲、莊重威嚴的女人，即使存在語言的隔閡、即使已經喝下數瓶葡萄酒，她的智慧仍猛烈地燃燒著。我告訴她，我打算找到通往每一個世界的每一道門，她聽了哈哈大笑，對我說：「傻子，那些東西可是有一萬道啊。」

我後來得知，她的語言不存在高於一萬的數字，所以她宣稱門扉有一萬道，意思是門扉多到數也數不盡，沒有任何計算的意義。現在，我相信她對宇宙的看法完全正確，宇宙中世界的數量多到不可數，我過去的志向不過是年輕人孤注一擲的妄想。

但在此，我們不必考慮那一萬個世界，只須注意雅德蕾．拉森於一八九三年乘船進入的那一個世界。那或許不是所有世界當中最奇幻或最美麗的一個，卻是我最渴望看見的世界——是我花費將近二十年努力找尋的世界。

介紹新角色時，作家首先會描述他們的五官及穿著打扮，而在介紹一個世界時，就該從它的地理環境說起。那是個存在遼闊汪洋和無數小島的世界——在你眼中，它的地圖會顯得不太平衡，彷彿被無知的畫家塗上太多的藍色。

雅德蕾．拉森碰巧航行到了接近這個世界中心的位置，她所在的海洋和其他海洋同樣在數百年來被人們冠上許多名稱，而在當時，人們最常稱之爲阿瑪麗柯海（Amarico）。

在介紹新角色時，作者通常也會介紹那人的名字，但你也許想不到，一個世界的名字往往再難以捉摸不過。瞧瞧你的地球在各語言被賦予的名稱——德文的**爾德**（Erde）、古諾斯語的**中土**（Midgard）、拉丁文的**特勒斯**（Tellus）、阿拉伯文的**阿爾德**（Ard）、伊博語的**烏瓦**（Uwa）——所以一名外來學者要爲一整顆星球取單一名稱，這想法實在是荒謬至極。每個世界都太過複雜、存在太多美麗的分歧，無法被賦予一個名字，不過爲方便起見，我們可以不精確地將這個世界的其中一個名稱翻譯爲**載文**（Written）。

以世界的名稱而言，載文似乎是個怪名字，但你要知道在載文這個世界裡，文字本身就具有力量。

我所指的力量並非是激勵人心、敘說故事或陳述事實，因爲無論在哪一個世界，文字都擁有這份力量。我的意思是，在那個世界，文字有時能在墨水和棉紙搖籃上活起來，重塑現實的本質——一個句子可以改變天氣，一段詩文可以拆除高牆，而一則故事甚至可能改變世界。

當然，並不是記錄下來的所有文字都擁有這樣的力量——若是如此，世界想必會陷入無盡混亂！——只有特定之人寫下的特定文字能達到神奇的效果。這些人結合了與生俱來的天賦與多年苦修，才能讓文字發揮力量，而即便是他們，也無法實現你想像中神仙教母的魔法。再怎麼強大的文師（word-worker）也不可能輕描淡寫地用一句話讓飛天馬車從天邊飛來，或讓死者復生，又或者以其他方式推翻世界的基礎。話雖如此，她也許可以透過數週的努力建構出一則故事，進而提升某個星期天降雨的機率，或用一段詩文稍微加固城牆、抵禦外敵，或引導一艘過於大膽的船遠離暗礁。世上存在著被人們半遺忘的故事，它們太過不可思議、太過朦朧，甚至連神話傳說都稱不上——而在那些故事中，寫者能扭轉海潮、將海洋一分爲二、夷平城池，或從天上召喚飛龍……但這些故事都過於荒謬，我們不能太嚴肅地看待故事內容。

每一種力量都附有相對應的代價，而文術（word-magic）也有其代價。文字會從寫者身上獲取生命力，因此它們的強度受限於那人擁有的力量。在使用文術之後，文師會感到身體不適、疲憊不堪，而施的法術越強——越是與世界的本質與構造相抗——代價便越高。大多數平凡的文師都不具備強大的意志力，施展文術時也不願冒太大的險，頂多願意偶爾流鼻血或在床上靜養一天。不過，較有才華的文師必須花費數年研究和受訓，學會自我控制與平衡，以免被不慎抽乾自身生命。

不同島嶼上，擁有這份天賦的人們會被賦予不同的稱號，但多數人都認爲他們天生擁有某種力量，他人再怎麼努力學習也無法習得這份能力。那份天賦的性質廣受學者與祭司爭議，某些人宣稱它與人們的自我信念或想像力相關，或者和堅毅不屈的意志力有關（文師的性格往往任性異常）。（注）除此之外，人們也爲如何處置這類人而爭論不休，不知用何種方式限制他們自然造成的混亂才是最佳解方。在一些島上的某些教派，人們相信寫者是傳遞神靈意志的管道，應被尊爲受神祇眷愛的聖人；而在南方一些城鎮，寫者必須與不具此能力的民眾隔離，以免不受控的想像力傳染給一般人。然而，以上兩種極端都相當罕見，大多數城市裡的寫者都扮演體面的功能性角色，過著不特別突出的生活。

阿瑪麗柯海周圍的島上，人民便是過這樣的生活。才華洋溢的寫者經常受僱於大學，他們會獲得「文師」的姓氏，在學院爲民服務。

套句舊識的話，那個世界和你的世界之間存在另外一萬種差異，其中有許多都微不足道。我可以告訴你，陽光與鹹水的氣味滲透進每一條街道上的每塊岩石裡，潮呼人（tide caller）會站在瞭望塔上，高聲爲整座城市報時。我可以告訴你，海上航行著形形色色的船隻，每艘船的帆上都悉心繡了文字，祈禱船隻遭遇好運及順風。我可以告訴你，每一對夫妻手上都有烏賊墨刺

---

**注** 法菲（Farfey）甚至提出著名的論述，表示文師的能力出自純粹的固執，不受其他任何因素影響。他以蕾娜・文師（Leyna Wordworker）為論據——蕾娜是〈伊爾金之歌〉（*The Song of Ilgin*）的作者，曾拯救自己瘟疫肆虐的城市，她同時也是法菲的妻子，顯然是個相當難相處的女人。Farfey Scholar, *A Treatise on the Nature of Word-Workers* (City of Nin, 6609)（編注）。

**編注** 此為作者虛構的著作。

青，由較低階的文師為其刺入肌膚。

不過，以人類學方式記載現象與習俗，終究無法幫助你了解一個世界的本質。所以，我會為你介紹一座島嶼與一座城市，以及一名平凡無奇的少年——至少，在某天誤闖一道門、進到了另一個世界焦橘色的田野之前，他一直過著平凡無奇的生活。

若你和後來的雅德蕾一樣，在傍晚接近甯都，起初你或許會以為它是隻背脊起起伏伏、盤繞著岩礁的生物。航行到近處，你會發現生物分裂成一系列如白色脊椎骨般矗立於黑暗中的建築，螺旋狀街道宛如建築物之間的血管。再更靠近一些，你也許能望見街上漫步的人影：孩童在巷弄中追逐貓咪、身穿白袍的男人女人面色嚴肅地走在大道上、商家從擁擠的海岸搬著籃子回自家店面。也許在行走時，一些人會稍微停頓，凝望染上了蜂蜜色的大海。

你也許會認為這是片浸在海水中的小樂土，在我看來，這樣的印象整體而言相當貼切——但我也承認，我很難客觀看待這座城市。

甯都的確是個寧靜祥和的所在，而環繞阿瑪麗柯海的島嶼城市當中，它不算是最富裕的一座，也不是最貧窮的。甯都以出色的文術與公平的貿易著稱，並作為學術中心獲得了些許名望，而這份學術名望奠基於甯都龐大的文書收藏，它們可謂阿瑪麗柯海海域最古老、最豐富的收藏。倘若有機會走訪這座島嶼，建議你去參觀甯都的檔案館，走過塞滿了卷軸、書本和紙張的無數間地下儲藏室，瀏覽以那個世界所有語言記載的文書。

所有人類城市都必須面對相同的病症，甯都當然也不例外——我還未見過完全沒有貧窮與困苦、犯罪與懲戒、疾病與乾旱的世界。然而，優利．焉的童年不曾沾染這些醜惡事物。優利是名眼中充滿了幻想的少年，他從小生長在甯都東岸，住在母親的刺青店樓上老舊的岩石房間中。

他的父母深愛孩子，若非孩子太多，他們或許還會慣壞優利。優利有六個兄弟姊妹，他們和所有世界的兄弟姊妹一樣，有時是他的摯友，有時也是他的死對頭。他平時睡一張窄床，上方的天花板掛著錫製星星，每晚讓他夢裡滿溢閃耀的星球與神奇的境地。除此之外，他還擁有最愛的阿姨送的一套裝幀書——瓦爾．說書人（Var Storyteller）的《阿瑪麗柯海故事集》（*Tales of the Amarico Sea*）——還有隻脾氣捉摸不定、喜歡在他讀書時趴在窗檯曬太陽打盹的貓。（注）優利過著適合做白日夢及狂想的生活，而這兩者也是他最愛的活動。

優利與兄弟姊妹每天下午和父親在小漁船上幹活，或在刺青店裡幫母親做事，可能是用不同的字體抄寫祝福與祈禱文、調製墨水，或替她刷洗工具。相較於漁船，優利偏好待在店裡，而他尤其熱愛母親允許他觀摩刺青工作的漫長午後，喜歡靜靜看著母親將一個個文字刺入客人的皮膚，刺出一行行小血珠。他母親的文術並不特別強，但也偶爾會成真，所以客人願意支付較高的費用，請緹爾莎．墨師（Tilsa Ink）刺下祝福的話語。

優利的母親本想讓兒子當她的學徒，然而沒過多久，她就發現優利毫無文術天賦。即使是如此，她或許還是願意訓練優利，問題是他除了缺乏天分之外，還缺乏實際刺青所需的耐心。他

注　我發現每個世界都能找到形態與其他世界相去不遠的貓。我相信牠們從數千年前便經常進出門扉；只要是熟悉家貓習性的人就明白，這是貓咪的嗜好之一。

愛的是最純粹的文字，熱愛文字的聲音、形狀與奇妙的流動性，於是他遠離了刺青工藝，朝身穿白長袍的學者靠攏。

甯都的所有孩童都必須接受數年教育，每週聚集在大學庭院，接受年輕學者教他們讀寫、算數，並認識阿瑪麗柯海上有人煙的一百一十八座島嶼及它們的地理位置。多數孩子一獲得父母的同意便再也不參加課程，但優利沒有。他時常留下來發問，甚至會纏著教師多給他幾本書。其中一名教師是個名為睿聆．學者（Rilling Scholar）、非常有耐心的青年，他送給優利幾本不同語言的書，而這些書成了優利最珍視的物品。優利喜歡讓不同語言的音節在腦中翻滾，喜歡它們帶來的怪奇故事，一則則奇異的故事就彷彿被海浪沖刷上岸的沉船祕寶。

九歲時，優利已精通三種語言，其中一種是僅存於大學檔案館、無人使用的語言。到了十一歲那年──傳統上決定志向的年歲──他很明顯走在成為學者的道路上，即使是母親也無法否定他的命運。母親在海港市集買了未染色的長布匹，微微嘆息著將布料披掛在兒子的深色肌膚上，將他打扮成學者的模樣。下一刻白影閃過，優利已經抱著滿懷書本跑出門了。

剛進大學那些年，他過著近似天才的夢幻生活，令師長又是欽佩、又是苦惱。他繼續像從水井汲水那樣輕鬆地學習新語言，卻不願投入足夠的時間精力，成為任何一種語言的專家。他在檔案館待了無數個鐘頭，用細木片翻閱書籍，結果經常在水手的紀錄本找到關於人魚的有趣篇章，或用未知語言編繪的破舊地圖，看著看著就錯過了上課時間。書本對他就如麵包及水那般重要，但他花時間研讀的卻很少是指定讀物。

較寬容的師長堅稱這純粹只是時間與內心成熟度的問題，年輕的優利．焉有朝一日會找到某個研究領域，並完全投入該領域。決定領域之後，他便能選定導師，開始對甯都大學知名的學術收藏做出貢獻。至於其他的學者呢，他們看見優利一面吃早餐、一面神情悠遠地翻閱架在水壺旁的寓言故事集時，態度就沒那麼樂觀了。

果不其然，優利的十五歲生日逐漸逼近，就連最樂觀的學者們也開始感到憂慮。優利絲毫沒有縮小研究範圍或提出研究計畫的打算，看樣子也絲毫不在乎不久後的考試——若通過了考試，他便能正式獲得「優利．焉．學者」的名號，開始在大學步步晉升；若無法通過考試，師長就只能委婉地請他考慮投入要求較寬鬆的行業。

日後想來，優利求學時期的漫無目的，也許其實是一場探尋之旅，他或許是在找尋某種無名、無形，存在於看不見之處的東西。也許他和雅德蕾都是以相同的方式度過童年，爲了找到另一個世界而探索自身世界的邊界。

問題是，致力研究的學者不該漫無目的地探尋，因此在某一天，院長將優利叫到了辦公室，要「嚴肅地討論他的未來」。優利遲到一小時才出現，走進辦公室時，手指仍夾在《北海島嶼神話傳說之調查研究》（*A Study of Myths and Legends in the North Sea Isles*）的書頁內側，臉上帶著困惑而悠遠的神情。「老師，您有事找我嗎？」

院長與大多數世界的學者一樣，擁有皺紋滿布、神情嚴肅的一張臉，兩條手臂則纏繞著令人肅然起敬的刺青，象徵他與凱娜．商人（Kenna Merchant）的婚姻、對學術界的奉獻，以及爲城市辛勤服務的二十年光陰。他的頭髮緊貼著頭皮，形狀類似短彎刀，彷彿大腦運作的熱氣燒光了頭頂的毛髮。院長凝視著優利，眼神憂慮。

「年輕的優利啊，來，坐下吧。我想和你談談你在這所大學的未來。」院長的目光落在優利仍抓在手裡的書本。「我就直話直說吧：我們看到你這般缺乏方向及紀律，爲你感到非常擔心。如果你無法確定研究方向，那我們就必須替你考慮其他的路線了。」

優利好奇地歪過頭，模樣像是面前擺著陌生食物的貓。「老師，請問其他路線是什麼？」

「較適合你性情和心思的活動。」院長說道。

優利沉默了片刻、想了又想，比起在陽光明媚的午後蜷縮在橄欖樹下、閱讀遠古語言書寫的書籍，還有什麼是更適合他性情的活動嗎？「請問您是什麼意思？」

院長本以爲優利會痛苦地哀求，卻發現對方僅僅表現出禮貌的困惑，因此嘴唇不由得抿成一條褐紅色細線。「我的意思是，你可能得轉作其他行業的學徒。我相信你母親還是會願意訓練你當刺青師的，或者你可以幫東區的文師當抄寫員，甚至是當商人的記帳人。你若是對商業感興趣，我可以代你詢問我的太太。」

聽到這裡，優利臉上終於浮現出院長預期的驚駭。院長又放柔了語氣：「孩子，我們還沒走到那個地步。你花一星期的時間仔細想想，考慮各種選項，假如你還是想留下來接受學者的考試……那就要找到自己的研究方向。」

說罷，院長讓優利離開了辦公室。優利漫不經心地走出陰涼的岩石走廊，穿過庭院及螺旋狀街道，爬上城市後方的山丘。熱燙的陽光灑在他後頸上，他依然持續前行，不知自己的目的地在何處，只是在不斷往前走，逃離院長交給他的選擇。

換作是另一名有志加入學者行列的少年，兩個選項孰優孰劣再清楚不過：他可以提出阿瑪麗柯歷史、古代語言或宗教哲學領域的研究計畫，否則就是放棄成爲學者的夢想，當個無足輕重的抄寫員。然而對優利來說，兩個選項都無比黑暗，因爲無論選擇哪一方，他都必須限縮原本遼闊的涉獵範圍，終結所有的狂想。想到任何一個選項，他都感到胸口緊綳，彷彿有兩隻大手壓著左右側肋骨。

當時他還不知道，雅德逃往牧草田、與汽船聲響和廣袤天空獨處時，也是出於同樣的感受，只不過雅德從小深知自己人生中殘酷的侷限，從很久以前便下定決心與之相抗。優利從小過著自由自在的生活，直到今日才赫然發現規則的存在。

他踉踉蹌蹌地遠離這恐怖的現實，行經草木茂盛的山坡農場，走過最後的壓土道路，手腳並用地走上動物的小徑與爬上岩壁。最終，就連動物使用的小徑也消失無蹤，化爲崎嶇不平的灰岩，風捎來浸了鹽水的木料等悠遠氣味。優利從沒來過能這般俯瞰城市的地方，他發現自己喜歡都市在下方逐漸縮小的感覺，他看著樓房變爲遠方被大海包圍的一簇白色小方格。

被風吹乾的汗令他皮膚發癢，雙手手掌也被岩石磨得幾乎破皮，他知道自己該折返了，雙腿卻繼續帶著他前進、上攀，直到他撐著身體爬上岩架，看見……一道拱門。

拱門前掛著薄薄的灰簾，如女巫的裙襬似地，在自己與世隔絕的微風中飄動。拱門飄出一股氣味，聞起來像河水、泥濘與陽光，和甯都的海鹽、岩石氣味截然不同。

看見拱門的瞬間，優利發現自己挪移不開視線。它彷彿一隻手，朝他勾了勾，邀請他上前。優利踏上前，一股瘋狂的希望流遍了四肢百骸——那是種不可思議、不知從何而來的希望，他相信布簾另一側有什麼神奇又古怪的事物等著他。

他拉開布簾，另一側除了叢生的野草和岩石之外什麼都沒有。優利踏到拱門下，被無邊無際的黑暗吞噬了。

黑暗像瀝青那樣擠壓、吸扯著他，龐大又渾厚的漆黑幾乎令人窒息，然後，他手心觸碰到了紮實的木頭。他揣著滿腔渴望與熊熊希望用力推，感覺到木板不情願地刮過長年未經翻動的泥土——接著，木板打開了。優利踏出門，來到蛋殼色的天空下、焦橘色長草蔓生的田野。他呆立當場，在異世界陌生的空氣中瞠目結舌，而片刻後，她便從田野另一頭大步走來。那是名牛奶與蜂蜜小麥色的少女。

在此，我不再重述兩人邂逅的故事。就如先前所說，少年少女一同坐在微涼的早秋午後，敘說了此處與彼處不可思議的事實。他們使用的是早已被人忘卻的古代語言，只在甯都檔案館極少的幾部古文獻裡才有出現，而優利之所以研究那個語言，純粹是爲了感受到新詞語在舌尖起舞的喜悅。那感覺不像是兩人的邂逅，倒像兩顆星球脫離了各自的軌道，猛地撞在了一起。少年與少女相吻，螢火蟲在他們四周閃爍紛飛。

然而，那是無比短暫而沒有未來的邂逅。

接下來三日，優利都在飄飄欲仙的迷濛中度過，學者們開始擔心他是不是摔倒或發生了意外，不幸傷著了頭腦。他父母則較熟悉少年身上常見的疾患，他們擔心他墜入愛河了。優利本人並未多加解釋，只面帶燦爛的笑容，五音不全地哼著曠世愛侶與航海的老歌謠。

第三天，他回到了掛著布簾的拱門前，而在無盡黑暗的另一頭，雅德也回到了田野中的舊屋前。在坡頂等著他的是什麼，相信你已經知道了：他沒找到通往異國的魔法門，只尋得苦澀的失望。優利來到山頂，只發現一堆岩石，以及靜悄悄地掛在岩石之間的灰簾，破舊的布塊宛如從動物死屍剝下的腐爛毛皮。無論他多麼憤怒地咒罵，拱門就是沒通往山丘以外的地方。

最終，優利無奈地坐在原處等待，希望少女會想辦法來到這一端。她沒有過來。他們如同鏡子內外的兩人：逐漸加深的夜裡，雅德在野草叢生的田野中等待，胸中的希望如風中殘燭；優利坐在山坡上，細瘦的手臂抱著雙膝。然而，阻隔兩人的並非冰涼的玻璃，而是兩個世界之間遼闊的空間。

優利看著星辰從天際上升，讀著星點拼湊出的熟悉文字：天船、夏之祝、學者之謙，它們似是一本巨書中的書頁映入優利的眼簾，和他自己的名字同樣熟悉。他想到在另一個世界的黑夜中等他的雅德，不知她的星空對她說了些什麼？

優利站了起來，拇指撫過他帶在身上的銀幣——他本想將銀幣拿給雅德看，證明自己的世界眞的存在——讓錢幣從手心滾落地面。他不知道這算是獻祭還是丟棄，只知道自己不想再帶著它，不想再感受到城市創建者的銀印雙眼意會的目光。(注) 他轉身離去，再也沒回到這座石拱門。

注 阿瑪麗柯海上大多數城市的錢幣都印有城市創建者（City Founder）的頭像，甯都是甯．文師（Nin Wordworker）數百年前所創。月光灑落在地面與銀幣上，淡笑著凝視優利的正是她。除了創建者頭像之外，錢幣上還印著具有力量的文字，捕捉了城市一小部分的靈魂，當你拿著甯都的錢幣，就能嗅到海水與書塵的氣味，也許還會想到陽光灑落的街道，以及城市和平、歡快的喧囂。優利是想和田野中的少女分享這些，分享他家鄉的銀色碎片。

但就如前文所述，門扉就等同變化。

因此，那晚離拱門而去的優利，已經與三天前找到它的優利有些不同。除了心臟之外，他胸中突然多了新的鼓動，彷彿突然長出新的臟腑；那東西急切地打出節奏，即使是黯然神傷的優利也無法忽視其存在。當晚，他躺在窄床上，聽著兄弟姊妹被他吵醒後重新入睡的不悅聲響，琢磨著胸中這份鼓動。那感覺不像是絕望、哀戚或孤獨，而是令他聯想到有時在檔案館被一片古時流傳下來的羊皮紙及紙上文字牽引向前、向深處走，直到迷失在層出不窮的故事之中的感覺……但即使是追尋故事的感受，也比不上此時此刻鼓譟的急迫感。睡去時，優利還隱隱擔心自己的心臟出了問題。

直到隔天早上，他才驚覺那是比心律不整更嚴肅的事：他找到生命的目標了。

他又在床上躺了數分鐘，思索眼前龐雜的任務，接著迅速起身更衣，速度快到兄弟姊妹只在他出門時瞥見一閃而過的白袍衣角。優利直接去往院長辦公室，提出立刻開始考試的請求。院長和善地提醒他，以學者為志向的年輕人應該為未來研究方向提出詳盡的計畫，對師長與同儕展現他們認真的態度，以及從事研究的決心和能力。他建議優利花一些時間蒐集文獻與資料來源，並諮詢較高階的學者。

優利發出不耐煩的聲音。「唉，好吧，那三天後考試可以嗎？」院長同意了，神情卻告訴優利，他相信考試會以災難與不堪收場。

院長甚少出錯，卻錯看了優利。前來應考的優利，和過去數年來令他們憂心忡忡的男孩已大不相同，所有的白日夢及令他眼神迷濛的好奇心，都如豔陽下的海霧般被焚燒殆盡，留下一名面色嚴肅、散發堅毅不搖的意志且絕不退縮的少年。他的研究計畫展現出清晰的思維與宏大野心，爲了完成研究，他必須通曉多種語言、熟悉十多種研究領域，並花費無數年研讀古代傳說，以及記載得不甚清楚的故事。在聽完學生的研究計畫後，諸位學者通常會各自提出對計畫的異議與問題，然而在優利的報告結束後，房內一片鴉雀無聲。

最先開口的是院長。「這個啊，優利，你的研究計畫無從挑剔，唯一的問題是，這將會花費你半生的光陰。我只想知道，你這份……信念是從何而來？你是爲什麼走上這條路？」

優利．焉感覺到胸骨間的震顫，彷彿上頭綁著紅絲，有人輕扯了另一端。愚蠢的想法一閃而逝：他可以對院長據實以告，說自己希望循著文字的蛛絲馬跡進入別的世界，找到一片閃爍著螢火蟲的焦橘色田野，找到一名小麥與牛奶色的少女。

不過，他開口說的是：「尊敬的院長，眞正的學識不需要來源，也不需要終點，探尋新知本身就是我的動力。」學者們最喜歡這種高尚且不著邊際的答案了，他們像一群鴿子，圍著他連聲誇讚，以華麗的筆法在研究計畫上簽名。只有院長在簽名前微微一頓，以漁人凝望天邊烏雲的眼神看著優利，但最後他也低頭簽下了自己的名字。

那天，優利帶著正式的祝福與新的名號走出大學殿堂，母親將兩者刺在他的左手手腕上，刺青繞著手腕形成蜿蜒的螺旋。隔天，優利帶著仍刺痛發燙的手，爬上白石階進到他最愛的閱覽室。他在能眺望大海的黃木桌前坐下，翻開新的筆記本，嗅到紙張的清香。他提筆，以難得端正工整的字跡寫下：研究筆記第一冊：世界神話學中通道、門扉與出入口之比較研究，優利．焉．學者編寫，六九〇八年。

你想必已經猜到，它後來被改成了本書的標題。

接下來十二年內，優利．焉．學者花了不少時間在同一張書桌前埋頭研究，有時忙著草草書寫，有時在專心閱讀，身邊一堆堆書籍宛若紙做的城市模型。他閱讀民間故事集與久遠以前的探險者訪談，也讀了紀錄冊，以及被人遺忘的宗教所留下的文獻。他用阿瑪麗柯海所有的語言閱讀文書，以及前幾個世紀從世界間縫隙滲漏進來的所有語言，讀到後來甚至已無文獻可讀。於是，他輕快地對同儕表示自己將進行「田野調查」。其他學者以爲「田野」不過是指其他城市的檔案館，於是輕鬆地祝福他調查順利。

他們想都沒想過，優利將側背包塞滿了記事本和魚乾，花錢搭上一艘艘貨船及郵船，以獵犬追蹤動物的專注力到一座座陌生島嶼南征北討。但是，優利征討的是故事與神話留下的隱形痕跡，而他追尋閃爍微亮的蹤跡來狩獵的不是動物，而是門扉。

最後，他找到了少少的幾道門，沒有任何一道通往有著棉花色居民、飄著杉木氣味的世界，但他並不氣餒。優利充滿了純粹的信心，只有未曾嘗過失敗的苦澀、未曾感覺到生命如捧在手中的水那般流逝的年輕人，才能擁有這份信心。在當時的他看來，他終有一天會成功。

（當然，我現在知道他錯得多麼離譜。）

他經常幻想那個畫面：也許在坎坷的數週旅程後，他會找到她的家，工作到一半的她會抬起頭、看見他大步走來，臉上咧起那狂野的大大笑容。兩人或許會在同一片田野中重逢，他們會在春季的綠草中奔向彼此；也或者，他可能會在一座自己無法想像的遙遠都市，或一場狂風呼嘯的雷雨中，或在未知島嶼的岸上找到她。

優利和其他年輕男性一樣，具有毫無根據的自信，一次也沒想過雅德蕾可能沒在等他。他從沒想過，雅德蕾過去十年像在港口船隻間飛旋的海鷗，在不借助書本或文字紀錄的情況下憑本能在各個世界間走跳。他更從沒想過，她會自己在山中建一艘不牢固的小船，航行到靛藍色的阿瑪麗柯海上。

那個想法實在太不可思議，以致優利在璞羅姆市（City of Plumm）港區聽到古怪的傳聞時，險些將這則故事直接拋諸腦後。故事和多數傳聞一樣，以笑話與「你聽過沒有」的形式飄到他耳中，最後才緩緩組織成一則故事。其中，最常聽到的細節如下：有人在璞羅姆市東岸看見一艘怪船，船帆竟然是詭異的純白色，一、兩個漁女和商人心生好奇，想看看是哪個瘋子乘著未繡祝福的帆船出海，卻在接近小船時迅速轉向了。他們聲稱，駕駛那艘船的女人雪白如紙，也許是幽鬼，也可能是從海底游到了海面的蒼白生物。

優利聽完漁民迷信的說法，逕自搖了搖頭，回到他在璞羅姆圖書館借用的閱覽室。他來到這座城市，是爲了調查當地的傳說：當地人認爲火山中心住著會噴火的蜥蜴，每一百一十三年才會出來一次。優利每天晚間都在仔細回顧研究筆記，一直到他躺上小床、心思在半夢半醒間自由地遨遊時才想到：不知那個幽鬼女人的頭髮是什麼顏色？

隔天清早，優利再次回到港口，接連問了數名錯愕的商人後才問出答案。「頭髮就和她本人一樣白！」一名水手語調驚恐地告訴他。「好吧，應該比較像稻草的顏色，黃黃的。」

優利非常、非常用力嚥了口口水。「她是往這邊來嗎？她會來璞羅姆嗎？」

在這方面，對方無法肯定地回答，畢竟誰也無法揣測海女巫或幽鬼的心思。「但如果她繼續往同一個方向航行，就會直接在東岸海灘登陸。到時我們就知道我是不是在胡說八道了，對不對啊，伊東？」說到這裡，水手轉而用手肘撞了撞不信邪的同伴，開始熱烈爭論起人魚是否有穿衣服的習慣。

優利獨自站在碼頭，感覺整個世界的軸心傾斜了，他彷彿又回到少年時期，朝薄薄的布簾伸出尚未刺青的雙手。

他拔腿狂奔。他不知道東岸海灘怎麼走——那是片荒蕪的礫灘，平時只有撿破爛的人和浪漫主義詩人出沒——不過一連串上氣不接下氣的問答後，他在正午降臨前許久便坐到了海邊。優利蹲坐在地上，遙望閃爍著金光的海浪，等著船帆的纖細白影在天邊浮現。

那天，她並沒有到來，隔天也同樣不見她的小船。優利每早回到那片海灘，凝望大海一整天，直到夜幕低垂才回去。多年來驅策他前行、無法安定下來的心思，如今像蜷縮起來打盹的貓兒，靜靜地等待。

第三天，一面船帆從浪頭悄然上升，被吹滿的帆布純白無瑕。優利看著形狀彎扭、近似方形的船緩緩接近，直到雙眼因鹹風和陽光而灼痛不已。船上只有一道人影，那人以挑戰性的高傲站姿面朝島嶼，一頭亞麻色亂髮在臉邊飛舞。優利激動得想狂舞、尖叫或昏暈過去，但他只是靜靜站在原處，一隻手舉到空中。

他看著她望見自己的瞬間，而她全身頓時靜止不動，即使是站在隨波起伏的甲板上。然後，她笑了——狂野、激昂的笑聲宛若夏季雷聲，滾過海水傳到優利的耳裡——她脫下數層塵土色的衣服，毫不猶豫地縱身躍入船下的淺水裡。短短半秒內，優利不禁想到，他還眞不知自己花了十二年追尋的，是多麼狂野的瘋女人。懷疑自己不適任的念頭一閃而逝，回神時他也已經衝進了海中，拖著學者白袍、歡笑著迎向她。

於是，在你世界的一八九三年晚春，那個世界的六九二〇年，優利・焉・學者與雅德蕾・李・拉森在璞羅姆市岸邊的午時海潮中找到了彼此，從此再也不願分開。

# 5

# 上鎖的門扉

我做了金色和靛藍色的夢。

夢中，我跟在一艘掛著白帆的船後方，掠過異界的海洋。一道模糊的人影站在船頭，明亮的頭髮在身後飛揚；儘管五官朦朧不清，她映著天際的形影卻是如此地完整、如此狂野和眞實，又如此地熟悉……我在睡夢中的心碎了。

喚醒我的，是淚水滾落面頰的觸感。我躺在房間地上，全身僵硬發涼，靠著《一萬道門》一角睡著的臉頰隱隱作痛，但我不在乎。

**錢幣**。那枚我小時候找到、半埋在異世界塵土中的銀幣，此刻溫暖地躺在我手心的銀幣——它是**眞的**。它就和我膝蓋下冰冷的瓷磚、臉頰上漸涼的淚珠同樣眞實。我握著它，嗅到了海洋的氣味。

既然錢幣是眞的……那故事中其他的部分也都是眞的？甯都包羅萬象的檔案館、在一百個異界冒險的雅德蕾、還有眞愛。「門扉」。文術？

反射性的懷疑令我全身一顫，彷彿聽見洛克不屑的回音：**莫名其妙的白日夢**。但我曾選擇相信，更用文字開啓了上鎖的門。無論這則故事是什麼，無論故事中的「門」、文字和異世界有多麼離奇、不可思議，這些都是眞的。而不知爲何，我也是故事的一部分。洛克先生、考古協會、詹妮，甚至連我那下落不明的父親，都可能是故事中粉墨登場的角色。

我感覺自己正在讀著懸疑小說，卻發現書頁中每三行就缺一句，疑團越來越多。

通常到了這種地步，讀者只有一條路可走：就是繼續讀下去。

我抄起書本，想翻回昨晚停止閱讀那一頁，卻停下了動作：一小片紙從最後數頁探出頭，那是張標著「薩皮亞家生鮮貨品公司」的收據，蠟感的紙張背面寫著：

一月，堅持住。

這行字的筆劃相當生硬，看上去是個不習慣握筆的人，小心翼翼地將筆尖按在紙上寫下的。我想到山謬爾，想到他們家在湖泊北岸的小屋，想到他暮色的雙手在黑暗中比劃，想到在夜裡拖著彗星長尾的香菸火光。

噢，山謬爾。

若不是握著那張字條，想著那雙手，我也許會在門鎖轉動、房門開啓前聽見護士的腳步聲。她們站在門口，恍若穿著漿挺白圍裙的一對怪獸像，兩雙眼睛掃視房間——昨晚沒睡過的床鋪、未上鎖的窗戶、坐在地上的病人、皺到了膝上的睡裙——最後落在我的書上。她們以充滿效率的步伐走向我，默契十足的動作想必也是療養院的某種流程。流程4B：病人下了床且持有違禁品之應對程序。

鷹身女妖手爪般的四隻手扣住我的雙肩——我必須保持鎮定，擺出神志正常的模樣，必須聽話——但其中一名護士從地上撿起我的書時，我還是忍不住撲了過去。然後，她們將我的雙手扭到背後，我瘋狂地亂踢、亂號、對她們惡言相向，以小孩子與瘋子不科學的混亂打法奮力掙扎。

但是她們年紀、力氣都比我大，也能幹得令人沮喪。不久後，我狂亂揮舞的手臂被緊緊扣在身體兩側，雙腿被半拖半走地移下長廊。

「直接去見醫師吧。」其中一人喘著氣說。另一人點了點頭。

經過其他房門的玻璃窗時，我瞥見自己的倒影：穿著白棉睡裙、雙眼狂躁、頭髮糾結的深皮膚幽鬼，被衣著筆挺且站姿無可挑剔、只可能是天使或惡魔的兩個女人押著前行。

她們領著我走下兩層樓，來到一間辦公室門前，門上的玻璃用金漆寫著：**史蒂芬・J・帕默（Stephen J. Palmer）醫師，首席醫師暨負責人**。黑暗而詭異的笑意冒了上來，我先前表現乖巧、禮貌發問時，護士怎麼也不肯帶我進這間辦公室，沒想到稍微吼叫幾聲、掙扎幾下，我便直接被帶到了醫師門前。也許我該多多亂叫，再次成為七歲時那個任性吵鬧的孩子。

帕默醫師的辦公室鑲了木牆板、擺放著皮革椅，還滿滿都是古董器材及寫著拉丁文的金框證照。帕默醫師本人年紀不小、態度冷淡，小小的半月形眼鏡如乖巧的金屬絲小鳥，停棲在他鼻尖。辦公室裡完全聞不到療養院內氨水及恐慌的氣味。

我恨他不必每天呼吸那種恐怖臭味。

護士把我押到椅子上，兩個人站在我身後，其中一人將書交給帕默醫師。書本擺在他桌上，顯得又小又破舊，絲毫看不出任何魔法。

「相信一月小姐之後都會好好表現了，妳說是不是啊，孩子？」他的語氣有種熱誠而無可撼動的信心，令我聯想到議員、銷售員或洛克先生。

「會的，醫師。」我悄聲說。怪獸護士們離開了。

帕默醫師挪動了書桌上的資料夾與文件，提起筆——那支鋼筆長得又醜又笨重，似乎在迫不得已時還能當擀麵棍用——我發現自己突然靜止。我不是曾用文字開過一扇門嗎？

「那麼，妳說說，」醫師用指節敲了敲書封。「妳是怎麼把這本書帶進房間的？」

「不是我，它是從窗戶進來的。」多數人都分不出實話與狂言的差異，你自己可以找時間試試，就知道我在說什麼了。

帕默醫師給了我憐憫的淺笑。「喔，原來如此。那麼，從洛克先生的說法看來，妳的身心健康出狀況主要是妳父親的緣故。想和我聊聊他的事嗎？」

「不想。」我想拿回我的書，我想擺脫所有的鎖鍊及限制，去找我的狗、我的朋友和我的父親。我想要他那支該死的鋼筆。

帕默醫師又露出憐憫的微笑。「他是什麼地方來的外國人吧？還是有色人種對不對？是不是什麼原住民還是非洲人？」

朝他臉吐口水的渴望一閃而過，我恨不得把濃痰噴在他乾淨的眼鏡上。

「是的，醫師。」我盡量擺出好女孩的表情，將五官排列成幫助我在洛克的世界活得如魚得水的純潔順從，臉上的表情卻僵硬木然，毫無說服力。「父親生前——父親是洛克先生的僱員，是位考古探險家。他常常出遠門。」

「這樣啊。而他最近剛去世了。」

我想到詹妮對我說的話：洛克並不是上帝，她還未放棄希望。**父親，我也還沒放棄。**

「是的，醫師。請問……」我嚥了口口水，努力重組乖女孩的面具。「我什麼時候可以回家？」

「家」。看到引號形成的四面牆壁和屋頂了嗎？我說的家是指洛克宅——如迷宮般卻又再熟悉不過的走廊、巧妙隱藏的閣樓，以及溫暖的紅石牆壁——但現在，我很可能一生都回不去那個家了。

帕默醫師又再開始整理資料夾，他沒有看我。不知洛克先生花了多少錢，請他不顧我的神志狀態，把我關在這間療養院裡。「目前還不能確定，但妳也不必著急。可以在這裡休養幾個月、恢復身心的力量，這樣不是很好嗎？」

我想到至少三十個被關在瘋人院數月「一點都不好」的理由，但說出口的卻只是：「是的，醫師。那我可不可以……可不可以把書還給我？還有給我紙筆？寫字可以……讓我安心一些。」我努力擠出戰戰兢兢的微笑。

「噢，暫時還不行。如果妳表現得很好，我們下週可以再討論這件事。亞各斯太太、雷諾茲太太，請進來——」

房門在我身後開啓，護士清亮的腳步聲從地板另一頭傳來。下週？

我立刻撲到辦公桌對面，握住了醫師那支光滑的鋼筆，硬是從他手裡搶過來，然後轉身一頭撞上兩名護士——她們馬上就制伏住我，一切就此結束。一條套著漿挺白袖的手臂用力壓制我的喉嚨，完全不帶感情地施力；我感覺到自己手指被強行掰開，筆身滑出手心。

「不行，不可以，請聽我說——」我無助地掙扎，赤裸的雙腳徒然地在地板上滑動。

「用乙醚好了，再加上一劑溴化鉀鎮定劑。謝謝兩位。」

我看見帕默醫師以講究的動作將鋼筆收入口袋，我的書則被他放進辦公桌抽屜，而那之後，我被硬生生拖出了辦公室。

她們拖著不停嘶吼又哭泣尖叫的我走下長廊，怨恨與需求令我全身顫抖。一張張明月般蒼白無表情的臉從病房門上的窄窗往外望；說來奇怪，從有教養的小姐退化成瘋女人是多麼容易，這頭不受控的怪獸似乎早在我的皮下待了好幾年，甩著尾巴等待破殼而出的這一刻。

但為了對付野獸般的女人，人們建立了療養院。護士將我拖上床，用軟帶銬住我的腳踝與手腕，用濕冷的東西蓋住我的嘴。我努力屏住一口氣，最後還是忍不住吸氣，意識飄入黏膩濃稠的黑暗中。

我不想多談之後數天的事，所以這裡只簡單帶過。

那幾天灰暗又漫長，我不規律地在早午晚間醒轉，呼出口的氣息帶有藥物噁心的餘味；到了夜晚，我不停夢到自己快要窒息，全身卻無法動彈。我似乎有和其他人——護士與其他病人——交談，但真正陪伴我的，就只有錢幣上的銀色女王。以及滿懷恨意、如附骨之蛆的時間。

我試著以睡眠的方式逃避時間，全身靜止地躺在床上、閉眼不看毫無變化的房間，強迫肌肉放鬆。有時我會成功，至少能度過更灰暗、無趣的一段時光，但大部分時間都無法如願入睡。大多時候我只能躺在床上，盯著眼皮粉紅色的血管，聽著血液流淌的聲音。

每過幾個鐘頭，就會有護士或護理員拿著紀錄板進來，解開被綁在床上的我，戳著強迫我動起來。我在他們的密切監督下進食，穿上漿挺的白袍，用一排錫缸中的其中一缸水洗澡。我和另外二十多個如魚一般赤裸蒼白的女人一起發抖，每個人都什麼隱私也不剩，像被拔出殼的蝸牛那般醜陋。我偷偷觀察她們，有些人在抽搐、有些人哭泣、有些人和墓碑一樣沉默——我只想尖叫：**我和她們不一樣，我沒有瘋，我不該在這裡**。然後我又想到：**說不定，她們一開始也不是這樣的**。

時間變得很奇怪。時間惡龍繞圈踱步，即使在睡夢中，我也能聽見它們腹部鱗片滑過瓷磚的絮語聲。有時它們會爬上床，像巴達以前那樣伸長了身軀躺在我身旁，我往往濕著臉頰、孤單寂寞地醒轉。

有些時候，我會被義憤填膺的烈火吞噬——洛克怎麼能背叛我，把我送進這人間煉獄？我怎麼可以讓他們傷害巴達？父親怎麼能丟下孤苦無依的我？——但最後怒火焚盡，只留下灰燼，以及炭灰色的寂寥平原。

然後，到了被囚禁在此的第五還是第六天（或者第七天？），一道聲音響起：「雪勒小姐，有客人來了。妳叔叔來探望妳了。」

我原本緊閉著雙眼，滿心希望自己若是長時間假裝入睡，身體便會放棄抵抗、配合我的演出。我聽見房門「喀」一聲，椅腳刮過地面的聲響，接著是慵懶的語音：「老天啊，都已經上午十點半了，我是不是該拿妳開睡美人的玩笑？不過妳只有『睡』，沒有『美』吧？」

我猛然睜眼，他就在我面前：蒼白無血色，眼神冷酷，搭著手杖的雙手像兩隻穿著手套的蜘蛛。哈夫麥爾。

上回聽到他的聲音，是他命令手下清理曾是我摯友的東西時。

我朝他猛撲上去，忘了自己仍虛弱無力且被固定在床上，滿心只想傷害他、撕咬他、用指甲狠狠抓破他的臉——「嘖嘖，別這麼激動嘛，再這樣下去我就只能喊護士了。妳被下藥完後只能呆呆地流口水，對我可是一點用處都沒有。」

我低吼著奮力掙扎，卻無法掙脫束帶。他輕笑一聲。「妳在洛克宅一直表現得那麼禮貌乖巧，我就說吧，康尼琉斯不該相信妳營造的假象。」

我對他吐一口口水。打從小時候和山謬爾在湖畔玩吐口水比賽以來，我已經很久沒故意對任何人吐口水了，看樣子我還是和從前一樣準。

哈夫麥爾用戴著手套的手指抹過面頰，臉上笑容多了幾分寒意。「雪勒小姐，我有幾個問題想問妳。康尼琉斯說我們小題大作，說妳不過是偷聽了長輩的對話，說妳是爲父親的事心煩意亂，妳不會眞的構成什麼威脅。但我可不這麼認爲。」他傾身向前。「妳是從哪得知裂隙（fracture）的事？妳是聽誰說的？」

我對他齜牙咧嘴。

「嗯。那我問妳，妳那時是怎麼離開房間的？艾凡斯很確定妳已被鎖在房間裡，我知道他不會蠢到對我說謊。」

我的唇咧成了不是笑容的表情，通常看到這種表情，你想到的會是：**那個人精神失常了**，還有**快把她關進瘋人院**。我發現自己絲毫不在乎。「我可能是施了法術啊，哈夫麥爾先生。說不定我是鬼呢。」笑容轉變成不對稱的猙獰神情。「我現在可是瘋子，難道你沒聽說嗎？」

他歪頭打量我，若有所思。「那不知妳有沒有聽說，妳那條噁心的狗死了，被艾凡斯扔到湖裡去。我是否該向妳道歉呢？不過依我看，那條畜牲早在好幾年前就該被丟進湖裡了。」

我整個人彷彿被狠踹了一腳，全身一縮，肋骨化爲銳利的碎片，切割柔軟的五臟六腑。**巴達，巴達，我的巴達**——

「很好，看來妳終於願意專心聽我說話了。我問妳，妳聽過**武帕爾**（upyr）沒有？還是**吸血鬼**？**吸血女巫**（shtriga）？」字詞在他口中斷聲滾動，不知爲何讓我聯想到十二歲時和洛克先生去維也納的回憶。當時是二月，朔風呼嘯的古老城市被蒙在陰影中。「也罷，名稱並不重要，但我相信妳聽過類似的故事：從北方黑森林出來的怪物，以活物的生命之血爲食。」

他一面說，一面脫下左手的手套，輕扯每根指尖的雪白布料。「謠言主要是由迷信的愚民所四處傳播，結果被登上故事報紙，賣給了維多利亞時代的小乞丐。」現在他已完全脫下手套，只見手指蒼白到能看見皮膚下的青筋。「史杜克（編注）眞該被處死。」

然後他朝我伸手，而在指尖碰到我的半秒前，我手臂上每一根汗毛直直豎起，心臟緊揪起來。動物本能告訴我，我不該讓他碰我，我應該高聲求救——然而，已經太遲了。

冰冷的手指碰到我的肌膚。不對，比冷還要冷。那是種令人全身痠痛、灼痛、牙齒發疼的溫度空洞，我身體的熱能被一股腦抽了過去，卻無法填飽飢餓的酷寒。唇齒努力想拼湊出話語，卻變得麻木不已，彷彿我在戶外吹了不知多久的寒風。

哈夫麥爾發出深深滿足的輕柔嘆息，就像剛在火爐前暖手，或喝下第一口熱咖啡。他不情願

編注 伯蘭·史杜克（Bram Stoker），哥德式恐怖小說《德古拉》（*Dracula*）作者。

地移開觸碰我的手指。

「不論是什麼故事，都總是有那麼點眞實性，對不對啊？妳父親似乎就是秉持這樣的原則，在全球各處幫主人發掘些小玩意兒。」他臉頰浮現了病態的紅暈，漆黑的雙眼閃爍著異光。「那麼，親愛的孩子，請告訴我：妳是從哪得知裂隙的事？」

我的嘴唇依然麻木，彷彿全身血液流得十分遲緩、在血管中凍結了。「我不懂……爲什麼……」

「妳問我們爲什麼這樣掛心？康尼琉斯可能會說是爲了秩序、繁榮、和平啊之類的東西，但我必須承認，我就沒有這般冠冕堂皇的目的了。我只想讓這個世界維持原狀：如此地舒適，充滿了毫無防備且消失後不會有任何人在乎的人。所以啊，我做這些是出於個人的熱忱。妳還是老實把自己知道的一切告訴我比較明智喔。」

我看著他——他仍自信滿滿地微笑著，赤裸的拇指撫過其他四指的指甲——這輩子從未感到如此地恐懼。我生怕自己溺斃在瘋狂和魔法的深海，生怕不知不覺背叛了什麼人或什麼東西。但我最怕的，是再次被那雙冰寒刺骨的手觸碰。

門外傳來簡促的敲門聲，我們兩人都不吭一語。

儘管沒聽到回應，雷諾茲太太還是走了進來，鞋子帶著不知何來的威嚴踏過瓷磚。「先生，不好意思，她該洗澡了，請家屬之後再回來。」

哈夫麥爾的盛怒幾乎潰堤而出，臉上雙唇咧起，露出滿口牙齒。「我們還在忙。」他嘶聲說。若換作在洛克宅，附近的僕役聽了必然會立即抱頭鼠竄。

但這裡並不是洛克宅。雷諾茲太太瞇起雙眼，抿起嘴唇。「先生，非常抱歉，不過我們布拉特波羅的病人都該維持規律作息。我們這兒的病人很容易激動，她們需要平靜、規律的生活，才能保持鎮定——」

「**很好**。」哈夫麥爾用鼻子深深呼吸，甩了甩手套後重新戴上它，作秀般慵懶緩慢的動作顯得莫名淫穢。

他雙手交疊在手杖上，朝我傾身。「親愛的，我們很快會再見面談天的。妳明晚有事嗎？我可不想再被打斷。」

我舔了舔逐漸恢復溫度的雙唇，努力擠出勇敢的語氣。「你……你不是受到邀請才能進屋嗎？」

他笑了。「唉呀，親愛的，別把故事報紙上的話全盤當眞啊。你們這些人也眞是的，老是想編造些事情發生的**理由**，說怪物只會抓壞小孩、蕩婦或不夠虔誠的男人。其實啊，無論在何時何地，強者就是會獵捕弱者。這是古今不變的定理。」

「先生。」護士朝我們踏近一步。

「好啦，好啦。」哈夫麥爾對她揮了揮手，給了我一個飢渴的笑容，隨後轉身離去。

我傾聽他的手杖輕快地點著地面，沿著走廊離去。

澡洗到一半，我開始劇烈顫抖，怎麼也停不下來。護士們忙著用溫熱毛巾擦拭我的雙手雙腿，然而顫抖卻只逐漸加劇。直到最後，我赤裸地蹲在瓷磚地上，竭力抱著自己雙肩，只求身體不在震顫中碎裂。護士們將我帶回房間。

雷諾茲太太留下來束縛我爬滿了雞皮疙瘩的手臂，而在她完成動作前，我用雙手握住她的手。

「能不能——請問妳能不能把我的書還給我？一個晚上就好？我會乖乖的。拜、拜託。」真希望這樣結結巴巴的說話方式是我裝出來的，是我為了誘騙他們信任、然後大膽逃獄所想出的妙計——但事實上，我真如表面上這般害怕絕望，只想暫且逃離在腦中呼嘯的種種念頭。**哈夫麥爾是怪物，還有協會成員都是怪物，還有那洛克先生又是什麼？以及：巴達死了。**

我並未真的相信她會答應。目前為止，護士們一直把我們這些病人當成需要定時餵食和清潔的家具，而且還是難以搬運、表現不佳的那種；即使對我們說話，也是以農婦對雞畜說話的輕巧語氣，雖然餵食刷洗了我們，接觸我們肌膚的手仍如岩石般不帶感情。

儘管如此，雷諾茲太太還是稍微停頓，低頭瞅著我。那個動作幾乎是意外，她彷彿在一瞬間忘了我是家具，只看見一名請她帶一本書過來的女孩。

她的雙眼如受驚的小老鼠，陡然撇開，然後她收緊了束帶，直到我能在指尖感受到自己的脈搏。她頭也不回地走了。

這時，我哭了。我無法擦拭流到了唇邊的鼻水，無法將臉埋入枕頭，也無法蜷縮成一團、將額頭抵住膝蓋。我仍然不停哭泣，聽著護士在走廊上窸窣的腳步聲，直到最後枕頭套都被我哭濕，走廊上也變得寂靜無聲。電燈在嗡嗡聲與劈啪聲中被切斷了電源。

在黑暗中，我很難不想到哈夫麥爾先生，想到他白蜘蛛般的手指從灰暗中朝我伸來，發青的肌膚在月光下散發寒光。

然後，鑰匙刮過門鎖、「喀擦」一聲，房門被悄悄打開了。我胸中一緊，開始扯著束帶奮力掙扎。我已經可以看見他穿著黑西裝的身影溜進房間，聽到手杖在「笞、笞」聲中逼近——

然而，來者並不是哈夫麥爾，而是雷諾茲太太。她手臂下夾著《一萬道門》。她匆匆來到我床邊，躡手躡腳的白影掠過房裡的黑暗。她將書本塞到被單下，手指摸索著替我解開束帶。我驚訝地張著嘴，但她看也沒看我一眼，搖了搖頭後便接著轉身離去。門鎖在她離開後重新扣上。

起初，我就只是抱著它，用拇指摩擦書封剝落的文字，吸入它遙遠、自由的氣味。

然後我小心踏入斜灑進來的月光，翻開書本，拔腿奔遠。

## 第四章：論愛

愛情扎根；愛航向大海；可以預測卻又奇蹟般的愛之果實

譏諷眞愛，是知識份子與老於世故者近年的流行，他們假稱這不過是兜售給小孩子和年輕女性的童話故事，與魔法杖、玻璃舞鞋同樣不具眞實性（注）。對於這些知識份子，我只懷有深深的憐憫，因爲只要是親自經歷過愛的人，就不會說出如此愚昧的話語。

我眞希望他們能見證優利．焉與雅德蕾．李於一八九三年的相遇，任何人看見他們的身軀在及腰的浪花中碰撞在一起，看見他們的眼眸如指引迷航船隻歸鄉的燈塔似地閃耀時，都不可能否定愛的存在。它像一顆存在兩人之間的小太陽，散發出熱量，用紅色與金色重塑兩人的面容。

不過即使是我也必須承認，愛情不一定優美。雅德與優利相黏的身體終於分開後，兩人站在海浪中，愕然盯著眼前的陌生人。面對一個在另一個世界的牧草田中僅一面之緣的女人，你該說些什麼才好？面對一個縈繞在你心頭十二年、擁有靴革色雙眼的鬼男孩，又該說些什麼？兩人同時開口，卻又同時尷尬地陷入沉默。

接著，雅德激昂地說：「靠。」又過了片刻：「靠。」她用手指梳了梳亂髮，往過熱的臉頰抹了些海水。「眞的是你嗎，鬼男孩？你叫什麼名字？」

明明是無比自然的問題，卻使兩人之間的太陽蒙上了陰雲。他們各自陡然意識到，自己根本不知道對方的名字，怎麼可能相愛？

「優利．焉。」倉促的氣音脫口而出。

「朱利安（編注）啊，很高興認識你。可以幫我個忙嗎？」她揮手示意後方的小船，船正悠悠哉哉地往南漂遠。兩人花了漫長的數分鐘拉扯、掙扎，好不容易將它拖進海灣，繫著水面下一顆立著的岩石。他們默默工作，邊做邊觀察對方身體的行動，研究骨骼與肌肉奇蹟般的幾何組合，彷彿那是他們必須翻譯的密碼。完工後，在綻放的赤紅夕陽下，他們站在海岸上，突然又無法直視對方了。

「妳想不想——我在城裡有個住所。」優利想到他在洗衣女家二樓那間窄小的房間，只恨自己不是邀雅德回他的城堡或宮殿，或至少是去旅行商人租用的奢華套房，那種屋子少說也有露臺。雅德點點頭，他們並肩走在蜿蜒街道上，穿行璞羅姆市。狹窄的街道上，兩人的手背不時羞赧地相擦，卻從不停留，優利感覺到每一次肌膚相碰的熱度，彷彿是擦過他手背的火柴。回到了房間，他讓雅德在未經整理的小床床尾坐下，自己則快步繞了幾圈，挪動一疊疊書

---

**注** 在此，相信你已經充分了解門扉的本質，明白在某些世界裡，無論是魔法杖或玻璃舞鞋都再稀鬆平常不過。

**編注** 因為口音和緊張的關係，優利說出自己的名字優利．焉（Yule Ian）時，讓雅德誤聽成是「朱利安」（Julian）。

本，並將空墨水瓶推到角落。雅德從頭到尾都沉默不語。若優利對她的認識超出少年時期那短短數小時，就會發覺她的沉默相當不尋常。雅德蕾・李可是個開門見山的女人，總是不帶絲毫羞愧或虛偽，誠實地道出自己心中所欲，而且通常也都會期待世界回應她的要求。然而此時此刻，她坐在飄著海洋和墨水氣味的擁擠房間裡，卻怎麼也找不到合適的言語。

優利遲疑地在她身旁坐下。「妳是怎麼來的？」他問道。

「在我世界的某個山頂，乘船穿過了門。抱歉啊，花了這麼久時間才來。門那麼多，我可是費了不少工夫呢。」說著說著，她平時大剌剌的語氣又悄悄溜了回來。

「妳是在找這個世界嗎？是在找我？」

雅德歪頭看著他。「那當然。」

優利露出大大的笑容，而在雅德眼中，那是從少年臉上偷來的笑容，也是當時她答應三天後和他見面時，他在田野中給她的笑容，充滿了對自身幸運的喜悅。忽然間，雅德很清楚接下來該怎麼做。

她吻了他。雅德感覺到他笑吟吟的嘴唇在自己的接觸下重新塑形，纖細的學者雙手輕輕搭在她雙肩，她稍微後退看他——微帶紅色調的黑皮膚，此時如彎刀月亮對著她閃耀；還有與方才截然不同的笑容，以及那雙嚴肅的眼眸正注視著她的臉——然後雅德笑了一聲，將他推倒。

在優利的房外，璞羅姆市陷入甜美的晚間昏醉，市民來到了晚飯後、夜深前的寧靜時辰。而在璞羅姆市界外，阿瑪麗柯海輕聲拍打著一千艘塗了瀝青的船和岩島，微風捎著海水鹹味穿過一道道門扉吹入異界的天空，一萬個世界全都在一萬個薄暮中歡舞。不過無論是雅德或優利都一樣，他們此生首次拋開了對其他世界的注意，因爲只屬於他們兩人的宇宙，此時只存在於璞羅姆市某個洗衣女家二樓的一張窄床上。他們走出那個房間，已經是數日後的事了。

在確立眞愛的存在後，我們可以分析它的性質。它不是許多詩人所說的事件，並不是會「發生」的一件事，而是僅僅存在且一直都存在著。人並不會墜入愛河，而是會發現它的存在。

在洗衣女家的房間裡，雅德與優利花了數日進行這番考古，首先透過肢體奇怪卻又近似奇蹟的語言發現愛情：肌膚與肉桂氣味的汗水、床單皺褶在皮膚上留下的粉色摺紋、手背上靜脈形成的河流與三角洲。對優利而言，這是種全新的語言；對雅德而言，她是在重新學習她以爲自己了解的語言。

而在不久後，口舌道出的言語滲透進兩人之間的空間，從濕悶午後的蒸騰熱意到夜晚的清涼，他們對彼此敘說了十二年份的故事。雅德先說出自己的故事，刺激精采的故事中充滿了星空下的鐵路之旅及步行旅程，充滿了來來去去，以及薄暮中歪斜站立、半開著的門扉。優利發現自己聽她敘述往事時必須握住筆，因爲她就像一卷突然活了起來的記事卷軸，優利必須在她消失前記錄下她的一切。

她說完銀踵山與通往大海的門扉的故事，優利追問下去，並請她提供細節、日期與描述確切情境時，她卻哈哈大笑。「好端端的故事都要被這些東西給毀了，我才不說呢。不覺得是時候說說你的故事了嗎？」

優利趴在冰涼的岩石地板，雙腿纏在被單中，前臂沾滿了糊掉的墨跡。「我覺得，我的故事就是妳的故事。」他聳了聳肩。

「什麼意思?」

「意思是……在田裡的那一天改變了妳,也改變了我。在那之後,我們都把人生用來追尋故事與傳說,尋找門扉的祕密,對吧?」優利讓頭枕在手臂上,仰望她癱在窄床上的金色身軀。「只不過我的冒險當中,大部分時間都花在圖書館裡。」

他對她說起自己夢幻的童年與少年時期的努力,說起他廣受尊崇的學術著作(他從不在論文中直接提出門扉的存在,而是將它們描述為可提供寶貴社會資訊的神話產物),以及他尋找世界間門扉眞實本質的無盡之旅。

「那麼朱利安,你找到了什麼?」他喜歡聽雅德唸他的名字,喜歡音節含糊地在她口中形成陌生的稱呼。

「找到了一些東西。」他揮手示意疊在書桌上的多冊《世界神話學中通道、門扉與出入口之比較研究》。「但還不夠。」

雅德站起身,彎腰看著他的書桌,瀏覽陌生文字在紙上形成的角度。在優利眼中,她的身軀組合了奇怪的色彩,能從最蒼白的牛奶色戲劇化地變為曬焦的雀斑。「我只知道有些地方比較薄——只有用特定的方式去看,你才看得見——你可以從這些地點去往別地方,各式各樣的地方都有,有些還充滿了魔法。而且,它們一定會滲漏,所以只要循著故事就可以找到它們。那你呢,你還找到了什麼?」

優利心中好奇,是不是每位學者都花費一生去探尋其他人早已若無其事回答的問題,不知他們對此感到憤怒還是高興？面對雅德，他猜自己會經常又喜又怒。「沒找到太多。」他苦笑著說。「就如妳所說，不同的世界會在較稀薄的位置互相滲透。我覺得這種滲透的特性有種……重要性，甚至是非常關鍵。」

他告訴她，門扉就意味著變化，而變化是危險的必要。門扉就等同革命與動亂、不確定性與懸疑，它們能成爲整個世界轉變的軸點。門扉是所有眞實故事的起點和終點，也是兩者之間通往冒險及瘋狂——說到此，他微微一笑——甚至是愛情的通道。少了門扉，世界會化爲死水、僵化，失去故事。

他以學者的口吻，嚴肅地總結道：「但我不知道門扉最初是從何而來，它們是從一開始就在呢，還是被什麼人創建出來的？那個人究竟是誰，又是怎麼做到的？若要那樣把世界劈開，文師可能會用盡自己所有的生命力啊！不過……若兩個世界已經處在很近的位置，那或許不必付出如此巨大的代價，也許這比較像是拉開簾幕或打開窗戶。問題是，你必須先讓文師相信那是可行的事，我看——」

「它們是從哪裡來的，眞有這麼重要嗎？」優利說話的同時，雅德在他身旁躺了下來，面帶混雜了欽佩與揶揄的神情注視著他。

「因爲，它們感覺是那麼脆弱，關上門扉是如此簡單。如果它們只能被摧毀卻不能被創造，那麼隨時間過去，門扉的數量不就會越來越少嗎？這個想法一直……糾纏著我。我還以爲永遠找不到妳了。」十二年的徒勞化爲重擔，壓在兩人身上。

雅德一條手臂與一條腿甩到了優利背上。「那都不重要了，反正我已經找到你，我們不用再擔心門關上了。」她說得勇敢無畏，猛虎的低吼在她胸中迴盪，優利不禁相信了她。

又過了悠哉的數日，雅德與優利才有辦法靜靜地一起躺在床上，不再受制於認識彼此的焦急需求。他們在彼此之間發掘了愛情粗略的形影，願意讓剩下的部分較平穩地發展，像無盡的大海般鋪展在船前。

對雅德而言，這是種歸鄉的感覺：在多年來居無定所的遊蕩後，在循著故事留下的細微蹤跡、揣著躁動不安的心漂流多年後，她終於願意靜下來了。對優利而言，這是種啓程的感覺：他一生都居住在研究與學術界令人心安的疆界內，目不轉睛地追求自己的研究，極少抬頭遙望天際，但現在他不再受限，終於能自在漂流了。到了這個境地，他的研究還重要嗎？相較於雅德伸展在他身邊的白皙溫熱，門扉的祕密眞的有那麼重要嗎？

「那我們現在怎麼辦？」某天早晨，他這麼問她。

珍珠粉色的黎明微光中，雅德在半夢半醒間打盹，優利憂慮的語音惹得她哈哈大笑。「我們愛做什麼就做什麼啊，朱利安，或許可以先從帶我參觀你的世界開始。」

「好。」優利說完，安靜了數次漫長的呼吸。「不過，我想先做一件事。」他從床上起身，在桌上翻來找去後抓出一支沾水筆，還有一瓶濃稠的墨水。他在小床邊蹲了下來，拉著雅德的手臂平攤在被單上。「在發生重要的事情時，我們會把它寫下來。如果是非得讓所有人知道不可的事，我們就會寫在這裡。」他輕拍雅德手腕內側柔軟的肌膚。

「那你要寫什麼？」

對上她視線的雙眼嚴肅而深沉，宛如地底水塘，雅德感覺腹中微微一顫。「我想寫下：六九二〇年夏季的這一天，雅德蕾．李．拉森與優利．焉．學者找到了愛，並立誓永世相愛。」他嚥了口口水。「前提是妳願意。用這種墨水寫下來的話，文字會停留幾個星期，但還是能洗掉。這只是一種承諾而已。」

雅德的心在胸中連聲鼓動。「那如果我不想洗掉呢？」

優利默默舉起左手，只見深色的刺青緊密纏繞著手臂，上面有著賦予他學者的稱謂並列出他最受重視的著作。雅德嚴肅地看著刺青，彷彿看見了自己的未來，想給自己最後一次機會逃跑。然後，她對上優利的目光。「那幹嘛用筆寫？哪裡可以刺青？」

優利胸中狂喜的泡泡迸發開來。他笑了，她吻了他，那天下午他們離開洗衣女的屋子時，相握的兩隻手上多了新鮮的黑色刺青，用文字將兩人的未來告知給全世界。

在那之後數小時，他們在璞羅姆市繽紛遮陽棚下的市集購物，優利用簡短的阿瑪麗柯共通語購買果乾和燕麥，雅德身後則拖著長長一條對她好奇不已的看客，宛如船的尾波。手臂細瘦的孩子們時而輕笑、時而尖叫，市場上的女人憐憫地低語，而聽過鬼女傳聞的漁民則低聲私語。

優利租了搖搖晃晃的拖車，將他們的物資拖到島嶼東岸，雅德臃腫的小船仍隨著海灣的碎浪起起伏伏。那夜，他們共同蓋著船底一塊帆布，傾聽水浪滑過上了防水漆的松木船身，看著夜晚如舞孃鑲上星點的裙子，在上空輪轉。雅德依偎在優利溫軟的臂彎，心中想著幸福快樂的結局與甜美的收尾，優利則想著故事開端與英勇的伊始。

他們於黎明時分啟航，優利問她想看什麼，雅德回答：「全部。」於是，優利配合地規劃出前往這世界「全部」的旅程。他們首先在熙斯利城（City of Sissly）停泊，雅德欣賞了當地教會的粉紅色圓頂建築，品嚐了新鮮瓜納果（gwanna fruit）胡椒般的刺激味。在那之後，他們在被遺棄的婆島（Island of Tho）待了三夜，映著陽光的斷垣殘壁如斷裂的灰齒。接著，他們行經一連串小到沒被人命名的沙蝕島。他們走在椰夫城（City of Yef）的街道上，睡在瓊吉爾市（City of Jungil）涼爽的石室裡，走上連接漪祐（City of Iyo）與漪沃（City of Ivo）兩座都市的知名橋梁。他們向西北航行，隨著夏季海流離開炎熱的赤道，走訪優利只在地圖上看過名字的遙遠城市。

優利的學者津貼只夠租用小房間和購買簡單的食物，不足以讓他們一次次在城市市集購買物資。於是，優利努力回想父親多年前的教誨，笨拙地打結、穿鉤，開始自己捕魚。雅德砍下並彎折小樹，爲兩人在船尾搭建了彎拱形的小棚以遮陽避雨。優利在人聲鼎沸的凱音都（City of Cain）買了一綑蠟線，以及和手掌一樣長的鐵針；他們在凱音都的海港漂停了一天，優利忙著在他們空白得惹人非議的船帆上繡祝福文字。他繡上了一路順風與平安航行等慣例的祈禱文，大多數船隻都會加上特定的獻詞——致豐富的漁獲、成功的交易或舒適的旅行——他卻只寫下：致愛情。雅德看見帆上與自己手腕上同樣的文字，笑著親吻他的臉。

我們很難想像鑰匙號上燦爛數月的終結，不過隨著炎夏逐漸消散，被貿易季節涼爽的強風取而代之，此時的阿瑪麗柯海上熙熙攘攘，染上了香料、油脂和精緻麻紙的氣味。優利與雅德在海潮中描繪出沉醉於愛的螺旋，乘著白浪往南折返，他們的計畫只延伸到下一座島嶼、下一座城市，一同睡在空曠海灘上的下一晚，優利覺得他們或許會就此到永恆。

優利當然想錯了，眞愛並非一陣不變，而是一扇門，各種奇妙與危險的事物都可能穿門而入。

「朱利安，我的愛，你快醒醒。」他們在一座長滿松樹的小島上度過一夜，島上除了樵夫與牧羊人外沒有別的居民。優利蜷縮在帆布鋪成的小床深處，前一夜的杜松子酒正以汗水的形式離開身體，但他聽見雅德的呼喚，還是勉強撐開了眼皮。

「唔嗯？」他給出算是清楚的回應。

雅德背對大海坐著，身上映著松枝間灑下的斑駁晨光，前些日子要優利用漁刀割過的稻草色頭髮鋸齒狀垂在肩頭，皮膚也不知何時變成了不可思議的焦褐色。她身上穿著女水手便於行動的纏布，不過她還未掌握這種服裝的摺法，布料只像鬆鬆的漁網那樣掛在她身上。在優利眼裡，她是這個世界——不對，是所有世界——最美的事物。

「我有事要告訴你。」雅德揉著左手手腕上的黑色文字。「其實是很重大的事情。」

優利仔細注視著她，卻發現她的表情十分陌生。在一起這數月，他見過雅德疲憊和欣喜、憤怒和凶狠、無聊和英勇的模樣，卻不曾看見她的恐懼。這份情緒宛如異國遊客，坐在雅德的五官上。

她呼出一口氣，閉上雙眼。「朱利安，我覺得——好吧，其實是*知道*，我已經知道好一陣子了——我有小寶寶了。」

世界懸掛著、靜止了。海浪不再拍打沙灘，松枝不再摩娑，就連土裡的小動物也不再挖洞。優利不確定自己的心是否仍在跳動，只知道自己感覺不像是死了。

「你在驚訝什麼？兩個人像我們這樣過了半年，做了我們做的事，只有笨蛋才不會想到我們可能——我可能——」雅德從緊咬的牙關吸入一口氣。

不過優利無法清楚聽到她的話語，因爲片刻的死寂此刻化爲歡慶的喧囂，他跌跌撞撞的心臟彷彿被城市遊行取而代之。他盡量謹愼、溫柔地回應：「妳想怎麼辦？」

雅德瞪大雙眼，雙手無助地貼著腹部，彷彿想驅逐他。「我也沒什麼好選的吧。」(注)話雖如此，她的語音不帶任何苦澀或懊悔，只有冰冷的恐懼。「可是男人或許有得選，像我父親，他就不……他沒有……那你打算怎麼辦？」

優利這才意識到他本該再清楚不過的事實：雅德怕的不是孩子，而是他。巨大的安心令優利忍不住笑出聲，他歡欣地高呼一聲，驚飛了棲在上方枝頭的鳥兒，使得雅德因突如其來的希望而咬住臉頰內側。

優利拋開被毯爬了過去，握住她的雙手——滿是傷疤、曬成焦褐色、長出鈍指甲，同時美麗無雙的手。「如果妳願意，我打算這麼辦：我會帶你回甯都、和妳結婚，然後找一個地方建立我們的家園。然後我們三個——還是四個？或六個？——我還要介紹兄弟姊妹給妳認識呢——會在甯都過冬，夏季就出海旅行，我會用超越其他男人對任何事物的愛，愛著妳和我們的孩子。只要我還活著，就永遠不會離開你們。」

他看著雅德臉上的恐懼消失無蹤，取而代之的是一種熾熱而明亮的神情，令優利聯想到站在崖邊的潛水者，以及凝視著空白紙頁的文師。「好。」她說。他們的人生就存在那短短一字之中。

優利若能做得更好，即使無法一生待在妻子身邊，至少還能實現對女兒的諾言。

優利的母親親自將婚姻誓言刺上兩人的手臂。她工作時斑白的頭髮用布巾裹著，刺針以優利從小熟悉的節奏上上下下移動，時至今日，優利看見文字出現在針頭留下的血與墨跡中，仍覺得那是一種魔法——就像追隨古神的戰車升空的黎明。雅德沒感受到傳統儀式的重量，不過她看見黑色文字纏上前臂，仍爲它們古怪的美感屏息。當她用手臂貼著優利的手臂時，兩人紅黑色的新傷相碰，他們唸出刺在身上的文字時，雅德仍感覺到腳下的世界開始變動。

許下誓約後，便是傳統的祝記儀式（Signing of the Blessings）。優利父母面帶困惑卻慈祥的神情主辦聚會——他們不明白兒子怎麼會和牛奶色的外來者結婚，而且這個外來者身無分文，只擁有一艘全世界最醜的船，但他們還是爲兒子感到高興。他們邀請了優利所有的堂表兄弟姊妹、彎腰駝背的叔叔阿姨，以及大學的所有同僚，所有親朋好友齊聚一堂，將各自對新郎新娘的祝福記錄在家庭冊裡。親友們留下來大吃大喝，遵循傳統地喝到酩酊大醉，而雅德在甯都的第三晚是擠在優利兒時的床上度過，睜眼便能看著錫製星辰在上方旋轉。

---

**注** 其實她是可以做選擇的，雅德忘了她身在優利的世界，而不是她自己的世界，而優利的世界存在文術。女子懷孕——尤其是在初期——的狀態十分脆弱、充滿了不確定性，文師只需充分的酬勞與足夠強大的技藝，通常就能在胎兒仍是母親體內微弱的潛在時，用文字消去其存在。

又過了一週，優利才設法和大學達成新的協議。他宣稱自己完成了田野調查，需要一些時間靜下來整理思緒，並希望學院提供足以扶養妻小的薪津。大學不肯照做，但他十分堅持，最後院長碎唸了一番，說他最好能在未來對大學的名聲有所貢獻。院長要求他每週在城市廣場教書三次，然後發配了足以在島嶼北方高丘上買一棟岩石小屋的薪資給他。

那是棟融入進背景、微感疲憊的小屋，半掩藏在山坡上，而在氣溫較炎熱的午後，周遭會散發出濃濃的羊臊味。石屋只有兩間房，發黑的烤爐裡是八代同堂的老鼠一家，床鋪則是塞了稻草的帆布。對那位將夫妻倆名字鑿入石牆的石匠來說，他認爲對新婚家庭而言，這棟小屋實在太陰沉簡陋了。不過在優利與雅德眼中，它可是所有四面牆與屋頂組成的建築中最美的一棟——這份點石成金的瘋狂力量，便是眞愛與邁達斯王（編注）的共同點。

冬季躡手躡腳地溜進了甯都，宛如寒霧和風刃拼湊成的大白貓。雅德絲毫不以爲意，看到優利將羊毛布匹纏在身上、在麵包烤爐旁瑟瑟發抖，她還哈哈大笑。她穿著夏季服裝到山坡上散步，回家時兩頰總是被風吹得通紅。

「就不能穿些暖一點的衣服嗎？」某天上午，優利央求道。「就當是爲了我們的兒子嘛。」

他摟住雅德腹部的緩坡。

雅德笑著抽離身體。「你是說我們的女兒吧。」

「嗯，這個嘛，還是妳想穿……這件？」優利邊說邊從背後拿出一件看上去十分粗糙的棕色帆布外套，在他的世界顯得相當奇特，但在她的世界卻無比尋常。

雅德靜了下來。「你還留著它？都這麼多年了？」

「當然。」他對著她後頭帶著鹽味的亂髮低語。那天早上，她遲了些出門散步。甯都的春季是雨水浸染的時節，溫暖的雨水將每一條小徑沖刷成泥濘、每一塊岩石都化爲青苔，而摺疊整齊的衣服會開始發霉，麵包還沒涼下來就已不新鮮了。雅德花更多時間和優利進城，在雨水浸濕的街道上來回晃蕩，找每個路過的居民練習說糟糕無比的阿瑪麗柯語，不然就是與優利父親一起刷洗漁船龍骨上有殼的小生物。除此之外，她還會保養鑰匙號，在優利父親的指示下調整和重建小船，終於讓它漂泊在碼頭旁的模樣顯得更有精神，桅杆變得較細、較高，船身也較爲防水。她喜歡看著小船在水中起起伏伏，同時感覺到小嬰兒在腹中翻滾。**有一天，它會是妳的**。雅德對她說。**有一天，妳會乘著鑰匙號航向夕陽**。

到了仲夏，在豔陽高照、雅德稱爲「七月」的月份，優利有天回家發現雅德躬身咒罵著，一滴滴汗珠使肌膚變得濕滑。

「是不是——兒子要出生了嗎？」

「……是女兒。」雅德氣喘吁吁地說，然後用年輕士兵首次上戰場的眼神瞅了優利一眼。優利握住她雙手，成對刺青像兩條纏著手腕的蛇。他和每位父親在這種時刻的反應一樣，開始無聲地迫切祈禱，希望妻子能平安生產、孩子身體健全，希望他能在隔日破曉前將妻兒抱在懷裡。

---

編注 Midas，希臘神話裡被酒神賜予點石成金能力的國王，最後不小心將女兒變成了黃金雕像。

然後，這個世界最爲靈驗、最爲崇高的奇蹟發生了，上天實現了他的願望。

優利與雅德的女兒在破曉前誕生，她擁有雪松般的紅棕膚色和小麥般的淺色眼眸。

他們以雅德世界一位幾乎被人遺忘的古老神祇爲她命名，優利曾在甯都檔案館研讀過一篇載有相關紀錄的古文獻。褪色的文書畫著那位古怪的神祇，只見祂擁有兩張臉，一張朝前、一張朝後。祂掌管的不是特定領域，而是不同領域之間的空間——過去與未來、此處與彼處、起始與終結——簡而言之，祂是門扉之神。

不過雅德認爲「雅努斯」（編注）聽上去太像「雅妮」，她可不願把女兒取名爲雅妮。於是，他們用雅努斯神司掌的月份——一月——爲女兒命名。

完美的女兒，我親愛的一月，我很想乞求妳原諒我，卻不具備這份勇氣。我只能請妳相信我，相信門扉、異界與載文的存在。最重要的是，雖然我們留下的唯一證據就是妳手中這本書，我還是希望妳相信我們對妳的愛。

---

編注 Janus，羅馬本土的神祇。一般認為，目前熟知公曆的一月份即是以祂來命名。

# 6

# 銀與血的門扉

在我小時候，早餐就是在一片死寂中與威妲小姐面對面坐二十分鐘，她認爲對話有礙消化，而且只有在節日才准許我吃果醬和奶油。威妲小姐離去後，我改而在擦得光亮的巨大餐桌與洛克先生共進早餐，過程中努力用優美姿勢和淑女的靜默讓他對我刮目相看。又到了後來，詹妮來了，早餐變成在被人遺忘的會客室裡、又或在亂七八糟的閣樓裡喝偷來的咖啡。閣樓總是飄著塵埃及陽光的氣味，即使扶手椅上到處都是巴達的金銅色細毛也無人責怪牠。

但在布拉特波羅療養院，早餐是「啪」一聲落在錫碗中的燕麥粥、從高處窗戶透進來的稀薄光線，以及看護人員的跟鞋在走道上來來去去的聲響。

看在我表現優良的份上，他們准許我加入其他病人行列，那些人在食堂呢喃著吃早餐。這天早晨，我坐在一對不搭調的白人女性身旁。其中一人纖瘦、蒼老、樣貌乾癟，頭髮緊緊盤起，緊到眉毛被拉成了兩個小圓拱；另一人豐腴、年輕，擁有濕潤灰眸及乾燥的嘴唇。

我入座時，她們兩人都直勾勾地盯著我，那種眼神我再熟悉不過：是那種充滿了不信任，似在說「妳到底是什麼東西」的眼神，如同緊貼著肌膚的刀刃。

但這天早上，她們的眼神並沒有令我感到不自在。這天早上，我的皮膚化爲閃亮的盔甲，成了無堅不摧的白銀蛇皮。這天早上，我可是優利．焉．學者與雅德蕾．李．拉森之女，其他人的目光傷不了我分毫。

「那個妳要吃嗎？」灰眼女孩似乎認定了我不算太奇怪，至少願意開口跟我要比司吉小麵包。麵包半沉在我的燕麥粥裡，是魚鱗色的扁平麵塊。

「不要。」

她取走我的麵包，吸出它的水分。「我是亞碧（Abby），」她率先自我介紹。「她是瑪格麗特（Margaret）小姐。」老女人沒有看我，整張臉又朝內皺了皺。

「一月．雪勒。」我禮貌地回答，心裡想的卻是：**一月．學者**。就和父親一樣。這個想法如胸中點亮的燈火，明亮到我懷疑它像門縫透出的光，從我身體散發出來。

瑪格麗特發出高高在上的細微哼聲，聲音調整得恰到好處，剛好可以被誤以為是吸鼻子的聲音。在發瘋以前，她又是什麼人？是富家千金嗎？還是銀行家之妻？「那算哪門子的名字？」她依然不看我，對著空氣發問。

我胸中的燈變得更亮了。「是我的名字。」是親生父母——愛著彼此、愛著我，卻不知為何拋棄了我的親生父母——贈予我的名字。燈火微微一暗，在突如其來的風中閃爍不定。山坡上的岩石小屋後來怎麼了？那鑰匙號呢？我父母呢？

我幾乎不想得到答案，只想盡量停留在轉瞬即逝的脆弱過往，沉浸在曾有家園與家庭的短暫幸福中。昨晚，我不願冒著失去那一切的風險繼續讀下去，所以將《一萬道門》塞進了床墊下。

突兀的沉默中，亞碧眨了眨濕潤的雙眼。「我今天早上收到哥哥的電報，他說我禮拜二或三就可以回家了。」瑪格麗特又嗤笑一聲，亞碧沒理睬她。「妳覺得妳會在這裡待很久嗎？」她問我。

**不會**。該做的事情太多了，我還想讀完那本該死的書、找到詹妮、找到父親，用文字讓一切都恢復**該有**的樣子——這麼多事情等著我去完成，我哪能像哥德式小說裡可憐兮兮的小孤兒，一直被關在這種地方？更何況，若在這裡待到天黑，我百分之七十五相信會有吸血鬼從窗戶爬進來，把我吃乾抹淨。

我必須找到出路。我不正是優利與雅德蕾之女，誕生在另一個世界陽光下的孩子嗎？我的名字不是源自司掌通道與中間地域、管理「門扉」的神祇嗎？既然如此，我怎麼可能被囚禁於此？我的血液本身就像一把鑰匙，是我為自己寫下新故事的墨水。

啊。血液。

笑容緩緩地咧起我的唇，露出我的牙齒。「我不覺得自己會在這裡待很久。」我雲淡風輕地說。「還有好多該做的事呢。」亞碧滿意地點點頭，開始大談自己回家後要如何如何野餐、哥哥是多麼多麼想她，她這個妹妹如此難搞也不是哥哥的錯……天馬行空般的故事被我當成了耳邊風。

我們又排成灰色隊列離開食堂，我盡量學其他病人彎腰駝背、收緊雙肩，當雷諾茲太太與另一名護士帶我回房間時，我用輕柔、乖巧的聲音說了聲：「謝謝妳。」雷諾茲太太的視線短暫停留在我臉上，又迅速移開。她們離開前，並沒有把我束縛在床上。

我等到她們的腳步聲「答、答」走向上鎖的隔壁房後，接著撲向床墊，指尖輕輕撫摸父親這本書的書脊，卻沒將它取出來，而是找到了冰涼的甯都銀幣。

錢幣沉沉地躺在我手心，比五毛硬幣大一些、厚一倍。女王正對著我微笑。

我緩緩用錢幣邊緣摩擦床邊粗糙的水泥牆，金屬擦過漆上灰泥的牆面之後，我將它舉到光線下，發現原本圓潤的邊緣多了個微乎其微的斜面。

我笑了——逃獄的囚徒挖密道時，那孤注一擲的笑容。我重新將銀幣按回牆上。

到了晚餐時間，我手臂的肌肉簡直像被完全擰乾的抹布，握著錢幣的指節也陣陣痠疼……不過，它現在已經不是錢幣了，兩個被磨平的斜面形成了尖角，中間除了女王一隻睿智的眼睛外什麼都不剩。晚餐後我繼續磨錢幣，一來是想確認它足夠尖銳，二來是因爲我心中畏懼不已。但是夜晚將至，我看著空白牆上的光線從玫瑰粉變爲極淺的黃色，最後變爲晦暗的灰燼色。哈夫麥爾很快就會回來，像廉價驚悚小說中的怪物一樣順著走廊摸來，朝我伸出冰冷的手指，吸取我肌膚的溫暖……

我掀開被毯，赤裸的雙足貼上地板，躡手躡腳地溜到上鎖的門前。

被磨尖的銀幣在我手心閃耀著，它現在變成一把小刀，如同鋒銳的銀質筆尖。我用尖端輕觸指尖，想到哈夫麥爾飢餓的雙眼，心一橫便刺了下去。

月光下，鮮血看上去就像墨水。我跪下來，手指顫抖著畫過地板，血液卻在擦得光滑無比的瓷磚上凝聚成珠狀。我捏了捏手指，硬擠出不情願的血珠，寫出不清不楚的半個「門」字，但還沒寫完，我就知道這個法子行不通。我不僅得消耗大量血液，還必須耗費大量時間才能寫完一句話。

我嚥了口口水。左手臂平放在雙膝之上，努力把它想成紙張、陶板或寫字板，總之不是活物。我用銀刃尖端抵著肌膚，抵在前臂細瘦的肌肉與手肘相連處。

我心想：**一月，堅持住**。然後，我開始書寫。

其實沒有我想像中的痛——不，別自欺欺人了，你能想像在自己肌膚上刻字，用力到血液如從紅色油井冒上來般地痛嗎？有時候，疼痛是無可避免、事關緊要的東西，你不能去感受它。

**門**

我小心避開前臂中間那幾條血管，擔心自己因血液流盡而死在療養院地板上，逃獄計畫就這麼以悲劇收尾。儘管如此，我也同樣擔心自己割得不夠深，彷彿顯示出內心深處的猶豫或懷疑。別忘了，重點是信念。

**門為她開啓**。

錢幣尖角咬入肌膚，扭轉成句點，我用戰慄不停的心奮力相信著它。

房間再次以近乎熟悉的方式重整，難以察覺地被拉扯，彷彿看不見的主婦正在輕扯現實的邊角、抖掉布料中的皺褶。我緊閉著眼睛屏息以待，希望在血管中脈動、滴落地面——失敗的話我就完了——到了早晨，護士進來就會發現我倒在一灘凝固的血液中——至少如此一來，我就不剩任何生命的溫暖可以讓哈夫麥爾偷走了——

門鎖「喀擦」一響。我睜開雙眼，在突然降臨的倦意中努力眨眼。房門微微往內開啓，彷彿被微弱的風拉開。

我跪趴在地上，額頭抵著瓷磚，任由一波波睏倦沖刷我的身心。眼皮好沉重，肋骨也隱隱作痛，我彷彿剛游到了湖底又回來湖面。

但他就快來了，我不能久留。

我手腳並用、跌跌撞撞地回到床邊，地上留下一抹血跡，然後在從床墊下翻出書本。我緊緊抱住它片刻，吸入香料與海洋的氣味……它聞起來和父親那件無形狀可言的破舊外套一模一樣，記得父親每次回家，吃晚餐時外套總是掛在椅背上。我怎麼從沒注意過它？

我將書本夾在腋下，手裡緊握著銀幣小刀，走出了房間。

這裡當然沒有「門檻」，不過從房間進到走廊也像是從一個世界去到另一個世界。我快步走下長廊，漿挺的睡裙在腳邊窸窣作響，鮮血「滴、答」在我身後的地上留下一長條濺污。莫名其妙的想法在腦中浮現，我想到童話故事中漆黑森林裡的麵包屑，強行壓抑了張口大笑的歇斯底里。

我無聲竄下兩道樓梯，進入潔白無瑕的前廳，經過上面寫著整齊金字的一扇扇玻璃門，眨著逐漸模糊的雙眼盯視地上瓷磚。**史蒂芬．J．帕默醫師**。一股不理性的衝動陡然襲來，我很想摸進他的辦公室，推倒他整齊的資料夾和檔案夾、撕毀他小心寫下的所有筆記——甚至偷走他那支醜陋的鋼筆——但我沒有停留。

赤裸的雙腳下，是療養院入口走廊冰涼的大理石地板。我正朝莊嚴的雙窗格門伸出手，鼻腔充滿了夏季青草與自由的氣味，並突然同時意識到兩件事：第一，我聽見幾個人的呼喊聲在樓上迴盪，音量提升至驚駭的響度，畢竟走廊地板上留下了斑斑點點的血痕，一路通往前門。第二，大門外側有個模糊的人影，以暗影與月光描繪的人影——高䠷、瘦長的男人身影。

不……

我的雙腿變得虛弱又遲緩，彷彿艱困地走在深度及膝的沙地中。人影在走近時逐漸清晰，門把轉動，大門開啓，哈夫麥爾就站在門口。他的手杖與手套都不知所蹤，白蜘蛛般的雙手裸露在身體兩側，肌膚在黑暗中散發妖異的柔光。他能在日光下顯得像普通人類，實在是不可思議。

看見我的瞬間，他睜大了雙眼，露出笑容——那是狩獵者渴望獵物性命的笑容，如果你在人臉上看見那樣的神情，就只能自求多福了。我拔腿就跑。

話音逐漸響亮，前方的電燈在劈啪聲與嗡嗡聲中亮起，身穿白色連衣裙的護士與工作人員喝斥著朝我跑來。我感覺到陰風似的哈夫麥爾緊隨在後，於是我繼續往前奔跑，直到幾乎和護理人員相撞。她們紛紛放慢腳步，安慰我似地舉起雙手，用溫和的語音對我說話。她們似乎不願意觸碰我，而在那剎那間，我透過她們的眼睛看見自己：一名狂野失控、睡裙染血、肌膚刻著祈禱文般文字的女孩，一名膚色不深不淺的中間女孩就這麼站在她們面前，她齜牙咧嘴，雙眼因恐懼而發黑。洛克先生的乖女孩已經完全被另一種東西取而代之。

而女孩可沒有投降的打算。

我立即往旁邊竄去，打開沒有任何標記的木門，掃帚和桶子在周遭黑暗中紛紛摔落，氨水及鹼液的氣味撲鼻而來——這是個掃具櫃。我拉了下掛在空中的拉繩、開啓電燈，動作笨拙地把一組摺梯卡到門把下方；故事中的英雄都是這麼做的，可惜在現實生活中它似乎不是太穩固。

門外傳來沉重的腳步聲，門把劇震，接著是咒罵與呼喊。不祥的撞擊聲使梯子震動了下，我脈搏加速，奮力壓下喉頭驚慌的呻吟。已經無處可逃，也無門可開了。

**一月，堅持住**。摺梯發出令人憂心的斷裂聲。

我必須逃走，逃得又快又遠。我想到通往大海的藍色門扉，想到父親的世界、山謬爾的世界、山謬爾在湖畔的小屋。我低頭看著左手臂，感覺像有樂隊從遠方整齊劃一地行來，帶來陣陣疼痛。我心想：**有何不可呢？**

我遲疑了片刻。**每一種力量都附有相對應的代價**。父親是這麼寫的。劈開世界的代價是什麼？在掃具櫃裡滴血、顫抖的我，真的能承受那種代價嗎？

「出來吧，雪勒小姐。」門外傳來斷聲。「別幼稚了。」聲音非常有耐心，彷彿繞著樹木的狼，等著躲在樹上的動物下來。

我駭然嚥了口口水，開始書寫。

從肩膀高處、幾乎搆不到的位置開始，文字盡量寫得又小又密。

**她寫出一道**

掃具櫃外的碰撞聲稍微停頓，冰寒的聲音說道：「給我讓開。」接著是困擾的爭執聲，腳步拖曳聲，以及比方才強勁許多、令整個門框都一同震顫的碰撞。

**銀與**

該去哪裡才好？雙眼彷彿離手臂十分遙遠，彷彿恨不得插翅飛去，遠離我汩汩流血、疼痛不已的身軀。我不知道那地方的地址，即使拿到地圖也說不出在何處，但這都不重要，重點是信念。意志。

**血之門**。錢幣尖刃劃過最後一筆，我心中念著山謬爾。

新的文句擠在最開始的第一句前，在手臂上組成我孤注一擲而瘋狂相信的故事：**她寫出一道銀與血之門。門為她開啟**。

摺梯發出最後一聲斷裂聲，木門往內擠壓亂七八糟的清潔工具與破木梯，但我不在乎了，因為在那一刻，我再次感受到同樣天旋地轉、世界變動與重塑的瘋狂，緊接著，全世界最不可思議的事情發生了：一股清風吹在我背上，捎來了松針、清涼泥土及七月溫暖的湖水氣味。

我轉身看見牆上多了道古怪的創傷，洞口閃爍著鏽色與銀色。那東西無比簡陋、醜陋得像被賦予生命的兒童粉筆畫，但我還是認出了它——那是一道「門」。

櫥櫃門已被硬推開一半，一隻蒼白的手從邊緣探進來。我倉皇倒退，雙腳滑過自己的鮮血，然後下顎奇妙的痠痛告訴我，我正露出撕扯血肉的凶猛笑容，和巴達咬人前數秒的神情毫無二致。我感覺到背後的「門」——一個受祝福的空洞、飄著松木味的承諾——接著硬生擠進去，肩膀被粗糙的洞口磨得幾乎破皮。

我向後摔入吞噬一切的黑暗，看著一張張臉和一隻隻手湧入掃具櫃，像朝我伸來多條手臂的怪獸。然後，「門檻」的虛無將我吞了進去。

我都忘了它空洞的感覺。不對，「空洞」這個說法不夠貼切，畢竟空洞的地方或許曾經盈滿過，而「門檻」內不可能存在過任何事物，我甚至無法肯定自己存在於此。在那恐怖的瞬間，我感覺自己的輪廓開始消散、瓦解。

即使到現在，坐在紮實木桌前、臉上灑著溫暖陽光時，那一剎那仍會令我心懼。

但是當我沾了血的黏膩手指觸碰到《一萬道門》的老舊皮革封面時，我想到父母像打水漂那樣掠過廣闊黑湖、完全不畏溺水地在不同世界間旅行，然後想到詹妮、山謬爾與巴達，他們的臉彷彿黑暗中鋪展開來的地圖……我突然想起了自己的目的地。

粗糙的洞口再次貼著我，比「門檻」明亮太多的黑暗在眼前成形，身下出現了塵埃滿布的木地板。我頓時向前撲倒、指甲扒抓著地板，彷彿攀在懸崖邊，而書本邊緣被我完美地壓在肋骨下，一陣痛楚襲來。方才感覺在「門檻」散去的心臟，再次以雷鳴之勢活了過來。

「是誰？」房間另一頭有個形影微動，月光描繪的輪廓與陰影朝我投來。「一月？」那是低沉的女聲，以陌生卻又熟悉的方式滾過我名字的母音。我腦中冒出了**不可能**三個字，但在過去數日，我對可能與不可能的理解越發模糊，那個想法灰溜溜地逸散了。

油金色亮光被點燃，她就在那裡：被燈光描上金邊的短髮、布滿褶痕的裙裝、微張著嘴跪在我身旁的她。

「**詹妮**。」我的頭顱感覺太過沉重，於是我趴了下來，對著地板說話：「妳在這裡，眞是太好了。其實我不知道這裡是哪裡，只知道我的目的地，但妳也知道畢竟是『門』嘛，往往充滿驚喜。」字句在我自己聽來根本含糊不清，彷彿在水下吶喊。燈光似乎逐漸黯淡。「妳是怎麼來這裡的？」我問她。

「最關鍵的問題應該是，『妳是怎麼來這裡的』才對。順帶一提，『這裡』是指薩皮亞家的小屋。」詹妮似乎在故作鎮定，半開玩笑的語音似乎隨時會碎裂。「還有……妳到底發生了什麼事？怎麼到處都是血——」

但我已經沒在聽她說話，我聽見房間陰暗的角落傳來某個聲音——一種蹣跚、拖曳的聲響，緊接著是犬爪踏上木板的輕碰聲——我的呼吸猛然止住。微微遲疑且不平衡的腳步聲逐漸走近。**不可能**。我抬起頭來。

巴達跛著腳走到光線下，只見牠一隻眼睛腫了起來，一條後腿微微顫抖著、沒放到地面，牠低垂著頭、形容枯槁。在那無限延伸的半秒鐘內，牠對我眨眼，彷彿不確定真的是我——下一瞬間，我們撲向彼此，相撞成一團亂七八糟的深色手腳和黃色毛髮。牠在我頭邊與腋下頂來頂去，彷彿想找到能鑽進去的地方，發出我從沒聽牠發出的聲音，如幼犬低啞的哭聲。我抱住牠，額頭抵著牠顫抖的肩膀，呢喃著愛犬受傷時各種無意義的傻話（**寶貝，我知道，沒事了，我來了，對不起，對不起**）。我胸中某個碎裂後變得無比尖銳的東西，開始緩緩癒合。

詹妮清了清喉嚨。「抱歉打擾你們，但我想問一下，有別的……東西從這個洞裡出來，是正常的嗎？」

我全身靜止，巴達的尾巴不再輕拍地板。後方迴響起令人發毛的窸窣聲，似是有東西在爬行靠近我們。我回頭望向我的「門」——一道鋸齒狀的黑色裂縫，彷彿現實不慎被釘子勾破了一條縫——並且看見……裂縫深處有道不懷好意的亮光，似是一雙飢餓的眼眸。

「他來抓我了。」我的聲音平靜到彷彿事不關己，內心思緒則驚慌地不停打轉。邪惡又蒼白的哈夫麥爾將會從洞穴鑽出來，從我身上取走他要的東西，而其他人鼓起勇氣後也會紛紛跟來。到時我若還有剩，他們想必會把我永遠關起來，詹妮多半也逃不過一輩子不見天日的下場；一個非洲女人半夜和被通緝的瘋子待在一起，是不可能得到寬恕的。那到時候，誰會照顧受傷的巴達？

「我似乎該把它……把它關上。」只要是開著的東西都能關上，甯都與母親的田野之間那道「門」不就關上了嗎？父親一直沒找出事情發生的原因和經過，但父親終究是學者，仰賴小心翼翼的研究、合理的證據，以及多年的觀察紀錄。

至於我呢，我仰賴的是文字與意志，而現在我快要沒時間了。我找到銀幣小刀，它已經覆滿凝固的血、不再閃爍銀光。我從身下屈起膝蓋，將疼痛不已的可憐左手平攤在面前，最後一次用錢幣尖角按著肌膚，在房間詭異的模糊及閃動中眨眼。

「一月，**不可以**！妳這是在——」詹妮拉開我的手。

「拜託。」我嚥了口口水，微微搖晃。「拜託妳信任我。相信我。」她沒理由相信我。換作是別人，想必很樂意把我拖回去交給醫師，甚至在我胸口貼一張便條，建議瘋人院將我關進沒有任何尖銳物品的小房間，先關一個世紀再說。

（這是洛克先生眞正對我造成的傷害。就如看到富人簽署借據那樣，當你的聲音被輕而易舉地取走時，你才會發現自己的聲音是多麼脆弱、短暫。）

窸窣爬行聲更響亮了。

詹妮的目光掃向我身後牆上的洞口，以及我手臂上凝固的文字，臉上閃過古怪的神情——是機敏嗎？還是謹慎的理解？——然後，她放開我的手。

我選了一片沒有血跡的皮膚，動手刻下一個字：**只**

黑暗中出現動靜，粗重的呼吸聲傳來，蜘蛛白手從黑暗中朝我伸來——

**只**。

**門只為她開啓**。

我感覺到世界正將自己拼湊回去，猶如傷疤周圍緊繃的皮膚。黑暗頓時褪去，白手劇烈地抽搖著——一道非人的恐怖尖叫聲傳來——然後，眼前除了一面再尋常不過的木牆之外，什麼都不剩。

「門扉」關上了。

下一刻，我的臉頰癱貼著地面，詹妮冰涼的手按在我額頭，巴達瘸腿走近、趴了下來，背脊緊靠著我。

模糊雙眼看見的最後一幕，是三塊蒼白的怪東西成排躺在地板上，乍看下像某種奇怪菇類的白首，或是近乎燃盡的蠟燭。直到闔上雙眼、開始沉入疼痛與暈眩的睡眠時，我才意識到它們是什麼：三節白色的指尖。

我在別地方飄浮了好一段時間，老實說我也不曉得那是哪裡，但它感覺像另一種「門檻」：無光、無盡，是一片沒有星辰、星球也沒有月亮的寂靜星系。我沒有穿過它，而是……懸浮著，在那裡等待。我隱隱記得那是個不錯的所在，沒有怪獸、鮮血或痛苦，如果能一直留在那裡就好了。

問題是，有東西不停入侵我寧靜的空間，會呼吸的溫暖物擠在我身旁、不停往我的頭髮磨蹭，發出細微的嗚咽聲。

巴達。巴達還活著，牠需要我。

於是我從漆黑中浮了上來，睜開眼睛。

「嗨。」我張開乾澀的嘴有些大舌頭，但巴達還是豎起耳朵。牠胸口又發出嗚咽聲，儘管本就和我貼得很近，牠還是設法擠得更近。我讓臉頰貼著牠溫暖的肩胛，試圖擁抱牠，卻在痛呼一聲後停下動作。

好痛。全身都好痛——骨骼彷彿扛了某種奇重無比的東西，感覺瘀青了；左手臂又熱又陣陣發疼，現在被布條緊緊捆著；就連耳中的脈搏也比平時遲緩。整體而言，作爲重塑時空、自己打造一道「門」的代價，這一切都相當划算。我眨掉了大笑甚至是痛哭的衝動，抬眼環顧四周。

就如山謬爾所說，這是間小小的木屋，模樣有些寂寥：一疊疊被毯上積了灰塵，爐灶生出開始剝落的橘色鏽塊，窗戶則都布滿蛛網。不過，這裡的氣味——啊，是陽光和松樹、湖水及清風的氣味——彷彿夏季所有的氣息都滲透進了牆內，與療養院形成完美而科學的鮮明對比。

這時我才注意到詹妮，她捧著直冒蒸氣的錫製馬克杯坐在床尾，注視著我和巴達時唇角微微上揚。我們分開的一週內，她發生了某種改變，也許是衣裝不同的緣故（平時顯得臃腫的灰裙換成了長及小腿的裙子和寬鬆的棉布上衣），也可能是她那眼中銳利的光芒。她彷彿脫去了我一直沒注意到的面具。

我突然羞怯起來，說話時只能盯著巴達的背。「妳是怎麼找到牠的？」

「在屋子附近的小湖灣灘上。牠那時候……」詹妮遲疑片刻，我抬起頭，發現她唇角的弧度消失了。「牠狀況不太好，被打得遍體鱗傷，又差點溺死……我看是被人直接從崖上扔下去，想把牠淹死。」她聳起一邊肩膀。「我盡量幫牠治療過，但那條腿可能無法恢復原狀了。」我的手指找到一塊塊被剪短的毛髮和凹凸不平的縫線，而牠的後腿被包紮後用木板固定住。

我雙唇微張，卻什麼話也說不出來。有些時候，謝謝妳三個字實在太微不足道，根本無力償還龐大的人情債，欲吐出的話語最後只能在喉間凋萎。

詹妮，如果哪天妳讀了這本書，我想告訴妳：謝謝妳。

我嚥了口口水。「那妳是怎麼……妳怎麼會在這裡？」

「妳應該也猜到了，洛克先生那天把我叫去辦公室，說他不再需要我的服務。我……很激動，結果連打包行李的機會也沒有，就被他那個陰森的僕人趕出去。那晚我當然有回去，可是妳已經不見了，我爲自己的失職感到——」她鼻翼一張。「——深深自責。」

她一抖肩膀。「總之。他們說布拉特波羅療養院是白人專用的機構，不准我去探望妳，所以我去找薩皮亞家那小子幫忙，想說義大利人也差不多算白人，但他們還是不讓他進去。看來他顯然用了比較，嗯……比較有效率的方法，把我的包裹送到妳手上。」笑容再次浮現，咧得更開，露出她牙齒之間的縫隙。「他眞的是很忠實的朋友呢，妳說是不是？」

我不覺得這句話有回應的必要。但她一本正經地接著說：「他還是個很善良的年輕人，讓我留在這裡思考、規劃下一步並休息，畢竟洛克宅已經不歡迎我了。」

「對不起。」即使在我自己聽來，我的聲音也又小又虛弱。

詹妮嗤之以鼻。「我可是巴不得再也不回去。打從第一次看到那棟宅子和它主人那一刻，我對他們就沒有任何好感，之所以勉強住下去，純粹是爲了完成我和妳父親達成的交易。他請我保護妳，而作爲回報，他會給我……我非常想得到的東西。」她的神情變得彷彿在對自己說話，燃著令我呼吸停滯的無盡怨怒。她最後吞下這份情緒。「問題是，他已經無法再實現交易條件。」

我收緊抱著巴達的手臂，盡量用平穩、中性的語氣說：「所以，妳現在要離開。妳要回家了。」

只見她雙目圓瞠。「現在？丟下不知被什麼鬼東西追趕、而且還受傷病弱的妳，然後自己離開？朱利安確實沒實現他的承諾，不過我和妳之間與那個無關。」我愣愣地眨眼看她，詹妮的臉變得出乎意料地柔和。「一月，我是妳的朋友，我不會拋下妳不顧。」

「噢。」我們都沉默了半晌。我讓自己陷入汗濕的半夢半醒，詹妮則用爐灶生火，加熱她的咖啡，然後回到床邊、把巴達的下半身推到旁邊，在我身旁坐了下來。她將《一萬道門》放在腿上。書本歷經了種種波折後變得更加破舊，還多出鏽紅色污漬。詹妮用一隻拇指撫摸書封。

「妳該睡一下。」

但我發現自己絲毫無法入睡，無數的問題如蚊蚋般在我耳邊嗡響：父親給了詹妮什麼承諾？他們究竟是如何認識的？那本書對她有什麼意義？還有，父親到底爲什麼要來這個灰暗無趣的世界？

我在拼布毯下扭動身體，直到巴達對我嘆息。「能不能——妳可不可以把書唸給我聽？我剛讀完第四章。」

詹妮臉上閃過牙齒漏風的燦笑。「當然可以。」

她翻開書本，開始朗讀。

# 第五章：論失去

## 天堂；地獄

沒有人能真正記得自己的起源，大多數人對於幼年的回憶都是模糊的傳說故事，是父母一再重述的一則則故事，以及與之交織的嬰幼兒回憶。父母會告訴我們，有一次我們跟著家裡養的貓爬下樓梯，險些摔死；在外頭下雷雨時，我們總是會在睡夢中微笑；我們說出口的第一個字是什麼；我們小時候吃過的生日蛋糕。他們會對我們敘說一百則不同的故事，但這些其實都是同一個故事：我們愛你，從以前就一直愛著你。

然而，優利．焉從沒對女兒說過這些故事。（請容許我繼續懦弱地用第三人稱敘事，我知道這很愚蠢，但這樣的文字能稍稍減輕我的痛苦。）那麼，她究竟記得什麼呢？

她不記得自己剛出生那幾晚，父母害怕又欣喜地看著她小小的胸脯起起伏伏。她不記得父母皮膚下新鮮的刺青，不記得他們肌膚紅腫、發熱的觸感，不記得螺旋形刺青拼湊出的新文字：母親、父親、家庭。她不記得父母有時在花數小時來回踱步、抱著她搖來晃去，用好幾種語言唱些莫名其妙的歌曲後，彼此在黎明前微光中相視的眼神，以及毫無掩飾地寫在他們臉上的情緒——那是某種驚愕的疲倦、些微的歇斯底里、只想躺下的無盡渴望。她不記得在那種時刻，父母心中的想法：他們絕對是一萬個世界之中，最最最幸運的存在。

她不太可能記得在某天傍晚，父親爬上小石屋所在的山丘，發現她和母親一起躺在山坡上睡覺。那時她張著嘴，除了綁在腰間的棉布外，幾乎裸著全身，一陣微風吹動了她的鬈髮；雅德則蜷縮著抱住她，像母獅、像鸚鵡螺那樣形成白色與金色的圓弧，依偎著呼出奶香的她。那是接近夏末的夜晚，傍晚陰影躡手躡腳朝她們靠近，但還未觸碰到她們，她們母女依然未受驚擾、健全健康，無比燦爛地在地上打盹。

那天，優利站在山坡上凝視著她們，心中充斥著微帶惆悵的狂喜，彷彿已經在哀悼這一刻的消逝。他彷彿明白，他不可能永遠住在天堂。

光是現在談論這些事情，我心裡便充滿了傷痛。即使寫下這段話的此時此刻——我身在蒙古烏蘭巴托郊外丘陵地、縮在帳篷裡，陪伴我的只有筆尖刮過紙面的聲音，以及蒙上霧淞的狼嚎——我也必須咬牙面對一波波痛苦，這份痛楚滲進了四肢百骸，深深侵入我的骨髓。

還記得有一回，妳對我問起妳的名字由來，我說是因為妳母親喜歡嗎？那天妳不滿又不悅地離開，那下顎線條簡直與她一模一樣，我幾乎無法呼吸。我試著繼續工作，卻無法再做下去了，只能痛苦、顫抖著爬上床，想著妳母親唸出妳的名字時唇齒的形狀：一月。

那晚，我沒有和妳吃晚餐，隔天天還沒亮就動身出門。妳被叫起來替我送行，我隔著馬車窗戶看見妳的臉。妳當時睡眼惺忪、像是在隱隱怪罪我——那之後數月，我一直忘不了妳那個表情。我自己在面對失去的痛楚時，同時也給了妳缺乏父親陪伴的痛苦。

我現在無法填補那個空缺，無法回到過去逼自己推開車門、跑回妳身邊，緊緊抱住妳，在妳耳邊低聲說：「我們愛妳，從以前就一直愛著妳。」現在已經太遲了，妳也幾乎完全長大成人，但我至少能將積欠已久的事實告訴妳。

妳爲什麼不是在載文世界阿瑪麗柯海的岩島上長大，而是從小住在佛蒙特的雪地與松林之中？爲什麼妳父親的視線極少落在妳臉上，而且每次都迅速移開，彷彿妳是令他雙眼盲目的小太陽？爲什麼我和妳之間相隔近六千哩，用凍僵的手寫字，除了絕望與希望這對陰魂不散的情緒之外，身旁別無他人？

以下，是載文世界六九二二年濕冷的春季，優利·焉·學者與雅德蕾·李·拉森的女兒出生後，發生在他們身上的種種。

優利最先在妻子臉上注意到前所未見的神情，是在冬季甫去的初春。那是一種嚮往，她不時會凝望天際、嘆息一聲，一瞬間忘了自己在做什麼。到了夜晚，她在床上輾轉反側，彷彿無法忍受被毯壓在身上的重量，然後天還未亮便起身泡茶，再次遙望廚房窗外的海景。

某天夜裡，他們裹著春季青綠色的氣息，在黑暗中一起躺著、一起呼吸時，優利問道：「雅德蕾，妳有什麼心事嗎？」

他是用甯都的語言發問，雅德也以相同的語言回答：「不。對。我不正在知道。」她切回英語：「我只是不太喜歡被綁在一個地方而已。我愛她，我愛你，我愛這棟屋子和這個世界，但是……有些日子裡，我感覺自己是條被短繩繫住的瘋狗。」她翻身背對他。「或許每個人一開始都是這種感覺。說不定只是這個季節的影響，畢竟我從以前就說過，春天是適合離開的季節。」優利沒有回應，而是靜靜躺著傾聽大海遙遠的嘆息聲，靜靜地思索。

隔天，他大清早便踏出家門，雅德與一月仍癱躺在床上，天空還未真正亮起，仍沉醉在淺色的夢境中。他出門數小時，過程中與四個人談話，將一家子少少的積蓄花得精光，並簽署了三份不同的債務及持有文件。最後，他面帶燦笑、上氣不接下氣地回到石屋。

「今天教書教得怎麼樣？」雅德問道。（「吧！」一月傲然補充道。）

優利從雅德懷裡接過嬰兒，俏皮地眨眼，接著說：「妳跟我來。」

他們順著蜿蜒的道路走進城市，經過廣場與大學，經過優利母親的刺青店與海岸漁市，來到陽光下溫暖的碼頭。優利帶雅德走到碼頭末端，那裡有一艘比鑰匙號大、線條也較滑順優美的小船，船帆上是匆匆繡上的祝福，爲速度、冒險和自由獻上祈願。船上放有裝在帆布袋裡的物資——漁網及防水布、水桶和燻魚、蘋果乾、杜松子酒、繩索、閃亮的銅製羅盤——船的一端還有間附遮棚的小船艙，裡頭擺著稻草床墊。

雅德沉默了良久，優利的心開始隨疑慮踉蹌鼓動。無論是在天明前做決定，或在未與配偶商討的情況下做決定，都絕非明智的選擇，而他兩者都一起犯下了。

「這是我們的嗎？」雅德終於開口問。

優利嚥了口口水。「是。」

「你是怎麼……爲什麼？」

優利放柔了聲音，握住她的手，兩人的刺青結合成一面刺著黑墨的紙頁。「我的愛，我不會變成鎖鍊困住妳的。」那時，雅德注視著他，狂喜的神情中充滿了愛，優利知道自己做的不僅是善事，還是無比關鍵的一件事。

（我後悔嗎？可以的話，我會不會收回當時的選擇？會不會要求她接受固定的家與家庭，放棄她流浪的天性？這就要看我比較重視的是生命還是靈魂了。）

一月那時對著一群困擾的海鷗拍手，她對海鷗感到無聊了，轉而將注意力放在船上。她發出嘎嘎叫聲，優利與雅德通常將這種聲音詮釋為「馬上把那個給我」。

雅德貼著女兒的額頭。「小寶貝，我完全同意。」

兩天後的早晨，甯都在他們後方逐漸縮小，前方是明亮、晴朗的東方天際。雅德穿著那件無美感可言的農人外套跪在船頭，孩子則被她抱在胸前。優利不敢肯定，但他猜測雅德是在輕聲對一月說話，敘說浪濤在腳下翻騰的感覺，在薄暮中看見異界都市輪廓時的感受，以及聽見未知語言歌唱聲的感動。

接下來數月，他們如一小群鳥類，循著自己獨特的環狀路線遷徙，航行到一座座城市卻又從不久留。雅德的皮膚原本在冬季會變回柔軟的牛奶色，現在又再度曬成滿是雀斑的焦褐，而頭髮被曬得顏色更淺、糾結成一團，令人聯想到馬的鬃毛；一月的膚色則曬成火熱的紅棕色，像被熱燙的煤塊或肉桂。雅德稱女兒為「天生的遊蕩者」，她認為嬰兒從小學會在隨波搖晃的甲板上爬行、用海水洗澡、長牙時啃咬羅盤，長大後想必會過上冒險者的生活。

隨著春季漸深，島嶼們逐漸綠意盎然，優利心中萌生了猜想：也許，他們的遊蕩並非漫無目的，儘管航線曲折，但他們似乎正在向東行。因此，雅德在某一晚表示自己想念莉茲姑姑時，優利並不感到驚訝。

「我只是想讓她知道，我並沒有死在某個地方的臭水溝裡。而且啊，她應該會想看看拉森家這個新女孩，還有這位不離不棄的好男人。」優利懷疑她沒說出口的是，她此生首次思鄉了。每到傍晚，她便說起密西西比河在夏季午後的氣味，以及牧草田上方灰藍色的天空。不知爲何，有了孩子之後，人們往往會折返自己的初始之地，彷彿一輩子都在兜圈，現在受某股力量的牽引，必須圓滿地回歸起始點。

他們在雅德與優利去年找到彼此的璞羅姆市添購物資，市集上仍有幾個人記得他們，消息就這麼傳了出去：女人魚和學者結了婚，生了一個（正常到令人失望的）女嬰兒。一家人準備離開這座城市時，已經有一小群人擠在海灘看熱鬧。一月有時興奮地對人群尖叫，有時把臉埋在母親肩頭，雅德則以令人滿意的莫名其妙方式，回答眾人的問題（「你問我們要去哪？老實說，我們要去科羅拉多一座山的山頂。」）。而到了黃昏時分，人們更居然在海灘上吃起野餐，所以當雅德一家人推船離開海岸時，背上映有篝火溫暖的光芒。群眾帶著從好奇到好笑到驚恐的神情目送他們離去，在從粉紅色絲綢化爲藍色天鵝絨的天空下，對一家人喊出警告與祝福。

（後來這許多年裡，我時常想起那些人。他們看著我們往空無一物的東方海域航行，卻沒等到我們歸來時，是否有人曾來找我們？有沒有哪個商人感到好奇、哪個漁人心生擔憂，決定來尋找我們？唉，我怎麼將心置於如此渺小的希望上呢。）

優利不習慣如此高調，雅德卻毫不留情地笑他。「我在三十幾個世界都留下了一大群那種表情的人。我想這對他們也好，人們會想辦法解釋一些不能解釋的事，故事和童話才得以誕生嘛。」她低頭看著正蜷縮在她腿上、若有所思地啃著自己手指關節的一月。「朱利，我們的女兒還不會走路就已經是童話故事了，那不是很厲害嗎？我就說她是天生的遊蕩者。」

雅德在夜裡掌舵，憑藉星光及記憶航行，一月則在她胸前睡去。優利在船艙看著她，然後陷入自己的夢境——他夢到女兒長大成人，能說六種語言，航海技術遠超越父親。她將擁有母親英勇狂野的心，永不受限於一個家，而是在自己開拓的道路上往返各個世界。她將會堅強、璀璨、怪得令人驚豔，在一萬顆太陽的光芒下成長。

優利在天明前醒轉，雅德爬進船艙，讓一月躺在父母之間。他抱著妻女再次睡去。

離開了各座都市所在的島嶼後，風變得越來越野、越來越冷，接下來數日他們切行過看不見的海流，而拍打船身的海浪宛如警告，船帆則時而吹滿、時而逆風。雅德猶如盯上獵物的獵鷹，對著鹽浪咧嘴燦笑。一月腰間繫著繩子，從船頭爬到船尾，有時隨浪濤翻滾。優利凝望著天際，尋找雅德的門扉。

它在第三天破曉時出現了：兩座龍牙般的黑崖矗立在海中、傾向彼此，岩石尖端幾乎要碰到對方，兩者之間只存在一條窄窄的航道。晨霧在門扉周遭裊裊上升，時而隱藏它的存在，時而揭露它。*看似難以發現，符合我最初的猜想*，優利在記事本上寫下。

他收起筆記，抱著一月站在船頭，她睡意朦朧的臉從雅德破舊的外套裡往外望。大海不知何時平靜了下來，毫無動靜，船頭如畫過紙張的筆尖似地切割水面，巨石的陰影落在了船上。就在滑入門扉、穿過門檻進入世界之間的黑暗空間前，優利．焉回頭看向妻子。

雅德蹲在舵前，咬著牙關、挺著堅毅的肩膀與水流相抗，眼中閃耀著狂野的喜悅：也許是又穿過一道門扉的興奮，也許是對生命不受界線限制的驕傲，也可能僅僅是歸鄉的快樂。她蜂蜜色的亂髮鬆鬆地披在一邊肩膀上，與蜿蜒的刺青線條交纏。從十多年前優利在田野中遇見她至今，她變了——她長得更高、更壯，眼角聚集歡快的線條，少少的白髮鬈在鬢邊——卻依舊光彩照人。

唉，一月，她是那麼地美麗。

就在我們穿入黑暗那一刻，她抬起頭來，對我們父女兩人露出狂野的燦笑。

那個笑容——霧中那白金色的殘影——至今仍像掛在我眼前的一幅畫。那是世界仍然完整的最後一刻，是我們脆弱的家庭短暫圓滿的最後一刻……也是我最後一次看到雅德蕾．拉森。

黑暗吞噬了我們，是世界之間令人窒息的虛無。我在黑暗中閉上眼睛，膽小的心相信雅德會帶我們平安穿過門扉。

在那之後，我聽見不是聲音的撕裂聲，因爲在那沒有空氣的空間裡，聲音根本無法存在。雙腳在身下劇烈起伏，我慌亂的心思飄到了海獸和巨大海怪，生怕粗壯的觸手會纏住我們的船——接著，一股不知何來的巨大壓迫感降下來，中間的空間彷彿將被咬成兩半。

我目不視物、無法呼吸，心中慌張無比，不過有那麼一瞬間——現在如萬物軸點、停留在我記憶中的瞬間——我或許能做不同的選擇。我或許能撲回船尾、撲到雅德身邊。如此一來，就算我死了，就算在無盡的中間空間灰飛煙滅，至少還能死在雅德身旁。

但我並沒有那麼做，而是站穩腳步，緊緊抱住了妳。

我經常想到那一刻。一月，我並不後悔，即使在最黑暗的絕望之中，我也不後悔。

那一瞬間消逝了，重壓繼續加劇，直到我和妳被壓垮在吱嘎作響的船上，肺裡什麼都不剩、頭部劇烈疼痛。我的手臂緊緊鎖護著妳，我已經不確定自己是在保護妳還是快把妳壓碎——我的眼睛被狠狠壓抵頭顱內部、牙齒互相擠壓——

是空氣。稀薄、霜寒、帶著松木與雪的氣味。我們猛然突破某個看不見的障礙，船底刮過地面，接著我們被一起往前拋飛，撞上另一個世界冰冷的地面。

在此，我的記憶變得十分紊亂，像燈泡接觸不良的投影機，只能閃爍回憶起幾個片段。我的頭似乎撞到了岩石或是被一起噴飛的木板。我記得妳緊繃著身體在我懷裡尖聲哭叫，沒想到妳還活著，眞是太好、太好了。我記得自己跌跌撞撞地起身，回身望向碎滿一地的小船，焦急地找尋一絲白色或金色的蹤影，但是眼睛無法聚焦，最後無力地跪下來。我記得自己四下尋找雅德提過的木製大門，卻只找到一片破瓦堆與灰燼。

我記得自己大聲呼喊她的名字，卻無人回應。

我記得陰影中走出一道人影，在晨光下只看得到輪廓。有東西重擊上我的後腦杓，接著世界變得支離破碎。我的鼻子撞上松針和岩石，口中充滿了大海般的鮮血鹹味。

我記得自己當時心想：*我要死了*。我也記得心中一種遙遠而自私的寬慰，因爲那時我已經知道：雅德並沒有和我們一起穿過門扉。

# 7

# 象牙門扉

一般而言，我這個人很少哭泣。小時候，只要被人譏笑或讀到悲傷的結局，我都會忍不住哭泣，有次甚至因爲水灘裡的蝌蚪被陽光烤乾而哭。但後來我學會了堅忍，學會了隱藏。你可以退回自己的城牆內，收起吊橋，站在最高的塔上俯視一切。

但是，我在這時候哭了。我鮮血淋漓、疲憊不堪地躺在薩皮亞家小屋裡，巴達躺在身旁，詹妮低沉的聲音滾過我們的身軀，敘說著父親的故事。

我哭到雙眼刺痛，枕頭被涕淚浸濕。我哭得彷彿收到了指令，必須爲三個人哭出未能流下的淚水：消失在虛淵中的母親、失去她之後流離失所的父親，以及失去父母之後不知所措的我。

讀完之後，詹妮沉默不語，面對一個自己哭著入睡的大女孩，你又能說些什麼？她輕輕蓋上書本，彷彿書頁是會瘀青受傷的血肉，接著幫我蓋好粉紅色拼布毯。然後，她拉攏窗簾、將正午陽光阻隔在外，捧著再度變涼的咖啡坐到搖椅上。看著她平靜無波的臉，我懷疑她心中也藏了波濤洶湧的情緒。她顯然也精通堅忍的技藝。

我用紅腫、發熱的雙眼看著她，一條手臂抱著巴達起起伏伏的胸肋，就這麼睡著了。

睡夢中的記憶裡，詹妮在木屋裡走動，中間出門一次，之後抱著木柴回來，在逐漸轉涼的夜裡生火取暖。她坐在桌前擺弄著某種暗色的金屬物品，神情高深莫測。我一度幾乎睡醒，看見屋門被撐開，詹妮和巴達就並肩坐在門廊，在夏季月光下宛如一對銀雕像或守護靈。在那之後，我睡得安穩了一些。

隔天上午，我終於完全清醒，此時陽光正在西面牆上畫下第一條細線，稀薄藍光告訴我，這不是文明人該起床的時間。我看著那條線變成太妃糖的粉紅色，聽著鳥兒開始羞怯地唱起音階，想著這或許是自己這輩子首次感到眞正安全無憂。

喔，我當然明白，我從小住在幅員遼闊的鄉間宅第，在外旅行時都是接受頭等待遇，穿在身上的是綢緞與珍珠——這哪算什麼危險的童年？但我知道那些都是借來的優待，過去的我就如參加舞會的灰姑娘，深知自己周遭的奢華全都是有附帶條件的幻影；我必須遵循一系列不成文的規定，才能繼續過這樣的生活。午夜鐘響時，一切都將消失無蹤，揭露眞實的我：一個無人守護、身無分文的棕皮膚女孩。

然而在這棟小屋裡——這棟灰塵滿布、被人忘卻、離最近的小鎭十多哩遠、建在長了棵松樹的岩石上小屋——我終於感覺自己眞正安全了。

昨晚巴達不知何時被詹妮趕下床，現在和我一起躺在床上的是詹妮，我只看得見她那一頭黑色鬈髮。我盡量不吵醒她，爬過床頭板輕輕下床。我在原地站了片刻，在與睡眠時間無關的倦意中微微搖晃，然後從屋子一角偷了條有些發霉的毯子。我輕聲叫喚巴達的名字，我們一起蹣跚地走到門前臺階，坐了下來，看著晨間霧氣從湖面冒升，形成一朵朵白色螺旋。

各種想法在腦中兜圈，我一次又一次回顧相同的碎片，試著將它們拼湊起來，似是將破碎的珍貴物品拼回原樣：考古協會，關上的「門扉」，洛克先生。還有父親。

我還剩一章沒有讀完，但塡補中間這幾年的故事並不難：父親和仍是嬰兒的女兒被困在這個灰暗的世界，於是找了份允許他外出旅行的工作，花費十七年尋找回家的方法。他想回到她身邊……回到我母親身邊。

可是，我不是**找到**他們的「門」了嗎？就是田野中那道曾短暫開啓的藍色「門扉」，以及躺在另一邊地上的銀幣。結果父親一直不知情，也許還在尋找親生女兒開啓的「門扉」過程中不幸死去。一切是如此地……愚蠢，就像那種因一連串誤會和原可避免的毒殺所造成的悲劇，結果演到最後，所有人都死了。

但也許發生在我們身上的事情，並非全是可避免的事件和意外——或許有人在山頂的「門」外等著他們，有人關上了那道門。父親的書中也片段地提過，其他的「門」不知爲何也關上了，而且有某種不知名的力量緊隨在他身後。

我想到哈夫麥爾說過的話，他想保留世界原本的樣子；我想到洛克邀我加入協會時，那段關於秩序與安穩的演說。門扉就等同變化。父親是這麼寫的。問題是……我眞心相信新英格蘭考古協會，其實是一群心懷不軌的關門者組成的祕密組織嗎？即使眞是如此，那洛克先生知道嗎？他難道是這個故事中的大「反派」？

不。我不願意相信，也無法相信。他可是收留了我和父親，爲我們敞開家門的男人；他可是給了我保母、家庭教師和漂亮衣服，十七年來一次次在藍色藏寶箱中留小禮物給我的男人。而且，他偷偷送我的禮物總是稀奇古怪，顯然是花心思挑選過——來自遙遠國度的娃娃、帶有辛香料氣味的圍巾、用看不懂的語言寫的書——完全適合一個嚮往冒險的孤獨少女。

洛克先生疼愛我。一定是的。

我的皮膚似乎隱隱散發出布拉特波羅的氨水臭……這是他害的。是他把我送到那個地方，把我關進療養院，不讓任何人見到或聽到我的聲音。他說是爲了保護我，但我眞的在乎他做這些的理由嗎？

詹妮在陽光下瞇著眼睛、半邊頭髮微扁塌地走出來時，我的雙腿已經坐到發麻，湖面上的霧氣也在陽光下散去。她默默在我身旁坐下。

「妳之前知道嗎？」一小段沉默後，我問道。

「知道什麼？」

我懶得回答，她發出無奈的一聲短嘆。「我知道一部分，但不了解事情全貌。朱利安很少提到自己的事。」提到父親時那似在談論亡者的語氣，就如潛行在草地裡的蛇，等著一口咬住我。

我嚥了口口水。「妳究竟怎麼認識我父親的？他為什麼要派妳過來？」

一聲較長的嘆息傳來，我似乎能在聲音中聽出某種解放，如同門鎖開啓的聲響。「一九○九年八月，我在豹人（wereleopard）與食人妖（ogre）的世界與妳父親相遇。我那天差點殺了他，不過那時天色很黑，我射偏了。」

在此之前，我從沒想過現實生活中真有「目瞪口呆」這回事。詹妮斜睨著我，露出得意的神情，而後站起身。「進來吃東西吧。我會把故事說給妳聽。」

「我在第四次逃離福音學校時，找到了那道門。那地方不好找，畢竟蘇蘇瓦山北面到處是山洞，而且那道門藏在一條只有小孩子才會想探索的通道裡，因為那條通道很窄，也一直彎來彎去。門在陰影中對我閃閃發光，它很高，整個是黃白色——是象牙做的。」

我方才換下了血淋淋的漿挺裙裝，借了詹妮多帶的上衣和裙子穿，並用手指梳理頭髮（效果不是很好），現在我們面對面坐在布滿灰塵的廚房餐桌邊。這是種近乎正常的日常，我們彷彿躲在洛克宅其中一間閣樓，邊喝咖啡邊討論最新一期《甜心系列：優異少女的浪漫冒險》（編注）。

只不過，我們討論的是詹妮的故事，而且她並沒有從頭說起。「妳爲什麼要逃走？」

她微微抿唇。「所有人逃跑的理由不都一樣嗎。」

「可是妳就不擔心——那妳的父母怎麼辦？」

「我沒有父母。」這句話多了些氣音，我看著她喉頭鼓動、嚥下怒火。「那時候，我就只剩下妹妹一個親人了。我們出生在母親家高地上的農園，但那些我已經不太記得了，只記得翻過的泥土和皮膚一樣黑、穀粒發酵的味道、剃刀貼著頭皮剃髮的感覺。那是我的**姆西**（Mucii）——我的家。」詹妮聳聳肩。「我八歲的時候，乾旱來了，鐵路也來了。母親帶我們去到福音學校，說她會和四月的雨一同回來，結果我再也沒看到她。我就當作她是在勞動營生病死了，這樣我還有辦法原諒她。」她的語音透出被拋棄的苦澀，以及不斷等著母親歸來、卻什麼也沒等到的痛苦。我感同身受地全身一顫。

「妹妹對母親沒有任何記憶，她年紀太小，最後忘了我們的語言、我們的土地、我們的名字。老師們叫她夏洛特寶寶（Baby Charlotte），她都自稱寶寶。」她又一聳肩。「她過得很快

---

編注 *The Sweetheart Series: Romantic Adventures for Young Girls of Merit*。

樂。」詹妮頓了頓，下顎肌肉和彈珠同樣堅硬，我聽見她未說出口的心聲：但我不快樂。

「所以妳逃走了。妳逃去哪裡？」

她鬆開上下顎。「就只是逃走而已，我也沒地方可去。我有兩次因爲生病或太餓太累，最後自己回去福音學校；還有一次是在軍營偷麵包被逮到，他們把我綁在軍官的馬後面牽回去。第四次逃走的時候，我年紀比較大，快要十四歲了，那次我跑得比以前都遠。」聞言，我一瞬間看見十四歲的自己——缺乏自信、孤單無伴，穿著燙平的亞麻裙，坐在書桌前練習寫字——我完全無法想像自己在那個年紀獨闖非洲荒野的模樣。不對，即使年紀大一些，我也還是無法相信自己能在荒野中求活。「我一路走回家，但那早已不再是我們的家，就只剩一棟有屋瓦和煙囪的醜陋大屋，門前有幾個金髮小孩子在玩耍，一個身穿白圍裙的黑皮膚女人在照顧他們。」她又聳了聳肩，我逐漸認知到聳肩這動作的實用性，她是在擺脫落在肩頭的沉重恨意。「所以，我就繼續跑了下去。我往南方移動，那裡的高原壓疊成了山谷和高山，那裡的樹木被風吹得又乾又焦，食物少得可憐。我變得很瘦弱，附近的趕牛人看到我經過時，什麼話也沒說。」

我發出不可置信的「嘖」一聲，詹妮投了個憐憫的眼神過來。「那時候帝國已經來了，帶來土地疆界、地契、鐵路和馬克沁機槍，當時在荒野中無父無母的野孩子不只有我一個。」

我沉默不語，想到洛克先生關於進步與繁榮的演說，演說中一次也沒提過孤兒、被偷走的農園或馬克沁機槍。巴達躺在我的椅子下，用木條固定的腿僵硬地伸直，牠動了一動，用頭蓋住我的腳。

詹妮接著說：「我找到象牙做的門之後走了進去，一開始還以爲自己死了，去到什麼精靈與神靈的世界。」她嘴唇分開，露出接近微笑的神情，但眼角因某種新的情緒而皺起——那是渴望嗎？還是思鄉？「我來到一座綠到近乎藍色的森林，剛才那道門就在身後，在一顆大樹露出地面的樹根之間。我離開那道門，走進樹林深處。

「我現在明白，那時的自己真是蠢到家。那個世界的森林裡到處是殘忍、陰險的東西，有些怪獸有好幾張嘴、怎麼也吃不飽，我是運氣好——或者照傳教士的說法，是上帝保佑我——剛好在被其他東西逮到之前，先找到了厲苛（Liik）和她的狩獵隊。但當時我可不覺得自己運氣好，我才剛繞過一棵樹，就看到離臉只有幾吋距離的箭頭。」

我用咳嗽掩飾驚呼，努力不表現得像個聽營火故事的小孩。「那妳怎麼辦？」

「我啥都沒做。很多時候，妳若想生存下來，就得知道自己什麼時候該投降。我聽到後面的窸窣聲，知道有其他人從樹叢裡陸續出來，我被包圍了。舉著弓的女人用我聽不懂的語言對我嘶聲說話，她們顯然不覺得我能威脅到她們——我就只是個挨餓的小女孩，身上穿著領子被撕破的白棉連衣裙——厲苛放下了武器。這時候，我才有機會看清她們的樣貌。」

詹妮臉上剛硬的線條稍微變得柔軟下來，因懷念的情緒而添了分溫暖。「她們是女人，每個人都身強體壯、長有金色眼眸，而且高得不可思議，移動時有種讓我聯想到獅子的優雅。她們的皮膚上有斑點，微笑時會露出尖銳的牙齒，那時我心裡就想：她們是我見過最美的東西。

「她們收留了我。我們都聽不懂彼此的語言，但她們給我的指示都很簡單：跟著走、吃飯、待著別走、剝掉這隻動物的皮之後做晚餐。我隨著她們巡狩好幾個禮拜，甚至是好幾個月，學到了很多。我學會不發出聲音在樹林裡走動，學會用油脂保養弓弦，學會把還沒冷下來的肉生吃下肚。我學到，以前聽過的食人妖故事都是眞的，怪物眞的會躲在陰影裡。」

她的話音多了種節奏感，幾乎有催眠的力量。

「我學會愛厲苛和她的狩獵者們，看到她們變身時——皮膚從身上滑落、開始變形，顎骨變長，被遺落的弓箭掉到森林地上——我非但不怕，還很羨慕她們。我從小到大一直沒有力量，而看到豹女撲上前作戰時，我覺得那就是**力量**的形態。」我還是第一次在詹妮的語音中聽到這麼多情緒——以前即便讀了結局很糟糕的故事、喝了燒焦的咖啡，或聽到派對賓客搗嘴奚落她，她的聲音都不曾充滿如此豐沛的情緒。現在聽到她這般說話，我幾乎覺得自己擅闖了某種禁地。

「後來巡邏終於結束，她們帶我回她們的家，那是座四周是果樹和農田的村莊，就藏在死火山的火山口裡。她們家裡的男丁都到街上迎接狩獵隊回來，有的人抱著肥嘟嘟的嬰兒，有的人帶來裝在陶罐裡的新鮮啤酒。厲苛和丈夫們說了些話，他們用憐憫的眼神看我，帶我去到厲苛的家、給了我食物。那天晚上和隔天晚上，還有那之後每一個夜晚，我都和厲苛的孩子們一起睡在一堆柔軟的毛皮堆裡，聽著孩子們輕輕的鼾聲。那感覺就像……」詹妮嚥了口口水，聲音短暫地哽住。「……像家一樣。」

在那之後，是短暫的沉默。「所以，妳就在村子裡住下來了?」

詹妮微微一笑，笑得歪斜而苦澀。「是啊，但是厲苛和她的狩獵隊並沒有久留，有天早上我一覺醒來，發現她們全都回森林巡邏去了，我就這麼被留在村裡。」她的聲音變得很唐突。「第二度被拋下，她想必傷透了心吧?「那時我已經多少聽得懂他們的語言，明白丈夫們對我說的話：森林不適合我這樣的生物。我太小、太瘦弱，應該待在村子裡照顧小孩、用提西果（tisi-nut）磨麵粉，安安全全地待著。」又是她那歪斜的笑容。「但在這時候，我已經很擅長逃走了。我偷走一把弓和三個水袋，回到了象牙門前。」

「可是——」

「妳想問爲什麼？」詹妮伸出一隻手指，摸了摸餐桌上的木紋。「可能是因爲我不想安安全全地待著吧。我想成爲危險的生物，找到自己的力量，憑實力在世界上留下自己的痕跡。」

我別過視線，低頭看著在睡夢中輕聲低吼的巴達。「那妳離開豹女族的世界後，去了什麼地方？」爲什麼人們總是無法永遠待在自己所愛的夢幻世界？無論是愛麗絲、桃樂絲或《安迪．格里菲斯秀》（編注）中的達令一家，都會被拖回平凡的世界，被迫乖乖回床上睡覺。我父親也是，多年來一直被困在這灰暗無趣的現實世界。

詹妮輕蔑地「哈！」一聲。「我直接去了最近的英軍基地，偷了把李—梅特福步槍，還把扛得動的彈藥全偷走，然後穿過我的象牙門回去那個世界。兩個禮拜後，我背上掛著步槍回到那個村子，腋下夾著一顆血液凝固、發臭的頭骨。我再度變得又餓又瘦，棉布裙破爛地纏在腰間，打鬥過程中還斷了兩根肋骨——但我還是能感覺自己的眼睛驕傲得發亮。」即使是現在，她的眼眸仍閃閃發光，在小屋陰影中射出危險的銳利光芒。

「我在村子街上找到厲苛，把食人妖的頭滾到她腳邊。」詹妮的笑容咧得更開，門牙之間的

編注　The Andy Griffith Show，一九六〇年代的美國情境喜劇。

縫隙像在對我眨眼。「那之後的二十二年裡，我一直跟著豹女們出去巡邏，靠自己斬殺了十二頭食人妖，娶了兩個丈夫、一個獵妻，擁有三種不同語言的三個名字。我擁有一整個充滿鮮血和榮耀的世界。」她傾身靠近我，目光鎖定我的雙眼，宛若狩獵中的黑貓，看不見的尾巴正來回擺動。再次開口時，她的聲音變得低沉、粗啞。「若不是妳父親在一九〇九年來到我的世界，永遠關上了我的門，到現在那都還會是我的世界。」

我發現自己完全說不出話來，這不是出於害羞或疑惑，而是因爲腦中所有的話語都像被抖了出來，只剩下嗡嗡雜音。如果時間多一些，我或許能恢復狀態，開口問：**父親怎麼會把「門」關上？**或是：**妳怎麼能確定？**或是最誠實、最必要的一句：**對不起**。

但我什麼都沒說，因爲就在那一刻，小屋的門突然被人敲響，冰寒、慵懶的語音喚道：「親愛的雪勒小姐，妳在屋裡嗎？我們的話還沒聊完呢。」

凍結、靜止的一瞬間。

接著門閂緩緩上挑，小屋的門朝我們開啓。詹妮霍然起身，雙手插入裙子口袋，椅子「匡啷」一聲往後倒；巴達撐著腳爪站起來，後頸的毛髮高高豎起，咧嘴露出滿口利牙。我自己的身體彷彿沉進冰冷的蜂蜜、動彈不得。

哈夫麥爾站在門口，但模樣和過去參加協會聚會、在聖誕派對上譏諷我們的男人相差十萬八千里：太多天沒換洗的亞麻西裝皺掉且沾上灰，蒼白的皮膚泛紅，笑容不知怎地添了幾分令人作嘔的詭譎。他的左手用紗布裹成一團，紗布被血浸濕、呈紅棕色，而他的右手並沒有戴上手套。

然而，令我踉蹌起身、雙手徒然地伸向屋門的並非是哈夫麥爾，而是鼻青臉腫、意識不清地被他半拖著的年輕人。

山謬爾．薩皮亞。

山謬爾雙手被反綁在背後，嘴裡被塞進棉紗布，平時橄欖色的肌膚呈病態的黃色，雙眼微微上翻著。那雙眼裡屬於獵物的驚慌再熟悉不過，我若在被哈夫麥爾觸碰後，看向鏡子裡的自己，想必也會看見相同的神情。

山謬爾眨眼望向小屋內的陰暗，雙眼聚焦在我身上，塞了紗布的嘴發出嘶啞的聲音，彷彿看見我就等同被隱形的拳頭重毆一記。

詹妮動了起來，全身上下——無論是肩膀的角度、跨出的步伐、握著某個隱隱反光的東西從裙子口袋伸出的手——都成了暴力的承諾，但哈夫麥爾舉起裸露的右手，舉在山謬爾頸部溫暖的肌膚上方。

「唉呀，唉呀，兩位小姐先別急，我可不想做出什麼憾事。」

詹妮遲疑了，她雖然聽見哈夫麥爾語音中的威脅，卻不明白現況。我找到自己的聲音：「詹妮，**不可以！**」我搖搖晃晃地站著，伸出綁著繃帶的雙手，想阻攔她或巴達撲向哈夫麥爾。「他是某種——某種吸血鬼，不可以被他碰到。」詹妮靜止下來，周身散發出赤紅的張力。

哈夫麥爾發出短促的笑聲，笑聲和他的笑容同樣妖異。「我告訴妳，我對妳旁邊那隻噁心的動物也是這個看法。牠怎麼還活著？我知道艾凡斯腦子不靈光，但我以為把狗溺死這麼簡單的工作應該難不倒他。」

憤怒令我雙手指甲陷進手心的皮肉裡，我咬牙切齒。哈夫麥爾不是笑容的笑容咧得更開。

「總之，雪勒小姐，既然妳錯過了我們上次約定的時間，我這就來接續上回的對話。不過呢，我必須承認，在妳變出戲法之後，我的目的稍微改變了。」他對我揮了揮包著血淋淋繃帶的左手，眼中閃爍著惡意。我看著山謬爾嚥一口口水，頸部肌肉隨之移動。

「妳似乎是相當神奇的生物呢——我們每個人都有各不相同的天賦，不過沒有一人能在世界上本來沒有孔洞的位置，直接開啓一個新孔洞。康尼琉斯對此知情嗎？哼，不愧是他，蒐集了那麼多好東西，結果全鎖在他稱作屋子的陵墓裡頭。」哈夫麥爾親切地搖了搖頭。「不過呢，我們已經達成了共識，他不能再自己霸著妳不放，畢竟我們都很想再多多了解妳。」我的目光掃過房間——從詹妮到巴達，再到哈夫麥爾像刀刃般舉在山謬爾喉前的蒼白手指——彷彿在一次次計算同一道數學題，希望能得出不同的答案。

「不准抵抗，立刻跟我來，否則我就吸乾妳這個可憐雜貨店小伙子的生命。」

說著說著，哈夫麥爾讓指尖以淫穢的溫柔搭在山謬爾皮膚上，那一幕就宛如風中搖曳的火光：山謬爾全身繃緊、開始發抖，隔著棉紗布粗重地吸氣，雙腿無力地癱軟。

「不要！」我快步上前、向山謬爾伸出手，在他往前軟倒時半接住他，然後我們兩人同時摔倒在地上。他顫抖不停的重量攤在我腿上，而我左手臂上才剛結痂的傷口裂開、滲血，灼痛不已。我從山謬爾口中挖出濕透的棉紗，他的呼吸變得順暢些，但目光卻依舊朦朧而遙遠。

我應該是輕聲說了些什麼（**不可以，不可以，山謬爾，求求你了**），哈夫麥爾嘖嘖說道：

「沒必要慌成這樣，他好得很呢。好吧，也許不能說是『好得很』——我昨晚找到他時，他很不配合，但是他拗不過我。」不是笑容的笑容回到他臉上。「妳消失以後——而且還是帶著我的一些部分消失——我唯一的線索就是他的那張情書。妳怎麼能狠心把情書留在布拉特波羅呢？這小子也是，怎麼能傻到把情書寫在他家生鮮貨品公司的收據背面？」

**一月，堅持住**。他給了我英勇、善良的小紙條，得到的回報卻是此時的痛苦。難道不是只有罪人才該受苦嗎？

「沒再遇到什麼不幸事件的話，他會恢復原狀的。我甚至不會對妳的狗和女僕出手。」哈夫麥爾的語調自信滿滿，近乎悠閒，讓我聯想到呼喚不情願的牛進屠宰場的屠夫。「我只要求妳現在跟我走。」

我低頭看著山謬爾毫無血色的臉，看著後腿綁著木條的巴達，看著因為我失去了工作與家的詹妮。我忽然意識到，自己明明是個孤苦無依的孤女，卻有這麼多人願意為我付出。

夠了。

我盡量用輕柔的動作將山謬爾從腿上移開，接著猶豫了片刻，最後允許自己從他冰涼、汗濕的額前撥開一綹棕色鬈髮。我應該再也沒機會做這種事了，還是趁現在珍惜每一個小瞬間。

我站了起來。「好。」我的聲音接近呢喃，我嚥了口口水。「好，我跟你走，只要你不要傷害他們。」

哈夫麥爾注視著我，臉上有種殘酷的自信，是貓咪獵捕弱小動物時的信心。他朝我伸出赤裸的手，蒼白的手不知怎地顯得飢餓異常。我也朝他踏上前去。

後方傳來扒抓、低吼聲，巴達從我身旁撲了上去，青銅色毛髮和肌肉一閃而過。電影畫面般的回憶湧上心頭，我突然想起十五歲那年的協會派對，那時好幾位賓客與一名男僕費了九牛二虎之力，才讓巴達鬆開了緊咬哈夫麥爾腿部的嘴。

這回，沒有人阻止牠了。

哈夫麥爾發出非人的尖叫聲，蹣跚倒退。巴達滿口血肉地沉聲低吼，像在和哈夫麥爾的右手拔河似地站穩腳步。若不是牠已經身受重傷，若不是牠瘸了的後腳無法支撐重量，牠或許能贏。

但巴達嗚咽著踉蹌了幾步，哈夫麥爾硬是扯開手，黑紅色鮮血噴濺而出。他雙手緊貼在胸前——裹著紗布的左手缺了三節白蠟般的指尖，右手則多了幾個咬痕、皮開肉綻——以燃著熊熊怒火的眼神瞪著巴達。那一刻，我心裡非常清楚：他會殺了牠。他會將血肉模糊的雙手埋入巴達的毛髮、緊緊抓住，直到牠身上一點溫暖也不剩，直到牠琥珀色雙眼中的光芒轉冷、黯淡消失——

不過，他做不到。因爲此時傳來金屬碰撞聲，似是打火石相撞的聲響——以及突如其來的雷鳴。

哈夫麥爾的亞麻西裝多了個小孔，就位在心臟上方。他困惑地低下頭，眨眼看著那個孔，然後面帶難以置信的神情抬起頭。

胸膛的孔洞周圍，暗色污漬開始綻放，他的胸口不斷起伏。他倒地時，動作絲毫不戲劇性或優雅，而是像融化的蠟燭般歪倒在門框旁。

他吸入一口氣，像用麥稈吸瀝青那樣，發出難聽的濕音，然後對上我的視線。他笑了。「ㄚ頭，他們會一直找妳，永遠不會放棄。而且，我跟妳保證——」又是那吸著瀝青的聲音，他的頭垂了下去。「——他們一定會找到妳。」

我等待著他再次艱困地呼吸，卻沒再聽到聲音傳來。他癱在地上，身體不知爲何顯得小了一些，看上去像窗檯上被曬乾的蛛屍。

我緩緩轉身。

詹妮雙腿分開、站得穩穩的，舉著的雙手手臂平穩無比，雙手緊握著——

不知你有沒有過這種感覺：當看到眼熟的物品脫離熟悉的情境時，雙眼會變得不太能理解映入眼簾的形狀。

那把恩菲爾德左輪手槍。我只在洛克先生桌上的玻璃箱裡看過。

詹妮放下手槍時，一縷油膩的青煙從槍口冒上來，她用不帶感情的目光檢視手槍。「原來它還能用啊，老實說我自己也有點驚訝，這東西可是古董。不過——」她露出凶猛、得意的笑容，我突然能想像曾經的她：年輕女戰士沉浸於狩獵的刺激，如一隻貓悄然在另一個世界的叢林中狩獵。「——洛克先生總是將他的收藏品保養得很好。」

我們四個——還是五個？哈夫麥爾算數嗎？——當中，似乎只有詹妮活動自如。巴達激動地用三條腿撐著身子，繞著哈夫麥爾跳來跳去，喉頭發出不悅的嗚咽聲，似在抱怨自己沒機會和他好好打一架。我又在山謬爾身旁跪坐下來，他虛弱地動了動，像是困在夢中與什麼東西奮鬥似地皺眉抽搐。我從纏著繃帶、開始流血的手臂感覺到自己的脈搏鼓動著，瘋狂的想法浮了上來：**山謬爾，現實怎麼和我們的故事報紙不一樣**？不是該流更多血嗎？不是該更加混亂嗎？

詹妮似乎不怎麼擔心，她一隻涼涼的手貼在我臉頰，像在檢查摔到地上的陶瓷娃娃是否有裂痕般審視我。她點了點頭——我不禁懷疑她的診斷，我可是感到自己整個人快四分五裂——開始堅定地在小屋裡走動。她先是在哈夫麥爾身旁攤開一塊蟲蛀的被單、將他的身體翻滾上去，然後把他拖出門外。在經過門檻時，他的身體發出一連串令人發毛的肉體碰撞聲——**門檻還真是危險的地方**，我心想，從嘴裡溢出半歇斯底里的笑聲——接著就只剩重物拖過松針的窸窣聲。

不久，詹妮提著兩個裝滿湖水、鏽跡斑斑的水桶回來，只見她雙手袖子捲到手肘處，怎麼看都不像是殺人犯，倒像是勤勞工作的家庭主婦。她看到我時停下腳步，小聲嘆息。「一月，妳顧著山謬爾。」她輕聲說。

在我聽來，她彷彿在說：**孩子，醒醒啊**。還有：**沒關係，不會有事的**。我微微顫抖著點了點頭。

即使在山謬爾茫然、配合的情況下，我還是花了半個小時才安頓好他。我首先耗費九牛二虎之力把他弄到床邊，努力叫醒他、說服他自己爬上床，接著又說服他鬆開緊緊抓著我手腕的手——「沒關係，沒事了，哈夫麥爾他——呃，這個，總之他不在了——山謬爾，**很痛耶**，真是的。」——那之後我生了火，將一條條被毯蓋在他仍在發抖的腿上。

木材摩擦聲響起，詹妮將一張椅子拖到我的座位旁，用裙子擦了擦濕漉漉的雙手，在布料上留下淺粉色水漬。

「他找我照顧妳的時候，」詹妮輕聲說：「妳父親說有人在跟蹤他、追趕他。他說那些人可能會在某一天追上他，之後可能也會來找他女兒。他說他會一直盡力保護著女兒。」她頓了頓，目光閃到我臉上。「順帶一提，我跟他說過，女兒並不想要被保護，她們比較想要父母待在身邊——但他沒有回答。」

我嚥了口口水，壓抑心中那個恨不得跺腳問她「為什麼？」或撲進她懷裡放聲痛哭的小女孩。**現在無論選擇哪一邊，都已經太遲了。**

我最後開口說：「但我父親到底在做什麼？如果真的有神祕的壞蛋跟蹤他、在世界各地到處跑——好吧，我不應該翻白眼的，畢竟妳剛射殺了活生生的吸血鬼——那些人又是誰？」

詹妮沒有立即回答，而是彎腰從床邊的地板撿起父親那本皮革裝幀書。「一月，這我不知道，不過我猜他們可能是追上了妳父親，現在就要來找妳了。還有，我覺得妳還是先把這本書看完吧。」

說來奇妙，這明明是我此生最恐怖的一段時光，我該做的卻是自己最擅長的一件事：逃進書本的懷抱。

我從她手中接過《一萬道門》，盤起雙腿，將書本翻開到最後一章。

## 第六章：朱利安・雪勒誕生

船難後獲救的男人；追尋與被追趕的男人；心懷希望的男人

優利・焉飄浮在翻騰的黑暗中，遠離了身體的定錨。他覺得這樣最好，他也堅持要盡可能維持飄盪的狀態。

這並不簡單。黑暗有時被古怪的話音和光線打斷，被身體煩人的需求打斷，被夢境打斷——而夢醒過後，他氣喘吁吁地來到一間沒看過的房間。他兩度聽見嬰孩高亢、熟悉的哭聲，感到胸中一陣刺痛，彷彿陶器碎片互相摩擦……然後，他再度潛回原本的虛無中。

然而，他還是感覺自己正斷斷續續、不甘不願、極其緩慢地康復，現在有時即使清醒也會毫無動靜地躺著，一躺便是數小時，彷彿將現實當作一頭猛虎，自己只要足夠安靜便不會被注意到。他無法再逃避那個提著黑色皮革包、態度直率、神情陰鬱的男人，只能清醒著讓男人替他量體溫和更換頭部的綳帶；但他能無視男人的問題，咬牙拒絕喝下床頭櫃上熱騰騰的濃湯。他也能無視那個有時走進來，拿他女兒的事問東問西的矮胖女人——他是孩子的父親嗎？爲什麼單獨帶孩子上山？孩子的母親在哪？——而閃避的方法粗魯卻有效，他只須將受傷的頭部往後壓在床墊上，等待痛楚及黑暗將自己吞噬殆盡即可。

（我無法原諒懦弱的自己，一想到妳母親看見當時的我會作何感想，我便無法釋懷。我唯一苦澀的滿足感源自她已不在了的想法，既然她已不在，我也就不會讓她失望了。）

數日或數週後，優利一覺醒來，發現一名陌生人坐在他床邊。對方是個身穿黑西裝、看上去相當富有的男人，在瞇著雙眼的優利眼中顯得有些模糊。

「先生，早安。」男人親切地說：「要喝茶嗎，還是咖啡？還是這些山中野人愛喝的波本烈酒？」

優利闔上雙眼。

「不要嗎？太明智了，朋友，那東西好像有股老鼠藥的味道。」優利聽見一連串噹啷聲及水聲，陌生人替自己倒了些飲品。「我聽這地方的老闆說，你在事故中撞暈了頭，打從他們把你拖回來之後，你連完整的一個詞都沒說過。他還嫌你害他最好的房間變臭，不過依我看，他這『最好』的房間也實在不怎麼樣。」

優利沒有回應。

「他當然也有翻過你的東西，至少在山頂那些奇怪的殘骸中找了一陣，找到繩子、帆布、鹹魚和一些奇裝異服，還有大綑大綑用胡言亂語或某種密碼所寫的東西。鎮上半數人認爲你是外國間諜，正打算把情報寄去法國——但世上哪有有色人種當間諜的？——還有半數人認爲你在頭部受傷前早就發瘋。而我個人的懷疑是，他們雙方都猜錯了。」

優利開始往後頂著塞滿稻草的床墊，小氣泡般的星點在眼皮下爆開。

「小子，夠了。」男人的語調變了，像脫下毛皮外套般褪去油腔滑調。「你有沒有想過自己爲什麼能睡在這溫暖、舒適的房間裡，接受當地醫師不怎麼高明的治療，而不是慢慢在街上死去？你以爲這都是當地人對你的施捨嗎？」他輕蔑地短笑一聲。「人們才不會施捨任何東西給身無分文、滿身刺青的黑人——還是你是別種人？你能過得如此舒服，完全是我的意思和我的金錢所致。所以，在我看來，」優利感覺到一隻不怎麼溫柔的手，將他的下巴轉向陌生男人。「你有義務認眞回答我的問題。」

然而，優利早已顧不上社交慣例和投桃報李，心裡只想著通往漆黑死亡的道路，只希望這名男子別擅自插手。他沒有睜眼。

對方頓了頓。「另外，我還每週付錢給科特利太太，要是停止付款，你女兒就會被送上開往丹佛的列車，直接送進州立孤兒院。她可能會全身爬滿蝨子，和孤兒院裡其他小孩爭鬥著長大，不然就是小小年紀就死於結核病和孤獨。但不論她下場如何，這世上都不會有人在乎她。」

銳利的碎片再次刺入優利胸膛，接著是腦中無聲的吶喊，聽上去很像是雅德蕾的聲音：**你想都別想。**

優利睜開眼睛，逐漸西沉的斜陽如刺入頭顱的數百根細針。起初他只能奮力眨眼、喘息，目光緩緩聚焦於他所在的房間。這是個髒髒的小房間，擺放了做工粗糙的松木家具，床上糾纏的被單滿是髒污，而他的四肢像洪災後的破瓦殘礫般，以漫不經心的奇怪角度伸出被單，看上去只剩皮包骨。

陌生人注視著他，眸色淺如黎明，一隻手裡握著玉石酒杯。優利舔過乾裂的嘴唇。「爲什麼？」他發問。他的嗓音比過去低沉、粗糙，彷彿肺臟被生鏽的鐵風箱取而代之。

「我爲什麼對你如此慷慨？因爲我恰巧在附近考慮是否該做礦物投資——順帶一提，市場已經飽和了，現在不建議投資礦業——我聽到了傳聞，有個身上刺青的瘋子在山頂發生船難，喊著說什麼門啊、其他星球啊，還喊著據說是雅德蕾的女人名字。」男人傾身向前，西裝精緻的布料輕輕窸窣一聲。「還有，我喜歡蒐集獨特且有價值的東西，而我懷疑你符合以上兩點。」

「那麼，」他拿出第二個杯子——它是泥濘的顏色，和方才那只碧綠的雕玉酒杯截然不同——往裡面倒了些油膩狀的酒水。「你給我坐起來，把這個喝下去，我會再倒一杯，你還是得喝下去。然後，你要對我交代一切。完整地告訴我。」說到最後一句，男人對上優利的眼睛，緊緊鎖定。

優利坐了起來，喝下男人給的酒（感覺就像喝下點燃的火柴），說出了自己的故事。

「我第一次來這個世界，是在你們的一八八一年，我認識了名爲雅德蕾．李．拉森的女孩。」他的聲音短暫消失，回歸時變得十分微弱：「從那天以後，我就一直愛著她。」

起初，優利說得很慢，語句簡短也不加修飾，但不久後他發現，自己的話語笨拙地拼湊成好幾段、好幾頁，直到他喘著氣滔滔不絕地說著，永無止境。那種感覺沒有特別好或壞，不過是必要的動作，彷彿陌生男人的淺色眼眸化成了壓在他胸口的兩塊岩石，將話語從他體內擠出來。

他對陌生人說起門扉關閉的事，以及他之後針對門扉的學術研究。他說到雅德蕾自己的探索，以及兩人在璞羅姆市的重逢。他說到他們的女兒，穿過山頂門扉重返這個世界的旅程，以及他的世界瓦解的經過。

「現在我不知道……不知該怎麼做，也不知道該去哪裡了。我必須找到另一道回家的門，我必須知道她有沒有活下來——她那麼堅強，一定還活著……可是我的女兒，我的一月……」

「小子，別胡言亂語了。」男人出聲打斷，優利陡然停住，雙手在腿上糾纏，揉著手臂上的文字（學者、丈夫、父親），不知自己是否仍配得上這三個身分。男人繼續說：「就如先前所說，我是個收藏家，我僱了幾個人在世界各地蒐集文物——雕像、花瓶、稀有鳥類等等。聽你的說法，你那些——你把它們稱作門扉是吧？——可能有辦法讓人找到特別稀有、甚至是神話傳說等級的物品。」男人湊上前，周身散發著飢渴。「是這樣吧？」

優利意識渾沌地眨眼看對方。「或許……沒錯，正是如此。我在調查研究時注意到，某個世界裡平凡無奇的東西，到了另一個世界可能會被視爲奇蹟之物，這是出於文化情境認知的不——」

「沒錯，說得好。」男人微笑著靠上椅背，從外套口袋掏出一小截粗雪茄，火柴點燃的硫磺味飄來，接著是菸草燃燒的青煙和臭味。「那麼，小子啊，我們或許能達成互助互利的協議。」他甩熄了火柴，將燃盡的火柴彈到地板上。「你需要住所、食物和工作，而我的理解沒錯的話，你還需要資金，以及尋找很可能已故的太太。」

「她沒——」

男人沒有理會他。「這些我全都能給你，住宿及伙食，還有調查、旅行的資金，你要多少有多少，愛去哪裡找你的門、愛找多久都隨便你，但作爲回報……」他又微微一笑，象牙白牙齒在雪茄煙霧中閃爍。「你要幫我建立無與倫比的龐大收藏，足以讓史密森尼博物館顯得像乞丐家的閣樓。把稀有、古怪、不可思議、難以想像——甚至是力量強大——的文物全都找出來，帶回來給我。」

優利此時看著男人，看得比之前都來得清楚，而突然灌注全身的希望令脈搏狂亂起來。他用自己的語言輕聲咒罵。「那能不能——能否也僱一個奶媽來陪我旅行？一小段時間就好，幫忙照顧我的女兒——」

男人一口氣從厚厚的小鬍子裡吹出。「這個嘛……你很快就會發現，這個世界對小女孩來說不怎麼安全，還是讓她和我待在一起比較好。我的屋子相當大，而且——」他咳嗽一聲，目光首次離開優利，集中在房間另一頭的牆上。「——我自己沒有孩子。照顧她不是問題。」

男人又轉向優利。「所以，你怎麼看呢？」

優利一時說不出話來。這是他想得到的一切——充分的時間與金錢，讓他找尋通往載文的門扉，可以安置一月的地方，以及脫離黑暗的道路——儘管如此，他還是遲疑了。絕望一旦扎根，就很難根除。

優利深吸口氣，用雅德蕾教過的方式伸出手。陌生人握住他的手，燦笑著露出略嫌太多顆的牙齒。

「親愛的孩子，你叫什麼名字？」

「……朱利安。朱利安．雪勒。」

「我是康尼琉斯．洛克。雪勒先生，歡迎加入我的事業。」

朱利安年輕時在載文世界尋找門扉，心中是揣著戀愛中年輕人無窮的信心，滿心相信世界會爲了滿足他的願望而改變。有些時候，在徒勞無功地花費數週找遍某座遙遠城市的檔案館，雙眼隨著好幾種文字筆畫轉動而疼痛不已之時，或在山坡叢林中艱苦地步行數哩，卻完全沒看到門扉的蹤影之時，他感覺到不斷悄悄靠近的疑慮。當他躺在睡夢及清醒之間毫無防備的境地時，陰險狡詐的念頭會再度溜進他腦中：要是直到我老了，仍是永遠找不到她呢？

然而到了早晨，這些想法又如晨間薄霧般揮發，什麼都不留下。他會一如往常地下床，繼續尋找。

現在，我被困在雅德蕾的世界，和老人一樣明白時間是珍貴的有限資源，它像秒針似地在我胸中跳動，使我的搜索行動更加急迫。

我花了些時間學習這個世界的規則——這地方在我眼中令人費解、有時殘忍，且十分不友善。這裡有種種關於財富與地位、疆界與護照、槍枝與公共廁所及膚色的規定，而這些規則都會隨確切時機、所處的地理位置略有差異。在某個地方，我完全可以自由造訪大學圖書館、借幾本書；但到了另一個地方，相同的行爲卻可能惹來當地警察，他們對待我的態度相當反感，甚至逮捕且拒絕釋放我，直到洛克先生打電報道歉，並將令人苦惱的大量金錢匯給奧爾良縣警局，他們才願意放人。在特定情況下，我也許會與相同領域的學者見面，談論編造神話的考古價值；但在其他情況下，我卻被視爲意外地機伶、不知從哪學到英語的一條狗。我曾因驚人的發現而受波斯君王款待；我曾因正眼直視別人而被當街唾棄；我受邀和康尼琉斯共進晚餐，他卻不曾邀我加入他的考古協會。

當然，我也在這個世界見過不少美好的事物：一群女孩子在古吉拉特邦放風箏，粉紅色與湖綠色的光影劃過天際；密西西比河畔，一隻藍色蒼鷺用金色眼睛注視著我；塞瓦斯托波爾市，在昏暗巷弄中相吻的兩個年輕士兵。這個世界不完全醜惡，但它永遠不會屬於我。

學習世界的規則花了我不少時間，但我浪費更多光陰去實現與康尼琉斯的交易。唉，這還眞是惡魔的交易……出國時，我的身分證明文件上寫的是「探索考古研究員」，不過實際上，我的職稱應該是「穿著體面的盜墓賊」。我曾在中國聽到維吾爾族人用又長又複雜的方式稱呼我，那名字充滿了磨擦音和難以發音的子音組合，意思是「故事吞噬者」。

這就是我，我成了這樣的東西：走遍全球的拾荒者，一次次鑽入最神祕、最美麗的境地，採收其財寶和神話，啃噬它的故事。我從神殿牆上割下一塊塊神聖的壁畫；我偷走陶罐、面具、權杖和神燈；我挖掘古墓，從死者懷裡盜走金銀珠寶——無論是在這個世界或其他百來個世界，我都是故事的吞噬者。這一切，就只爲了擴充世界另一頭某個富人的收藏。

甯都的學者居然成爲故事吞噬者，眞是太丟人了。若是妳母親知曉，不知會怎麼想？但只要能回到她身邊，即使是比這更加不堪的事我也願意做。

然而，我的時間不多了。妳逐漸成熟的臉龐就是我的沙漏，每次回到洛克宅，我都感覺自己不是離開數週，而是與妳離別數十載；已有無數個人生在妳生命中綻放、凋零，而數個月的神祕考驗與成就，悄悄將妳的五官塑造成我幾乎認不得的面孔。妳長高了，變得安靜了，多了種牝鹿在拔腿奔逃前提心吊膽的沉靜。

有些時候——當我太累或喝得太醉，無法控制自己飄往危險境地的思緒時——我會問自己，不知妳母親見到了妳會怎麼想？妳的五官和她如出一轍，每每看到都令我心痛不已，而妳的靈魂更被禮教、歸屬感缺失這些隱形的壓力緊緊束縛著。在妳母親過去的夢想中，妳過的是截然不同的生活，無拘無束、自由到了危險的地步，但一道道門都會為妳敞開。

結果，我給了妳洛克宅和康尼琉斯，還有那個用看髒衣服眼神看我的德國女人；我丟下無依無靠、孤苦伶仃的妳，沒讓妳認識到現實表面下美好及恐怖的事物。康尼琉斯說這樣最好，他認為女孩子的成長過程中，不該滿腦子都是門扉和異世界，他說時候未到。他為我們做了這麼多，拯救我、僱用我、把妳當親生女兒養大，我又有什麼資格和他唱反調？

可是，假如我真能再次找到妳母親，她還能原諒我嗎？

這是我不允許自己思考的問題。而我會從新的一張紙重新寫起，逃避紙頁上狠狠瞪視著我的字句。

我這種男人只看得見自己的痛苦，我們的眼睛只注視著自身內部，目光受自己破碎的心深深吸引。

這就是為何長久以來我一直沒注意到門扉關上了——或者，更確切而言，門扉被關上了。我應該更早些發現的，不過在最初那幾年裡，我比現在還要痴狂，深信下一道門便會通往故鄉天藍色的海洋。我追尋神話、故事與傳聞，尋找動亂及革命，很多時候都能在這些事物扭曲的根源找到門扉。它們之中沒有任何一道能帶我回到她身邊，於是我盡快放棄它們，即使稍微停留也只是為了拾荒或盜竊，然後將從那些世界偷來的財寶和木屑一起裝箱，在木箱上寫上「佛蒙特州謝爾本鎮尚普蘭路１６１１號」。接著，我動身搭上下一艘汽船，繼續追逐下一個故事、下一道門。

我並未在門扉所在之處停留太久，因此沒看見接下來發生的事：莫名其妙的森林大火、歷史建築被無預警地拆除、洪災、房地產開發、坍方、瓦斯外洩、爆炸案。找不到根源、找不到犯人的災難頻頻降臨，使得門扉淪爲斷垣殘壁和灰燼，斷絕了世界與世界之間的祕密連繫。

終於意識到災難規律的那天，我正坐在旅館陽臺讀著《溫哥華太陽報》，得知上週發現門扉的礦坑地道突然坍方；當時我並沒有立刻將此歸咎於人爲因素，而是將罪責推給了時間。我怪罪二十世紀對這種銜尾蛇式的自我毀滅深深執著，我以爲門扉不屬於現代世界，以爲所有門扉都注定會關閉。

我早該明白的，命運不過是我們自欺欺人的美麗故事罷了，潛藏在所謂命運之下的是人類，以及我們可怖的抉擇。

也許早在找到證據前，我便知曉了眞相。我發覺自己疑神疑鬼的情形越發嚴重，在邦加羅爾的餐廳用餐時擔心有陌生人監視我，走在里約巷弄中時隱隱聽見跟隨在後的腳步聲。那段時期裡，我開始用自己發明的密碼寫信給康尼琉斯，因爲我確信有什麼未知人物在攔截我寄回的報告。但這都只是徒勞，門扉仍舊不停關閉。

我告訴自己：那些門扉被摧毀又如何？反正它們都不是正確的門，沒有一道能帶我回到雅德身邊，回到我們在甯都山坡上的石屋，回到我爬上山丘、看見她抱著妳在毯子上打盹的瞬間——燦爛、圓滿、完美的一瞬間。

不過，即使是處於自憐深處的我，也想到另一個問題：**一個沒有門扉的世界，會發生什麼**

事？在我還是學者、仍未成爲盜墓賊時，不是得到了門扉會帶來改變的結論嗎？我曾提出假說：門扉是關鍵的渠道，讓神祕與神奇的事物自由地在世界間流通。

我已經能想像這個世界沒有門扉的模樣了，它將陷入難以察覺的停滯和陳腐，像一整個夏天沒有通風的房屋。這裡有永遠不會看到日落的帝國，有橫跨大陸的鐵路，有永不會乾涸的財富之川，有永不會疲勞停歇的機器；這是個太宏大、太貪婪的系統，像神祇或引擎一樣不可能被拆解，它會吞噬男人與女人，對著天空吐出黑煙。據說它名爲「現代」，燃著煤的腹中還裝著「進步」與「繁榮」——但我只看見了僵化、壓抑，以及令人心寒的守舊。

我似乎已經知道，一個沒有門扉的世界會落得何種下場了。

但停止尋找門扉就等同放棄尋找妳母親，我**做不到**。我做不到。

我開始追溯雅德十多年前留下的足跡，而我的理論是，通往載文世界的門扉也許藏在另一個世界裡。這份任務有時相當困難，我將她告訴我的故事和喧鬧街頭偷聽到的故事，或和昏暗酒吧裡醉醺醺、語無倫次的故事拼湊在一起，努力堅持下去。我找到了聖烏爾門扉、海地的門扉、塞爾克門扉與另外十多道門；它們如今都已不復存在，被焚毀、崩塌、摧毀後遭到世人遺忘。

一直到一九〇七年，我才瞥見追捕者的形影。我當時終於找到希臘的門扉，它是荒廢教堂裡一面冰冷的石板，通往雅德曾描述爲「漆黑地獄」的世界。我沒興趣重蹈她的覆轍（照她的說法，她險些被一位眼神如冰的女族長騙去當奴工），所以沒在門內滯留太久。我在那個世界探索不到一天，戰戰兢兢、小心翼翼地走在雪地裡，卻沒找到任何活物，也沒找到任何值得盜竊的物品，只有一望無際的黑松林、遠方槍鐵灰的天空，以及某種堡壘或村落破碎的遺跡。我不知道那地方有沒有其他門扉，也沒有留下來繼續搜索。

我從石門另一側爬回霉跡斑斑的聖彼得教堂。當我全身劇烈顫抖地回來、大口呼吸地中海傍晚海鹽及石灰岩的氣息時，這才注意到地上多了本來沒有的東西：一雙穿著黑靴的腳。

那雙腳的主人是名寬額濃眉的高大男人，身上穿著希臘警員的黃銅釦制服和圓警帽。他見滿身是雪的外國人從牆壁爬出來，似乎不怎麼訝異，只露出有些困擾的表情。

我趕緊起身。「你是誰——你來做什麼？」

他聳了聳肩，兩手一攤。「我愛來就來。」他用喉音說出帶有口音的英語。「不過我貌似來得有點早。」他嘆了口氣，裝模作樣地拍了拍教堂長椅上的灰塵，坐下來等待。

我吞了口口水。「我知道你是來做什麼的，別跟我裝傻。這次我不會讓你得逞——」

他諷刺的笑聲刺穿了我大膽的發言。「唉呀，雪勒先生，別傻了。趕快回海邊那棟噁心的小屋，明早幫自己買張船票，忘了這地方吧。反正你在這兒該辦的事都辦完了。」

先前所有的猜疑果然沒錯。他知道我的名字，知道我向漁女租用的小屋，甚至可能知道我真正的研究內容。

「不，我不會再讓那種事發生——」

男人漫不經心地對我一揮手，把我當成了不願乖乖入睡的孩子。「你會讓事情發生。你會默默離開，不對任何人走漏風聲，然後乖乖當條狗，幫我們嗅出下一道門。」

「憑什麼？」我的聲音繃緊、拔高。我痛苦地想起雅德蕾，只希望她在我身旁。她從以前就一直比我英勇。

男人用近乎憐憫的眼神看著我。「小孩子啊，」他嘆息著說：「他們長得還眞快，對吧？再過幾個月，小一月就滿十三歲了喔。」

我們默默僵持著，我聽著自己的心跳聲，想到了隔著大海等我回去的妳。

我離開了。

隔天上午，我買了船票，三天後在瓦倫西亞的國際事務處買了報紙。報紙第六頁以模糊的希臘文印了小專欄，克里特島岸邊突然發生了莫名其妙的土石流，所幸無人受傷，不過有一條馬路被掩埋，一座幾乎被遺忘的老教堂只剩斷垣殘壁。當地警察局長將此描述爲「不幸但無可避免」的事件。

以下是一九〇七年七月筆記本裡一張清單的抄本。時至今日，我仍依循學者的本能，在面對混亂危險的情境時，選擇在書桌前坐下來，寫下一張清單。換作是妳母親，不知會怎麼做？我能想像她激起大量的喧鬧與動亂，甚至是造成死傷。

這頁筆記的標題爲「門扉被惡意關閉之持續狀況的多種應對策略及對家屬之潛在風險」，下方畫了好幾條底線。

一、揭露陰謀。發表至目前爲止的研究發現（致信《泰晤士報》？買廣告版面？），譴責神祕組織的行徑。優點：可快速完成；對一月的生活影響最小。缺點：可能完全失敗（報紙會刊登缺乏證據的文章嗎？）；失去康尼琉斯的信賴與庇護；未知勢力（暴力）報復的風險。

二、告知康尼琉斯。完整闡述我的憂慮，請他加強對一月的保護。優點：洛克握有雄厚的資源，能給她高度安全的環境。缺點：他目前為止都對我的憂慮不屑一顧，還提過「被害妄想」及「莫名其妙的胡言亂語」。

三、將一月轉移到另一個安全的地點。如果能非常低調地把她藏到別的堡壘要塞，追捕者可能找不到她。優點：確保一月安全。缺點：難找到安全的地點；難切割康尼琉斯對一月的眷愛；不確定能否成功，無法確保一月安全無虞；最大幅度擾亂日常生活。

我相信她無論如何都還是愛著洛克宅。在她小時候，我經常回到洛克宅看見激動的保母，女兒卻不知所蹤，數小時後才會在湖畔找到忙著堆沙堡的她，或是發現她又在和雜貨店家的兒子玩耍。如今，我有時看到她一手貼著走廊牆壁的深色木板行走，彷彿在撫摸某種巨獸的背脊，或者和她的狗一起蜷縮在閣樓裡被遺忘的扶手椅上。我已經從她那裡偷走了太多，怎能再奪走她記憶中唯一的家？

四、逃跑，躲入另一個世界。我可以找到門扉並帶著一月進去，在某個較安全、較明亮的世界為我們兩人建構新的生活。優點：徹底逃離追捕者，完全安全。缺點：見第三點。另外，我無法肯定所有世界都相連──我們若逃到另一個世界，我還有機會找到載文嗎？雅德若設法回到她的故鄉，還有辦法找到我們嗎？

沒有第五點：**繼續照常過生活**。儘管如此，我最終選的還是這條路。我發現生命存在一種慣性，過去累積下來的抉擇會越來越重，最後重到無法往前推移。我繼續當我的盜墓賊，繼續一一收割故事、裝箱送回去，讓一個富人對他的富人朋友們大肆炫耀；我繼續孤注一擲地搜索，追尋故事、發掘門扉；我繼續讓門扉在我身後關上。我不再頻頻回頭。

我只做了三個改變。第一個與英屬東非山中的一道象牙門息息相關，那回我不巧和一把李—梅特福步槍近距離接觸，而種種事件過後，我替詹妮·伊里姆小姐僞造了護照、買了火車票。這裡不必記述我們相遇的完整故事，我只想特別提到，我從沒見過她這般勇猛、能這麼若無其事地使用暴力的人，而我無意間也對她造成無盡的心傷。另外，她十分同情妳的處境，我相信她能以遠超過我的能力守護妳。倘若有機會，妳該請她敘說完整的故事。

第二個改變是爲妳們兩人尋找逃生路線，找一個希望妳們不會有機會用到的緊急避難所。我不會在此詳細描述那個地方——以免本書被不懷好意之人拾獲——只能告訴妳，那是我之前找到、但還未被關上的一道門。我那次是用假名行動，而發現門扉後就燒掉了筆記及相關文件，並將晚歸一事歸咎於海上風浪。那時我已經太常不在洛克宅，無論是康尼琉斯或是妳都沒有追問下去。我只對一個活人說過自己眞正的目標，假如妳必須逃跑，需要一個躲避追捕者的藏身處，那就跟著詹妮走。

第三個改變，是妳現在拿在手中這本書。（前提是我得先請人裝訂成冊，否則它就只是一疊用包裝繩和飛蛇蛻——我在澳洲一道門扉裡另一側極爲險惡的世界找到的——隨便捆綁的打字紙。）

如今，我夜晚的時間都用來蒐集自己故事中——不對，應該稱之爲「我們的故事」——散落各處、看似無關的碎片，將它們整齊排列，盡量清楚地記錄在紙上。這是份相當累人的工作，有時我一無所獲地在亞馬遜叢林或奧札克高原奔走一整天，累到在睡前只有力氣寫下一句話。

有時我因天氣狀況被困在營地，只能在紙筆的陪伴下度過一整天，卻受困於回憶廊道裡的一面面鏡子而無法脫身，一個字都寫不出來（妳母親抱著妳時，那身軀如鸚鵡螺狀的弧度；阿瑪麗柯海上清晨薄霧中，她白金色的笑容殘影）。

儘管如此，我仍然堅持寫下去，即使感覺自己在永無止境的荊棘中艱苦前行，即使墨跡在燈光下模糊、殷紅，我仍舊堅持下去。

也許我堅持寫下這一切，是因為我從小生長在文字具有力量的世界。在那個世界裡，無論船帆或肌膚都飾有蜿蜒的墨跡；在那個世界裡，才華洋溢的文師能全然地用文字改寫世界。或許即使到了這裡，我仍不願相信文字毫無力量。

也許，我只是需要留下某種紀錄，再怎麼漫無目的、空虛而無內涵也好，我只是想讓另一個活著的靈魂得知我耗費一生發掘的真相。也或許，我只是想讓某個人閱讀這些紀錄，相信宇宙中存在一萬道門與一萬個世界，而現在有人正在關閉這些門扉。而我，成為了他們的幫凶。

也許，我寫作是出於更加拚命、天真的希望：希望某個比我善良勇敢的人能替我贖罪，在我失敗之處取得成功。希望某個人能反抗那些神祕的勢力，別讓他們切斷這個世界與它所有手足的連繫，別讓這個世界變得枯燥、理性而陷入無盡孤獨。

希望某個人能設法將自己打造成鑰匙，開啓世界的門扉。

（完）

## 後記

（抱歉，我的字跡有些潦草——我母親看了不知會怎麼說？——但時間緊迫，我沒辦法像之前那樣打字後請人裝訂。）

我親愛的一月，

我找到了。我找到了。

我紮營在日本北方一座寒冷風大的島嶼，岸邊有一小簇竹舍與錫皮小屋，勉強能稱作村落，不過這面山坡上杳無人煙，只有長草及幾棵頑強抓著貧瘠土壤的乾枯松樹。我面前有個有趣的地形：幾條松枝糾結成了類似拱門的形狀，可以從中間的空隙瞭望海洋。

從某個角度望去，它幾乎像是一道門。

我循著故事一路找來：從前有個漁人，他能將書頁摺成帆船，那些船輕便快捷，帆上沾了墨痕。從前有個小男孩，他於隆冬時節失蹤，回來時身體卻很溫暖，甚至被曬傷了。從前有個僧人，肌膚上寫著經文。

還沒穿過那道門，我就知道它將通往何方。世界和房屋一樣，有著各自獨特的氣味，味道隱晦而複雜多變，幾乎難以注意到，而載文世界的氣味宛如薄薄的霧氣，此刻正從松枝之間透了出來。陽光、海洋、書脊飄落的粉塵、一千艘商船的鹽與辛香料。故鄉的氣味。

我打算盡快穿過那道門，今晚就去。我在來此的路上十分小心，但擔心自己不夠謹慎，更擔心他們找上門——那些門扉關閉者、世界弒殺者。我甚至不願將視線移開門扉、低頭看這張紙，生怕某個幽靈般的形影突然從陰影處跳出來，永遠關上這道門。

但我會暫緩行動，先完成這份任務。我要把自己的去向與前往那個地方的理由告訴妳，並用圖亞與猶哈的碧藍雙箱（Azure Chests of Tuya and Yuha）將這本書傳送給妳——這是我在亞歷山卓一道門扉內找到的一對物品，也是我拒絕完全交給康尼琉斯的寥寥數件文物之一。我將一口箱子給他，另一個自己留了下來。

這對箱子十分實用，我之前就曾用它送過一些小東西和玩具給妳——不知妳是否看到了送禮者的心思？妳是否明白，它們是長年缺席的父親竭力彌補女兒的一點小心意？妳是否知道，它們是懦夫無聲的一句話：我天天思念著妳，我愛妳，請原諒我？我生怕看到妳失望的表情，生怕妳拒絕接受我這些不足以挽回一切的小禮物。

這本書就是我的最後一份禮物了，是我最後的失敗與缺失。妳現在也看得出來，它是一部極不完美的作品，但它就是真相——是我早在多年前就該告訴妳，卻一直無法給妳的真相。（我試過幾次走進妳的房間、張口想將一切都告訴妳——卻發現自己無法說出口。我從妳身邊倉皇逃走，呼吸困難地躺在自己床上，幾乎因喉頭未說出口的話語而窒息。也許，我真的就是如此不堪的懦夫。）

總之，我不會再保持沉默，不會再對妳撒謊。我不知道妳多常打開蔚藍箱，而為了確保妳及時找到這本書，我想出了一個方法——這座島上的鳥類相當親人，不了解人類的威脅。

就我所知，這本書中只有一句謊言，我寫書不是為了學術知識或道德，不是為了未來不知名的讀者而「留下一份紀錄」或「記錄我的發現」，讓那人勇敢地繼承我的意志。

還記得妳六、七歲時，我從緬甸回來那一次嗎？那是妳第一次沒衝到我懷裡迎接我（唉，我每次都如此渴望也如此畏懼回到妳身邊的那一刻，害怕在妳可愛的臉上發現自己又浪費掉太多時間），妳穿著漿挺的小洋裝站在那裡，抬頭看著我，彷彿我是擁擠列車上的陌生人。

太多次了，妳的眼睛對我說。你離開我太多次了，而現在，我們之間有某個珍貴又脆弱的東西已破碎。

我寫這本書是出於可悲而近乎絕望的小小希望，希望能修復我們之間破碎的事物。唉，說得好像我能用文字彌補自己錯過的每一個節日、不在妳身邊的每一個鐘頭、沉浸在自私悲痛之中的每一年。然而到了最後，我終於明白，這些是依舊無法彌補的罪過。

我又將離妳而去，這次是比過去都來得深刻的離別。

我什麼都給不了妳，只能給妳這本書，以及我的祝禱：希望這道門不會被人關上。希望妳有天能找到方法跟上來。希望妳母親仍在世、仍在等待，希望她有天能再次擁抱妳，讓破碎的事物再次圓滿。

相信詹妮。幫我告訴她——我真的很抱歉。

門扉正在用妳母親的聲音呼喚我，我該過去了。

原諒我。跟隨我。

Y、S

我做不到。

一月，我試了。我試著離開妳，卻只能站在我的門前，全身動彈不得。我嗅著故鄉甜美的氣味，在心中吶喊著要自己跨出那最後的一步。

我做不到。我無法再次離開妳。我正在收拾行李，準備回洛克宅。我會帶妳一起回到這裡，若要走進這道門，就是與妳一起進去。真的對不起，神靈啊，真的對不起——我要回去接妳了。

等我。

一月快逃
隱世桃源（Arcadia）
不要相信

# 8

# 漂流木門

我循著鏟子規律摩擦與撞擊土壤岩礫的聲響，最後找到了詹妮。她正步調穩定地工作著，在島嶼中央地勢較低窪的位置挖掘，只有沼澤地的泥土臭和數百萬隻蚊子的嗡鳴陪伴她。

當然，還有希奧多．哈夫麥爾先生。

如今的他已不過是一綑髒污的被單，令人隱隱聯想到某種幼蟲的形狀，以及沾了泥濘的白布。一隻蒼白無血色的手爪裸露在外，手上可見巴達牙齒大小的一個個傷口，傷處緩緩流出血液。在午後斜陽下，它映出了過於龐大的陰影。

「難道不能……直接把他丟到湖裡嗎？或是把他放著不管？」

鏟子咬入地面的嘎扎聲，土壤從鏟子上滑落的沙沙聲。詹妮沒有抬頭看我，臉上浮現出毫無笑意的淺笑。「妳以為這世上像哈夫麥爾這樣的人能直接消失嗎？妳以為不會有人來找他嗎？」她搖了搖頭，安慰道：「這裡很潮濕，很快就不會有人認得他了。」

這句令我微感噁心，於是我在一顆長滿青苔的岩石上坐下，看著烏鴉聚集在上方的枝枒間，像喪禮上失禮的弔客般交頭接耳。

鏟子粗糙的木柄出現在我眼前，我接了過來，然後發現幾件事：第一，挖土十分辛苦，而且我在逃出療養院之後尚未完全恢復，身體依然病弱無力。第二，人體相當佔空間，需要一定大小的洞。第三，挖土時，即使汗水刺入你雙眼，手掌皮膚產生「你已經長水泡了」的刺痛，你腦中仍有不少思考空間。

**父親沒有拋下我。他掉頭回來接我了。**那個念頭就如在眼皮下灼燒的小太陽，明亮到看一眼便會受傷。我一直一直渴望他拿出一丁點證據，證明他對我的愛，但他對我母親的愛——他自私的悲痛——一直都強過對我的愛，直到最後才扭轉過來。直到最後，他背離了自己苦尋十七年的「門」。

*那他去哪裡了？*想到這裡，我微一遲疑，最後那幾行潦草的文字浮到眼前：**一月快逃、隱世桃源、不要相信**。我的心悄悄退了回去。

最後一章記載的，不正是我已經猜到的事情經過嗎？第一點：洛克先生從一開始就很清楚，父親是在尋找「門扉」，他甚至可能正是爲了找「門」才僱用父親的。我想到洛克宅地下室那一櫃櫃、一排排的木箱和儲藏盒，擺滿了玻璃展示櫃及漂亮標籤的房間……在那之中，有多少是從異世界盜來的寶貝？有多少件附有神奇的力量或奇特魔法？

另外，有多少件被洛克先生賣了或交換掉了？我記得幼時在倫敦窺見的會議，記得他私下將珍貴文物拍賣掉；當時還有協會成員在場，至少那名獐頭鼠目的紅髮男人一定也是成員，那麼考古協會想必也了解父親的工作、「門扉」的事，也明白父親是從哪裡偷祕寶回來。如此說來，暗地跟蹤他、令他惴惴不安、關閉「門扉」的人，就是考古協會囉？問題是，他們既然想得到父親盜來的寶物，爲什麼要關閉「門扉」？也許他們想將寶物佔爲己有，然後封死「門扉」避免更多物品流通進來。這符合他們的作風；我長年與有錢有勢的男人相處，知道他們對「維持排外性」和「物以稀爲貴」的堅持。

這些幾乎都說得通，但還有幾個疑點：母親多年前找到的「門」——田野中的第一道門——又是誰關閉的？那山頂的「門扉」呢？當時父親根本還未在洛克先生手下工作啊。那是不幸的巧合嗎？還是說，早在父親展開個人的冒險之前，協會就已著手關閉各地的「門扉」了？我聽他們語帶崇敬地提過協會的「創始者」，或許協會的歷史比表面上看來古遠許多。

還有一點令我百思不解：他們有什麼理由傷害手下優秀的「門扉」獵人？父親至今還未回歸，一定是有人從中作梗？一定是發生了什麼事，他才會匆忙寫下最後三行字。而現在，協會的目標轉向了我。丫頭，他們會一直找妳，永遠不會放棄。

後方傳來血肉模糊的噁心聲響。

我轉身看見詹妮蹲在哈夫麥爾的屍體旁，手裡握著榔頭，臉上的神情再客觀理性不過。白布包上插著一根剝了樹皮的木樁，就插在他心臟的位置附近。

詹妮對我聳肩。「以防萬一。」

我在駭異及笑意之間徘徊片刻，但還是忍不住笑了出來，笑聲大得誇張，隱隱有些歇斯底里。詹妮揚起眉頭，結果也仰頭笑了起來。我在她的語音中聽見些許與我產生共鳴的寬慰，這才意識到，她冷靜自信的態度可能不完全是發自內心。

「妳看太多三流恐怖小說了。」我責備道。她毫無歉意地又一聳肩，我繼續埋頭挖土。不知爲何，挖土這份任務似乎變得輕鬆一些，彷彿方才棲在我肩頭的重物在聽到笑聲後，拍拍翅膀飛走了。

我又默默挖了幾分鐘，詹妮突然開口說：「在我的世界，如果在森林裡遇到任何奇怪或不尋常的東西，一槍打下去就是最明智的做法。所以第一次遇到妳父親時，我才會差點打死他，結果我第一槍打偏了……妳不挖的話就把鏟子給我。」

我鏟起的土越來越少，挖掘的動作也越來越隨便了。我手腳並用地爬出坑洞，讓詹妮接手。

她配合下挖、翻土的節奏敘事：「他開始大喊著揮手，一下換了十幾種語言，其中一種是英語。我已經很長一段時間沒聽人說英語了，也從沒聽過一個深色皮膚、身上有刺青，還長得像教授的人說英語，所以我沒有再開槍。」

坑洞已經深及詹妮的腰部，她每一次下挖時，鏟子都發出被濕泥吸扯的聲響。蚊蚋群飛在坑洞旁，宛如過分積極的晚餐賓客。「我把他帶回營地，給他吃了東西，和他交換故事。他問我在這個世界有沒有看過其他的門，或聽過寫下的文字成眞的故事，我說沒有，而他聽完一副垂頭喪氣的模樣。那時我總覺得自己該道歉，卻不清楚爲什麼。

「然後，他給了我警告：我找到的門扉都一一關上了，他說，有人在跟蹤我。他求我跟他回到我出生的世界，說他知道被困在不屬於自己的世界有多麼難受，一直要我跟他回去。我拒絕了。」

「爲什麼？」我抱膝坐在坑洞旁，借來的裙子已經滿是泥污、完全沒救了。在那一瞬間，我感覺自己又回到童年，回到任性吵鬧、不修邊幅的年紀。

詹妮從洞裡爬出來，在我身邊坐下。「因爲一個人的出生地不見得是他所屬的地方。我出生在這個世界，但這個世界拋棄我、搶奪我的東西、否定我，因此我去找一個更好的世界，這不是很合理的選擇嗎？」她悔恨交加地長嘆一口氣。「但是，我確實想再回門的另一邊，再回去最後一次，免得那個瘋子說對了，以後再也沒機會回去。回來這個世界後，朱利安待在蘇蘇瓦山腳下的營地裡，我自己則去找更多彈藥，還有……我妹妹的消息。」詹妮雙目閃爍，宛如朔風中搖曳的火光，而「她後來怎麼了？」這個問題在我喉頭悄悄消失。一小段沉默後，她以突兀的語氣再次開口：「我回到朱利安的營地，他又想說服我留下來，我直接對著他大笑——我以前的家現在變成什麼樣子，我已經看得相當清楚。火車車窗裡的白人女人不停盯著我；盜獵者戴著可笑的帽子，站在動物屍體旁邊擺動作拍照；肚子腫大的小孩用英語乞討：拜託、拜託。我拒絕。所以，朱利安送我回我的象牙門，準備與我告別……可是，山洞裡有奇怪的東西等著我們。」

詹妮繃著臉，盯著新挖的墳。「好幾堆捆在一起的灰色棒子，有幾條線連了出去，還有隱隱的滋滋聲。妳父親大喊一聲把我推出去，然後一切炸裂開來……那場爆炸猛到燙傷了我的手臂外側，我們兩人像火柴棒似地飛了出去。我不知道自己途中是不是沒了意識，感覺一眨眼過後，有個穿著卡其色英軍制服的男人站在我上方，而他身後本該是座山洞，如今卻只剩碎石和塵土。

「男人的嘴唇在動，可是我的耳朵出了問題。然後他掏出手槍，指著朱利安——他應該瞄準我的，手上有武器的人可是我，不過他沒有提防我。」詹妮唇角上捲。「希望我死的時候，臉上不是帶著那種可笑的驚訝表情。」

我沒望向哈夫麥爾的屍體，不去想那個出現在他胸口的整齊圓孔。

「我沒等男人的身體摔到地面，就已經撲向了山壁，奮力挖著岩石和塵土。朱利安好不容易阻止我的時候，我這雙手已經變得像團模糊不堪的爛肉。他攔著我、不停對我說『對不起，對不起』，最後我終於明白過來：我被困在這個世界，永遠離不開了。」

我從沒看過詹妮哭泣，卻能感覺到傳遍她全身的規律顫動，宛如雷雲從水灣另一頭飄飛而來。我們都沉默半晌，坐在逐漸轉涼的薄暮中，聆聽湖對面一隻潛鳥空洞、哀愁的啼聲。

「總之。在這個世界，黑皮膚的人不能待在穿著軍服的白皮膚死人附近。我用石頭砸爛了屍體，把他拖到亂石旁邊，免得搜救隊發現他身上的彈孔。然後，我們拔腿就跑。

「在我們搭火車去喀土穆的路上，妳父親問我接下來要怎麼辦。我告訴他，我想找另一道門回去，找到那個世界的後門，而他悲傷地對我笑了。『我這輩子一直在找能帶我回母世界的另一道門。』他對我說。『妳願意替我做一件事的話，我也會幫忙找妳的世界。』然後，他請我來佛蒙特州一個有錢人家裡，保護他的女兒。」

又一陣無聲的浪濤傳遍她全身，她的語音依舊平穩鎮定。「我實現了我的承諾，可是朱利安他……沒有。」

我清了清喉嚨。「他沒死。」我感覺到一旁的她屏息靜止，因突如其來的希望而全身繃緊。「我讀完他的書了，他在日本找到一扇通往他那個世界的『門』，不過他沒有進去──他試著回來接我……」小太陽在眼前驟亮，片刻後又黯淡下去。「卻不知爲什麼一直沒回來。他想對妳說……」我嚥了口口水，在舌尖嚐到了羞愧。「……對不起。」

空氣嘶聲吹出詹妮門牙間的縫隙。「他答應過我的。他答應過的。」她語音哽咽，幾乎被種種情緒吞噬：遭受背叛的苦澀、嫉妒，以及令人發狂殺人的盛怒。

我微微一縮，她的目光朝我掃來，然後她瞪大了雙眼。「等等。一月，妳在療養院和小屋之間開了一條通道，那能不能幫我也開一道門？能不能幫我寫一條回家的路？」她臉上閃爍著最後一絲希望，彷彿盼望我從口袋取出一枝筆、在我們之間的空氣中畫出她的「門」，彷彿等等就會和她的丈夫與妻子重逢。我第一次看到她如此稚幼的神情。

開口回答時，我發現自己無法直視她。「我沒辦法。我——父親在書裡寫到，不同的世界會在一些地方接觸，就和兩棵樹的樹枝一樣，『門』就是在那種地方出現。我不認爲在佛蒙特開一道門，就有辦法一路通到妳的世界。」

她發出不耐煩的聲音，對我的意見不屑一顧。「好吧。那如果妳跟我去肯亞，去找我的象牙門——」

我默默舉起裹著繃帶的手臂，舉到她面前，手臂在平舉短短數秒後便開始顫抖，又過了數秒，我讓手臂垂到身側。「開啓連接療養院和小屋的通道，幾乎差點要了我的命。」我輕聲對她說。「那道門還只是連接同一世界裡的兩個地點。我不知道重開兩個世界之間的『門』要花多少力氣，而我懷疑我是否有那個能力。」

詹妮很慢、很慢地吐息，盯著我垂在身側的手。她沉默不語。

她陡然站起身，拍掉裙子上的塵土，再次朝鏟子伸出手。「剩下的交給我吧，妳去照顧山謬爾。」

我不願目睹詹妮的淚水，轉身倉皇逃走。

無論是巴達或山謬爾，看上去都像死後被技藝有待精進的法師復活般狼狽。巴達身上黏著凝固的斑斑血點，被繃帶和縫線勉強拼了回去，此時躺在床上，擠在山謬爾與牆壁之間，下巴敬慕地擱在山謬爾肩膀上。山謬爾的皮膚是蘑菇般病態的黃白色，蓋著毯子的他呼吸不勻，不時瑟瑟發抖。

我在床緣坐下時，他撐開黏在一起的眼皮，不可思議地露出了微笑。「嗨，一月。」

「嗨，山謬爾。」我回給他的笑容怯弱地顫抖著。

他從被子裡伸出一條手臂，拍拍巴達的側腹。「我就說吧，巴達是妳的同伴。」

我的笑容穩固了些。「嗯。」

「還有，」他輕聲說：「我也是。」

他眼神堅定，散發出不知何來的溫暖，凝視著那雙眼眸就彷彿在二月裡的火爐前暖手。我趁自己說傻話或做傻事之前別過頭。「對不起。我害你遇到了那些，害你被哈夫麥爾攻擊。」我的嗓音原本有這麼高亢嗎？

山謬爾聳聳肩，彷彿被綁架和折磨不過是令人困擾的小事。「妳要跟我解釋他是什麼東西，還有他說的門是什麼、他激動的理由。還有，我都還沒大膽地拯救妳，妳是怎麼逃出來的？」他邊說邊從被毯下抽出身體，全身上下都瘀青受傷似地小心調整姿勢，靠著枕頭坐起身。

「大膽地拯救我？」

「我原本計畫了驚天動地的拯救任務。」他哀傷地嘆息。「夜半裡突襲——從窗戶垂繩子下去——騎白馬逃獄——好吧，其實是灰色小馬——就和我們常讀的故事報紙一樣。唉，可惜計畫全泡湯了。」

我今晚第二次笑出聲來，然後斷斷續續、亂七八糟地將一切告訴山謬爾，邊說邊不安地擔心他嘲笑我或可憐我。我對他說起長草田野中的藍色「門扉」；父母的故事，以及他們現在生死不明的事；新英格蘭考古協會，以及「門扉」被人關閉、世界逐漸死去的事。洛克先生將我父親當獵犬，拴上了狗鍊，而我則被當籠中鳥豢養。還有載文世界，以及那個世界裡能用意志力改寫現實的人。最後，我對他說起被磨成利刃的銀幣，讓他看我寫在自身肌膚上的文字。

繃帶下的皮膚相當蒼白，新結的痂從肌膚上凸起，宛若受傷後被沖到了岸邊的湖怪。山謬爾輕觸鋸齒狀刻在肌膚上的「只」。

「看來妳不需要我去救妳。」他一面說，一面咧開歪斜的笑容。「不管在哪篇故事裡，史翠嘉（strega）都有辦法自救。」

「史翠嘉？」

「義大利文的『女巫』。」他解釋道。

「噢。」好吧，我確實是希望他用較具讚美意味的詞語描述我，不過……**他相信我**，他絲毫不懷疑我說的話。說不定這麼多年來，他本該顧店的時間都拿來偷看三流怪獸故事，腦袋才會像他母親說的那樣爛掉。說不定，他就只是信任我。

山謬爾若有所思地繼續說：「故事裡，她們——我是指女巫——總是自己一個人住在森林裡、住在山上，不然就是被關在塔裡。可能只有勇敢的男人才有辦法愛女巫，可是大部分男人都太膽小了。」說完的同時，他筆直注視著我，微抬的下巴似在大膽地說：**我可不是那種膽小鬼**。

我赫然發現自己無法言語，甚至連思考都有困難。

片刻後，他又微微一笑，這次的笑容十分溫柔。他說道：「所以，考古協會那些人會一直找妳，對吧？因爲妳知道他們的祕密，還能做到這些。」

「沒錯，他們會找上門的。」詹妮的聲音從後方傳來，只見她站在門口，周身閃耀著落日最後的紅光，嘴唇抿成了嚴肅的線條。不知爲何，她讓我聯想到父親，他總是哀痛地垂著雙肩、臉上鐫刻了悲傷的痕跡。

詹妮僵硬地走到水桶旁，清洗著沾滿泥土的手臂，邊洗邊說：「我們必須想想辦法，而且需要新的藏身處。」她用布巾擦乾雙手。「我建議去隱世桃源，那是妳父親跟我說過的世界，藏在緬因州南岸附近。聽他的說法，那個世界不宜人居而且又很難接近，所以非常適合我們銷聲匿跡。我知道怎麼去。」詹妮的語音平穩無比，彷彿不宜人居的異世界是再尋常不過的去處，和銀行或郵局相差不遠。

「可是我們應該沒必要──」

「一月，」她打斷我。「我們沒錢、沒地方住，也沒有親人。這個國家嫌棄黑人，我偏偏是黑人；這個國家嫌棄外人，我偏偏是外國人。最大的問題是，我們太顯眼了，一個是非洲女人，一個是手上有疤、頭髮狂亂的中間色女孩。」她雙手一攤。「協會想找妳的話，就一定會找上門，而且我猜哈夫麥爾在協會裡不算是最狠的角色。」

山謬爾稍微調整自己靠著枕頭的坐姿。「可是妳忘了──一月小姐也不是無力反抗，聽她的說法，她可以寫出各種東西，城堡也好、去廷巴克圖的門也好、去火星的門也好，甚至可以讓洛克先生遇上不幸的意外。」說到最後一個可能性，他的語調充滿了希望；方才聽我說起療養院的種種時，他發出了和巴達神似的低吼聲。

詹妮的臉隨酸澀的笑容扭曲。「我聽到的說法是，她的能力並非毫無限制。」

我被防衛心理刺了下，心中也萌生羞愧。「是的。」短短兩個字，從口中說出時顯得有些哽咽。「我父親說文術有相對應的代價，我沒辦法把現實撕碎，再隨便照自己喜歡的方式拼回去。」我放低聲音，偷偷斜睨了山謬爾一眼。「我恐怕不是什麼強大的女巫。」

他的手微微一抽，落到毯子上和我的手很近的位置，幾乎碰到我的指尖。「很好。」他悄聲說。「我也沒那麼勇敢。」

詹妮意有所指地清了清喉嚨。「總之，前去隱世桃源會是一大挑戰，我們得在不被認出來或被跟蹤、又沒多少錢可用的情況下，去到離這裡兩百哩遠的地方。雪勒小姐——」她露出緊繃而冷冽的微笑。「——恐怕得適應這種和以前不同的生活方式。」

這就戳到我了。「我也是有一點旅行經驗的。」我有幾個小黃銅牌子上印了我名字的行李箱，我的護照也像是被讀過百遍的平裝小說。

詹妮笑了，但那並非愉快的笑聲。「那妳以前旅行的時候，有沒有睡過自己鋪的床？有沒有自己煮過一頓飯？甚至是親眼看過次等廂的車票？」我無言以對，只能怒瞪著她。「我們得在樹林裡過夜，還有搭別人的便車，妳最好先調整好心態。」

我想不到機智的回應，只好轉移話題。「我不覺得我們該去那個隱世桃源。還記得嗎，父親是在日本失蹤的，我們至少該先去找他——」

但詹妮疲憊地搖了搖頭。「那就正中他們的下懷。也許過一段時間，等到情況比較安全了，我們再找機會去尋找他。」

管什麼安不安全。「說不定——說不定可以請洛克先生幫忙。」山謬爾與詹妮同時發出介於驚詫及震怒的聲音。我挺起胸膛，硬著頭皮說下去：「我懂、我懂——但我不認為他想傷害或害死我和父親，他只是想變得更有錢，還有多收藏幾件稀有的文物而已。他甚至可能不曉得考古協會在關『門』，或者根本不在乎……而且，他應該是愛著我的，至少對我有一點點的愛。他可以幫我們找藏身處，借我們一些錢，幫我們去到日本……」我的聲音越來越輕。

詹妮眼中充滿了黏膩、濃稠的東西：憐憫。原來憐憫的殺傷力是如此強大。「妳很想像童話故事裡的英雄一樣，展開拯救妳父親的冒險。我懂。可是妳還很年輕，身上沒有錢，連個家都沒有，妳也從沒真正看過這個世界醜惡的一面。一月，它會吞噬掉妳。」

我身旁的山謬爾也說：「況且，假設洛克先生之前一直在保護妳，那他目前為止做得很失敗，我也覺得妳應該逃去其他地方。」

我無法言語，感覺到整個未來都在腳下扭曲，令人頭暈目眩。我一直在等生活恢復正常，彷彿父親失蹤後發生的一切都不過是部電影，不久後螢幕上便會出現「劇終」的字卡，電燈會嗡嗡亮起，我會發現自己身在安全的洛克宅，又一次重讀《海陸上的流浪男孩》（編注）。

然而，那些都是再也回不去的過往，就如凍結在琥珀裡的蜻蜓。

跟著詹妮走。「好吧。」我輕聲說，努力壓下又回到七歲、不停逃跑的感覺。「我們去隱世桃源。那妳——妳會和我留在那裡嗎？還是回家？」

詹妮眉頭一蹙。「我沒有家。」我對上她的眼眸，發現她眼中的憐憫發酵成了破碎的絕望，令我聯想到古代遺跡或腐爛的掛幔，那些失去了自身根源的事物。

她在話語邊緣駐足片刻，似是準備反責、訓斥或道出她的懊悔——不過最後，她僅僅只是轉過身，背脊挺直地走出了小屋。

她離開後，我和山謬爾沉默不語。我的想法如一群醉酒的鳥類，在絕望（**我們兩個都會永遠流浪他鄉嗎？我將會花一輩子不停逃跑嗎？**）與孩子氣的興奮（**隱世桃源！冒險！逃跑！**）之間衝撞，還一次次折返山謬爾仍擱在被毯上的手，以及他令人分心的體溫。

他清了清喉嚨，絲毫不隨便地說：「我打算跟妳走。如果妳接受的話。」

「**什麼**——那怎麼行！你怎麼可以離開你的家人、你的家、你的……你的工作——太危險了——」

「我本來就不是開生鮮雜貨店的料，」他輕鬆地打斷我。「就連我母親也承認了。我從以前就一直想要別的人生，想要更遠大的東西，異世界剛好可以滿足我的需求。」

我好氣又好笑地笑了一聲。「我連我們要去哪都不曉得，也不知道會去多久！我的未來現在亂成了一團，你怎麼可以因為**好心**或是**同情**就捲進這些——」

「一月。」他的聲音變得更低、更迫切，我的心在胸中「撲通」一跳。「我想跟妳走，不是因為同情妳。妳也懂吧。」

我撇開了臉，望向小屋窗外蒙上藍幕的傍晚，卻沒有用。我還是能感覺到他熾熱的目光落在

---

編注 *The Rover Boys on Land and Sea*，一九〇三出版，是美國少年冒險小說系列「流浪男孩」的第七集。

我臉頰上，堆積在心裡的煤塊閃過星火、燃了起來。

「我可能，」他緩緩地說：「之前說得不夠清楚。我說要當妳的同伴，就代表我想**陪伴**著妳，和妳一起走進每一道門、面對所有的危險，和妳一起奔向妳亂七八糟的未來。直到——」我心中隱隱為他的彆扭語調感到高興。「——永遠。如果妳接受的話。」

自從被送進療養院，時間便成了捉摸不定的生物，而此時它完全自我們之間退場，留我們兩人不受重力影響地飄在空中，如同懸浮午後陽光下的兩粒塵埃。

不知為何，我想到了父親，想到他一次又一次躬身垂頭離我而去。我想到洛克先生，想到他搭在我肩頭的溫暖手掌，想到他歡快響亮的笑聲，以及他看著我被藥物迷暈後拖出宅第時，那眼中的憐憫。

我在生命中學到，你愛的人會一個個離你而去。他們會拋棄你、讓你失望、背叛你、囚禁你，最後你會再度回到最初的孤獨，永遠、永遠孤獨下去。

但山謬爾不是那樣吧？小時候的我困在洛克宅，除了威妲之外無人陪伴，是他偷塞故事報紙給我，是他將我最好的朋友送到我身邊。我被當瘋女人關進療養院，在無助、絕望之時，是他帶了鑰匙給我。而如今，我變成受怪物及祕密追殺的逃亡者，他居然願意把自己送給我。**直到永遠**。

這份禮物勾住我的心弦，深深誘惑著。如此一來，我就不會再孤獨，能夠受人關愛，能有個溫暖的人一直待在我身邊……我渴望地注視著山謬爾的臉，思索著他的相貌是否顯得特別英俊，卻赫然發現自己已分辨不出來。我只看得見他那雙眼眸中，那抹堅定不搖的火光。

說「我願意」是多麼地輕鬆簡單。

但是，我遲疑了。父親在書中寫道，「眞愛」就彷彿重力，它是無可逃避、就這麼存在著的無形力量。此刻令我呼吸凝滯、心臟悸動的，就是「眞愛」嗎？還是說，我不過是孤單害怕、疲憊不堪，像溺水時抓到了浮木那樣纏著山謬爾不放？

山謬爾觀察著我的表情，不知在我臉上看到了什麼，最後他嚥一口口水。「我冒犯妳了，對不起。」他的笑容染上難堪。「我只是提出來讓妳考慮看看而已。」

「不……我只是……」我不知該說些什麼便張口回應，對自己未知的話語微感恐懼，但就在此時——詹妮抓住近乎奇蹟的時間點回來了。

她抱著滿懷長滿青苔的木柴，閉鎖的神情宛若剛縫合的傷口。看見我們時，她微微一頓、揚起眉頭，像在說「唉呀，我是不是打擾你們了」，但還是默不作聲地走向爐臺。感謝詹妮。

幾分鐘過後（期間我和山謬爾都呼出一口氣，雙手移開了些），詹妮若無其事地說：「我們今晚該早點睡，明天一早出發。」

「沒問題。」山謬爾的語音再平穩不過，他從床上撐起身，使力時臉上頓時血色盡失，然後大方地對我一點頭。

「喔不用，你不必——我可以睡地板上——」

他裝作沒聽見，在小屋一角鋪了幾條飄著霉味的毯子，就這麼爬進去。他翻身面對木牆，肩膀向內縮著。

「晚安，詹妮。一月。」他小心翼翼地說出我的名字，彷彿這兩個字帶著刺。

我爬上床，全身僵硬痠痛地躺在巴達身邊，累到睡不著，眼皮又熱又重，手臂也陣陣發疼。詹妮坐上爐灶前的搖椅，將洛克先生的左輪手槍放在腿上，爐子隱隱散發火光，爲她面部線條加上柔和的橘色輪廓。

不必面對任何人的此時，她才將悲痛放在臉上。這是我在父親臉上見過多次的神情，他偶爾寫字寫到一半會停筆，抬頭凝望灰色窗外，彷彿希望自己能生出翅膀、飛撲出去。

難道我注定走上相同的道路？難道我終將在不屬於自己的世界艱苦求活，流離失所，孤單寂寞地爲失去的事物哀悼？

巴達發出狗兒輕柔的哈欠聲，在我身旁伸了個懶腰。

**嗯，至少還不是全然地孤單寂寞。**我將臉埋入牠帶著陽光氣味的毛髮，睡了過去。

與詹妮一同在新英格蘭旅行，和過去與洛克先生同行時截然不同，而他們兩人唯一的共同點，就是清楚認定了自己的領導者身分。詹妮以習慣被人服從的鎮定和自信發號施令，我不禁好奇，在收留了她的那個世界裡，她是不是有成爲狩獵隊的首領？在這個世界扮演女僕的角色，對她而言想必困難無比。

她在黎明前的灰暗中叫醒我和山謬爾，第一道蜂蜜色晨光從天際灑落前，我們的小船已經划到了湖心。我們沒有冒著被人看見的風險搭渡輪，而是三人一狗擠進薩皮亞家的小舟，輪流朝岸邊昏暗的煤氣燈光划去。

我發現划船和挖土同樣困難，船底刮過岸邊粗砂時，我的手掌已經超越了起水泡的範疇，逐漸接近鮮血淋漓，而山謬爾也像是老了數十歲似地緩慢移動。詹妮的模樣和往常無異，只不過裙子上沾了墳土和血跡。

我早該想到，當我們步伐蹣跚地走到鎮上時，人們會抓著帽子、喃喃自語地快步遠離我們。我們這組合看上去的確令人心驚：一個帶有武器的黑皮膚女性、一名病弱的青年、一條目光凶猛的狗，還有個衣衫不合身、沒穿鞋子且膚色古怪的女孩。我試著向一名倉皇離開的女人問路，請她告訴我們最近的火車站怎麼走，卻被詹妮一腳踩在我的赤腳上。

「搞什麼啊，妳不是說要搭火車嗎？」

詹妮對我嘆了口氣。「是沒錯，但我們可沒有買票的打算，所以最好別太引人注目。」她朝蜿蜒地向東方延伸、離開城鎮的鐵路一點頭。「跟我來。」她沒等我同意，便繼續行進。

昨晚的對話過後，我和山謬爾首次四目相對。他揚起眉毛，眼中閃爍著笑意，然後裝模作樣地鞠躬表示「您先請」。

詹妮帶我們進入幾乎空無一人的小鐵路機廠，我們摸上寫著「蒙彼利埃伐木公司」的扁平有軌機動車，不到一小時後便乘著機動車快速東行。車輪及軌道的震動聲震耳欲聾，我們全身上下沾滿了煤煙灰塵，三個人笑得像小孩子或瘋子般，巴達則在風中開心地伸出了舌頭。

接下來的兩天在我記憶中模糊不清，消失在暑意、雙腳的疼痛，以及時時擔心被人監視、追捕的恐懼之中。我記得詹妮鎮定而自信的聲音；記得有一晚蜷縮在長草地上，夜空如閃爍著星點的拼布毯掛在上方；在路邊店面買了油膩膩的魚肉三明治；駕著騾車、將一批藍莓運到康科德的農人載了我們一程，還有個送信到終點、喜歡閒聊的郵差也讓我們搭了便車。

我也記得我們蹣跚走下緬因州線不遠處一條無名小路時，詹妮抬臉迎向微風。「聞到了嗎？」她問道。

我聞到了：鹹水、冰冷岩石和魚骨的氣味。海洋的氣味。

我們順著道路走下去，直到它化為光滑的圓石與在貧瘠鹽土中營養不良的松樹林，腳步聲在月光下出奇地安靜。詹妮似乎是憑著我父親給她的指示前進，而非靠著地圖或自己的記憶，只聽她喃喃自語，偶爾伸手觸摸形狀奇特的岩石或瞇著眼睛仰望星空。大海規律的海潮聲越來越近。

我們繞過一面密實的松樹牆，七手八腳地爬下一小段岩壁——終於到了。

我去過海岸數十次，曾走在南法的海灘上，在安地卡島海岸啜飲檸檬汁；我曾搭汽船橫渡過大西洋，看著海水在我們前方整齊地分開；那個睡在飯店或鋼鐵船艙中的我，只覺得暴風雨都是遙遠的小事。在我印象中，海洋是漂亮又親切的東西，只不過比我熟悉的湖泊大了些而已。然而，此時站在岩架上，看著下方洶湧的大浪，看著如巫婆鍋釜裡的黑色魔藥般翻騰的大西洋，我忽然覺得它再陌生不過。它成了狂野而神祕的東西，可能會將我整個人吞吃下肚。

詹妮緊靠著岩壁，小心走在長有地衣的濕滑地上，巴達的腳爪「答、答」踩著地面跟去，我和山謬爾也跟上前。我的肺有種受到束縛的古怪感覺，脈搏期盼不已地震顫：是「門」。我們即將前往一道真正的「門」，而從我還是在田野中奔跑的半野孩童以來，這將是我看到的第一道「門」。

這是父親特地為我隱藏、為我開著的「門」。即使是現在，他受困在某個地方、受到囚禁，或甚至可能已死在地球另一側，他還是沒有完全拋下我。這個念頭令我心裡暖起來，彷彿在呼嘯的海風中護著只屬於自己的燭火。

詹妮的身影消失在低矮、潮濕的岩縫中，我期待地湊上前，卻看見她拖著一團亂七八糟的木板和爛掉的繩索出來，沉沉嘆息一聲。「好吧，在這種天氣狀況下，本來就不能指望它還能用。我們也許可以用它剩下的部分來載物資，讓東西跟著我們漂過去。」說罷，她開始毫不避忌、有條不紊地脫衣服。

「詹妮，妳這是在……『門』在哪裡？」

她沒有回答，而是指向外海。

我順著她手指的方向望去，看見天邊一塊凹凸不平的灰影，一塊塊光禿禿的岩石在星光下反射出銀光。「在島上？但我們沒辦法——妳該不會打算游過去吧？」

「不宜人居。很難接近。不能說妳父親廣告不實。」她以接近乾笑的語調說。話還沒說完，她就已經嘩啦幾聲走進水裡，貼身衣物變成閃亮的白色，四肢則融入周遭的黑暗。巴達愉快地跟著她跳了下去。

我轉向山謬爾，希望能找到與我意見一致的人，沒想到他也解開了上衣的釦子。「我用最後一條麵包跟妳打賭，我這次一定會贏。」他低聲說，彷彿我們是當年在湖裡玩耍的孩童，而不是站在冰冷海邊、疲倦地選擇鋌而走險的成年人，忙著逃離不知是什麼的恐怖勢力。我無助地笑了出來。

我瞥見他回給我的明亮微笑，他胸膛蒼白的皮膚一閃而過，接著他隨詹妮與巴達走到了海水中。我別無選擇，只能跟上。

我不該為海水的冰冷而驚訝——現在是夏季，不過緬因州的夏季是小心翼翼、動作迅速的謎樣生物，會在太陽下山的同時消失無蹤——但轉念一想，任誰踏進如此冰冷的海水裡，都不可能不被嚇到。在冷水中游泳就像在成群蚊蟲的螫咬下奮力前游，我們用凍僵的手指緊抓著木筏的爛木板，將帶來的物品拖在身邊；每一次呼吸都成了細微的喘息，就連巴達也高抬著頭，彷彿不是在游泳，而是想飄浮空中。鹽水滲進了繃帶，滲入刻在手臂上的字句。如果能回頭，如果能直接放棄、爬回洛克宅溫暖的火爐前，那我一定會選擇放棄。但我沒這個選項。我繼續用刺痛的手臂反覆探入冰冷黑海，繼續一吋吋接近島嶼模糊的灰影。

最後不知怎地，我的膝蓋摩擦到了岩石。詹妮奮力將爛木筏搬上岸，山謬爾呼吸時粗重的氣音也在我身邊響起。他又往前爬了幾呎，滿身雞皮疙瘩地癱倒在地上，臉貼著碎石灘。「我……」他上氣不接下氣地說：「不……喜歡……冷水。」

我想起被哈夫麥爾觸碰時的刺骨冰寒，想到山謬爾摔倒時病弱的臉，接著在恐懼的驅使下慌忙爬到他身旁。我用冷得僵麻的手指觸摸他的背。「你還好嗎？」

他用單邊手肘撐起上半身，疲憊地仰頭，一面眨掉眼裡的鹽水一面看我，表情變得異常木然。我這才意識到，身上原本寬鬆的棉布襯衣在浸了海水後，成了近乎透明的第二層皮膚。我們都靜止不動，我感覺自己受困於他閃爍著油火微光的眼眸——接著巴達走到我們旁邊開始抖身體，甩得我們滿身都是冰冷的海水。

山謬爾刻意地閉上雙眼，額頭貼回碎石灘。「嗯。我沒事。」他嘆息一聲，然後踉蹌起身，一跛一跛地走向木筏。他帶著自己還算乾燥的上衣回來，披在我肩膀上，過程中一次也沒讓手指擦過我的肌膚。他的衣服帶有麵粉香和汗水味。

「快到了。我們先穿過門再紮營吧。」就連詹妮的聲音也疲憊不堪。

我們跌跌撞撞地跟著她爬到岸上高處，撐著不停顫抖的腿爬上矮岩壁。我們被狂風吹乾，身上黏了一層海鹽結晶。

島嶼的另一端，一座廢棄燈塔的骨架立在那裡，宛如早已死去的守衛留下的骨骸。燈塔歪斜站著，或許曾是明亮紅白線條的漆經過風化，變成了和石磚相同的灰褐色，而本該是門的位置如今只剩一個空洞，如張大的嘴。詹妮率先小心跨過斷梁木和缺了木板的地板，彎腰走了進去，我和巴達也跟上前。

站在廢棄燈塔內，就像是站在海洋生物腐爛的肋腔內，陰暗的空間到處都是海草。一道明亮的月光從破窗灑進來，照在西面牆上一扇門上——但燈塔外部相應的位置，卻沒有這扇門。心臟在我胸中戰慄跳動。

「門扉」看上去非常古老，似乎比周圍破敗的燈塔還要老，是由捆在一起的漂流木與一條條彎曲的白色長牙所建。微風輕鳴著吹出門縫，捎來炎熱而乾燥的氣味，令人聯想到八月陽光下的牧草田。

詹妮拉動鯨魚骨門把，上了油的門平順無阻地被她拉開，沒發出任何聲響。她回頭看我們，臉上閃過牙齒漏風的燦笑，然後踏進了門內的黑暗。

我一手搭著巴達的頭，另一隻手下意識地伸向山謬爾。「別怕，也不要放開。」

他對上我的視線。「我不會的。」說著，他緊緊握住我的手。

我們一同跨過「門檻」。此處的虛無就和過去一樣空洞駭人，同樣令人窒息——但不知爲何，在山謬爾與巴達的陪伴下，它感覺沒那麼廣闊了。我們像劃過夜空的彗星，彷彿在夜空中旋轉的多腳星座……然後，腳踩上了乾草，腳下發出脆響。

我們站在另一個世界陌生的橘紅色黃昏之下，而在那令人暈眩的瞬間，我望見無盡的金色平原、遼闊到如懸浮在上方的天空——接著，某人粗聲粗氣地說話了。

「老天，這什麼該死的遊行？好啊，你們給我站住，慢慢轉過來。然後告訴我，你們是來幹什麼的？嘖，主耶穌啊。說，你們是怎麼找到我們的門？」

# 9

# 燃燒的門扉

剛踏進陌生的世界，四肢發軟、全身冰冷、衣衫不整時，你通常會乖乖聽從對方的指示。我們三人緩緩轉過身。

面前是一名身材高瘦、衣衫襤褸的老頭，乍看下很像長了稀疏白鬍子、手持長矛的稻草人。老人身上穿著類似軍裝的灰外套、一雙用繩子和橡膠粗製的涼鞋，一頭白色亂髮中插著一根明亮的羽毛。他低哼一聲，矛頭往我腹部的方向一指。

我舉起不停發抖的雙手。「先生，請聽我說，我們只是想——」我開口說，而不用多加矯飾，我的嗓音就已顯得驚恐又悲慘不已。可惜巴達毀了我想營造的效果，牠豎直後頸的毛髮，發出類似引擎空轉的聲音。詹妮也拔出了洛克先生的手槍，直指老頭的胸口。

男人的目光閃到槍上，又回到我身上，眼神變得冷硬。「開槍啊，小姐，不過我敢打賭，我可以在死前先把這女孩捅得肚破腸流。要跟我賭嗎？」短暫的沉寂降下，我開始想像被鏽跡斑斑的自製長矛捅死會有多麼痛苦，並暗暗咒罵指引我們來此的父親——然後，山謬爾踏到我和老男人之間。

他緩緩踏上前，直到矛頭輕輕在他上衣布料上壓出皺摺。「先生，沒必要用暴力。我對你發誓，我們沒有任何惡意。」他對詹妮做了個「還不快把武器放下」的小動作，但詹妮完全不理會他。「我們只是在……呃，在找個可以暫時躲起來的地方，沒有要打擾你的意思。」老頭仍狐疑地瞇著眼睛，那雙眼睛像深埋在皮膚皺摺之間濕潤的藍彈珠。

山謬爾抿過嘴唇，又試了一次：「可以讓我從頭來過嗎？我是山謬爾．薩皮亞，佛蒙特州薩皮亞家生鮮雜貨店老闆的兒子。這是辛巴達先生，我們平常都叫牠巴達；詹妮．伊里姆小姐，相信她很快就會把槍放下了；還有一月．雪勒小姐。我們聽人說這地方很適合——」

「雪勒……學者？」老頭吐出兩個字，昂起下巴看我。

我隔著山謬爾的肩頭，對他點了點頭。

「妳就是朱利安的女兒？」

聽到父親的名字，一股麻癢竄過皮膚。我再次點頭。

「喔，靠。」矛頭陡然指向地面，老頭悠哉地靠著矛桿，一面和善地瞇眼看我們，一面用指甲摳著滿口亂牙。「抱歉嚇到妳啦，小姑娘，是我錯了。不過門衛的工作就是守門嘛，還是小心一點比較好。跟我來吧，我們幫你們準備一些熱食，找個地方讓你們休息。還是說……」說到此，他揮手示意我們後方那棵形狀扭曲的老樹，以及它樹根之間的窄「門」。「你們覺得會有人跟著跑進來？」

我和山謬爾愣愣盯著他，驚得一時說不出話來，倒是詹妮沉吟道：「應該不會馬上有人跟來。」左輪手槍再次消失在她緊緊捆住的包袱裡，巴達的低吼轉變爲偶爾發出的怨聲，牠微微一搖尾巴，與其說是在表示友好，更像在宣布劍拔弩張的瞬間結束了。

「那走吧，動作快的話還可以趕上晚餐時間。」老頭轉向夕陽，彎腰從長草中扶起一輛生鏽的紅色腳踏車，開始牽車走下狹窄的步道，邊走邊毫無旋律地吹著口哨。

我們三人交換了一連串的眼神，無聲地從「什麼鬼」說到「至少他沒有要殺我們了」，接著跟了上去。我們在最後幾束赤紅陽光下穿行平原，臉頰隨著光照暖了起來，刺入骨髓的大西洋酷寒被驅散殆盡。老頭時而吹口哨，時而談天說地，完全不以我們疲倦而緊繃的沉默爲忤。

我們得知他名為約翰・所羅門・埃爾斯（John Solomon Ayers），朋友都叫他「老所」。他在一八四七年出生於田納西州波爾克郡，十六歲時加入了田納西州第三步兵團，十七歲時發現自己很可能會為了有錢的棉花田主人挨餓受苦、最後痛苦地死去。一想到那些富人根本就不在乎他的小命，他便決定逃兵，結果馬上就被北方佬俘虜。他在麻薩諸塞州監獄裡蹲了幾年，之後奮起越獄、逃到了海岸，無意間進到這個世界後就定居了下來。

「那請問，嗯，在我父親過來之前，你一直自己一個人住嗎？」這就能解釋所羅門奇怪的舉止了，他可能被當地人排擠，平時都獨自蹲在泥土小屋前自個兒吹口哨……對了，那這個世界的原住民呢？他們有沒有可能大舉攻來？我抬頭望向空蕩蕩的天際，卻只看見前方一排矮丘與沙黃色的亂石，看似沒什麼會構成威脅的事物。

所羅門嘶啞地大笑。「老天，怎麼可能？這年頭，隱世桃源——我們都是這樣叫它的，天曉得這地方以前叫什麼——都快變成一座城市了。嗯，不過我也沒見過幾座城市啦。我們快到了。」沒有人回應，詹妮臉上卻清楚寫著深深的懷疑。

我們走近時，亂石堆顯得越來越大，近看發現它們是以看似危險的角度相互依靠而成。岩石上棲著幾隻鳥——也許是鷹或隼，與老所頭上那根羽毛一樣是閃爍不定的燦金色——牠們正戒備地觀察我們，並在我們接近時鼓翅起飛，在逐漸黯淡的斜陽下不知怎地突然消失無蹤。

所羅門領著我們來到兩塊最大的岩石前，兩者間的縫隙形成了陰暗的通道，通道前掛著模樣古怪的閃亮簾幔。站在洞口時，我們才發現那根本不是布料，而是如風鈴般繫掛著的數十根羽毛。我能望見通到另一頭的景象：數座空蕩蕩的山丘、隨風搖曳的長草，以及夕陽西沉前最後的玫瑰色微光。沒看到什麼隱藏的城市。

所羅門讓腳踏車倚靠在岩石上，雙手抱胸，像在等待什麼般地盯著羽毛簾幕。巴達不耐煩地嗚咽一聲。

「埃爾斯先生，不好意思——」我開口。

「叫我老所就可以了。」他心不在焉地說。

「呃，好的。老所，但不好意思，請問你在——」然而就在我尚未想到如何禮貌地問他是否爲成天將羽毛編織成簾幕的瘋子、我們此行究竟有無目的地時，簾幕後方的暗處便傳來了腳步聲。問題是那後面根本什麼都沒有，就只有岩石和地面上的塵土——

緊接著，一隻大手撥開羽毛，一名頭戴黑色高筒禮帽的矮胖女人憑空走了出來，站在我們面前，瞇著眼睛、雙手抱胸。詹妮說了一串我聽不懂的話，我猜那絕非什麼禮貌的問候。

女人身材圓滾滾的，皮膚偏褐色，有幾綹頭髮染上了銀白。她和所羅門一樣穿著一身不搭調的服裝——一件銀釦燕尾服、粗麻布縫製而成的長褲、某種鮮豔小珠串成的領圈——卻不知爲何絲毫不顯得可笑，反而流露出威嚴。她用眼皮厚重的雙眼輪番瞪視我們。

「老所，有客人啊？」「客人」二字在她口中，就像某種跳蚤或流行性感冒。

所羅門浮誇地一鞠躬。「我來爲各位介紹我們最偉大、最了不起的女酋長——別那樣對我吼，親愛的，妳知道妳就是我們的酋長——茉莉·內普敦（Molly Neptune）小姐。茉莉，還記得幾年前那個身上有刺青的黑皮膚小伙子嗎？那個叫朱利安·學者的傢伙，他提過他的女兒，還記得嗎？」他雙手掌心朝上面向我，像漁人正在展示自己捕到的大魚。「她終於來找我們串門子啦。」

茱莉·內普敦的表情只有些許平緩下來。「是嗎。那其他人呢？」

「我們是她的同伴，受託照顧她的人身安全。」詹妮說完昂起下巴。「同伴」，看到那對引號框出的懷抱了嗎？名爲同伴的朋友也許會一起屠龍、一起展開無望的冒險，或在午夜時分歃血爲盟。我壓下感激地撲到詹妮懷裡的衝動。

茱莉的舌尖滑過牙齒。「看樣子你們目前做得很失敗啊。」她觀察著表示。「她看上去似乎差點溺死、連外衣都沒穿好，而且全身上下都是傷。」詹妮不悅地咬牙，我拉了拉山謬爾借我的上衣衣袖，試圖遮蓋手腕附近髒灰色的繃帶。

女人嘆息一聲。「唉，誰教我茱莉·內普敦這麼守信用呢。」然後她以微帶諷刺意味的華麗動作，拉開了羽毛簾幕。

岩縫中的景象從原先平凡無趣的三角形天空與草地，變成了令人頭暈目眩的各式形狀。我矮身從茱莉拉著簾幕的手臂下鑽進短通道，努力瞇起眼睛，讓目光聚焦在那些畫面上。陡峭的階梯攀上山坡；茅草屋頂與陶磚；音量逐漸增強的私語聲。

是一座城市。

我目瞪口呆地踏上沙岩廣場，只見空曠的山丘上突然多了許多亂糟糟的建築和街道，房屋彷彿被巨人小孩隨意丟進山谷後遺棄了。無論是狹窄的道路、一面面牆壁、低矮的樓房或圓頂神殿，都是由黃色陶土及乾草搭建成，在逐漸轉涼的薄暮中散發金光，簡直像藏在緬因州外海的祕密黃金國。

不過，這座城市有種股古怪的死氣，彷彿我是站在城市遺留下的骨骸之中，而非身處在眞正運行的正常都市。山坡上有磚塊與歪斜的建築，星星點點從它們上方滾落；周圍還有許多破損的雕像，刻著長翅膀的男人與鷹頭女人。在一些地方，形狀扭曲的樹木用根部刺穿了破爛的茅草屋頂，龜裂的街道上冒出一簇簇雜草，而城市裡的噴泉也全都乾涸見底。

**是廢墟**。但不是空無一人的廢墟——孩童笑鬧著在巷子裡滾動橡膠輪胎；窗戶與窗戶之間掛著看似電報線的的繩索，繩索上披著洗過的衣物；油膩的炊煙飄裊在廣場上。

「學者小姐，歡迎來到隱世桃源。」茉莉面帶有些得意的神情觀察我。

「我……這是**什麼**地方？這些都是你們建的嗎？」我以略帶狂亂的動作，示意一尊尊鷹頭雕像和一排排陶屋。山謬爾與詹妮在我們身後走出通道，臉上同樣露出驚愕與嘆服的神情。

茉莉微微一搖頭。「是我們找到的。」城市某處傳來兩聲鐘響，她又說：「來吧，晚餐煮好了。」

我跟在她身後，感覺自己是愛麗絲或格列佛或是條野貓，千百個問題在腦中嗡嗡作響：既然城市不是由這些人所建，那是誰建的？那些人後來去了哪？還有，怎麼所有人都身穿奇裝異服，古怪的打扮介於馬戲團演員與流浪漢之間？然而，沉重無聲的倦意壓在了我身上，也許是新世界的重量在壓迫著感官，也可能是因爲我剛在冰冷刺骨的海裡游了半哩遠。

我們加入魚貫前往某處的一行人，他們都好奇地盯著我們，我也盯了回去。我從沒見過如此多樣的一群人，令我聯想到童年在倫敦火車站看到的海報——我記得洛克稱之爲「該死的人類動物園」。

一個臉上有雀斑的紅髮女人身穿淡黃色裙裝，懷裡抱著一名幼童；一群咯咯笑著的年輕女孩，她們的頭髮都以繁複的手法編織後盤在頭上；一名看上去極爲老邁的黑皮膚女性正說著某種陌生語言，嘴裡不時發出如滴答聲的彈舌音；一對年紀稍長的男人十指交扣地走在一起。

見我盯著那些人，所羅門露齒燦笑。「我就說了，大家都是逃亡過來的，每個需要逃走的人都會跑來隱世桃源。我們這兒有幾個印第安人、幾個不想去棉花廠工作的愛爾蘭姑娘、一些有色人種，他們的祖先在被送去拍賣場的路上跳船逃跑，我們連中國佬都有兩、三個呢。在這邊住了幾代以後，我們都混在一起啦。妳看茉莉小姐，她爺爺是印第安巫醫，她老媽是從喬治亞州逃到北部的奴隸。」他驕傲地介紹茉莉，彷彿是某種他親自發明的東西。

「所以，你們都不是這個世界的本地人，都是其他地方來的。」詹妮走在所羅門的另一側，皺著眉頭說。

茉莉回答道：「我爺爺最初找到這地方時，這裡除了老鷹和骨頭以外什麼都沒有，一個活人也沒見到，連食物和水也沒多少——但是也沒有白人，正合他的意。」

「不過在那之後，我們幾個白人還是偷跑進來了。」所羅門用大家都聽得見的音量說，卻擺出說悄悄話的模樣。茉莉頭也不回地往他身上打了下，所羅門閃躲開來。從他們輕鬆自在的動作來看，他們顯然已是多年的老友。

我們和其他人坐在數張長桌邊，在戶外用餐。長桌是由老舊磨損的木材製作，看樣子或許曾是燈塔的地板。我們疲憊不堪又驚愕不已，只能默默咀嚼食物。隱世桃源的居民也沒有找我們攀談，而是像個亂糟糟的大家族般談笑、爭吵，笑著將大碗大碗的食物傳來傳去：質地與磚頭差不多、顯然沒添加酵母的深色麵包，還有烤山藥、深得巴達喜愛的不明肉串，以及裝在錫湯罐裡、只有詹妮才敢喝的某種酒精飲料。

隨著天色漸暗、晚風轉涼，我的肩膀靠上山謬爾的肩，並發現自己完全離不開他。這是陌生世界裡難得的溫暖與熟稔。山謬爾沒有看我，但我瞥見他眼角皺起笑意。

那晚，我們睡在一棟無人使用的屋子裡，在陶磚地上鋪展開借來的被毯後，我們直接就地躺下。我從茅草屋頂的破洞盯著星空，遙望一個個叫不出名字的星座。

「詹妮？」我悄聲說。

她發出半睡半醒的怨聲。

「妳覺得我們要在這裡待多久，協會才會放棄追捕我們？什麼時候才能出去找父親？」

短暫的沉寂。「一月，妳還是快睡吧，學會珍惜妳已經有的東西。」

我有什麼？父親的書和銀幣小刀，兩者都被緊緊包在偷來的枕頭套裡。在我身旁輕聲打鼾的巴達。詹妮。山謬爾。以及我尚未寫下、等著重新塑造世界的文字。

這些應該抵得過我沒有的母親、父親和家園吧？這些應該就夠了吧。

我陡然醒轉，感覺像被沖到岸上後被陽光曬乾的東西，全身滿是鹽粒及汗水，還飄著一股酸味。我很想憑意志力逼自己睡回去，卻聽見巴達高聲向什麼人打招呼。

「你也早啊，小狗。」是茉莉．內普敦慢條斯理的沙啞聲線。

我坐起身來，山謬爾也跟著起身，詹妮則像擱淺的魚般彈了下，然後將臉埋到被毯深處。

「她昨晚喝了老所釀的酒。她不會有事的。」茉莉跨過門檻，盤腿在地上坐下。「應該吧。」她取出兩罐梅子和半條紮實的麵包。「吃吧，我們邊吃邊談。」

「談什麼？」

茉莉取下高禮帽，嚴肅地端詳我。「一月，在這個世界生存並不容易。我不曉得妳父親對妳說了多少——」**和平常一樣，少得可憐**。「但這地方非常乾燥，很不適合居住。我們不確定這裡的原住民發生了什麼事，不過我爺爺猜測，這就是我們印第安傳說中的黎明國度（Dawn Land），我們祖先曾經與這些人密切交流。這些人說不定和我們祖先遇到了同樣的疾病和災害，可是沒能成功活下來。」

她聳了聳肩。「這些其實都不重要，重點是，這裡的每個人都得盡一份力，免得我們也步上相同後塵。現在，我們要決定怎麼讓你們盡一份力。」

令我不安的疑慮襲來——我能對這群務實、勤苦的人做出什麼貢獻？難道要幫他們記帳？教他們拉丁文？——山謬爾倒是泰然自若地點點頭。「有什麼需要我們幫忙的地方嗎？」

「喔，我們這兒各種工作都得做，有些人從北方的水泉挑水，可以的時候我們會耕作，我們還會抓草原鼠和鹿來吃……我們需要什麼東西就自己做，只有少數例外。」茉莉目光犀利地盯著我們，似在測試我們的機智。

我感覺自己一點也不機智。「那……如果沒辦法自己做呢？那怎麼辦？」

結果，是山謬爾回答我的問題。他將手裡的梅子瓶舉到日光下，拇指滑過凸印著文字的玻璃：**梅森罐公司**。「那就用偷的。」他的語音沒透露多餘的不安。

嚴肅的笑意加深了茉莉眼角的皺摺。「小子，我們會出去拾荒。有些用撿的，有些用借的，有些用買的，也有些時候會用偷的。你們的世界從我們每個人身上偷走那麼多東西，把一些還給我們才公平。」

我試著想像隱世桃源的住民在不立刻被注意到、逮捕，甚至是被抓去關的情況下，若無其事地走在緬因州小鎮上。簡直難以辦到。「可是，要怎麼……」

「要非常小心。」茉莉帶著平板的笑意回答。「要是計畫出了問題，那就用這個。」她將兩根手指伸到串珠領圈下，拉出一根閃爍不定的金色羽毛。「你們進來的路上有看到老鷹吧？牠們每隻一生中只會掉一根羽毛，孩子們每天早上和傍晚會在平原上找羽毛，每找到一根，我們就會開市民會議，決定要把羽毛分配給誰。它們是我們最貴重的所有物。」她輕撫羽毛邊緣。「我害怕或被困住的時，可以對著羽毛吹氣，你們就不會看到坐在這兒的我。它會用某種方式騙過別人的眼睛──我們不懂這是如何運作的，老實說也沒有要了解的打算，只知道別人若不仔細看，你基本上就是隱形的。」她微微一笑。「這東西可是每個小偷夢寐以求的寶物，從來沒人跟著我們的人回到燈塔。」

詹妮掙扎著用單邊手肘撐起上半身，睜著睡意迷濛的雙眼發出恍然大悟的低哼。「那朱利安又是怎麼找到你們的？」她問道。聽她的聲音，她的喉嚨彷彿在夜裡鋪了一層沙。

「這個嘛，故事還是會傳出去的。附近的海岸有一些傳說，說是調皮的精靈會到人家窗邊偷派餅和牛奶，而朱利安很懂得追隨故事，還好他那種人不多見。好吧──」茉莉再次撐起身，拍了拍燕尾服上的灰塵。「──既然你們是通緝犯，就不能派你們三個出去蒐集物資了。」

「我們才不是——」山謬爾開口。

茉莉不耐煩地對他揮了揮手。「是不是有厲害的傢伙在追捕你們？他們是不是有錢有勢，還很有耐心？」我們不安地交換了個眼神。「那麼就算你們現在還不是通緝犯，之後很快就會是了，我們的羽毛可沒有多到能分給你們。看樣子，只能幫你們找其他的工作了。」

她這句威脅絲毫不假，立刻就生效。接下來的一週，我們三人都在隱世桃源與居民們共同勞動。

我是三人當中最缺乏實用技能的人，所以被派去和小孩子一起工作。孩子們對此感到莫名好笑，開始以近乎失禮的積極態度教我如何剝草原鼠皮和挑水，並發現我比隱世桃源的九歲小孩還要緩慢笨拙時，他們簡直樂不可支。

「別難過。」第二天上午，一名灰色眼眸、深色皮膚的女孩對我說。她穿著骯髒的蕾絲連身裙，腳上則套著男用工作靴。「我也是花了好幾年才學會怎麼把水桶平衡好。」我壓下拍掉她頭上那個水桶的衝動，充分展現出自己成熟和高尚的情操。

就連巴達也比我有用，牠的腿傷恢復到可以取下木條後，便加入了詹妮與狩獵者的行列，每天破曉前會帶著一堆形形色色的武器及陷阱出發前往平原，然後肩上掛著一排排死透的毛茸茸小動物回來。詹妮臉上沒有展現笑容，卻以我在洛克宅狹窄的走廊房室中從未見過的輕鬆姿態行動，舉手投足都散發出掠食動物的優雅。她在她失去的世界裡，在森林裡和豹女族狩獵時，是不是也都這麼移動？她的「門扉」真的永遠關上了嗎？如果我擁有足夠的勇氣，能不能重新開啓那道「門」？

城市裡似乎到處都看得到山謬爾的身影，他也忙著和所有人合作。我看見他修理茅草屋頂；在廚房用冒著蒸氣的大銅鍋炊飯；用剛曬好的乾草填塞床墊；在花園裡翻土，翻起一朵朵土黃色塵雲。他總是笑容可掬，總是在笑，總是雙眼閃閃發亮，像在進行某場偉大冒險。看著這樣的他，我不禁心想：也許他說得對，也許他真的不適合當雜貨店老闆。

「你在這裡能幸福嗎？能真正幸福嗎？」第四或第五天傍晚，我對他如此問道。那是晚飯後慵懶和緩的時間，所有人吃飽喝足後都坐著閒談，巴達也心滿意足地啃著草原鼠的小骨頭。

山謬爾聳了聳肩「可能吧。看情況。」

「什麼情況？」

他沒有立即回答，而是認真地平視著我，令我胸口一緊。「妳在這裡能幸福嗎？」我也聳肩回應，視線悄悄移開。一小段沉默後，我換坐到灰眼女孩芽．莫瑞旁邊，拉著她請她幫我編辮子，然後在她手指扭轉、拉扯的催眠效果下靜了下來。

倘若永遠無法得知父親的下落，永遠沒機會眺望載文世界的汪洋、欣賞甯都的檔案館，放任考古協會進行他們神祕的陰謀，任他們繼續惡意關閉「門扉」……我真能幸福嗎？

但是……我還有什麼選擇？我和這裡其他人一樣是流亡者，與外面的世界格格不入。我年輕、柔弱又毫無經驗，我這種女孩子才不會試圖螳臂擋車，想著要自己挽回沉重無比的命運；這種女孩子才不會出去冒險或追捕惡人；這種女孩子會安分守己地活下去，想辦法找到小小的幸福。

沿街傳來一路跑來的腳步聲，芽插在我頭髮裡的手指瞬間僵住，隱世桃源居民舒適自在的閒聊戛然而止。

一名男孩狂奔到廣場上，他的胸口劇烈起伏，雙眼狂亂驚慌。茉莉．內普敦站了起來。「亞隆，怎麼了？」她低沉的語音不慍不火，僵硬的肩膀卻透出了緊張。

男孩彎腰喘著粗氣，圓睜的雙眼露出兩圈眼白。「有——樹旁邊有個老太太，她很激動，說是被男人追著跑進門來。我沒看到男人。」恐懼如冰冷的棉花塞在我喉頭。**他們找到我們了**。

但男孩仍在努力說話，他抬頭盯著茉莉的眼睛，唇齒無聲地動著。

「孩子，還有什麼？」

男孩嚥了口口水。「老所他、他的喉嚨被割斷了。他死了。」

我從小被洛克先生扶養長大，學到了在恨不得放聲呼號、尖叫或將壁紙抓成碎片時，該如何保持安靜。我的四肢彷彿粗製濫造的標本，被隨隨便便釘在身上，嗡嗡鳴響的死寂在頭顱中迴盪。我很努力什麼都不去想。

茉莉大聲下令時，詹妮與山謬爾一躍而起，開始動手幫忙。此時我心中想的不是：**天啊，所羅門**。我沒去想他頭髮上那根歡樂插著的金色羽毛，沒去想他稻草人的服裝，沒去想他和善眨眼的模樣。

一群人連忙起身離開，廣場上除了孩子與他們母親外什麼人都不剩。這時，我尚未感覺到蛇一般的恐懼在腹中爬行，心中尚未想著：**下一個又輪到我了嗎？他們該不會已經來了？**

人們回來時，茱莉．內普敦親自將蓋著白布的高瘦身軀放到桌上，空洞雙眼如同開著的墳墓，此時我心裡並沒有想：**我的錯。都是我的錯。**巴達溫暖的重量靠著我的腿，我感覺一陣戰慄竄遍全身，身體隨悲痛顫抖。

山謬爾駝著背、拖著腳步，領著一名身穿灰色長裙、形容瘦弱的女人走進廣場，女人拚命抓著他的手臂，濕潤的雙眼在皺成一團的鼻頭上方眨個不停。山謬爾小心攙扶她坐下，溫柔地替她調整披巾，不知是否想到了自己的祖母——我看過薩皮亞奶奶坐在家門口的門廊，發出烏鴉叫聲般的大笑，在洛克先生的老爺車駛過時用義大利語低聲咒罵。山謬爾這輩子還會有機會和祖母重聚嗎？**都是我的錯。**

老嫗的視線在一張張臉之間游移，最後落在我臉上。她張大了濕潤且有些噁心的嘴，我不由得全身一縮。這種感覺我再熟悉不過——這十七年來，無禮地盯著我瞧的白人老太婆多得是，她們每個人都在猜我究竟是暹羅人還是新加坡人——儘管如此，我還是受到她的目光打擊。這些日子，我已經習慣了隱世桃源居民的多元性，習慣了在此獲得的低調。

詹妮壓低聲音，急促地和茱莉與其他狩獵者交談，討論輪班巡邏和守夜的問題。一群女人圍在老嫗身邊，同情地問候她，而她以膽怯、顫抖的聲音一一回答——是的，她原本在海岸附近划船，結果迷路了；是的，有個身穿深色外套的男人追著她；不，她並不知道男人去了哪裡。說話時，她太常對上我的視線，即使撇過頭，我仍能感覺到皮膚沾上了蛛網般的黏膩觸感，知道她在盯著我。

我發現自己對她產生了怨恨。她是如何找到燈塔的？她爲什麼要入侵這片脆弱的小樂土，帶來死亡的陰影？

一段時間後，山謬爾像領著迷路的羊回家的牧羊人過來找我。「我們今晚也無法再做什麼，只能先睡了。」我跟在他身後，穿行陰暗、龜裂的街道。

我似乎數度聽見後方傳來拖曳腳步的摩擦聲，那是長裙掠過岩石地面的聲響？還是氣息在老邁的胸中顫動的聲音？我責備自己：別傻了，她不過是個人畜無害的老婆婆。然而，我注意到巴達如銅像般僵硬地站著，盯著我們後方。牠齜牙咧嘴，胸中發出低吼。

無聲的寒意淹蓋我全身，彷彿我潛到了湖泊深處，擾動湖底仍帶冬季嚴寒的水層。我用膝蓋碰碰巴達，口乾舌燥地說：「巴達，快走。」

回到我們入住的屋子裡，我和山謬爾並肩躺在月光斑駁的黑暗中，心裡想著：怎麼會，還有不可能。然後我開始思索「不可能」三個字的意義，以及它在近日的種種變動。我繼續睜大雙眼盯著天花板，毫無睡意。

午夜過後不知多久，詹妮走進了屋內，爬進她那堆被毯裡。我等到她的呼吸加深，等到她不算是鼾聲的輕柔吸吐聲傳來，接著悄悄爬到她身邊。我小心翼翼地從她裙子口袋取出洛克先生的左輪手槍，塞進自己的裙腰，冰冷、沉重的槍身貼著我的大腿。然後，我悄然溜出門，回到明亮又漆黑的夜晚。

我順著我們這條街往山坡上爬，一路上巴達一直走在我身邊，直到路面化爲破磚和一簇簇雜草。平原在四周鋪展開來，被弦月抹上了銀漆。我走在長草地上，努力忽視刺癢著手心的汗水，以及腹中悸動不安的念頭：這個主意真的非常、非常不明智。

然後我停下腳步。靜靜等待。

等待。時間在過快的心跳計數下，一分一秒經過。妳要耐心，妳要勇敢。和詹妮一樣。我盡量模仿她的站姿，像狩獵中的長腿貓科動物般蓄勢待發，而不是在原地不安地顫抖。

後方傳來細語般的窸窣聲，輕到猶如小動物在草地上鑽來竄去的聲響。巴達發出低沉警戒的喉音，我選擇相信牠。

我從裙腰抽出左輪手槍，旋身直指身後那個老態龍鍾的形影。我看見她歪曲的長鼻子，頸部鬆弛下垂的皮膚，以及顫抖著舉起的雙手。

我走得近些。「妳是誰？」我斷聲問道。

真是太可笑了，即使血液在腦中鼓譟、喉嚨害怕地收緊，但一想到自己不怎麼高明地模仿故事中的流浪男孩，我便忍不住感到害臊。真是的，流浪男孩可從沒覺得自己受過哪個老婆婆威脅。

老嫗害怕得急喘氣、語無倫次。「我——我的名字叫艾蜜莉．布朗，我只是有點迷路了，我發誓。這位小姐，拜託別傷害我，求求妳了——」

我幾乎相信了她。我感覺自己開始撤退，不再虛張聲勢，但……她的聲音有哪裡不對勁。此時站在離她近一些的位置，我赫然發覺那聽起來不像是老女人的嗓音，反倒像年輕人失禮地模仿老女人說話的聲調，高亢的語音顫抖著。

她驚恐地胡言亂語的同時，一隻手悄悄朝裙子摸去，而布料皺褶處的黑影中，有什麼東西閃過銀光。我全身一滯，瞬間想像自己若被一個老嫗割喉身亡的話，詹妮想必會對我失望透頂——接著我撞開她的手，扒找著從她的裙子口袋裡搜出短刀，刀刃上黏了一層發黑的層片狀物質。

我將刀丟到黑暗中，重新舉槍瞄準她胸口。她不再說話了。

「妳，是，誰。」這回好多了，幾乎達到了威嚇的效果。真希望手槍能停止顫抖。

女人的嘴閉成醜陋的縫線，她瞇眼瞪著我片刻，然後嫌惡地咋舌，從口袋掏出香菸、點燃火柴吸吐幾口。菸頭閃爍紅光，發出細微的劈啪聲。白煙從她鼻口流洩而出，宛若嘆息。

「快回答——」

「難怪康尼琉斯和哈夫麥爾都治不住妳。」她的聲音比方才低沉許多、平順許多，甚至稱得上油腔滑調。「妳這東西還眞是難纏。」

當你心中最狂亂的猜疑被證實時，原來感覺是如此詭異。我確實知道自己沒瘋，這點也相當令人欣慰，但一想到一個顯然力量無邊的神祕組織在追殺我，便有些沮喪。

「妳是誰——是協會的人對吧?所羅門是不是妳殺的?」

老嫗揚起眉毛，以男性化的動作若無其事地彈了彈菸灰。「是。」

我嚥了口口水。「妳是某種……某種會變形的妖怪嗎?」

「天啊，眞是豐富的想像力。」她伸手到腦後，在空氣中做了個奇怪的扭轉動作，似在解開某種隱形的結，然後——

她的臉皮突然鬆脫、落下，她單手接住那張「臉」，但那隻手已不再皺紋滿布、長滿老人斑，對我露出險惡笑容的嘴也不再是潮濕的單一橫線，只有那雙濕潤的眼睛沒變。是那個多次參加洛克先生的協會聚會的紅髮男人，伊爾范先生：獐頭鼠目的瘦長臉，剛剛身上的灰裙變成了暗色旅行裝。

他裝模作樣地對我欠身，而就算在這個事物傾頽的世界裡，他的動作在空蕩的黑夜中仍顯得荒謬無比。接著，他將面具舉到銀色月光下，糾纏的馬毛編繩垂下來。「這是印第安人的東西——好像是叫假臉吧？在好幾年前，妳親愛的父親去安大略湖南方的裂隙時，親自幫我們找回來的，我們發現這東西非常實用呢。畢竟沒有人會去懷疑一個醜老太婆。」他將面具收入胸前的口袋。

我嚥下震驚，盡量用凶狠而非錯愕的語氣說：「那你是怎麼找到我的？」

「他們知道，當有東西需要被追獵時，我就是最優秀的獵人。」他戲劇化地用鼻子吸入菸煙，笑了起來。巴達沉聲低吼，聲音滾過平原，而伊爾范先生胸有成竹的笑容稍微黯淡了些。

他再次伸手從胸前口袋取出某樣生鏽的銅綠色物品。「當然，還有這玩意兒幫忙。」

我竄上前搶過物品，立刻再次退開。那是某種指南針，只不過上頭沒有字母或數字，甚至連標記角度的小刻度都沒有。指針突然停止轉動，指向一個我相當確信不是北方的方位。我將它也拋到草地裡，聽見它碰撞到伊爾范的短刀。

「到底為什麼？」我狂亂地揮著槍，看著他緊張地用目光追蹤槍口。「我哪裡礙到你們了，爲什麼非要纏著我不可？你們到底想怎樣？」

他故作忸怩地聳肩，而深深無奈又恐懼的我突然露出笑容。

那一瞬間，我突然受夠了。受夠了祕密與謊言與半眞半假的話語，受夠了我一知半解的事情與心底的懷疑，受夠了從不照順序敘說、只能東拼西湊的故事。這似乎是世界上不成文的規定：沒有錢財及地位的年輕女孩實在太過渺小，人們不必將完整的眞相告訴她們。就連我的親生父親也是，直到最後一刻才將完整的眞相告訴我。

**夠了**。我感覺到槍在手心的重量，感受到鋼鐵的威嚴：在這一瞬間，我可以自己改寫規則。

我清了清喉嚨。「伊爾范先生，請坐。」

「什麼？」

「不想坐就站著吧，總之我要你向我說個很長很長的故事，要是你站到腳痠那就不好了。」

他聞言沉著臉，盤腿在地上坐下。

「那麼。」我穩了穩握槍的手，槍口正對他胸膛。「告訴我一切的始末。你要是敢做什麼突然的動作，我發誓馬上讓巴達吃了你。」巴達咧著嘴，露出閃爍著青白寒光的森森利齒；伊爾范喉頭鼓動，嚥了口口水，開始敘說。

「在一七某某年，我們的『創始者』從他的裂隙去到了英格蘭或者蘇格蘭，我不記得是哪一個了，而他有種神奇的能力，可以說服別人加入他——沒過多久，他就在這世界上崛起。他發現這個世界亂成一團，到處都是革命、動亂、混亂及暴力，眞是太浪費了。他還發現，這些亂象的源頭就是畸點——各種亂七八糟的東西都從不自然的洞裡跑了進來——於是他開始找到畸點並修復它們。

「起初，『創始者』是獨自行動，不過他很快就開始招募同伴，一些人同樣是這個世界的新移民，還有一些是純粹和他抱持相同看法、希望能整頓世界的人。」我想像年輕時貪婪而野心勃勃的洛克先生，他想必是最理想的會員，招募他絲毫無須費力。「我們一起制定了目標：清掃這個世界，確保它安全和繁榮。」

「當然，還有到處偷東西。」我插嘴道。

他噘嘴，似在說「可別這麼說」。「我們發現，特定物品與能力在智者的使用下，有助於實現我們的目標，而對於物質層面上的財富也頗有幫助——我們所有人都努力爬上了有名望、有權勢的位子。我們集資派人探索世界的每一處角落，四處尋找裂隙。

「到六〇年代，我們有了體面的名稱和偽裝：新英格蘭考古協會。」伊爾范雙手做了個「可喜可賀」的小手勢，接著熱切而急促地說下去：「我們相當成功，帝國逐漸擴張，利潤也在成長，世界上的革命與亂源逐漸減少了。我們不能——也不會——讓妳一個被寵壞的小東西闖進來瞎搞，破壞我們至今的努力。所以呢，小ㄚ頭——妳到底有什麼物品或能力？」他濕潤、明亮的雙眼注視著我。

我倒退一步。「這——這不重要。你現在站起來——」對於下一步，我也不確定該如何是好。難道要架著他回城裡、交給詹妮處理，就像貓咪將噁心的東西放到主人面前那樣？這時，伊爾范突然微微一笑。

「妳父親也妄想過要阻撓我們，這妳知道嗎？結果呢，看看他的下場。」他嘖嘖幾聲。

我停下所有動作，甚至可能連呼吸都止住。

「你殺了他，對不對？」方才大人般的威嚴瞬間漏得乾乾淨淨。

伊爾范先生的笑容變得更大、更尖銳，宛如狐狸的邪笑。「妳應該知道，他在日本幫我們找到了裂隙。他通常會在裡頭晃個一、兩天，帶著幾件有趣的小東西出來，準備寄回去給洛克，然後再離開裂隙。可是那一次，他停留了很久。我等得無聊了，不想再戴著這個醜東西——」他拍了拍老嫗面具所在的胸前口袋。

「他有天在山坡上看到我，認出了我。」伊爾范聳聳肩，裝模作樣地擺出歉意。「他那個表情啊！要不是他那身皮膚，我可能會說他變得蒼白如紙……『你！』他呼喊道。『是協會！』妳能想像他被鍊條拴了十七年後，才發現事實眞相的那種驚訝嗎？然後他說了些蠢話，害我無聊得要命，威脅說要揭發我們——我問妳，他就算說了，有誰會相信他？——在那邊胡言亂語說要救他的女兒，說他拚了老命也不會讓我關上這道門……眞是戲劇性。」

我的脈搏呢喃著不、不、不。手槍再次顫動。

「之後他就像瘋了般地跑回營地，我跟了過去。」

「然後，你殺了他。」我的聲音如今連輕聲細語都算不上，只剩哽咽呼出的氣息。長久以來的希望、等待，以及什麼都不知曉的痛苦，在經歷了這麼多波折——我想像他冰封的身體孤零零地躺在地上，被海鳥啄食。

伊爾范仍然微笑著。「妳知道他有步槍嗎？我事後在他的行囊裡找到的。可是啊，當時他根本沒有要拿槍的意思——我把他拖出帳篷的時候他還在拚命寫字，不要命地寫，還和我奮力掙扎，就只爲了把他的日記放回盒子裡。我告訴妳，那傢伙眞的精神有問題，妳應該感謝我替妳解決了他。」

我幾乎能看見父親深色皮膚的手及螺旋狀刺青，以及他倉促寫下最後絕望的三行字：**一月快逃、隱世桃源、不要相信**。他爲了警告我而拚上性命。

伊爾范的笑容在我眼中無限折射、模糊。

「我燒了那個裂隙，它是由乾燥的松樹拼湊而成，一下就燒起來。一月啊，妳父親哭個不停，還一直求我，結果被我一把推了進去。我只看到他的手在火堆裡往外揮了幾下，然後就消失了。他再也沒有出來。」

說完故事後，伊爾范緊盯著我，雙眼閃爍著飢渴的異光。我知道他想看到我號啕大哭，想看我心碎、絕望，因爲父親永遠困在了另一個世界，我將永遠、永遠孤單下去。但是——

*活著，活著，活著。父親還活著。*不是肢體殘破地在異國山坡上腐爛，而是*還活著*，而且他終於回到了屬於他的世界，回到他的故鄉。即使我再也無法和他見面了，那也……

我闔上雙眼，讓哀傷及喜悅沖刷心靈，任由雙腿發軟、膝蓋撞上地面。巴達擔憂地在我頸邊嗅來嗅去，確認我沒有受傷。

結果我太晚才聽見伊爾范展開行動的窸窣聲，我猛然睜眼，發現他撲向一旁的草地，想取回短刀和銅製指南針。

「不！」我大喊一聲，但他已經轉身往城市奔去，黑紅相間的形影飛奔在長草中。我對著黑夜開槍，望見他矮身閃躲，聽見他雙腳跑過空無一人的街道，槍響回音不絕於耳。他消失在一簇廢棄的房屋之中。

我和巴達拔腿追了過去，但我根本不知道逮到他之後該如何是好——左輪手槍沉沉掛在我手裡，而所羅門身上蓋著白布的畫面突然閃過眼前，我一陣噁心——可是我不能讓他離開，不能讓他將我的所在位置、隱世桃源的所在處告訴協會——

兩個高大的人影跑到前方街道上，詹妮伸手拉住我。「我們聽到槍聲，發生什麼——」

「伊爾范。協會的人。他往那邊跑了——似乎是想從『門』那裡回去……」我上氣不接下氣、斷斷續續地擠出字句。詹妮沒等我繼續解釋便跑了出去，長腿迅捷無比地飛奔下坡，速度比我快上許多倍。山謬爾和我與巴達一起行動，我們跌跌撞撞地踩過凹凸不平、坑坑巴巴的陶磚路面。

我們在廣場上猛然止步，只見詹妮蹲在羽毛簾幕通道前，咧嘴露出狩獵者勝券在握的笑容。伊爾范站在離她幾步的位置，眼神慌亂，鼻翼隨動物本能的驚懼撐開。

「那麼，就到此爲止吧。」詹妮淡漠地說，一手伸進裙子口袋，準備掏出洛克先生的手槍。但這時，她神色大變，豹一般的笑容消失無蹤。

槍不在她的口袋裡。被我偷走了。

在那無限延長的剎那，我笨拙地舉著手槍，汗濕的拇指滑過擊鐵；伊爾范看著詹妮空無一物的手從口袋出來。他微微一笑，上前攻了過去。

銀光閃過，月光下有什麼紅酒色的液體濺灑出來——然後伊爾范消失了，簾幕在他身後的風中微微飄揚。

詹妮頹然跪倒，發出驚訝的輕嘆。

不。我不記得自己是否有尖叫出這個字，不記得那個字是否撞碎在陶磚廢墟之中，響徹了大街小巷，更不記得有沒有人警戒地大喊回應，以及直奔而來的腳步聲。

我記得自己跪在她身邊，不知所措地抓著長長的傷口，看著自己雙手染上烏紅鮮血。我記得詹妮悠遠的詫異神情。

我記得山謬爾蹲在她另一側，喉頭發出氣音——「混蛋」；記得他穿過簾幕追趕伊爾范的背影。

不知過了多久，有其他雙手按在我的手邊，那是雙老練的手，正在檢視傷口。我記得一股薄荷葉被揉碎的清香。「孩子，沒關係的，讓一點空間給我。」我退到一旁，讓灰髮女人彎腰仔細檢查詹妮，旁邊放了一盞火光搖曳的舊式提燈。我彆扭地將沾了黏膩鮮血的雙手，舉到離身體遠些的位置，似是希望能有什麼人來告訴我下一步怎麼做。

灰髮女人命人帶來乾淨的棉花和燒過的水，旁邊有人匆匆展開行動。她的聲音平穩鎮定、不慌不忙，蜷縮在我腹中的一丁點希望悄悄昂起頭來。

「她……她會不會……」話語如不久前剛剝皮的東西，啞聲說出口。

女人困擾地回頭瞟我一眼。「小姑娘，這些都只是皮肉傷而已，看上去恐怖，不過沒傷到她的要害。」我眨眼看她，她放軟了態度。「只要傷口沒有感染，她就可以痊癒。」

我大大鬆了口氣，肌肉像被割斷的線繩般放鬆下來。我用黏膩的手掌抵著雙眼，壓下眼皮下滾燙的狂亂淚水，心想：*她還活著。我沒害死她。*

我就這麼半趴在自己膝蓋上，全身因寬心而瘓軟無力，直到羽毛簾幕再次窸窣作響，我才抬起頭。是山謬爾回來了，從他嘴唇嚴峻的線條看來，伊爾范先生想必是穿過「門扉」逃走了。

山謬爾沒有看向聚集在廣場上害怕地竊竊私語的眾人，也沒看向燈光下如紅寶石般閃亮的血跡，而是赤裸著雙腳筆直走向我。他的上衣沒有扣好，陰翳的情緒在眼中沸騰，一直到他站在我面前、我仰頭注視他，我才看出那是什麼情緒：恐懼。

「我跟著他跑到那棵樹前面，」他輕聲說道：「試著跟著他，在他後面穿越那道漂流木門，可是……」那一刻，我很清楚他會說什麼，彷彿不久前有與他一同站在那片空曠平原上。「那裡什麼都沒有，沒辦法過去。」

山謬爾嚥了口口水。「門被關上了。」

# 10

# 孤單的門扉

山謬爾的聲音很輕，疲憊到只剩沙啞的氣音，然而悲劇往往能以可怕的音量傳遞出去。它隆隆滾過、劈啪作響，撼動你腳下的土地，如夏雷般縈繞在空氣中。

聚集在廣場的隱世桃源住民全部靜止下來，一雙雙眼睛染著十多種震驚及恐懼的色彩轉向我們。死寂不停拉伸，如鋼琴弦一樣緇緊，直到一名男子啞聲咒罵，緊接著是音量漸增的驚惶語音。

「我們怎麼辦？」

「我的孩子，我的小孩需要——」

「我們每個人都會餓死！」

一個小嬰兒驚醒了，在母親懷裡哭鬧，婦人絕望無助地低頭看著他皺成一團的小臉。然後，一個寬闊的人影從她身旁擠過，走到群眾面前。茉莉．內普敦的黑色禮帽不知所蹤，自下往上照的提燈火光在她臉上描繪出空洞的暗影。

她舉起雙手。「夠了。假如通道關上了，我們就再找別的路出去。我們會再找到其他生存方法。我們不都是用各種方法求生的生存者嗎？」她以懷有猛烈愛意的目光端詳眾人，憑意志力讓他們顫抖的四肢再度堅強。「但今晚先別爲這些煩惱。今晚，我們先休息；明早再來做計畫。」

我不由自主地依賴她低沉的語音，讓聲音擊退幾乎吞噬我的罪惡感及恐懼——然後，她對上我的視線。我看著她臉上所有的溫暖流失殆盡，如被雨水沖刷乾淨的染料，徒留苦澀的懊悔。她也許在後悔見到我父親那一天，也許後悔讓父親將隱世桃源當作避難所，也許後悔讓被怪物追殺的我踏入她脆弱的小小王國。

她別過頭，對仍低頭照料詹妮的女人說話：「愛瑞絲，她會活下來嗎？」

愛瑞絲點點頭。「應該沒問題，只是傷口有些位置特別深，傷處又亂成一團，而且……」我看見她粉色的舌頭探出來舔過嘴唇，雙眼害怕地瞄向羽毛簾幕。「我們的碘水用完了。用鹽水或許也有效，可是我們……我們沒辦法……」她聲音漸弱，最後只剩痛苦的氣音。

茉莉．內普敦溫柔地搭著她的肩膀，搖了搖頭。「現在操心也沒有好處，妳盡力幫她就是了。」她喊了兩個年輕男子過來，指示他們將詹妮移到一塊被單上，搬進附近一間屋子。愛瑞絲跟在他們身後，血淋淋的雙手頹喪地垂在身體兩側。

茉莉的目光再次刮過我們，嘴唇微微一動，似乎想說些什麼，但最後她還是轉身跟著最後一群隱世桃源住民，沿著陰暗的街道爬上坡。只有在人民看不到她的此時，她才允許自己挫敗地垂下雙肩。

我目送她消失在這座必死無疑的美麗城市深處。不知他們少了母世界的物資還能撐多久，不知這個有機會再次復甦的城市，是否將在原先的骸骨上消亡。

沉重的罪惡感落在我肩頭，我闔上雙眼，聽見腳爪與破舊鞋履走過地面的聲響。山謬爾與巴達走了過來，在我兩旁坐下，如兩顆太陽般溫暖地陪伴我。他們也同樣被困在這個即將挨餓的世界，那他們會遭遇什麼樣的下場？我想像毛髮黯淡無光、瘦得只剩皮包骨的巴達，想像眼中失去了火光的山謬爾。至於詹妮，也許在感受到腹中絕望的飢餓前，她就會先被高燒吞噬掉。

**不行**。我不能讓事情走到那個地步，只要有最微小、最瘋狂的一絲希望，我就會竭盡全力阻止最壞的情況成眞。

「山謬爾。」我本想用勇敢、堅決的語氣說話，溢出口中的卻只有無盡疲憊。「可以拜託你回屋裡，幫我把父親的書拿來嗎？另外幫我拿一枝筆。」

身旁的他完全靜止，我知道他明白我的想法。我心中一小部分叛逆地祈禱他像愛情片裡的演員那樣，抓住我雙手、哀求我別這麼做，但他並沒有勸阻我。他想必也不想就此死在隱世桃源吧。

他緩緩起身，離開了廣場。我緊抱著巴達坐在弦月下，默默等待。

不久，他抱著皮革裝幀書和一支鋼筆回來了，我窸窣翻到最後空白的幾頁，小心撕下紙張，過程中一直不去看山謬爾擔憂陰翳的眼眸，還有線條嚴肅的嘴。「你能——你願意跟我來嗎？」

作爲回應，他朝我的手伸手，但我瞬間遲疑了——我從未接受過他的告白，從未答應過他——不過轉念一想，我們都困在這個將死的世界裡，必須在此度過短短的餘生了。想到這裡，我主動與他十指相扣。

我們一起走出城市、進入深藍夜晚，巴達宛如琥珀色眼眸的幽魂，靈活地穿梭在前方的草地上。此刻時間已晚到月亮低垂至地平線附近，滿天星辰似乎都低掛在我們頭頂，觸手可及。

老樹在黑暗中現形，如多根手指糾纏著伸向天空的手，而整齊排列的木板卡在它圓鼓鼓的根部之間，看上去莫名孤獨——原本爲「門扉」的它，如今淪爲再普通不過的門。木板透出厚重的煙焦味，我知道是另一側的燈塔在燃燒。父親的最後一道「門」應該也飄著同樣近似火葬柴堆的臭味吧？

我不停前行，直到近得能撫摸深色木板，然後停下腳步。我動也不動地站著，滿是汗水的手掌貼著皺巴巴的紙頁，另一手握著沉重的鋼筆。

山謬爾讓沉默伸展一陣，然後問道：「怎麼了？」

我笑了出來——絕望而毫無笑意地吐出一口氣。「我害怕。」我告訴他。「我怕自己失敗，怕沒辦法成功，怕我……」我沒有說完，口中充斥著恐懼的鐵鏽味，想起自己用文字逃出療養院後，那股天旋地轉的暈眩與噁心。開啓兩個世界之間的通道，會花費更多力量吧？父親說過，「門扉」存在於「特定且無可定義之共鳴處」，這些位置特別薄，世界與世界會輕輕碰觸、摩擦。**也許這比較像是拉開簾幕或打開窗戶**。我要將性命押在如此單薄的假設上嗎？

山謬爾瞇眼仰望星空，神色漫不經心。「那就別做啊。」

「可是詹妮——還有隱世桃源……」

「一月，我們會想辦法活下去的，妳要相信我們。沒辦法成功的話，就不要拿自己冒險。」他的語調平穩、鎮定，彷彿我們討論的是降雨機率，或是火車班表多麼不可靠。

我低下頭，不確定該如何是好，也爲自己缺乏信心的態度羞愧。

但就在此時，我感覺到下巴被猶豫地輕觸，山謬爾輕柔地用兩根手指抬起我的臉，只見他眼神無比認眞，嘴唇半捲成歪斜的微笑。「不過，如果妳願意去試的話，那我相信妳辦得到。史翠嘉。」

猛烈的溫暖流遍我四肢百骸，我彷彿站在熊熊篝火的中心。我認不得它，叫不出它的名字——但話說回來，從沒有人相信過我的力量，即使相信我，他們相信的也是某個較軟弱無能的版本。洛克、我父親和詹妮都相信了在洛克宅徘徊的膽小一月，相信那個一月迫切需要他們的守護；然而山謬爾不一樣，他注視著此時此刻的我，彷彿期待我吞下火焰或在雨雲上騰舞，彷彿期待我做出不可思議、勇敢又不可能的事。

那種感覺就像穿上了鎧甲或生出羽翼，延展到自己的界限之外。那種感覺眞的、眞的很像是愛。

我又貪婪地凝視他的臉片刻，讓他的信念透入我的肌膚，接著轉向門扉。我將濃煙及海洋的氣味吸入肺臟，感覺到山謬爾的信念從背後支持著我，宛如吹滿船帆的一陣暖風。然後，我將筆尖按在紙上。

**門開啓**。我寫下，並滿心相信著紙上每一個字。

我相信夜裡閃耀黑光的墨跡，相信自己的手指有力量握住筆桿，相信另一個世界就等在無形簾幕的後方。我相信第二次機會、改正的錯誤與重寫的故事。我相信山謬爾對我的信念。

筆尖離開紙張的同時，一陣風無聲地吹過平原，星辰在上空脈動，月影在塵土中描繪瘋狂的形狀。我隱隱感覺自己露出微笑，接著一切都向旁滑動，山謬爾溫暖的手臂環住了我。

「它——妳已經……？」

我點了點頭。沒必要檢查，我便已能聽見大西洋規律的海浪聲，已經能感覺到「門」內無盡空虛的「門檻」。勝利的笑聲在山謬爾胸中迴響，在我臉頰下震顫，我也跟著笑了起來，因爲**我成功了**。我成功了，而且我沒死——相較於在療養院刻於手臂上的文字，這一次幾乎可說是輕鬆簡單，和拉開簾幕沒兩樣。

我們踉蹌地返回城市，因寬心而頭暈目眩，像醉漢似地倚靠彼此。我幾乎能假裝我們是兩個尋常年輕人，在宵禁後無長輩陪同的情況下偷溜出去散步，明知明早會被痛罵一頓，卻開心到什麼都不在乎了。

直到山謬爾靜靜地說：「這就表示我們安全了。妳想想看，他們以爲這個世界永遠消失了，所以不會再來找我們，我們可以在這裡住下來，至少待一陣子再走。」

但他的話音裡也藏著未說出口的問句，但我沒有回答。我想到伊爾范的銅製指南針，想到他像搜索獵物的獵犬那樣嗅聞空氣。他會再次找到我的。

而在他找到我之時，我會躲在另一個世界嗎？躲在比我英勇、比我強大的人背後，讓他們保護我？電影般的畫面在腦中飛速閃過：山謬爾面無血色、了無生氣地軟倒在小屋地板、被裹上白布扛回來的所羅門、躺在自己的血泊中仰望星空的詹妮。

不行。

我雖然年輕，雖然毫無經驗，雖然身無分文……但是——我緊握著手裡的鋼筆，直到指關節發白——我有力量。而且現在，我知道「門扉」不會眞正被永遠關上。

接近黎明的灰光中，我斜睨了山謬爾的輪廓一眼。「嗯。」我答道。「我們當然要住下來。」

我果然從以前就很擅長說謊。

臨行前，我寫了三封信。

親愛的洛克先生，

我想告訴你，我沒有死。我差點決定不寫信給你了，但想到你擔心煩躁地在辦公室踱步，或對史特靈先生大吼大叫或抽太多根雪茄，我覺得這是我欠你的。

我還想告訴你，我並不恨你。我似乎該恨你，你明明知道我父親真正的過去，卻沒告訴我；你參加了其實是某種邪教的考古協會；你開除了詹妮、讓別人傷害辛巴達、還把我送去布拉特波羅——可是我不恨你。不算是恨。

雖然不恨，但我也不怎麼相信你——你真的是想保護我嗎？你是想防止哈夫麥爾和伊爾范那種怪物傷害我？如果是，那我想告訴你，你的保護太失敗了——所以我只能說聲抱歉，不能把我接下來要去的確切地點告訴你。

我真的很希望自己可以回到洛克宅，回到三樓那個灰色的小房間，可是我不能回去了。我會追隨父親，回到我的家。

我沒辦法再當你的乖女孩了，很抱歉。只是有點抱歉。

愛你的，

*J*

詹妮，

我在此正式把我完整的書籍收藏留給妳，以防萬一。請把這封信作為具有法律效力的遺囑。也許有一天，洛克宅舉辦拍賣會時，妳可以帶著這封信去給拍賣商看，帶著《叢林奇譚》首刷本或整套的《勇氣運氣冒險故事集》(編注)離開。

說來好笑，我花了那麼多時間天天想著要逃出去，想要到遙遠的天邊冒險，不再整天擔心裙子有沒有燙整齊、吃飯用的是否為正確的刀叉、能不能讓洛克先生為我驕傲，結果現在……現在，我好想用所有冒險換回過去一個下雨的午後，和妳一起窩在洛克宅的塔樓裡重讀已經看過的羅曼史，像困在陸地上、某艘大船上的兩名偷渡客。

但現在回想起來，我發現我們以前都在悄悄地等待。我們像帶著打包好的行李在車站等車，一臉期待地望向軌道盡頭，小心翼翼、忐忑不安地等待著。

可是我父親一直沒回來接我，也沒有回來找妳。現在已過了等待的時間，是時候將行李丟在車站，用自己的雙腿跑起來。

詹妮，妳不必再履行當初給他的承諾。從今以後，我會自己照顧自己。

我有點希望妳搬去芝加哥，找份銀行保全人員之類的工作，過上舒舒服服的生活；或是回肯亞去，認識一個善良的好女人，讓她幫助妳忘掉豹女族與她們狂野的狩獵——但我知道妳不會這麼做。我知道妳會一直尋找妳的象牙「門扉」，尋找妳的家。

雖然妳現在可能不想相信我們學者父女的話了，但我還是想告訴妳：

我也會一直尋找下去。

愛你的，

J

S——

~~如果我們有更多~~

~~我從以前就一直愛~~

我真不愧是我，總是把最困難的事情留到最後，好像最難寫的信留到最後，就會突然變得簡單一樣。空間不多了，所以我長話短說：

我的答案是「好」。一直都是。

但是，現在有怪物在追殺、跟蹤我，如影隨形地跟隨，我不願也不能讓你受到波及。我足夠堅強，可以自己面對怪物——這是你數小時前讓我看見的事實。（原來只有在愛你的時候，我才

---

編注 *Pluck and Luck*，於一八九八～一九二九年間發行的半月刊冒險小說雜誌。

有勇氣離你而去。不覺得這之中有某種哀傷的諷刺嗎？）

所以，山謬爾，回家去吧。活著回家，過圓滿、安全的生活，忘了「門扉」、吸血鬼與神祕協會所有的危險及瘋狂，把這一切都當成小說中離奇的劇情，當作是我們可以在湖邊笑著討論的荒誕故事。

還有，幫我照顧巴達，好嗎？我一直沒把牠照顧得很好，牠還是留在你身邊比較安全。

J

PS：我還是決定帶走巴達。我不值得牠的陪伴，但這世上就是沒有人配得上他們的狗，對吧？

我溜進廚房偷了一袋燕麥、四顆蘋果，也幫巴達偷了幾塊鹽漬草原鼠肉，全部都和銀幣小刀、父親的書一起塞進枕頭套，然後又悄悄回到隱世桃源的街道上。東升的旭日下，萬物散發著粉紅色微光。在幾乎走到羽毛簾幕時，一道低啞的聲音阻止了我。

「這麼早就要出門？」

我和巴達像被洛克先生的汽車車燈照到的兩頭鹿，嚇得停下腳步。「啊。內普敦小姐，早安。」

茉莉看似也一夜未眠，臉上線條如深鑿在皮膚上的蛛網，銀髮與黑髮糾結成一團，但她又戴上了黑禮帽和串珠領圈。她瞇著剛硬的雙眼打量我。「丫頭，妳在草原上熬不過三天的。我要是妳，就會乖乖留下來。」

她以為我打算逃到山丘上，逃離沉重的罪惡感。我感覺自己雙肩一挺，嘴唇隨著笑容上揚。「謝謝妳的建議，不過我必須回家辦一些事情。我打算穿過『門』回去。」

驚奇與認知改變了她的臉，我彷彿看著她返老還童，只見她駝著的背脊挺了起來，圓睜的雙眼盈滿了希望。「不會吧。」她悄聲說。

「我們昨晚重開了『門』。」我輕聲告訴她。「我們不想吵醒大家，所以打算到早上再告訴你們——好吧，是我打算讓山謬爾告訴你們。」

茉莉閉上雙眼，臉埋進雙手掌心，肩膀劇烈發抖。我轉身離開。「等一下。」她顫抖的聲音哽著淚水，與平時低沉的喉音迥異。「我不曉得是什麼人或什麼東西在追殺妳，也不曉得那東西是怎麼跟著妳過來的，但妳千萬要小心，老所他——」我聽見她嚥一口口水，強行吞下傷痛。「——所羅門的羽毛，他平常插在頭上的那根……不見了。」

一想到金羽毛落到伊爾范手裡，自己將被看不見的東西獵捕，一股涼意就竄上背脊。我迫使自己冷靜地點頭。「很抱歉讓你們少了一根羽毛。也謝謝妳提醒我。」我調整掛在肩膀上的枕頭套，避開她的目光。「請別告訴山謬爾，我不想讓他……擔心。」

茉莉．內普敦點點頭。「祝妳好運，一月．學者。」

我留她獨自坐在逐漸溫暖的陽光下，以母親凝視熟睡孩童的眼神眺望她的城市。

在白晝的光線下，「門」顯得小了一些，狹窄、陰暗又無比孤獨。我踏進去後帶上門，它輕輕擦過草地，隨後在我身後關上。我踏入世界與世界之間的虛無。

身上有錢時，你會順著他人在世界上開鑿的康莊大道旅行，從鑲了木牆板的火車廂到閃亮的黑色計程車，然後去到掛著天鵝絨窗簾的飯店房間，每一步都輕鬆自然地緊跟著上一步。與詹妮和山謬爾同行時，道路變得狹窄、蜿蜒，很多時候都令人心生畏懼。

而現在我獨自一人旅行，唯一的道路就是後方那條被我拋棄的路。

我和巴達在燈塔焦黑的骨架內靜立片刻，凝望霧中坑坑巴巴的鋸齒狀海岸。我感覺自己是處於荒野新世界邊緣的探險者，身上只有墨水及希望的武裝；我感覺自己和母親同樣英勇。

差別在於，母親並沒有被面帶狐狸笑容的隱形怪物追殺。欣喜的笑容從我臉上淡去、消失。

我把枕頭套放在燈塔一塊未燒燬的木板上，讓它漂在水面，接著和巴達一起重新涉入冰冷海水中。羽絨般的霧氣聚集在我們四周，輕輕的霧水吞噬了打水聲、遠方的海岸，甚至連太陽也被吞噬無蹤。只有在指尖擦過粗糙的岩石時，我才發現自己已然到岸。

我們撐著果凍般的腿腳爬上岩壁、找到了馬路，開始行走。至少我這次穿著靴子，不過從茱莉手裡接過它們時，我並沒有馬上認出它們是靴子，還以爲它們是不幸死去的兩隻小動物。我的心思短暫地飄回到童年，記得洛克先生以前買了雙擦得晶亮的漆皮鞋給我，它們楦頭窄小、鞋跟硬得要命，我完全不想念它們。

上午時間過了一半，我發現少了山謬爾「體面」的白皮膚在旁邊，汽車和卡車都不怎麼願意爲一名中間色皮膚的女孩與猛犬停下來。一輛輛車毫不減速地繞過我，我彷彿落進世界的裂縫，掉到只要是像樣的人都會選擇忽視的隱形地底世界。

最後，停在我身旁的是一輛馬車，只聽馬具叮咚作響，某人抱怨道：「眞是的，小玫瑰，就叫你停下來了。」駕車的是個不修邊幅、幾乎無牙的白人女性，她穿著黃色靴子和某種自己編織的雨披。她讓巴達和她的馬鈴薯及四季豆一起坐在後面拖車，而在布拉特波羅附近放我下車時，甚至還送了一袋給我。

「我是不知道妳要去哪裡，可是感覺很遠。」她抽了抽鼻子，建議道：「把妳的狗帶在身邊，要搭便車也別找開好車的男人，還有注意別犯法。」看樣子，她也同樣是掉進了裂隙的人。

白晝染上紫色暮光時，我剛好越過紐約州界，一路上就只搭了兩趟便車，第二趟是和十多名滿身木屑、態度冷淡的男人一起坐在空木材貨車的後車廂。其中一人將吃剩的培根三明治硬皮餵給了巴達，貨車留我獨自站在十字路口時，那個人舉起一隻手，算是在對我們道別。

那夜，我睡在一間只有三面牆的羊圈裡，綿羊們懷疑地對我們「咩咩」直叫，一雙雙古怪的橫向羊眼盯著巴達。在陷入夢鄉的同時，我不禁思念詹妮與山謬爾睡在身旁的輕柔聲響。

我也夢到蒼白的手指朝我伸來、牙齒尖銳的狐狸笑容，以及哈夫麥爾先生的聲音：**他們會一直找妳，永遠不會放棄。**

五天、三百哩、從奧本尼火車站偷來的地圖，以及四度差點被當地執法人員逮捕後，我終於來到了紐約州西側州界附近。若不是那張通緝海報，我的進展也許還會快些。

隔天一早，在手心冒汗地猶豫一陣之後，我終於下定決心走進郵局，準備寄出給洛克先生的信。他待我不薄，我有義務讓他知道，我並不會永遠被困在荒涼的異世界，對吧？假如他試著來抓我，那麼在讀完我的信之後，他會大老遠跑去日本後撲空。洛克並不知道我還有另一條回家的路，還有一扇等著被我解鎖的後「門」。

我將信推到郵局櫃檯另一邊，抬頭時剛好看到牆上一張新張貼的白色海報，只見我的臉以模糊的黑白色印在紙上。

「失蹤兒童」。十七歲的一月．雪勒小姐從佛蒙特州謝爾本鎮的家失蹤了，家長急需與她下落相關的情報。她有歇斯底里與認知不清的病史，接觸時須小心。她可能和一名有色人種女性及一條惡犬同行。「提供情報者將獲酬金」。請聯絡康尼琉斯．洛克先生，地址：佛蒙特州謝爾本鎮尚普蘭路1611號。

那是在洛克先生派對上拍的照片，父親最看不順眼的那一張。照片中，我的臉圓潤年幼，頭髮挽得太緊，以致眉毛被扯得微微上揚，脖頸則從漿挺的領口伸出來，像極了小心翼翼從殼裡探出頭的烏龜。我檢查自己在郵局窗口的倒影——曬黑的皮膚上黏了一層塵土，辮子與鬈髮亂七八糟地揪成一團——被認出的機率應該不高。

儘管如此……一想到街上每個陌生人都可能知道我的名字，每個警察可能都在尋找照片中那個害羞的少女，不寒而慄的恐懼便溜上我的背脊。考古協會已經坐擁文明社會所有凡俗的勢力，哪裡還需要面具、羽毛或盜來的魔法？

在那之後我決定避開大路，也盡量少搭便車。

然而，抵達水牛城時我實在又累又餓，忍不住冒了險。我跌跌撞撞地走進水牛城洗衣公司的辦公室，求他們給我一份有薪工作，心裡暗暗擔心被他們趕到街上去。

不過我的運氣不錯，那天據說有三個女孩請病假，少年感化院又不巧送了一大批制服來洗，於是老闆娘拿了條漿挺的白圍裙給我，告訴我時薪是三十三分半美元，然後把我交由壯碩而毫無幽默感的白人女人——琳妲大姊——指揮。琳妲大姊帶著深深懷疑的神情上下打量我，指派我將濕衣服抖過之後餵進軋布機。

「想多多跟妳的手指相處的話，手就不要靠近滾輪。」她補充道。

這份工作相當辛苦。（你若是以爲洗衣服很輕鬆，那你一定沒在七月滿是蒸氣的洗衣工廠裡，奮力地抖開數百件濕透的羊毛制服。）空氣凝滯得彷彿根本是可以喝下肚的液體，棉花般的蒸氣在我的肺裡積水、翻騰。才工作一小時，我的手臂就已開始發抖，兩小時後開始痠痛，三小時後根本麻木了。手臂上幾處未完全癒合的痂被扯破，又開始滲血。

我繼續埋頭苦幹。過去一週的單獨旅行中，你會學到如何在腰臀痠痛、你的狗從跛腳變成三腳跳行走時繼續前進；學會在只找得到三顆未成熟的蘋果當晚餐時，繼續堅持下去；學會在每一個陌生人、每一陣風都感覺是敵人終於追上來的恐懼之中，繼續硬著頭皮前行。

於是——我在水牛城洗衣公司的工廠深處揮汗如雨、全身痠痛，但是我還活著，而且不受束縛，此生首次毫不掩飾地作自己。完完全全是自己一人。眼前閃過畫面：橄欖色雙手在夜裡突然動了起來，深色雙眼被香菸火光點燃——我胸中頓時一片空虛，如同拔牙後留下的空洞。

我工作的一整個班次都無人理會我，只有一名面帶半月形微笑、語帶南方口音、擁有深色皮膚的女人過來搭話。看見我時，她臉上的笑容消失了，她昂起下巴看我。

「妳發生了什麼事？」我聳聳肩。她低頭看著我風塵僕僕的裙子、稻草人般瘦弱的身子。

「空腹走了很長一段路，是吧？」

我點了點頭。

「還有更多路要走？」我再次點頭。她若有所思地發出唇齒吸吮聲，又將一批衣服丟進我的推車，搖著頭離開。

琳妲大姊讓我睡在破布堆——「就只有今晚而已，聽懂沒？這裡可不是飯店。」——我和巴達相擁而眠，像一對小鳥睡在飄著鹼水味的巢裡。我們在天明前的漆黑中被第一班開工的鈴聲吵醒，我在我們的窩旁發現兩樣東西：一塊仍帶有脂肪與筋的油膩火腿，是給巴達的，還有給我的一整鍋玉米麵包。

我又做了半個班次，在腦中粗略地將數字相乘，接著大步走進辦公室，對老闆娘表示很抱歉、自己得離開了，能不能把薪水開成支票給我。她抿起嘴唇，滔滔不絕分享了她對流浪漢、無業遊民與不知好歹的女孩子的看法——但最後還是寫了支票給我。

到了工廠外的巷子，我從枕頭套裡挖出鋼筆，將支票按在磚牆上。我咬著唇多加了個歪七扭八的零與幾個字，支票在突然吹來的一陣風中飄動，文字變得模糊、捲了起來，我頭昏眼花地抵著被蒸氣加熱的磚牆。計畫不應該成功的——墨水的顏色不同，多出來的數字和文字也相當突兀地擠在空格裡，而且拿到四美元支票就算了，哪有洗衣女能拿出四十美元的支票去兌現？話雖如此，我在改寫支票時**相信**了，銀行櫃員也跟著相信了。

下午，我搭上紐約中央鐵路列車，手裡抓著一張寶貴的火車票，整齊的紅墨印有「肯塔基州路易維爾市」幾個字。

我的枕頭套放在行李架上，與其他人光鮮亮麗的皮革提箱相比更顯髒污，像極了穿得太過簡樸、滿心希望其他人不注意到自己的派對賓客。我自己也感覺有些髒污；列車上其他乘客都穿著燙得整齊的亞麻衣服和高領裙裝，帽子以時髦的角度歪斜地戴在頭上，剛擦過的鞋子也都閃閃發亮。

車廂隆隆震顫，宛如抖動身體甦醒的巨龍，列車就這麼駛離了水牛城中央車站的庇蔭，進入夏季午後慵懶的陽光。我用額頭抵著逐漸加溫的玻璃窗，睡了過去。

我夢到一幅幅畫面，也可能只是回憶：十年前的另一輛火車，朝相同的方向駛去。密西西比河畔一座破破髒髒的城鎮；田野中一扇遺世獨立的藍色「門扉」；飄著海鹽與杉木氣味的城市。

我父親的城市，也是母親的城市——假如她還活著的話。它會不會也成爲我的城市？當然，前提是我成功開啓被燒成了灰燼的「門」，前提是我不會先被協會逮到。

我靠著車窗睡睡醒醒，每次列車進站時都會被滾動與煞車的動靜晃醒。站務員一再大聲地宣布事項並定時來查票，乘客上下車時的碰撞和腳步聲不時傳入耳中。沒有人來坐我身邊，但我能感覺到他們的視線，或至少我以爲自己感覺到他人的目光。我數次向旁撇頭，想看清是誰在盯著我，卻發現所有人都禮貌地看著其他方向。巴達全身緊繃地趴在我雙腳上，豎起了耳朵。

我一隻手放入枕頭套，緊緊握住銀幣小刀。

列車在辛辛那提停了整整半個鐘頭，越來越多乘客擠入車廂，車廂內的空氣也越加悶熱。最終，一名站務員推擠著穿過走道，在車廂尾端掛上鍊條，旁邊掛了張乾淨的白色告示牌：**有色人種座位區**。

洛克先生不在我身邊，沒人能保護我了。我不是坐在私人車廂，享用服務員微笑著端來的餐點，也不能再躲在金錢的簾幕後、逃避世界的現實。

站務員再次從走道另一頭回來，用短棒戳戳幾名乘客：一個棕皮膚女人與她的三個小孩、一名滿頭白髮的老頭，以及有著寬闊肩膀、神情叛逆的年輕男人。站務員用短棒敲了敲行李架。「你們聽著，我們的車遵守州法，下一站就是肯塔基州了。你們要嘛去後面的車廂，要嘛下車用走的，反正我是無所謂。」那些人不情願且沮喪地換了車廂。

站務員走到我的座位前，瞇眼盯著我偏紅色的皮膚，彷彿在腦中比對膚色表。他接著看向我髒兮兮的裙襬、滿是疤痕的手臂與完全稱不上乖巧的狗，頭接著朝後面的車廂一扭。

顯然，在沒有金錢的情況下，我並不是絕無僅有的存在、中間色的孩子或膚色奇怪的女孩，我就只是尋常的有色人種。想到這裡，我感覺到某種冰冷的東西落在我肩頭，規範、法律與危險的重量拉扯著四肢、擠壓我的肺。

我沒有怨言地默默走到後面車廂，反正我不打算在這愚蠢的世界久待，不打算再和這些愚蠢的規則共處下去。

我坐在車廂最後方一張過於擁擠的長椅末端，汗濕的拳頭緊握著銀幣小刀。列車再次啓程時，我才注意到巴達定定地盯著後方走道，喉頭發出微弱的隆隆低鳴。那裡沒有人，我卻隱隱聽見輕柔而規律的窸窣聲，像是呼吸聲。

我想到所羅門被偷走的金羽毛，抓著枕頭套的手緊了緊，感覺到父親的書本一角壓著腹部。我小心翼翼地望向窗外滾過的藍綠色鄉村風景。

四十分鐘後，車廂前頭的站務員高喊：「透納車站！下一站路易維爾！」列車減速，車門開啓。我猶豫片刻，屏著一口氣，接著起身撲向出口，巴達也趕忙跟了上來。我感覺到肩膀撞上空氣中某個實體，聽見某人低聲咒罵——

然後，有什麼冰冷、尖銳的東西按住我的喉嚨。我全身靜止。

「別想再逃了。」耳邊響起嘶聲。「我們離開人群吧？」有東西戳著我逼我前進，我踉蹌地踩上月臺的木板地面，被架著走進車站。他熾熱的氣息吹在我耳邊，刀尖輕輕咬入我的脖頸。巴達憂心忡忡地看著我，目光凶狠。**還不行**。我在心中對牠說。

沒有形體的聲音帶我拐彎走進一扇標著「女廁」、掉了白漆的門，來到貼著綠瓷磚的陰暗房間。「好，妳慢慢轉過來，好孩子，乖乖聽話——」

但是，我已經不是好孩子了。

我舉起指縫卡著銀幣小刀的拳頭，往肩膀後面一拳揮去——拳頭下傳來濕潤、噁心的「啵」一聲，以及震耳欲聾的尖叫。抵著我喉頭的刀刃拖著熾熱的線條滑開，滑到了瓷磚地另一頭。

「妳這個**該死的**——」

巴達似乎得到了結論，覺得即使是隱形的生物也可以啃咬。牠開始低吼著對空氣一陣亂咬，牙齒一口咬住某個東西，牠滿意地低吼一聲。我撲到地上撿起短刀，用沾滿鮮血的雙手緊緊握住刀柄，然後喊了巴達。牠聽話地走到我身邊，舔掉嘴唇上的殷紅，對隱形的獵物怒目而視。

不過對方已經不算是完全隱形了。我瞇起雙眼，幾乎能看見空氣中痛苦不堪的顫動，劇烈起伏的胸膛，以及汩汩流出深色液體的瘦臉。一隻充滿恨意的眼睛緊盯著我。

「伊爾范先生，把你的指南針交出來。」

他惡狠狠地低聲嘶吐一口氣，但我對他舉起小刀時，他還是從口袋挖出某樣銅綠色的物品，怨憤地從地上推過來。

我抓起物品，過程中視線一次也沒離開他。「我現在要走了，我強烈建議你別再來跟蹤我。」我的語音幾乎沒有顫抖。

他發出陰惻惻的乾笑聲。「妳要逃去哪呢，小丫頭？妳沒有錢，能保護妳的朋友也都沒了，父親也沒了——」

「你們這些人都是這副德行，」我評論道。「你們相信事情永遠不會改變，守秩序的世界會永遠有秩序下去，關上的門也不會再被開啟。」我搖了搖頭，伸手開門。「真是……狹隘至極。」

我走出了門。

回到平凡熱鬧的車站，我假裝若無其事地用肩膀抵著女廁的門，從枕頭套裡找出山謬爾的鋼筆。我緊握著筆片刻，感受回憶中的溫暖，然後將筆尖刻入門板上逐漸剝落的白漆。

**門上了鎖，沒有鑰匙。**

字句深深刻入油漆，刮過木紋。金屬與金屬的摩擦聲隔著門板傳來，發出一聲永久的「喀擦」，突如其來的沉重倦意拉扯我的四肢，令我輕聲驚呼。我用額頭抵著木板，閉上雙眼，再次提筆。

**門被遺忘了**。我寫道。

回神時，我人已癱在地板上愣愣眨眼，摔倒時撞到的膝蓋陣陣發疼。我動也不動地躺了半晌，不知站務員是否有回來盤查這個不幸倒在地上的可憐女孩，還是讓我小睡了幾個鐘頭。我雙眼痠痛，乾掉的血液令我喉嚨難以吞嚥。

不過——我成功了。女廁的門變得模糊不清，成爲尋常到不值得我雙眼停留的東西，小小的車站內似乎沒有其他人看見這扇門。

我發出微小、疲憊的「哈」一聲，並想著文字的效力能維持多久。我應該爭取了足以逃跑的時間吧……前提是我必須站得起來。

我拖著身體坐上月臺長椅，一手抓著印了紅字的車票，默默等待。最後，我搭上開往南方的下一班列車。

我坐在車上，看著鄉村田園變得蓊鬱、潮濕，丘陵如碩大的翠綠鯨魚般起起伏伏，心裡想著：**父親，我來了**。

# 11

# 母親的門扉

最後的三百哩路程，我彷彿穿著一步抵一里格的魔法靴子，一眨眼便走完了。我只記得路上一系列的撞擊聲。

「砰」。我下了火車，來到路易維爾悶熱擁擠的聯邦火車站，這裡就連天空也繁忙熱鬧，電線及教堂尖塔與一波波熱空氣亂七八糟地在上空交會。巴達痛恨這一切，牠緊貼在我腿邊。

「砰」。我站在車站外塵土飛揚的空地上，站在一輛側面用粗黑字體印著「藍草釀酒廠」字樣的貨車旁，央求貨車駕駛載我一程。駕駛人叫我回自己家去，他朋友則對我發出噁心的親吻聲。

「砰」。我和巴達坐在吱嘎作響的拖車上，和堆得高高、飄著泥土澀味的大麻稈一起搖搖晃晃地西行，拖車前頭的長凳上坐著一名神情嚴肅的黑皮膚男子，以及他神情嚴肅的小女兒。他們父女的衣服上有種不搭調的斑駁感，想必是經過無數次縫縫補補，原始的布料幾乎完全不剩了。他們看著我時，憂心忡忡的眼中揣著無聲的警告。

「砰」。終於，到寧利鎮了。

過去十年來，它算是有改變，卻也一陳不變。整個世界不都是如此嗎？

城鎮依舊髒髒舊舊，一副不情願跟上世界腳步的模樣，鎮民也依舊忿忿不平地半瞇著眼睛瞪我，但至少街道鋪了柏油。汽車來回行駛在街上，一個個暴發戶穿著三件式西裝、戴著大得誇張的懷錶，同樣在街上來來去去。河川擠滿了緩慢前進的汽船和扁舟，岸上多了某種高大、醜陋的工廠，蒸汽和煙霧飄懸在我們上方，被夕陽染成油膩的粉紅色雲朵。這些就是洛克先生所說的「進步」與「繁榮」。

我一路被人追趕，如今終於接近目的地了，卻不知為何不想邁出最後幾步。我用洗衣服賺來的最後一筆錢在小伙子河上用品店（Junior's River Supply）買了一袋花生，找到一張沾滿菸草汁液的長椅坐了下來，巴達則像守護者銅像似地坐在我腳邊。

示意換班的鈴聲響起，我看著一群面黃肌瘦的女人快步進出工廠，長滿厚繭的手指在身體兩旁捲成了手爪。我看著一群男人彎著烏黑的背，將一批批煤塊扛上岸邊的汽船；我看著河面上的油層折射出七彩虹光。

最後，一個滿身是汗、穿著髒圍裙的矮小男人從伙房走出來，對我說椅子是給付費的客人使用，並強烈暗示我不想惹麻煩的話，最好在天黑前離開寧利鎮。若有洛克先生在身邊，我根本不可能遭受如此無禮的對待。

不過話說回來，如果洛克先生在，我應該也不會無禮地繼續坐在長椅上盯著男人，一隻手搭在巴達蠢蠢欲動的頭上。如果洛克先生在，我就不會站起身，走到離男人有點太近的位置，享受他如窗檯上擺太久的東西般乾枯萎縮的畫面。我更不可能咧嘴對他說：「我剛好要走了，**先生**。」

矮小男人匆匆回他的廚房去了，我則大步走回鎮中心。我在一面玻璃窗中瞥見自己模糊的倒影——沾滿泥濘的大靴子，汗水在滿是塵土的太陽穴肌膚上畫出一條條潮濕的線，粉白色疤痕亂七八糟地從手腕延伸到肩膀——現在想來，七歲時魯莽的我，想必會相當喜歡十七歲時的我。

河畔大飯店（Grand Riverfront Hotel）的經理也許認出了我，他沒有立刻命人將無業遊民似的我趕出旅館。但也可能是巴達造成的威嚇效果，讓人不敢隨便趕我出去。

「晚安，我想找，呃……拉森家的農場。是在南邊嗎？」

聽到那個名字，他瞪大雙眼，卻猶豫片刻，彷彿在思索該不該指引我這樣的生物去找無辜的人家。「妳找拉森家有什麼貴幹嗎？」他折衷問道。

「她們是……親戚。我母親那邊的親戚。」

他用不怎麼信服的眼神瞅我一眼，但他顯然對拉森家的女人沒有特別的情誼，至少沒深厚到阻止他指示我往南行經過工廠、再走兩哩。他聳了聳肩。「那地方現在已經很破爛了，不過聽說她還在。」

最後兩哩路比尋常的哩數來得長，踩在腳下感覺經過了拉伸，變得脆弱無比。我隱隱擔心自己腳步太重便會踩碎那兩哩路，留我擱淺在空蕩蕩的「門檻」內。我可能只是走得累了，也可能是害怕。在書中讀到母親故事版的童年並選擇相信是一回事，實際去敲陌生人的門又是另一回事。我難道要說：**妳好，妳們好像是我的（曾？）姑婆**。

行走時，我讓手指擦過巴達的背脊。薄暮如潮濕的紫色毛毯落在我們肩頭，船隻在河上激起嘩啦水聲與碰撞的水流聲，以及鯰魚和泥濘的陳厚氣味，正逐漸被忍冬氣味、蟬聲與某種鳥類抑揚頓挫的三連音蓋過。

一切都顯得如此熟悉，也如此陌生。我想像著一名身穿藍色棉布裙的小女孩，用肉桂棒般的細瘦雙腿跑在同一條路上，接著想像白皮膚、方形下顎的另一名女孩跑在她前頭。雅德蕾。**母親**。

若非我有仔細尋找，不然很可能會錯過那個路口：那是條窄小的泥土路，兩旁都是大簇大簇的荊棘和未修剪的枝枒。即使順著小徑走到盡頭，我仍然無法確定——誰會住在這棟老態龍鍾、幾乎被常春藤及某種野薔薇藤吞沒的小屋裡？屋頂的木瓦片上長滿了綠苔，畜舍則早就完全倒塌。

然而院子裡仍站著一頭老邁的騾子，用三條腿支撐身體重量打盹；還有幾隻雞棲在畜舍的殘骸中，睡意迷濛地對彼此咯咯叫。廚房窗內仍閃爍著幾乎被塵埃滿布、白窗簾阻隔的陰暗火光。

我爬上木板彎曲的門前臺階，動也不動地站在前門口。巴達在我身旁坐下，倚靠著我的腿。這是一扇老舊的門，其實就只是數塊灰色木板，而木板歷經了數十年歲月的消磨，木紋都被磨成指紋般的螺旋狀凹凸，門把則是一條油亮發黑的皮革。燭光從門板縫隙和木材結紋的小洞向外窺伺，如同窺探他人八卦的家庭主婦。

這是我母親的門，也是她母親的門。

我呼出一口氣，舉手準備敲門，卻在最後一刻遲疑了。如果這一切都是個美麗的謊言，如果它是童話故事中的魔咒，那麼當我的手碰上那如無情現實的門扉時，在那一瞬間，魔法便會破滅……如果應門的是個老頭子，他問我「雅德蕾是誰」呢？如果雅德蕾親自開了門，我發現她其實早就回到了這個世界，卻一直沒來找我呢？

然而，我還沒鼓起勇氣觸碰它，門就自己打開了。

一個非常蒼老、看上去脾氣非常暴躁的女人站在門內，帶著（不可思議又令人暈眩的）熟悉神情抬頭瞪我，那是祖母看孫子時唸叨「這年頭的年輕人啊」的表情，和核桃核同樣滿布皺紋。我有種天旋地轉的感覺，似乎自己曾經從較低矮的角度看過這張臉，也許是在我的童年——接著，我想起來了：她就是我七歲那年撞上的老婆婆。還記得那個老婦人以被雷劈過的樹木般的表情盯著我，質問我到底是誰。

當時的我倉皇逃走了，現在的我卻沒有逃跑。

她紅腫的眼睛像是剛剛哭過，蒙著藍白色雲霧。她對上我的眼眸，瞪大雙眼，扭成結般的嘴巴鬆開了。「雅德蕾妳這野孩子，頭髮怎麼這麼亂？」

她眨眼看著我腦後半編成辮子的一團亂髮，以及逃出髮辮後形成紅黑色毛躁光暈的鬈髮。然後，她再次皺眉，目光重新聚焦在我臉上，在我臉上繞過一圈又一圈，彷彿找不到正北的指南針。「不——不對，妳不是我的雅德……」

「不是的，女士。」我脫口而出的聲音太過響亮，如鐘聲般迴盪在輕柔的夜裡。「不是的，我是一月．學者，而妳好像是我的姑婆。雅德蕾．拉森她……她離開了，我是她的女兒。」

老婆婆發出一聲輕響，輕輕呼出一口氣，彷彿長久以來準備要面對的衝擊終於抵達——然後她癱軟在地，像被拋到一旁的一堆衣服，動也不動地倒在了門口。

拉森家的內部與外部相符，同樣破舊且年久失修，也很難看出仍有人居住於此。藤蔓鑽進腐爛的窗櫺下，一罐罐漬物在傍晚最後的光線下閃爍著混濁金芒。有動物在屋梁上築了巢，在地板上留下一塊塊白斑。

老婆婆（我的姑婆？）宛如骨骼中空的脆弱小鳥，我抱起她，將她抱上唯一一件沒放滿碎布或髒碗盤的家具上——那是張無比老舊的搖椅，下方的地板都被它磨出了光亮的凹槽。我稍微考慮用廉價小說中浮誇的方法喚醒她，例如朝她的臉潑冷水，但最後還是決定等她自己醒轉。

我轉而在廚房裡翻找一陣，廚房住民尖鳴著窸窣逃走，緊接著是巴達口中可怕的咬合、斷裂聲。我找出三顆雞蛋、一顆霉點斑斑的洋蔥與四顆老到皺起來的馬鈴薯，怎麼看都相當適合被擺進洛克先生的玻璃櫃裡（人耳，四枚，無法食用）。類似詹妮的聲音在我腦中嘶聲說：妳有沒有自己煮過一頓飯？

煮飯能有多難？

不知道你有沒有在搖曳的陰暗燭光下用過生鏽的平底鐵鍋，並試圖使用性情善變的爐灶——一下微溫，一下變得和太陽一樣高熱——如果有，那你想必知曉問題的答案：非常困難。我在那裡切切敲敲，還數百次打開灶門戳弄爐火，也試過蓋鍋或開鍋，但效果似乎完全沒差別。我撈出一塊馬鈴薯，發現它不知為何同時焦黑又未熟，就連巴達也不怎麼敢吃。

烹飪的任務成功地令我分心，我幾乎沒空閒思考：母親以前也曾站在這裡煮飯吧。或是：不曉得她現在是否還活著，不知父親找到她了沒。或是：如果他們當中有一人教過我怎麼煮飯，那該有多好。我甚至幾乎沒去想藍色「門扉」，那道門現在離我好近，我幾乎能想像它的灰燼依舊哀愁地低語。

「妳是想燒了這棟屋子還是做晚餐？」

火鉗脫出手掌，我撲向晃來晃去的灶門、燙傷了手，然後轉身面對老婆婆。她依然癱坐在搖椅上，但現在她的眼睛瞇成了在燭光中閃爍的兩條細縫。她喘著氣對我說話。

我嚥了口口水。「呃。我是在做晚餐，女士——」

「要叫莉茲姑婆。」

「是，莉茲姑婆。妳想吃馬鈴薯和雞蛋嗎？馬鈴薯之間那些脆脆的咖啡色碎片是雞蛋。加一點鹽好了，可能會有幫助。」我把食物刮到兩個錫盤上，從流理臺上的木桶舀出一些水，水有股杉木和青澀的味道。

我們默默用餐，只聽得到燒焦的食物被咬碎的「喀喀」聲。我想不到該說什麼，或者說，我想到了自己想說的一百句話，卻怎麼也無法決定該先說哪一句。

「我一直在想，她總有一天會回來。」巴達把我們的餐盤舔乾淨，窗外從靛藍色褪爲天鵝絨黑過後許久，莉茲姑婆開口說道。「我一直在等她。」

該將哪一個版本的眞相告訴她呢——船難、妻離子散、被困在了異世界——最後，我決定說出最溫和、簡單的版本。「她在我很小的時候去世了，那時發生可怕的意外。其實我對她知道得不多。」莉茲沒有回應。我又說：「但我知道她想回家。她那時有努力想辦法回來，只是……沒有成功。」

又是一口輕吐出來的空氣，莉茲彷彿被一拳打在胸口上。她說：「噢。」

老太太突然開始大聲哭泣，哭得撕心裂肺。我沒有說話，而是將椅子挪到她旁邊，一隻手搭在她劇烈顫抖的背上。

當啜泣聲逐漸消退，變爲斷斷續續、涕淚哽咽的呼吸聲時，我說道：「我想請問，妳——妳可不可以跟我說說她的事？我母親的事。」

她又沉默了許久，我開始懷疑自己是否不知怎地冒犯了她，但後來她搖搖晃晃地起身，從櫥櫃找出一個棕色玻璃罐，幫我倒了杯無論是氣味或味道都像極了燈油的油膩液體。她又抱著玻璃瓶、拖著腳步回到搖椅前，重新坐下。

然後，她開始說故事。

我不會把她對我說的一切都告訴你，理由有二：第一，你可能會無聊到當場倒斃。莉茲姑婆對我說起我母親第一次走路；有一次母親以為自己能飛，她爬到畜舍閣樓跳了出去；她痛恨甘薯、最愛新鮮蜂巢和蜂蜜；有幾個完美的六月傍晚，拉森家女人們看著她在院子裡到處翻筋斗、玩得不亦樂乎。

第二，在某種我無法解釋的層面上，姑婆對母親的每一段回憶都感到珍貴又痛苦，而我還沒做好與其他人分享的心理準備。我想先將它們放在自己心中寧靜的暗流，直到故事被磨得與鵝卵石同樣平滑。

也許有一天，我會將這些故事告訴你。

「我們把屋後面那塊地賣掉以前，她最喜歡那地方還有那棟破破爛爛的木屋。我告訴妳，那件事真的讓我很後悔。」

「妳是指賣掉牧草田的事嗎？」

莉茲點了點頭，若有所思地啜了口燈油般的酒。（我沒有要喝的意思，光是冒上來的氣味就足以把我的眉毛燙焦了。）「老實說，拿到那筆錢是挺不錯的，可是那個大城市來的男人不是什麼好東西，後來也沒拿那塊地做什麼，就只有把木屋拆了，然後放著讓它腐爛。事後，雅德就沒再去後面玩耍。我一直覺得我們好像對不起她。」

我考慮是否該告訴她，她把土地賣給某個神祕的協會成員，而那人關閉了兩個戀愛中孩子之間的門扉，迫使他們走上無盡流浪的路。「沒有鄰居也不錯嘛。」我沒什麼說服力地說。

她不屑地笑了。「那傢伙沒拿土地做什麼，不過還是每十年會來一次，說是要檢查他投資的土地狀況。哼！我告訴妳，在——是一九〇二年嗎？還是〇一年？——他竟然好意思來敲我的門，問我有沒有在附近看到什麼可疑的人，說是他的土地發生了什麼可疑的**活動**。我跟他說**沒有啊，先生**，還跟他說啊，一個有錢買漂亮金錶和染髮劑的男人——我告訴妳，從我們簽約的那一天到前幾年，他的模樣可說是完全沒有變老——當然也有錢蓋該死的籬笆。他要是那麼擔心土地出問題就蓋籬笆去，別來騷擾我這個老太婆。」她又從棕色玻璃瓶喝了口酒，低聲喃喃自語，抱怨有錢人、年輕人、多事的人，還有北方佬與外國佬。

我沒在聽。她的故事有哪裡不對勁，像勾到了棉花的小刺果，戳刺我那疲憊不堪的大腦深處。一個問題悄然成形，浮到了水面——

「他們都可以去死。」莉茲最後下結論。她將瓶蓋旋回噁心的棕色玻璃瓶上。「孩子，是時候去睡覺了。樓上給妳用，我就睡這兒。」短暫的停頓，莉茲嘴巴兩旁苦澀的線條稍微軟化。「妳睡北邊窗戶下面的床吧。我們發現她沒有要回來以後，一直說要把那個該死的東西扔了，可是一直沒有動手。」

「莉茲姑婆，謝謝妳。」

我剛爬上兩級階梯，莉茲又說：「說不定到了明天，妳可以跟我說說一個滿身傷疤的有色女孩子，是怎麼帶著一條兇狗出現在我家門口的，還有妳為什麼現在才來。」

「好的，姑婆。」

我在母親的床上入睡，一旁是巴達緊貼著我的身軀，鼻腔裡滿是塵埃的氣味，而腦中籠罩著的，是未說出口的陰暗推測。

我再度做惡夢了，夢到那扇藍色「門扉」與朝我伸來的手，只不過這次那雙手並不蒼白，也不像蜘蛛，而是手指偏粗、再熟悉不過的一雙手：洛克先生的手朝我的喉嚨探來。

醒轉時，巴達的鼻子在我下巴嗅來嗅去，帶著綠意的陽光穿透爬滿藤蔓的窗戶灑進來。我躺了一段時間，一面撫摸巴達的耳朵，一面讓心跳緩下來。周遭的房間宛若破舊博物館裡的展覽，梳妝檯上躺著一把硬梳，梳齒仍纏著幾根堅韌的白髮；梳妝檯上還擺著一幅裝框的銀版相片，相片中是名下巴很短的叛軍士兵；窗檯上整齊擺著一排小孩子的寶貝（一塊愚人金、壞掉的指南針、嵌著灰白色化石的石頭、一條發霉的緞帶）。

這，就是母親跑去尋找其他世界之前，她一生所知的整個世界。這，就是她在死前想要回到的地方：這幢飄著老女人與培根油氣味的破舊小屋。她的家。

那我有家可回嗎？我想到洛克宅——不是擺滿了偷來寶物的奢華接待室，而是我最愛的那張凹凸不平的扶手椅、可以觀察暴雨從湖泊對岸飄來的小圓窗、總是飄著蜂蠟及橘油氣味的樓梯。

我有家，只是回不去而已。**就和母親一樣。**

莉茲的早餐似乎就只有苦得要命的咖啡，她將咖啡煮滾後，用沾了黑漬的破布過濾。我從沒喝過氰毒，不過胃被滾燙液體燒穿的感受應該和現在差不多。

「那麼，說來聽聽吧。」莉茲說道，做了個略嫌困擾的「妳繼續說」手勢。

於是，我說起她的姪女消失的二十多年過後，一名中間膚色女孩來到她家門前的故事。

我沒有說實話——我可不想讓世上僅剩的親人以為我瘋了，而我最近對被人當瘋子一事頗為感冒——但還是盡量確保重要的部分都屬實。我父親是外國人（「哼。」莉茲咕噥幾聲），恰巧在經過寧利鎮時認識了母親，他們後來在尋找多年後終於找到彼此，依法結了婚（「謝天謝地。」），以父親擔任歷史學教授的所得過活（一陣懷疑的沉默）。他們在回肯塔基的路上遭遇了可怕的意外事件，母親不幸身亡（又是那被人正擊胸口的聲響），我和父親算是被有錢人收留了（又是懷疑的沉默）。過去十多年來，父親在世界各地做研究，一直沒有再婚（不情願的讚許聲）。

「所以，我是在佛蒙特州的洛克宅長大的，我從小不愁吃穿，什麼都不缺。」*只缺家庭與自由，但現在也無所謂了*。「我和我的……呃，養父，到處旅行，甚至來過這裡一次，不曉得妳還記不記得。」

莉茲瞇眼盯著我許久，然後認出了我，輕輕「呵」一聲。「哈！還以為妳不是真的呢。我以前常在這附近看到雅德蕾，結果發現只是別的黃髮女孩，或是穿著舊外套的男人。她以前就愛穿著我的外套到處跑，那東西真是醜得要死……唉。那是什麼時候的事？妳怎麼會來這兒？」

「那是在一九〇一年，我和養父來……」

話語出口的同時，「一九〇一」四個字詭異地迴響著。

莉茲昨晚提過，買下地皮的神祕男人在一九〇一年回來過，而我們居然在同一年來到寧利鎮，那眞的是巧合嗎？我們也許還在同一段時間來到鎮上呢，也許曾在河畔大飯店擦身而過——難道是那個喜歡蒐集頭骨的州長？我試著回想父親書中對神祕男人的敘述：修過的小鬍子、高檔的西裝、冰冷的眼睛。顏色近似月亮或錢幣的眼眸……

我的大腦慢了下來，種種念頭彷彿在糖漿中掙扎地努力前行。

那個問題——在我腦中徘徊了一整夜的無形黑影——忽然無比清晰，而與此同時我也意識到，我眞的、眞的不想將它問出口。

「抱歉插個嘴——妳說有個男人買了屋後的土地對吧？他叫什麼名字？」

莉茲眨著眼睛看我。「什麼？喔，我們不曉得他的名字叫什麼。很奇怪吧，連那傢伙的教名都不知道就把土地賣給他了。不過他好像哪裡怪怪的，還有那雙眼睛……」她微微一顫，我瞬間想像那道冰寒的視線壓在我身上。

「不過契約上寫得清清楚楚，他的公司叫W·C·洛克公司。」

我不太記得自己當下的反應了。

也許是放聲尖叫。也許是倒抽一口氣，還驚駭地摀嘴。也許是連人帶椅往後倒，墜入深深的冰水，不停不停往下沉，最後只剩一連串閃亮的氣泡竄往水面——

但也可能只是清一清喉嚨，禮貌地請莉茲姑婆再說一次。

**洛克先生**。母親十五歲時在教堂遇到的男人，就是洛克先生。是他對母親問起了鬼男孩與舊屋前門的事，是他從拉森家女人手裡買下了屋後的地皮，關閉了那扇「門」。

**妳在驚訝什麼？**腦中的聲音聽上去成熟而酸澀。也是，說得有道理：我從以前就知道洛克先生是滿口謊言的小偷和壞人，我知道他是考古協會的成員，也是致力摧毀「門扉」的人之一。我知道他自私地僱了我父親，那對他而言基本上就是有錢人去買賽馬，一個根本無關痛癢的決定；他將自己的利益建築在父親的痛苦上，讓父親爲他工作了十七年；我知道他對我的愛一直是脆弱而有條件的感情，可以像在拍賣會上售出的文物那樣，若無其事地拋棄掉。

儘管如此，我一直不知道——一直**不允許**自己知道——他原來是如此殘忍的人。他居然殘忍到在知情的情況下關閉父親的「門」，而且還是兩次——

或者，他可能不曉得那道藍色「門扉」有任何特別之處，他或許沒發現藍色「門扉」與他多年後找到的奇怪刺青男有任何關係。（我現在也明白，這不過是荒謬的最後一絲希望，我彷彿想找到什麼線索，還洛克先生一個清白，讓他再次成爲我童年那個態度冷淡卻又近似父親的存在，讓我再次愛他。）

我將髒兮兮、臭烘烘的枕頭套提到桌上，把內容物全都倒出來，無視莉茲的高呼：「孩子，別倒在廚房餐桌上啊！」我抓起父親的皮革裝幀書——促使我展開這趟瘋狂旅程，回歸自身本源的書——它在我手中微微抖動。

我翻到最後一章，洛克先生奇蹟似地出現，拯救父親於悲痛之中的段落。就在那裡，寫得一清二楚：一八八一年。名為雅德蕾．李．拉森的女孩。洛克想必認出了那個名字與年份。一種受困的驚慌湧上喉頭，我像個藉口用盡的小孩子。

他知情。洛克**知情**。

在一八九五年與我父親相遇時，他早已知曉拉森家、屋後土地和田野中那道「門」的事，畢竟當初就是他關上了「門」。結果，他什麼都沒對可憐的父親說，讓父親傻傻地相信了他。甚至連——這回，我感到自己眞的抽了口氣，聽見莉茲煩躁地咋舌——甚至連一九〇一年發現「門扉」再次開啓時，他也對父親隻字不提。

假如洛克先生對我和父親心存任何關愛，就不會破壞我的藍色「門扉」，而是會立刻打電報給父親：**朱利安快回來，停止，找到你該死的門了**。父親收到消息，必然會像打水漂的石子，飛速橫渡大西洋回來，快步衝進洛克宅，而我也必然會衝進他懷裡，聽到他在我耳邊低語：**我的寶貝一月，我們可以回家了**。

然而，洛克先生並沒有這麼做，而是將藍色「門扉」燒成了灰燼、將我鎖在房間裡，害父親又在這個世界困了十年。

唉，父親，你以爲自己是受僱於慷慨的貴族或君主的騎士嗎？實際上，你是匹被上了鞍具、受人驅策的馬。

書本仍躺在我手裡，我雙手拇指毫無血色地緊按著紙頁。令人窒息的熾熱聚集在喉頭——遭受背叛後潮湧般增長的怒火——我隱隱對這份龐大的震怒感到畏懼。

但是，我沒時間火大了。我想到自己寄給洛克先生的信，想到我在信中對他說的：**我會追隨父親，回到我的家**。在寫信的當時，我以爲洛克先生會認定我是要去日本尋找被伊爾范摧毀的「門」，甚至是科羅拉多州山上那道被協會關上的「門」。我以爲他不知道這第一扇「門」的事——那畢竟只是父親故事中一處小細節，而且早在數十年前便已關閉。

噢，慘了。

「我得走了。現在就出發。」我已經站起身來，快步往屋門走去，巴達連忙跟過來。「牧草田怎麼走？沒關係，我可以自己找——就在河邊對不對？」我邊說邊不客氣地到處翻找莉茲的東西，拉出在酷暑下緊緊卡住的抽屜，尋找……**有了**。幾張褪色的報紙。我匆匆將報紙塞進枕頭套，和伊爾范的指南針、我的銀幣小刀、父親的書與山謬爾的鋼筆塞在一起。我只希望這樣就足夠了。

「等等啊，孩子，妳衣服才穿了一半——」我至少穿了四分之三，只缺了鞋子，還有上衣的鈕子扣歪了。「而且妳去那個地方幹什麼啊？」

我回身面對她。坐在搖椅上的姑婆看上去如此嬌小脆弱，像是某種被從殼裡拔出來、正緩緩變爲化石的東西，注視著我的眼睛紅了眼眶、焦慮不已。

「對不起。」我對她說。我懂那種孤身一人、總是等著別人回家的感受。「可是我非走不可，現在可能已經太遲了。我對妳發誓，之後一定會回來看妳的。」

她嘴巴兩旁的皺紋扭曲成苦澀、痛苦的微笑，笑得好像聽過太多太多的承諾，已經知道他人的承諾是多麼廉價。那種感受，我也感同身受。

我想也不想便穿過房間回到搖椅前，親了莉茲姑婆的額頭一下。我聞到陳舊、乾燥的氣味，感覺像親吻一本古書的書頁。

她呵出半聲笑。「老天啊，妳還眞像妳母親。」然後她吸了吸鼻子。「我會在這等妳回來。」

然後，我緊抓著枕頭套，身邊跟著青銅長矛般飛奔的巴達，離開了母親的家。

# 12

# 灰燼門扉

他當然早就在那裡等我了。

不知道你有沒有過這種感覺：你在迷宮裡東奔西走，以爲自己好不容易快找到出口，結果拐個彎之後赫然發現自己又回到了入口。或者體驗過那種詭異又扭曲的感覺，彷彿自己無意間回到了過去？

這就是我此時此刻的感受。我看見草木叢生的田野，看見身穿黑西裝在草地中央等待我的身影，彷彿自己不小心走錯了路，繞回到七歲時找到「門扉」的那一天。

只不過，眼前的情景與過往有細微的差異——我七歲來此時是乾燥的秋季，長草呈乾枯的焦黃，現在卻是數百種不同深淺色調的綠，以及菊科植物的明黃。過去的我穿著整齊的藍色棉布裙裝，除了漂亮的小口袋日記之外什麼都沒有，一個人孤單地走在田野中；現在的我赤著腳、滿身是土，身邊多了個巴達。

還有，過去的我是在逃離洛克先生，而不是奔向他。

「妳好啊，一月。辛巴達也是，又見面了。」洛克先生似乎經歷了一番舟車勞頓，但除此之外與以往的模樣別無二致，同樣的方形身材、同樣的淺色眼眸、同樣無可匹敵的自信。我記得自己當下有些驚訝，彷彿預期他會穿著紅絲綢內裡的黑披風出現，或面帶陰險的微笑捲著自己的小鬍子，然而他仍舊是那個親切熟悉的洛克先生。

「先生，你好。」我小聲說。那股強大到恐怖的力量令我保持客氣、禮貌且正常地說話，我不禁心想，也許很多時候邪惡的事之所以發生，純粹只是因爲其他人不好意思打斷它。

他露出笑容，那想必是他心目中迷人且友善的微笑。「我還以爲我錯過妳，妳已經亂跑去不知道什麼地方了。」

「沒有的，先生。」鋼筆尖銳的筆尖按在手心。

「那眞是太好了。還有——天啊，孩子，妳的手臂怎麼了？」他瞇眼盯著我。「該不會是想用屠刀學爹地刺青吧？」

下一句「沒有的，先生」哽在喉頭，拒絕從口中出來。我的目光落在曾是藍色「門扉」的一圈灰燼，如今那個圓圈長滿了雜草，灰燼也幾乎完全消失。站在我面前的，正是一把火燒掉「門扉」、背叛父親、將我關進療養院的男人——我可不欠他任何的禮貌。我什麼都不欠他。

我挺起內縮的雙肩，昂起頭。「我以前是那麼相信你，你知道嗎？我父親也相信了你。」愉快的神情從洛克臉上滑落，如被雨水沖刷掉的小丑妝。他瞇起雙眼，凝視著我的眼神多了幾分戒備。他沒有回應。

「我還以爲你在幫助我們，還以爲你**在乎**我們。」**在乎我**。

他舉起一隻手，試圖安撫我。「我當然在乎——」

「但最後，你背叛了我們兩個。你利用了我父親、欺騙他，還將他永遠關進另一個世界。然後你也欺騙我，對我說他已經**死了**——」我音量漸增，怒意從胸中沸騰、噴發而出。「你還說你是在**保護**我——」

「一月，從妳來到這個世界那一刻起，我就一直在保護妳！」洛克走得近些，伸出了雙手，似是想搭住我雙肩。我後退一步，巴達則豎起後頸毛髮、齜牙咧嘴地踏到他腳邊。若不是洛克先生排在牠的「請不要咬」名單第一位，巴達的牙齒恐怕早已陷進他的血肉中。

洛克選擇撤退。「我還以爲那隻畜牲被希奧多丟到湖裡了，看來就算溺水過，牠的脾氣也沒有任何改善。」我和巴達對他怒目而視。

洛克嘆息一聲。「一月，聽我說：我們關閉科羅拉多那扇門時，妳和妳父親突然衝撞出來，當時我的同僚只想砸破你們的頭，讓你們死在那座山上。」

「從父親的說法看來，你們確實嘗試過了。」我冷冷地說。

洛克做了個拍打蚊蠅般漫不經心的手勢。「相信我，那不過是場誤會。我們之所以會在那裡，是因爲妳母親引起了軒然大波，報紙上到處都是她的新聞。所有人都在笑那個在山裡造船的瘋女人，只有我們懷疑事情不單純——果不其然，我們猜對了。」他清了清喉嚨。「我承認，我的手下看到妳父親時，動作有點……過於激進，不過那可憐的傢伙原本正好端端地拆門，卻突然有半艘該死的船從門裡衝了出來！總之，他也沒造成永久性的傷害，我和其他人商談的期間，就已經請人照料妳和妳父親了。」

「你說的其他人，是指考古協會吧。」洛克先生彬彬有禮地頷首。「他們也都建議你犯下雙重殺人罪，對吧？所以你沒殺我們，我應該——應該感激涕零，是嗎？」我恨不得對他吐口水，大聲尖叫直到他明白這種渺小、迷惘與毫無價值的感受。「有沒有人在頒發『不殺嬰兒獎』？有沒有獎牌還是獎狀可以拿？」

我期待他厲聲斥責我，甚至是希望他這麼做。我要他拋棄好意及善良的假象，快意地哈哈大笑，那才是惡人應有的表現；面對那樣的惡人，英雄才可以放心地憎恨他們。

然而，洛克只是凝視著我，一邊嘴角扭曲地上揚。「妳在生我的氣。我懂。」我對他這句話抱持誠摯、深深的懷疑。「但我們一切的努力都是爲了避免你們這種情況；我們都發誓要防止世界出現隨機的外來元素，以及這些元素帶來的各種麻煩與混亂。我們的使命便是杜絕所有的亂象。」

「我父親是剛喪妻的學者，我只是個失去母親的嬰兒，我們能造成多少麻煩？」

洛克再次微微躬身，笑容變得有些緊繃。「我也是這麼說的，所以最終，我說服了他們所有人——只要下定決心，我可是非常有說服力的。」一聲陰翳的輕笑。「我對其他人提到妳父親寫筆記和論文的事，解釋了他尋找更多裂隙的個人動機。我還提議親自養育妳，仔細觀察妳是否有任何有用的特殊才能，然後用這些能力達到我們的目標。一月，是我救了妳。」

從小到大，我聽他說過這件事多少次？他不知重複過幾次，說自己當初找到了我可憐的父親、將他收到保護之下，說自己給了我們好衣服和寬敞的房間，我怎麼可以用那種語氣對他頂嘴？每次聽到這番話，我都會在罪惡感與感激的壓力下萎縮，像隻鍊條被主人拉扯的小寵物。

但現在我自由了。我擁有恨他的自由、逃離他的自由，以及寫下自己故事的自由。我轉動手裡的鋼筆。

「一月，外頭太熱了。」洛克戲劇化地擦拭額頭的汗珠。「我們不如回鎮上，在文明的地方好好討論討論，怎麼樣？這不過是一連串的誤——」

「不。」我懷疑他是想說服我離開此處，離開風中搖曳的綠色田野，以及「門扉」漆黑的灰燼。或者，他只是想帶我回鎮上，然後叫警察或協會的人來抓捕我。「不，我覺得我們該討論的都已經討論完。你該離開了。」

我的語氣不帶任何感情，堪比列車長宣布事項的語氣，洛克先生卻防衛性地舉起雙手。「妳不懂——我承認，妳的確受了一點小苦，但可以不要這麼自私嗎？一月，妳要想想這個世界的未來啊！妳想想看，這些『門』——我們叫它們裂隙或畸點——帶來的動亂、瘋狂、魔法……它們會推翻秩序。我見過沒有秩序的世界，見過人們爲了權勢與財富，把每一分每一秒都用在競爭上，我更見識過變化所帶來的殘酷。」

說到此，他眞的朝我伸出手，無視齜牙低鳴的巴達，一隻手笨拙地搭在我肩頭。那雙清淡無色、冷若冰霜的眼眸盯視著我。「我就是在那樣的世界白白浪費了青春。」

什麼？我握筆的手指一鬆。

他緩慢而近乎溫和地說道：「我誕生在一個冰冷、殘忍的世界，後來逃了出來，找到更好的世界，一個充滿潛能的溫柔世界。我將自己的一生與兩世紀的歲月都投注在這個世界上，只爲了改善它。」

「可是你……兩世紀？」

現在，他的語氣多了種甜膩得令人作嘔的憐憫。「我年輕時四處遊歷，碰巧在舊中國的中部地區找到了裂隙，還有盞非常特別的玉杯——妳應該也看過我的玉杯。它有延長壽命的功能，說不定能讓人長生不老，這我們以後就會知道了。」我想到莉茲說過的話，明明時隔數十年，他卻絲毫未顯蒼老；我想到父親花白的頭髮、嘴邊的皺紋。

洛克嘆了口氣，輕聲說道：「我是在一七六四年時，從蘇格蘭北部山區的裂隙來到這個世界。」

英格蘭或者蘇格蘭，我不記得是哪一個了。

我以爲自己回到了迷宮的原點，以爲知道自己身在什麼位置，但此時眼前的一切都詭異地扭曲起來。我駭然發現自己仍在迷宮中心遊蕩，完全迷失了方向。

「你就是『創始者』。」我悄聲說。

洛克先生微微一笑。

我踉蹌倒退，手裡緊抓著巴達的毛髮。「但你怎麼可能——不，我不管，這都不重要了。我要走了。」

我用笨拙的雙手取出報紙，不停發抖的手指緊握著鋼筆。快逃，快逃。我受夠了這個殘酷的世界，受夠了這些怪物與背叛，還有列車上莫名其妙的有色車廂——

「這就是妳的祕密嗎？是魔法墨水嗎？寫在紙上的文字？我早該猜到的。」洛克的語氣再親切、平靜不過。「親愛的，我不會讓妳得逞的。」我瞟了他一眼，鋼筆分裂的筆尖已經壓在了紙上——

——然後，他那雙銀色魚鉤般的眼眸，銳利地勾住我。「一月，放開那東西，不要動。」紙筆從我手中滑落。

洛克撿起紙筆，將鋼筆收進外套口袋，報紙則撕成碎片丟到了身後的廢物堆。紙片猶如黃白色飛蛾，翩翩落到草地上。

「現在，妳該乖乖聽我說話了。」我的血液遲緩而不情願地在腦中鼓動，我感覺自己懸浮在某處，像永遠凍結在冰川中的史前女孩。「等妳聽完，就會了解我這一生致力完成的工作了。希望妳到時會決定把自己的力量用來幫助我。」

於是，別無選擇的我只能默默傾聽，被那雙鉤子、刀刃或爪子般緊抓住我血肉的眼睛鎖著不放。

「妳的故事都是怎麼開頭的？從前從前，有個運氣很差的小男孩，他出生在一個殘酷、醜惡又冷酷無情的世界，那個世界忙著殺戮和被殺，沒有為自己命名的閒暇。我後來得知，妳這個世界的當地人稱它叫『伊夫凜』（Ifrinn），就是地獄的意思。是啊，如果地獄是黑暗冰冷的所在，那個世界就一定是地獄吧。」

不同的口音腔調混雜在他的語句中，語氣也在平板的敘事與怨怒之間擺盪。我從小認識的洛克先生——他的聲音、舉止、儀態——似乎就只是張面具，面具背後藏著遠比洛克先生古老且古怪的人物。

「這個運氣不佳的男孩還沒滿十四歲，就參加了四場戰役。妳能想像那個場面嗎？穿著破爛獸皮的狂野男孩及女孩，像飢餓的食腐動物般在士兵身旁跑竄……妳當然想像不了。

「我們為了芝麻蒜皮的小東西爭鬥：幾畝覆滿冰雪的狩獵地、據說存在的財寶，還有自尊。有時，我們連自己為何而戰都不曉得，只知道那是女族長的意志。我們是多麼愛她，多麼恨她。」我的表情想必變了，因為洛克哈哈大笑，而那聲音再尋常不過，是我聽過不下數百次的歡快暢笑，但此刻卻令我手臂汗毛直豎。

「是啊，兩者皆是，一直都是如此。妳對我應該也是這種感情吧，我也看得出這其中的諷刺，不過我從沒有像我們的首領那樣殘忍對待妳。」說到這裡，他的語氣變得近乎焦慮，彷彿擔心我們兩個其中一人——甚至是我們兩人——不相信他的說詞。「我從沒逼迫妳做任何對妳不利的事，而在伊夫凜，他們是把我們當武器使用。那地方太冷了，沒有部族的人只能挨餓受凍，但若不是『天賜王權』（Birthright）的緣故，我們或許還是會賭上一把。」

我聽見洛克語句中高坐王座上的「天賜王權」四字，聽見它映下的碩大黑影，卻沒有聽懂。

「我說得次序顛倒了，應該從『天賜王權』說起才對。」洛克輕輕拍掉上唇的汗珠。「說故事這檔事比想像中困難呢，妳說是不是？總之，『天賜王權』。在十六、十七歲左右，伊夫凜有極少數的孩子會顯露出一種……嗯，特別的能力。一開始，你很容易誤以爲這些孩子只是愛欺負人或擅長魅惑別人，但其實他們擁有更罕見的能力：主宰他人的權力。他們能撼動人心，像鐵匠彎折熱鐵那樣改變他人的意志……當然，還有最後的徵兆，也就是他們的眼睛。」

洛克傾向我，睜大自己寒冰般淺色的眼眸讓我看個清楚。他輕聲問道：「妳說，這是什麼顏色？我們的語言有一個字，這個字無法翻譯成英文，它是指降下後重新結凍的雪，有種半透明的灰色……」

不。我心想，但這個字軟弱無力地從腦中極遙遠處傳來，像某人在遠方呼救。一根斷了的草莖刺著我赤裸的足弓，我用腳壓著它，感覺到半圈皮膚被扯破，感覺到皮下嫩肉接觸到空氣的刺痛。

洛克的臉仍近在眼前。「當然，妳已應很熟悉『天賜王權』了。妳以前眞是個不受管控的野丫頭。」

像鐵匠彎折熱鐵那樣。我想像自己變成一塊散發黯淡橘光的金屬，被鐵鎚一再敲打、敲打——

洛克先生又直起身軀。「『天賜王權』是一份邀請，邀請得到力量的人成爲統治者，我們可以憑意志力去和掌權的女族長相鬥，或是自己去創立另一個悲慘的部族。我一有機會就挑戰了那個老婊子，徹徹底底打敗了她，讓她自己在那裡痛哭。我用『天賜王權』當上了族長，那時我十六歲。」他的語音洋溢著野蠻的快意。

「但在那個世界，沒有任何東西能長久維持，總是會有新的部族、新的首領、新的戰爭，總是有新的人來挑戰我，總是有人和我作對。有一次我夜裡被突襲，在那場意志力的戰鬥中失敗了，而在逃跑之後……我之後找到了什麼，妳應該已經知道了吧。」

我無聲地移動唇齒。一道「門」。

他寵溺地微笑。「沒錯。冰川裡一道縫隙通到了另一個世界，那眞是不可思議的世界啊！資源豐富、綠意盎然、溫暖舒服，而且還住著眼神軟弱、隨便就會臣服於我的人——和伊夫凜截然相反的世界。幾個鐘頭後，我回到了裂隙，徒手把它砸成碎石。」

我震驚地瞪大雙眼，倒抽一口氣。洛克不屑地說道：「怎麼？妳覺得我該讓它敞開著，讓別的伊夫凜人跟著溜出來？讓哪個混蛋毀了我溫柔美好的世界？怎麼可能。」他的語氣堅定而刺耳，像個牧師般努力拯救罪孽深重的教徒，只不過說教之下藏著別種氣息，令我聯想到被逼到牆角的狗與溺水的人，那是種情急拚命的恐懼。「一月，這正是我想教給妳的教訓——妳說它們是『門』，說得好像它們是日常生活中必要的東西，但事實完全相反，它們會放各種危險的東西進來。」

**例如你。例如我？**

「我找到一座大到能稍微隱姓埋名的小鎮。對於擁有『天賜王權』的人而言，要過上衣食無缺的生活並不困難。我也輕鬆弄到了一棟不錯的房子，還找了個樂於助人的年輕女人來教我他們的語言。」他露出得意的笑容。「我聽她講述當地的故事，說是山裡住著長了翅膀的大蛇，牠們喜歡聚斂大量黃金，你絕不能直視牠們的眼睛，否則靈魂會被偷走。」一陣懷念的輕笑。「我承認，我從以前就一直喜歡各種好東西——洛克宅不正像龍的寶窟嗎？」

洛克開始不規則地繞圈踱步，從外套口袋掏出一根被他咬過的雪茄，以明亮的正午藍天為背景揮動雙手，說得慷慨激昂。他對我說起他用以研究語言、地裡、歷史、經濟的最初那幾年；他到異國遊歷，發現了更多畸點，並在盜取不同世界的財寶後立刻將它們摧毀。最後，他得到了結論：他的新世界仍受各種混亂與動亂滋擾（「先是美國，接著是該死的法國，就連海地也叛亂了！一個一個接一個，沒完沒了！」），不過在各個新帝國的秩序及引導下，世界正漸漸進步。

我沉默地聆聽，打在皮膚上的陽光宛若熾熱的亮黃色脈搏，而「不要動」這幾個字仍像鷹身女妖般在我腦中盤旋。我又回到了十二歲，坐在洛克的辦公室裡聽他說教，盯著玻璃櫃裡的恩菲爾德左輪手槍。

他在一七八一年加入了英國東印度公司，在組織內當然是平步青雲——「別用那種眼神看我，這可不完全是『天賜王權』的效果。」——賺了頗為可觀的財富，自己也開創起事業，而後來，爲避免其他人對他的年紀起疑，他退休又重新加入公司數次。他在倫敦、斯德哥爾摩和芝加哥爲自己建造房子，甚至在一七九〇年代在佛蒙特州蓋了幢綠意盎然的小莊園。他當然不會在同一個家住太久，而是多次售出又重新買下它們。

他就這麼過了很長一段時間，以爲這樣就已足夠。

然而，在一八五七年，殖民地有一群人民公然反叛英國，燒了幾座英軍堡壘後，在那塊殖民地上歡慶了將近一年，但最後又被殘忍地鎮壓（編注）。

「一月，我當時也在那裡，在德里。我想盡辦法，盡量找叛軍內部的人談話——我找到的人不多，因爲他們的隊長把人當炮灰——所有人都對我說了一模一樣的故事：密拉特市有個孟加拉來的老婦人，她走進一道奇怪的拱門之後，過了十二天才回來。她說自己和某種有預言能力的生物交談過，而那東西告訴她，她和她的人民終有一天會擺脫外國的統治。於是，他們決定武裝叛變，開始反抗我們。」

洛克回想起當初的憤慨，雙手揮了開來。「是裂隙！我身邊居然就有一道該死的門！」他惡狠狠地吐出一口氣，雙手拇指插進皮帶，彷彿想憑意志力逼自己冷靜下來。「我這才意識到這份任務的急迫性，了解關閉裂隙的重要性。我下定決心，開始招募其他有志之士。」

他暗中集結有權有勢或有力量的人，成立了協會：伏爾加格勒一名心臟裝在天鵝絨盒子裡的

編注　即一八五七～一八五八年印度反抗英國東印度公司的殖民統治，該次大型起義以失敗告終。

男人；瑞典一名女富豪；菲律賓一個能變身成巨大黑色野豬的男人；多位國君與十多位國會議員；羅馬尼亞一隻以人類體溫為食的蒼白生物。

說到這裡，繞圈踱步的洛克轉回來面對我，用目光捕捉我的雙眼。「工作進行得很成功，我們暗地裡努力了半個世紀，確保這個世界安全繁榮——我們關閉了數十道裂隙，甚至多達數百道——共同創造出穩定又明亮的未來。可是一月，」他的眼神變得更加熱切。「這還不夠，世界上仍然存在不知足的人、對社稷安穩的威脅，以及危險的變化。老實說，我們非常需要幫助，尤其是現在，妳父親不在了，我們更需要妳幫忙。」

他的語音壓低，化為隆隆低語：「親愛的孩子，幫助我們吧。加入我們吧。」

時間早過了正午，影子開始戰戰兢兢地從我們身下溜出來，在長草上破碎成深色尖影。河流與蟬聲在我腳下發出陣陣脈動，宛若大地對自己輕哼的小曲。

洛克先生平靜地呼吸，平靜地等待著。

字句推擠著我的口腔頂：「謝謝你」，還有「好的，先生，我當然會幫忙」，或是「請給我一點時間考慮」。這些是欣喜、高興的話語，滿溢著孩子氣的感激，感激他愛我、信任我、要我在他身邊幫助他。

這些是我自己的話嗎？還是洛克先生用那雙銀白眼眸傳到我腦中的臺詞？那個念頭令我噁心、暈眩——更令我火冒三丈。「不用，謝謝。」我咬牙切齒，嘶聲回答。

洛克嘖嘖道：「丫頭，別敬酒不吃吃罰酒。妳以為妳動不動就打開不該開的東西，我們會讓妳自由地到處亂跑嗎？協會不可能讓這樣的生物好好活著。」

「這點，我已充分聽伊爾范先生和哈夫麥爾先生說過了。」洛克不耐煩地呼了口氣。「是的，希奧多和巴托羅謬的事真的很抱歉，他們兩個都太極端，也喜歡用暴力解決問題。相信我，不會有人為希奧多的死感到惋惜。確實有些人擔心那個什麼小姐和妳的雜貨店小伙子，不過他們的問題我也都處理完畢了。」

**處理完畢**——但他們不是該安全地躲在隱世桃源嗎？輕柔的哭喊聲在我耳中迴響，我彷彿從極遙遠處聽見某個人哭泣。我踏上前，險些被埋在灰燼堆裡的某樣東西絆倒。

「詹妮……山、山謬爾……」我幾乎說不出他們的名字。

「他們都好端端的。」他說。我大大鬆了口氣，全身癱軟，回神時已跪倒在灰燼之中，一邊身體被巴達撐著。「我們發現他們鬼鬼祟祟地在緬因州海岸行動，看樣子是想來追妳。我幾乎沒看到那什麼小姐——那個手腳不乾淨的婊子，動作真快——不過我們終究會逮到她的。那個男孩倒是相當配合。」

震耳欲聾的死寂。夏蟬繼續聒噪地鳴叫著。「你對他做了什麼？」幾乎是氣聲的問句。

「不會吧，妳十年來一直是『我在看書別來吵我』的態度，難道現在終於對男孩子動心了？」**要是你殺了他，那我對天發誓，我會用文字變出一把刀**——「二月，別激動，我的審問手段可沒有哈夫麥爾那麼，嗯，野蠻。我不過是問了幾個關於妳的問題，發現妳極不明智地把我們協會的內情全告訴他，所以……我要他忘了這整件事，而他也非常配合地照做。我們讓他無憂無慮地回家去了。」

洛克先生自信滿滿地對我微笑，似是想安慰我，可見他完全不明白自己幹了什麼好事。

他不了解這之中的恐怖，他不明白自己深深侵犯了山謬爾，不知道將他人的內心當陶土隨意揉捏，是遠超越哈夫麥爾程度的一種暴力。

他就是這樣塑造了我的一生嗎？他就是這麼強迫我成為不一樣的人嗎？他將我搓揉成一個乖巧聽話、恭順禮貌的存在，一個不會跑去田野、不會和雜貨店老闆的兒子在湖邊玩耍、不會每週央求父親帶她出門冒險的人。

**認清自己的立場，當個乖女孩**。我真的、真的努力了，努力將自己塞進洛克先生設下的狹小界限，為自己的失敗哀痛懊悔。

他不明白我此時此刻對他的怨恨。我跪在灰燼和長草中，淚水在臉頰上化為泥糊。

「妳瞧，一切都處理好了，只要妳加入協會，我們就可以當作這些都沒發生過。我對妳的承諾沒有改變，我們還是希望妳加入協會。」怒火在我腦中嘶吼、尖叫，我幾乎聽不到他的話語。「妳難道看不出，這是妳的**天命**嗎？我把妳從小扶養到大，讓妳見識了世界，把我所知道的一切都教給了妳。我向來認為自己——這個——」洛克有些難為情地咳嗽一聲。「認為自己生的孩子不是太明智的選擇，要是他也有『天賜王權』怎麼辦？要是他長大後挑戰我的權威怎麼辦？但是妳看看妳！我沒有親生兒子，不過收養回來的孩子還是出落得與親兒子差不多任性、差不多強大。」他驕傲地注視著我，彷彿在欣賞自家養的駿馬。「我承認，我不是很清楚妳的能力，但我們可以一起探索！加入我們吧，幫助我們守護這個世界。」

我明白，洛克心目中的守護，就是將某件東西鎖起來、藏起來，將它像被切下的肢體般存放在玻璃櫃裡。我從小受他保護，結果他對我的保護險些要了我的命，或至少差點扼殺了我的靈魂。

我不能讓他繼續這樣對待這個世界，絕對不行。問題是，他光用一個眼神便能重塑我的意志，我怎麼可能反抗他？我雙手埋在雜草叢生的灰燼之中，無聲的哭喊哽在喉頭。

就在此時，我發現兩件有趣的事：第一，地面表層多次被雨水沖刷的灰燼與泥濘之下，埋著一塊木炭。第二，我看見以前那本口袋日記燒焦、腐爛的殘骸——那是父親十年前放進藍色藏寶箱，專為我挑選的禮物。

日記的封面曾經是柔軟的小牛皮，如今都已乾硬龜裂，邊緣被燒得焦黑，只看得出我名字的第一個字（有沒有看到那個「一」，就像從監獄窗戶垂下的繩索？）。我翻開日記時，一塊塊牛皮在手中粉碎，裡頭的紙張被火焰啃噬過、髒兮兮的。

「那是什麼？什——一月，把它放下。聽話。」洛克的雙腳大步朝我走來。我用木炭抵著書頁，畫出一筆。**天啊，拜託讓我成功。**

「我沒在跟妳開玩笑——」一隻滿是汗水的手抓住我的下巴，逼我抬起頭。我對上那雙眼神銳利的淺色眼眸。「一月，**住手**。」

我感覺全身泡進了冬季的河川，無可計量的重量將我往下壓、死死按著我、拉扯我的衣服與四肢，並將我往一個方向推動——只要讓水流將我沖走，我就輕鬆了——我為什麼要咬牙拒絕？只要接受並順從，我就可以再次**回家**，舒舒服服地坐回到從前那個乖女孩的位子，像隻乖巧坐在主人腳邊的忠犬——

我盯著洛克先生骨白色的雙眼。他過去是否成功將我塑造成了明白自身立場的乖女孩？他真的完全剝奪了我的意志嗎？他真的洗淨了我天生的自我，只留下陶瓷娃娃版本的我？還是說，他只不過是將我塞進了戲服，逼我扮演自己的角色？

我猛然想到史特靈先生——他那詭異的空洞感，簡直像那張男僕面具的底下什麼都沒有。那難道就是我的未來？多年前在田野中找到一道「門」的我，那個固執、魯莽的小女孩，是否已經消失無蹤？

我想到倉皇逃離布拉特波羅的那一夜、半夜游向廢棄燈塔的辛苦，以及南下這段路程的危險和曲折。我想到自己每一次違反威妲的規定，或偷帶故事報紙進洛克的辦公室，而不是乖乖閱讀《羅馬帝國衰亡史》（編注）；想到自己用來幻想冒險、懸疑及魔法的無數個鐘頭。我想到此時此刻的自己，跪在母親家鄉的土地上，違抗哈夫麥爾和協會，甚至違抗洛克先生……過去那個小女孩，想必仍活著。

那麼現在，我能選擇當那個女孩嗎？

水流沖刷著我的內心，強大的意志力將我往水裡壓，逼迫我下去、下去、下去——但我彷彿化成無比沉重的重物，成了女孩與狗並肩站在河中的鉛像，不畏河水的洪流。

我拉扯抵抗洛克抓著我下巴的手，掙脫他的視線，木炭畫過紙張。**她**——

洛克踉蹌後退，我聽見他趕忙從腰間掏出東西，但我不理會。**她寫出**——

接著，金屬擦過皮革的輕柔「噓」聲傳來，以及清脆分明的「喀、擦」。我聽過那種聲響，在薩皮亞家的小屋裡聽過，隨之而來的是殺死哈夫麥爾的如雷聲響。我在隱世桃源的原野上聽過，當時我狂亂地對伊爾范開了槍。

「一月，我不知道妳這是在做什麼，但我不能容許妳繼續下去。」我隱隱意識到自己從沒聽過洛克發顫的語音，不過我已經不在乎了。因爲我全身、全心都專注在他手裡的物品上。

那是把左輪手槍，不是被詹妮偷走的寶貝古董恩菲爾德手槍，而是一把更嶄新、更光亮的槍。我盯著它漆黑的槍口，說不出話來。

「親愛的，把東西放下。」他的語氣是如此鎮定威嚴，彷彿在主持董事會，聲音卻流露出難以察覺的震顫。他害怕了——是怕我嗎？還是說，他怕的是「門扉」，擔心另一側藏著比他自己更強大的威脅？也許所有的強者其實都膽小如鼠，他們深知力量不過是轉瞬即逝的東西。

他露出笑容，或者說是試圖擠出笑容，嘴唇拉伸成齜牙咧嘴的猙獰神情。「很抱歉，妳的這些門不能再開啓了。」

**不，你錯了。**世界不該是將人安全困住、悶死的監牢，而該是門窗敞開的大房子，任風兒和夏雨逕自吹進屋，任由魔法通道隱藏在櫥櫃中，任由神祕寶箱躲在閣樓裡。洛克與他的協會花了一世紀在屋裡來回奔走，瘋狂地將所有門窗封死。

我眞的、眞的受夠了上鎖的門。

---

編注 *The History of the Decline and Fall of the Roman Empire*，英國史學家愛德華・吉朋（Edward Gibbon）所著。

**她寫出一道——**

事後想想，我從未眞正害怕過洛克先生，我孩子氣的心一直不願去相信，那個和我一起搭過一百輛列車、汽船及渡輪的男人，那個帶有雪茄、皮革和金錢氣味的男人，那個在我親生父母不在時總是陪伴著我的男人，眞的會動手傷害我。

也許我想得沒錯，因爲洛克先生瞄準的不是我。我看見槍管黑光一閃，往右邊偏，停在巴達所在的方向，指著牠左右側毛髮在胸前交會之處。

我瞬間動了起來，尖叫聲被震耳欲聾的轟鳴吞噬。

然後，洛克先生對著我大叫、咒罵不停。我雙手在巴達胸口摸索，口中喃喃自語：**天啊，天啊**。巴達低聲嗚咽，身上卻沒有傷口，也沒有彈孔，皮膚一如往常地平滑——

那麼，這麼多黏手的殷紅液體又是從哪來的？

喔。

「該死，妳就不能乖乖聽話嗎——」

我蹲坐在地上，看著鮮血滑下手臂的肌膚，在滿是塵土的皮膚上開拓一條條河流，形成陌生的城市街道地圖。巴達的鬍鬚輕輕擦過地圖，牠湊過來查看我肩頭的深色彈孔，擔憂得雙耳緊貼頭頂。我試著舉起左手安慰牠，卻像拉扯著壞掉的木偶提線，手臂就是不聽使喚。傷口不會痛，即使會痛，那股痛楚也不算強勢，而是禮貌地在我視界邊緣靜待，像個客氣的訪客。

我的木炭掉落下來，未完成的文句躺在一小灘自指尖滴落的鮮血旁。

好吧，只能將就了。我不想繼續待在這個殘酷險惡的世界，再次被我愛的人傷害。我從小就擅長逃跑。

我以近乎慵懶的動作伸出手指，畫過滿是泥濘的血灘，直接用紅泥墨水在土上寫字，文字在夏季午後的陽光下閃爍。蟬鳴在我手的骨骼那迴響、顫動。

**她寫出一道灰燼之門。它開啓了。**

我深深相信這句話，用的是類似人們對上帝、對重力的信念，無可比擬的篤定幾乎到了難以察覺的程度。我深信自己是文師，能用自己的意志重寫現實；我相信「門扉」存在於世界之間具特殊共鳴的位置，相信兩顆星球的天空會在這些位置輕聲對彼此耳語。我相信自己能再次見到父親。

一陣風忽然從河畔拂來，往東方吹去，帶來的卻不是鯰魚和河泥潮濕的氣味，而是乾燥、涼爽的香料味，類似肉桂與杉木。

風掠過了灰燼堆，翻掀起灰燼在空中盤旋，像是有時將落葉帶到空中的小旋風。木炭塵土被雨水淋得開始腐爛，與灰燼往空中飛揚。它們在洛克先生和我之間懸浮片刻，形成以夏季晴空爲框的拱形。我看見洛克瞠目結舌，手中的槍開始顫抖。

接著，灰燼開始……擴散？還是融化？每一粒塵土或灰燼似乎成了滴進水裡的墨汁，一條條纖細的卷鬚捲向彼此，在空中相連、融合、顏色加深，最後形成一道弧線，直到——

一座拱門在我面前成形。它看上去非常脆弱，彷彿輕輕一碰便又會化爲一堆灰燼，但它絕對是一道「門」。我已經能嗅到大海的鹹味。

我伸手撿起掉到地上的枕頭套，搖搖晃晃地爬起來，雙眼因疲勞而模糊，膝蓋沾滿塵土和草屑。我看見洛克先生再次握緊手槍。「夠了，快住手！我們還是可以改正這一切，妳還是可以跟我回去，我們一起回家——還是可以回到正常的生活——」

他在說謊。我是危險人物，他是懦夫，而懦夫並不會讓危險的東西住在自家的空房，甚至不會讓危險的東西存活下去。

我走向灰燼之門，最後一次對上洛克先生的雙眼，它們蒼白、荒蕪，宛若兩顆月球。我心中突然冒出孩子氣的疑問——**你有真的愛過我嗎？**——但看到槍口再次舉起，我默默回答了自己的問題：**大概沒有吧**。

我一頭鑽入灰燼拱門，巴達跟著跳了進來。我的心臟在胸中「撲通、撲通」鼓譟，第二聲轟鳴在耳裡迴盪，緊追著我進入黑暗。

# 13

# 敞開的門扉

我曾四度進入「門檻」。也許，我在墜入空蕩鳴響的黑暗時心想，第五次就不會那麼可怕了。

結果，這當然是大錯特錯。天空不會因你多看幾眼而變得不藍，而世界之間沒有空氣、沒有任何原子的空間也是一樣，不會因你多經過幾次就變得不可怕。

黑暗如同活物，將我吞噬進去。我全身往前傾卻沒有摔倒，因爲「上」與「下」的存在是摔倒的必要條件，而「門檻」只有無盡的黑暗虛無。我感覺到巴達從旁經過，四條腿徒勞地踩著虛空，我伸出手臂環住牠的身軀。牠注視著我，視線沒有片刻游移。狗總是知道牠們要去往何處，應該不會在世界之間迷失方向吧。

而這回，我也明確知道自己的目的地。我感覺到父親的書被我緊緊抱在胸前，我跟隨杉木與海鹽的氣味，邁向他的母世界——我的母世界——朝岩石築成的白色城市前行。

我還是能感覺到黑暗飢渴地拉扯我，同時卻也感到自己體內有什麼明亮、閃耀的東西舒展開來，從頭到腳將我塡滿。我疲憊虛弱，受盡了傷痛——背叛、拋棄、肩頭的黑色小孔，以及左邊腰臀某種我不願細想的不對勁——不過我完完全全掌控著自己，我完全不怕。

直到，我感到一隻手抓住我的腳踝。

我沒想過他會跟著我進來。你要知道，我不是故意的，我並沒有打算讓事情演變成這樣。我還以爲他會待在自己安全的小世界，將我的「門扉」砸成一堆灰燼與木炭。我還以爲他會惋惜地嘆息，在心中的帳本上劃掉我這一行（中間膚色的女孩，可能有魔法，未知價值），回家繼續搜刮財富與關閉「門扉」。但他沒有選擇那條路。

或許，他終究是愛著我的。

回眸看著他的臉時，我甚至可能瞥見了愛——至少是某種有條件的佔有欲——但那份情感很快就被他熊熊的怒火燃燒殆盡。強者敗給本該弱小之人後，往往能產生驚心動魄的憤怒。

他的手指掐進我的肉，另一手仍握著閃亮的左輪手槍，我看著他的拇指緩緩移動。「門檻」內沒有任何聲響，不過在我想像中，那恐怖的「喀、擦」兩聲再次響起。不、不、不——我感覺自己前進得越來越慢，在黑暗中掙扎，心中的目的地因恐懼而模糊——

但我都忘了還有巴達——我的第一個朋友與最親密的同伴，總是將「請不要咬」名單視爲表面工夫的壞狗狗。牠弓起身，黃色雙眼閃爍著動得償所願時的狂喜，牙齒狠狠埋入洛克的手腕。

洛克赫然張大口，無聲地尖叫，手指瞬間放開我。然後他在空曠的虛無中飄遠、獨自下墜，蒼白雙眼睜得和圓盤一般大。

他關了那麼多道「門」，卻不知多久沒穿過「門扉」，不知多久沒見識到「門檻」的恐怖。他似乎忘了自己的憤怒與方向，忘了手裡的槍——現在，他臉上只剩下狂亂的恐懼。

他還是有機會跟上來的。

但是他太過害怕，害怕改變與不確定性，害怕「門檻」本身。他害怕不受他控制的事物，以及不屬於任何領域的中間事物。

我看著黑暗蠶食他的輪廓，他的右手和手槍逐漸消失，接著是整條手臂。他那雙力量強大的淺色眼眸——爲他帶來財富地位，替他制伏敵人、遊說盟友，甚至是短暫重塑了固執小女孩的眼眸——完全不敵四周的黑暗。

我轉身背對他。背棄他並不容易，我心中還有一小部分想對他伸出手、拯救他，而另一部分則想親眼看著他一塊一塊消失殆盡，爲每次的背叛及每句謊言付出代價。不過，我感覺到北極星般指引我的母世界，感覺到它在等我，如果回頭望向過去，我就無法回到那個家了。

最後，我赤裸的雙腳踩上紮實、溫暖的岩石。

在我眼前的，只剩耀眼陽光及海洋的氣息。

再次睜眼時已是落日時分，我看見扁圓形、紅煤塊般的太陽沉入西方海洋，周遭萬物都被勾描上柔和的輪廓，灑了一層粉金色光輝。在那睡眼惺忪的瞬間，我回想起小時候父親送我的被毯。**父親，我好想你。**

我想必是嘆息出聲了，後方傳來小小的爆炸聲——巴達彷彿被大炮射了過來，牠一躍而起，彆扭地用受傷的後腿著地，高聲一叫，然後將臉埋到我頸邊，興奮地亂扭亂動。

我緊緊抱住牠——好吧，我盡力了，但只有右手臂積極地回應我，左手則像魚那樣掙扎翻了個身，靜靜躺著。就在那一刻，我微微不悅地盯著不聽使喚的手臂，而原先禮貌地等在一旁的痛楚清了清喉嚨、踏上前，開始自我介紹。

**可惡。**我痛切地暗想。又過了數拍心跳，我清楚感覺到肩頭每一條受傷的肌肉纖維，以及左髖每一塊劇烈顫抖的骨頭，最後決定換一種說法：「**靠。**」

沒想到咒罵起了些效果；十三歲時，洛克先生聽到我叫新來的廚房小廝別用那雙該死的手碰我，那之後他就禁止我說粗話。不知要等多久，我才不會一直無意間發現過去約束著我的種種小規定；不知是否只有在破壞規則時，我才會發現它們的存在。這眞是令人心情雀躍的想法。

然後，我想到不知得過多少時間，我才不會再時時想到被實體黑暗吞噬的畫面。我稍微收斂了些雀躍的情緒。

我痛苦而緩慢地邊咒罵邊站起身，將《一萬道門》夾到腋下。一座城市在下方鋪展開來……我之前是怎麼對你形容它的？鹽水與岩石的世界。沒有籠罩在上空的煤煙霧霾，而是一座座充滿了美感的螺旋形白石建築，而岸邊小船的桅杆形成了小小的森林。這一切都還在，幾乎沒有變化。（現在想來，不知道「門扉」關閉除了影響我熟悉的世界之外，還對其他世界造成了什麼影響？）

「要走了嗎？」我輕聲問巴達。牠領先走下崎嶇不平的山坡，離開我剛穿過的岩石拱門及破布簾，遠離地上被陽光烤乾、龜裂的血跡，朝下方的甯都走去。

我們踩上鋪有鵝卵石的城市街道時，暮色已然成熟，一扇扇窗扉溢出蜂蜜色燈火，人們晚餐時的對話如上空飛過的一隻隻燕子。他們的語言有種熟悉的抑揚頓挫，那慵懶的節奏令我聯想到父親的聲音，而我在路上經過的少少幾人也長得像他——紅黑色皮膚、黑色眼眸，纏繞著手臂的刺青。我從小將父親視爲本質上與眾不同、特立獨行的人，如今才赫然醒悟，他其實就只是個離家很遠很遠的異鄉客。

從人們盯著我竊竊私語、加快腳步從我身邊走過的模樣看來，我仍舊與周圍的人格格不入，不怎麼合拍。難道我無論去哪都會是錯誤的顏色、中間膚色的怪人？這時，我才想到自己身上穿著襤褸的異國服裝，而且和巴達一樣都跛著腳、滿身泥濘，還不停在流血。

我漫無目的地北行，看著新的星辰在天上拼成奇怪的星座，淘氣地眨眼。我並不知道自己要去哪——就住址而言，「北方高丘上一棟岩石小屋」實在太籠統了——不過在我眼中，這不過是個小小的障礙，不會阻礙我前進。

我虛弱地靠上一面白色石牆，從枕頭套裡挖出伊爾范先生的銅綠色指南針，緊緊握在手裡，心裡想著父親。指針向西轉動，直指著風平浪靜的黑色海洋。我又試了一次，想像著十七年前某個金光燦爛的傍晚，我和母親躺在浸染了陽光的毯子上，我還有家園、未來與愛著我的雙親之時。指針遲疑片刻，在玻璃蓋下不斷震顫，然後指向稱不上正北的方向。

我朝那個方向走去。

我找到一條與銅指針方向一致的泥土小徑，順著它走向稻草色的鐮刀彎月。小路顯然常被人使用，不過坡度相當陡，我只能不時停下來讓痛楚跺腳吶喊，然後再盡量安撫它，繼續行走下去。

更多星星出現在夜空中，乍看下像是空中一串串閃亮的文字。然後，房屋低矮的黑影出現在我們前方，我的心臟——史上最疲憊、操勞的心臟——彷佛要從胸中跌跌撞撞跑出來。

窗戶閃爍著燈光，我看見被火光照亮的兩道人影：一個是高大但年老駝背的男人，頭部周圍生了一簇簇白髮，還有個頭髮用布巾裹著、兩條手臂和肩膀滿是刺青的老女人。

他們都不是我父親或母親。想來也是。直到眼睜睜看著希望落空、墜地，你才發現自己的期望有多高。

這種時候，理性的人想必會掉頭離開，務實地回城裡乞討或比手劃腳，想辦法弄到一頓熱食、能過夜的地方，還有一些醫療照護。這種時候，理性的人絕不會步履蹣跚地堅持走上前，讓淚水靜靜淌下雙頰。理性的人不會站在不屬於他們的門前，看著那扇被海鹽浸泡過的灰色木板與鐵鉤門把，舉起還能動的手敲門。

老女人前來應門，皺紋滿布的臉困惑地抬著看我，蒙著白霧的雙眼瞇了起來。這種時候，理性的人絕不會語無倫次地哭著對她說：「女士，很抱歉打擾妳，我只是想問問妳認不認識以前住這裡的男人。我是從很遠很遠的地方來的，我想——我想找他。他的名字是朱利安，不對，是優利．焉……」

我看見老婦的嘴緊抿成一條細線，宛若被縫合的傷口。她搖了搖頭。「不。」然後，她幾乎是氣憤地說：「妳是什麼人，憑什麼問我家優利的事？我們二十年沒見到他了，幾乎快二十年……」

我好想對著月亮哭號，或在門口蜷縮起來，像迷路的小孩子般哭泣。結果父親一直沒有回家，母親也一樣。破碎的事物最終還是無法復原；老婦的話語就是殘酷的最終判決。

但說來奇怪，她對我說的是英語。

危險、愚蠢的戰慄從四肢緩緩上升。她怎麼會說我那個世界的語言？是別人教她的嗎？還是我頭腦不清楚了，我怎麼覺得自己和她的顴骨輪廓一模一樣，甚至連肩膀傾斜的角度也是——但此時，湧上心頭的所有疑問都靜止下來。

山丘上的岩石小屋裡，還有另一個人。我身旁的巴達直直豎起耳朵。

老婦被油燈照亮的輪廓後方，我曾見一閃而過的動靜——黑暗中的一抹白金色，宛如夏季小麥——然後，另一個女人來到了門前。

現在，在經過一段時間、與她相熟之後，我可以冷靜地對你描述她的相貌：她是名面有倦容卻又面相剛毅的女人，擁有一頭亞麻黃髮，不過鬢邊的頭髮漸漸變爲灰色。她的皮膚長滿雀斑、曬得焦紅，幾乎與當地人的膚色一樣；而她的五官則剛強勇壯、稱不上美麗，小說家也許會將其形容爲「引人注目」的相貌。

不過在當下，我站在自己出生的家門口，胸中有種被擠壓的感覺，彷彿有人將手從肋骨之間探了進去、揪住我的心，我只能慌亂無章地看著她。她那雙手：粗手指，到處都是一條條閃亮的白疤，缺了三片指甲。她的手臂：墨黑刺青纏著如繩狀般的肌肉。她的眼睛：幻想者的柔和藍色。她的鼻子、方臉與平整的眉毛：和我一模一樣。

她當然沒認出我。我們在不同的星球生活了將近十七年，我怎能奢望她認出我？即使如此，我還是心存荒謬的渴望。

「雅德蕾，妳好。」還是我該稱她爲「母親」？陌生的兩個字沉重地坐在我的舌尖上。而且相較於「我的母親」，我對身爲父親書中角色的她更加熟悉。

她皺起眉頭，彷彿想不起我的名字但又不想冒犯我——她張口，似乎原本想說「什麼？」或是「我們見過面嗎？」，而我知道那又會是如中槍般的痛苦，是會隨時間加深、不停往體內鑽的痛——但這時，她猛然瞪大了雙眼。

也許是因爲我說了英語，也許是我熟悉又陌生的服裝，她終於開始打量我，認真地看我，臉上浮現出迫切、絕望的渴望。我看見她的雙眼和方才的我一樣，慌忙地上下舞動——我綁了辮子的糾結亂髮、沾滿鐵鏽色血跡的手臂，我的眼睛、鼻子、下巴——

最後，她認出了我。

我看見美好又恐怖的認知降臨，在我的記憶中，她和她爲我命名時想到的神祇一樣，同時擁有兩張截然不同的臉：一張臉上是狂野的喜悅，像對著我閃耀的豔陽，而另一張臉上是極深的哀悼，是深入骨髓的悲慟與痛苦，像找某個東西找了太久，太晚才找到它。

她朝我伸出手，我能看見她口齒挪移：*一月*。

一切都開始震顫，如同映像帶播到最後搖搖晃晃的幾幕，我只記得自己當時痛苦無比的倦意、身體的疼痛，以及自己在來到此處的路上走了多少步。我只來得及心想：*母親，妳好*。在那之後，我向前摔入不存在痛苦的黑暗裡。

雖然無法肯定，不過似乎有人在我摔倒昏去時接住我，而我隱隱感覺到歷經風霜的強壯手臂抱住我，彷彿決定再也不會放開。我似乎感覺到某人的心跳貼著我的臉頰，感覺到自己內心某個破碎的東西被拼湊回去，開始很慢、很慢地修復。

時間回到現在：我握筆坐在這張黃木書桌前，一疊乾淨完美的棉紙靜靜等著我，紙張純潔到每一個字都化成了罪孽，宛如踩在新鮮雪地上的足印。窗檯上擺著沒有任何標記的舊指南針，它仍固執地指向大海。我上方掛著錫製星星，在窗戶灑進來的琥珀色斜陽下閃爍、旋轉。我看著光點掠過我手臂上珍珠白色的疤痕、肩頭俐落的包紮，以及小心堆在我臂側的軟墊。我到現在都還會痛，那種深沉熾熱一直沒有淡退，彷彿深埋在脊椎；醫師——他們好像稱呼他韋爾特．縫骨師（Vert Bonemender）——說這份痛楚永遠不會消失。

不知爲何，這似乎相當公平。當你用文字開啓兩個世界之間的「門扉」，讓你的監護人兼囚禁者被「門檻」永恆的黑暗吞噬，你當然難以像沒事般完好無缺。

反正如此一來，我和巴達就會有登對的傷痕了。我看到牠在岩石遍布的山坡上磨蹭背部，每次看到狗那麼開心地擦背，我都覺得自己或許也該試一試。牠又恢復了油亮的青銅色，看不見全身上下那些鋸齒狀縫線和腫塊，但一條後腿還是無法完全伸直。

我看見牠後方的大海，鴿灰色海水在陽光下被描上金邊。雅德蕾多年前爲山坡上的岩石小屋加蓋了這個房間，她應該是故意讓房間窗戶面朝大海的，這樣她就能時時遙望天際，觀看、尋找、期望。

這是我來到這個世界第十六天了。父親還是沒回來。

我說服雅德別在沒有地圖、沒有目的地的情況下莽撞地跳上船出海找他，只勉強勸阻了她（相較於「母親」，雅德這稱呼還是比較容易說出口；她並沒有糾正，但我偶爾會看到她微微一縮，彷彿她的名字是我朝她扔去的石子）。我提醒她，我們都不知道父親的「門」通往載文世界的哪一處角落，他可能在路上遭遇到各種危難，而若在她離開甯都的同時父親回來了，那不是很傻嗎？於是她留了下來，全身卻成了另一根指向大海的指南針指針。

「其實，這和以前的差別不大。」她在第三天時對我說。天明前，全世界仍在柔和呼吸的數個鐘頭，我們在她用岩石搭建的房間裡。在昏暗中，我發燒、痛得無法入眠，只能靠著枕頭躺在床上。雅德背靠著床坐在地上，巴達的頭擱在她腿上，而就我所知，她已經三天沒動了——每次睜眼，我都看見她肩膀的方形線條，以及她摻雜白絲的亂髮。

「以前一直是我在找他，是我在為了他冒險，現在輪到我等他了。」她語音疲倦。

「所以妳……妳有嘗試過。」我舔了舔乾裂的嘴唇。「妳有試著找我們。」我盡量不讓受傷與苦澀的情緒滲進話語之中，沒有問她「妳這些年都去哪了」、「我們是那麼需要妳」——是啊，我知道不能怪母親被困在另一個世界、沒有陪伴我長大。但人心並不是棋盤，心情也不會按規矩來——我盡力了，卻還是被她聽出來。

她肩膀剛硬的線條微微瑟縮，然後向內蜷縮。她用手掌按著雙眼。「孩子，這該死的十七年來，我每一天都在想辦法找你們。」

我沒有說話。其實是說不出話來。

片刻後，她接著說：「那道門關上時——照妳的說法，是被那個混蛋關上的時候——我被困在那塊石頭上，待了……好幾天，老實說我也不曉得過了多久。我沒有食物，只找到積在破船裡的一些水。我的胸部一直發疼，然後開始漏奶，後來乾了，可是我沒辦法去到妳身邊，沒辦法找到我的小寶貝……」我聽見她苦澀地吞嚥。「過一段時間，我被太陽曬昏了頭，想說可以鑽進岩石去找你們，只要夠努力就能辦到。他們找到我的時候，就是看到我正瘋瘋癲癲地用手在岩石上亂抓，邊抓邊哭。」

她雙手縮在胸前，藏起缺了指甲的手指。我胸中剛開始癒合的東西，又陣陣疼痛起來。

「是璞羅姆市幾個漁人，他們之前看到我們乘船離開，結果沒見我們回去，就擔心地過來尋人。他們收留我，餵飽我，忍受我的咒罵和尖叫。他們把繩子綁在我腰上，似乎是怕我又跳進海裡吧，我不太……不太記得那時候發生什麼事了。」

但她後來逐漸康復，至少有辦法開始制定計畫。她花錢搭船回甯都，將發生的一切告訴給優利‧焉的父母──「我像傻子般把事實全告訴他們，他們只以爲兒子和孫女是在海上消失，就開始哀悼。」──接著她努力賺錢、乞討與偷竊，偷了足以修整鑰匙號的資金，接著航向大海，尋找第二條回家的路。

最初那幾年在狂亂中渾渾噩噩地度過，她一無所獲。時至今日，還是有人傳述各種故事：發瘋的寡婦因傷痛而皮膚變白，不停在海上找尋她死去的愛人，出沒在海蝕洞、廢棄礦坑與被遺忘的遺跡等人跡罕至之處，呼喊著找尋她的小女嬰。

她穿過數十道「門」，看見生了翅膀、會說謎語的貓，擁有珍珠母鱗片的海龍，飄在高空雲層的綠色城市，花崗岩與大理石做的男人女人，但卻怎麼也找不到她唯一想要的那道「門」。她甚至不確定世上存在這麼一道「門」，也不知自己去到另一邊之後，是否能成功找到丈夫與女兒。（「我想說你們可能在門的中間迷失了，還曾經想跟著你們跳進去，一了百了。」）

後來，她開始做一些小生意，賺取在載文各地旅行的資金，名聲漸漸傳了開來。人們知道她願意爲極少的錢去往遙遠的地方，甚至只要求對方用一、兩則精采的故事回報她；她有時會遲到數日或數週，但總是能帶著不可思議的神奇商品回來。她不像腦子正常的商人，不肯常態性跑相同的路線，所以一直沒賺到太多錢，不過至少餓不死。

她沒有停止尋找家人。即使知道女兒已經十歲、十二歲、十五歲，對彼此而言早就是陌生人了，她也沒有停歇；優利的父母甚至溫柔地提醒她，如果早早再婚，她或許有機會再生一個孩子。即使她已忘了優利．焉握筆時手的確切形狀，忘了他埋首工作時的模樣，忘了他大笑時肩膀顫動的樣子（我有看過他那樣暢笑嗎？）。

「我一年會回來幾次，睡在自己的屋子裡，回想起靜靜待著的感覺，然後再出海跑船。我會回來看看朱利安的爸媽，緹爾莎把刺青店收起來後，他們就搬了過來。不過，大部分時候我……都不會停留在此。」

這時，朝陽已經升起，檸檬黃的線條爬過地面。我感覺像剛被拆開、洗淨後組裝了回去，然而各個部位沒有裝在正確的位置。我心裡仍飄著一些哀怨，還有不少傷痛，但也許也有某種輕如鴻毛、閃亮亮的東西——可能是諒解吧，或是同情。

我太久沒出聲，開口時有些略微破音，像是久未使用的鉸鍊。「我以前一直夢想過那樣的生活，自由自在地到處遊歷。」

母親哀傷地從鼻孔呼出一聲笑。「我就說妳是天生的遊蕩者。」她撫摸巴達的頭，搔了搔牠下巴最愛給人摸的位置，巴達在她腿上融化成一灘青銅色毛髮，無力地對著空氣揮腳爪。「可是妳聽我說：沒辦法與人分享的自由，連個屁也不如。一月，我花了好多時間後悔那天穿過了那道門，可是在最醜惡、最自私的時刻，我心裡想的是，如果那天是我抱著妳站在船頭就好了。至少朱利安身邊還有妳。」她的聲音輕到我幾乎聽不見，因十七年的劇痛而哽咽。

我想到父親，想到自己極少有機會見到他，想到他和母親同樣空洞疲憊的面龐，想到他總是迅速掃過我的臉，彷彿怕自己看太久便會受傷。「我……他是有我沒錯，但對他來說還不夠。」說來奇怪——以前我一直爲此感到憤怒，然而這份怒意變成柔軟的液態，像是逐漸融化的蠟。

母親發出嘶啞、火爆的驚呼。「該死，他還不滿足嗎！那他——他有沒有——」我知道她想問我：他是個好父親嗎？我發現自己不想回答，不想在非必要時說出殘忍的話語。

「那如果是妳的話，會覺得只有我就夠了嗎？」我改變話題。「妳會滿足於我，不再尋找父親嗎？」

我聽見她呼吸一滯，不過她沒有回答，也不必回答。「來。」我在墊子與被毯之中翻滾，找到《一萬道門》溫暖的皮革書封。「我覺得妳可以看看這個，然後……」原諒他。「……了解他的想法。」

她接過書本。

到現在，我還是不時看到她重讀書中某些段落，手指滑過印在紙上的文字，彷彿它們是奇蹟或魔法符咒，默禱似地動著唇齒。這似乎對她有幫助——好吧，也不能說是「有幫助」，我相信重讀自己生命中所有未實現的諾言與失去的機會，讀到父親後來成爲什麼樣的男人與他做的選擇，應該都會令她痛徹心腑吧。

儘管如此，她還是一再重讀書本。這也許是一種父親還活著、還愛著她，仍在努力找尋回到她身邊的路的證明，她想相信破鏡終究能重圓。

所以，現在我們兩人會一起凝望大海，一起等待，一起許願，一起看著船隻從天邊的弧線升上來，閱讀用黑線繡在帆上的那些漩渦形祝福。母親有時會幫我翻譯那些祝禱文：致許多肥美的大魚。致雙方獲利的交易。致平安的航程、強勁的水流。

有時，祖父母也會和我們一起坐著看海。我們不常交談，也許是因爲我們仍對彼此的存在感到震驚，不過我喜歡他們坐在我附近的感覺。祖母——緹爾莎——經常握著我的手，彷彿到現在還無法相信我是眞的。

有時候，只有我和母親兩人時，我們會說說話。我對她說起洛克宅、考古協會與療養院，說起父親與詹妮，還說了不少你的事。我對她說起獨自住在拉森農場的莉茲姑婆。（「老天，我好想見她。」母親嘆息道。我提醒她「門扉」已經開啓，她隨時可以回去，她聽了瞪大雙眼，卻沒有動身離開，而是繼續遙望天際。）

現在，我們大部分時間都安安靜靜的，她時而修補破損的船帆，時而重讀父親的書，時而站在山坡上，讓鹹甜海風吹乾臉上的淚痕。

我一面寫作一面等待。一面想著你。

現在，有一面船帆從天邊升起，宛如尖銳的月牙，帆上的祝禱文歪七扭八、做工粗糙，像是某個不擅長使用針線的人倉促繡上的。

帆船的形影逐漸放大時，我才發現自己無須母親翻譯，也能讀懂以英文清楚繡在帆上的文字：致家園。致真愛。致雅德蕾。

我看見陽光下一個水手的形影——那是眞的嗎？是我想像力過剩嗎？——他站在船頭，身體傾向城市，傾向山坡上的岩石小屋，傾向他內心最渴望的事物。

噢，父親，你回家了。

現在：我蜷縮在鑰匙號的船艙內，憑著異界陌生的滿月銀光寫作。船上的木材帶有丁香、丹寧和杜松子酒的氣味，聞起來像陌生天際的夕陽、無名的星座、旋轉的指南針指針，以及世界邊際被人遺忘的疆土。母親的船聞起來和父親的書一模一樣，應該不是巧合吧？

嗯，不過它現在已經不是母親的船了，她已經將鑰匙號送給我和巴達。「它該好好航行最後一程了。」她說道，然後露出歪斜、哀傷的微笑。父親收緊了摟著她肩膀的手臂，她的笑容就如從俯衝改為平飛、朝太陽翱翔而去的海鷗，終於不再哀傷了。

我乘船離他們而去時，他們都顯得如此年輕。

他們當然希望我留下，但我做不到。部分原因是——你打死也不准告訴他們——站在他們身邊就像是站在大開的火爐旁，我別過頭時，總覺得臉頰被曬得又刺又燙，眼睛像是盯著太陽看太久，被不斷閃刺。

從父親走下船那一瞬間，他們就是那樣了。我和巴達仍一跛一跛地緩緩走下岩石街道，在午後豔陽下汗流浹背，而當時母親早已衝上了碼頭，裸足「啪、啪、啪」地奔過木板，亞麻黃髮如飛揚在她身後的旗幟。一個深色人影穿著眼熟的破舊外套，跌跌撞撞地朝她跑去，他高舉著雙手，手上纏著粗糙的繃帶。他們彷彿被物理法則吸引，如兩顆恆星飛往撞擊的瞬間——然後，父親踉蹌停步。

他站在離母親數呎遠的地方，身體傾向她。他伸出一隻纏著破布的手，懸在她臉頰旁，並沒有觸碰她。

我停下腳步，從一百碼遠處遙望他們，低聲唸著：**快點、快點、快點。**

但不知為何，父親似乎在抗拒令他十七年來片刻不停歇的東西，牽引他走過一萬個世界、終於帶他來到此處的東西。他抗拒著那股驅使他在我的一九一一年——他的六九三八年——來到甯都，注視著眞愛之人如夏季穹空般雙眼的強大引力，心彷彿裂成了兩半，正在和自己奮抗。

他的手遠離母親的臉，垂下頭，嘴唇動了起來。我聽不見字句，後來才聽母親說，父親當時對她說：**我拋下了她。我拋下了我們的女兒。**

我看著母親挺直背脊，頭歪向一邊。**是啊，**她對父親說。**你要是以為可以拋下我們的寶貝女兒，自己爬回來找我——小子啊，你也想得太美了。**

他的頭垂得更低，燙傷的雙手絕望地垂在身側。

然後，母親露出笑容，就連站在遠處的我，也能感覺到她臉上洋溢的驕傲。**算你運氣好，**她說道，**我們的孩子自己找到辦法了。**

他當然沒有聽懂，不過就在此時，巴達跛著腳走進了他的視野。我看見父親望見牠，看見他全身靜止，彷彿遇上不符合數理定律的怪事，正在努力理解二加二為何突然變成了五。接著他的頭抬了起來——臉上閃耀著明亮、狂野的希望——

他看到我了。

然後，他痛哭著軟倒在碼頭上。母親跪在他身旁，用第一晚抱住我的那雙手臂抱住他，曬黑的強壯臂膀環著他劇烈顫抖的雙肩，額頭貼上了他的額頭。

不知是否為我的幻想，但我似乎聽見無聲的雷鳴滾過海浪，甯都街上所有人都放下手邊的工作、站了起來，往海岸望去，感覺到心臟在胸中鼓動。也許是幻想吧。

但這是我的故事，我說了算。

我似乎變得很擅長說故事，當終於將自己的故事告訴父親時，他聚精會神地注視著我。我懷疑他專注到忘了眨眼，只見淚水沿著他鼻子一側滾下，無聲地滴落地面。

我說完故事後，他沒有言語，而是伸手描過刻在我手臂上的字句。儘管吃了母親難以下嚥的料理好幾天，他的臉依舊有種挨餓的消瘦，那張臉上浮現沉沉的愧疚。

「停下。」我命令他。

他愕然眨眼。「停下——？」

「我贏了。我逃出了布拉特波羅，逃出了哈夫麥爾和伊爾范的魔爪，也沒被洛克先生殺死——」父親用各種語言的咒罵打斷我，還祝福洛克在永恆的死後世界遭遇到許多聽上去相當暴力的事。我制止他。「那不是重點。重點是，我雖然有時候害怕、受傷、孤獨，但最後我贏了，我……自由了。如果那就是自由的代價，那我沒意見。」我有些戲劇化地頓了頓。「而且，我還想繼續付出這些代價。」

父親盯著我的臉，難以理解的數秒過去了，他的目光轉向我後方的母親。他們兩人之間發生某種惱人的無聲交流，接著他輕輕地說：「我沒有好好帶大妳，沒有資格感到驕傲——不過我還是相當驕傲。」胸中逐漸癒合的東西愉快地低鳴。

在那之後，他們就沒有太努力阻止我離開了。他們還是會爲我擔憂（父親與祖母苦苦哀求我留下來向眞正的文師學習，他們說我用文字做出了強大而不可思議的事，我應該接受正規指導才行；我反駁道，在不清楚現實的規則時，破壞規則容易得多，而且我已受夠了課程和學習），但他們並沒有把我關在家裡，而是將我所需的一切都給了我，讓我踏上危險、可怕且有些瘋狂的旅行。

祖母幫我烤了數十個蜂蜜扁蛋糕，還提議用刺青幫我藏起手臂上的傷疤。我考慮了一下，撫摸肌膚上凸起的白色線條與文字（**她寫出一道銀與血之門。門只為她開啓。**），然後搖了搖頭。我問她能不能在傷疤周圍刺青，別遮住疤痕，所以現在我的手臂上多了一條條穿插在白色文字當中的黑色藤蔓：一月．文師，雅德蕾．李．拉森與優利．焉．學者之女，誕生於甯都，以中間界為目的地。願她在遊蕩之後平安歸家，願她寫下的所有文字成真，願每一道門為她開啟。

母親給了我鑰匙號，以及三週紮實的航海訓練。父親表示自己身爲經驗較豐富的水手，負責教我的人應該是他才對，但母親只用她線條剛毅的臉、斷然的眼神看他一眼，說道：「比較有經驗的人已經不是你了，朱利安。」父親變得非常安靜，沒再插話了。

父親送我一本名爲《阿瑪麗柯海故事集》的書，書中是以一種我不會唸的語言書寫而成，它的字母拼音我也認不得。不過父親似乎認爲，語言是可以「學起來」的東西，就和去店裡買牛奶同樣輕鬆簡單。另外，他將他那件已毫無形狀可言的破爛外套——曾屬於母親的外套——給了我，因爲它曾在遙遠的地方爲父親帶來溫暖，也總是保佑他安全回到家，或許也能爲我帶來相同的祝福。更何況，他告訴我，他已經不會再流浪了。

「還有，一月……」他的聲音細弱而勉強，彷彿來自遠方。「……對不起，我那麼多次離開妳，最後一次也離開了妳。我最後試著回頭了，我眞的很愛、愛——」他哽咽住口，慚愧地閉上雙眼。

我沒有說「沒關係」或「我原諒你」，因爲我不確定是否眞的沒關係，也不確定自己是否眞的原諒了他。我只簡單地說：「我知道。」

然後我撲到他懷裡，和小時候看到他從外國回來時一樣，彌補七歲時沒有給他的熱烈歡迎。我們抱著彼此靜立半晌，我的臉緊貼在他胸前，他的手臂緊抱著我，好一段時間後我才退開。

其他的家人（有沒有看到「家」這個字頭上安穩的屋頂？）一起幫我準備了食物、用陶罐盛裝的清水、阿瑪麗柯海圖、眞的能穩定指向北方的指南針；除此之外，他們還請從沒見過異世界服裝的裁縫師，用帆布縫製類似長褲和上衣的新衣服。這些衣服模樣古怪，是介於兩個世界之間、完美結合了兩者的東西，我覺得很適合我。

畢竟，我決定用餘生進出中間荒野——找尋界線較薄、不爲人知的世界相連之處，循著考古協會留下的一連串上鎖「門扉」，用文字再次開啓它們。我會讓所有危險、美麗的瘋狂事物再次在世界之間自由地穿梭，就如父親說的那樣，將自己打造爲活生生的鑰匙，開啓一道道「門」。

（這當然是我無法和父母長住在甯都的第二個理由。）

我首先要開啓的是哪一道「門」，你應該猜得到吧？沒錯，就是母親在一八九三年乘船進入的山頂「門扉」，一八九五年被洛克先生摧毀的「門」。那道「門」將我小小的家庭撕成了碎片，讓我們各自墜入恐怖孤獨的黑暗，所以我必須導正過去的錯誤。而且，這趟旅程也夠長遠，我或許有機會及時寫完這本該死的書。（原來寫故事是這麼麻煩的事，這下我又更佩服那些被人詬病的廉價小說家和羅曼史作家了。）

你應該很好奇我爲什麼寫書，爲什麼在月光下埋頭用痠痛的手書寫，身邊只有一條狗與海洋寬闊的銀白色陰影，並且像在竭力保住自己靈魂似地振筆疾書。也許是受到驅使我們家人的力量影響吧。

也許這是出於再簡單不過的恐懼，我怕自己無法實現崇高的理想，最後什麼紀錄都沒留下就消失了。協會裡畢竟都是些非常強大、危險的人物，他們鑽進我們世界的裂縫，而現在他們每個人都希望「門扉」再也不要開啓。而且，吸引那類生物或引發類似想法的，應該不只有我們的世界。惡夢中，我走在沒有盡頭的嘉年華內，無數個哈夫麥爾穿過無數面鏡子，對我伸出蒼白的手；而在令我膽戰心驚的惡夢中，鏡子裡滿是淺色的眼眸，我感覺到自己的意志力在心中瓦解。

我想表達的是，這很危險。所以，我寫下這個故事，以作爲我失敗後的保險策略。

如果你是某個無意間撿到這本書的陌生人——也許是在外國的垃圾堆裡撿到，或找到被鎖在舊行李箱裡的它，或看到某間出版社誤以爲它是小說而將其出版——那我對所有的神靈祈禱你足夠勇敢，能完成需要你完成的工作。希望你能找到世界上的縫隙，將它們開得更大，讓異界的陽光灑進來；希望你能確保世界繼續不守規矩、繼續亂糟糟的，繼續充滿奇妙的魔法；希望你能奔進每一道敞開的「門」，帶著故事回來。

不過，那當然不是我寫這本書眞正的原因。

我是爲了你而寫，希望你讀完之後，能想起那人命令你忘卻的一切。

現在你記起我是誰了吧？也記得你給過我的承諾了吧？

那麼，現在你至少能用看清眞相的雙眼，凝望自己的未來，做出選擇：像個理性的人一樣安安全全地待在家，過正常人的生活——我發誓，如果你這麼選，我完全可以理解——

或者，你可以選擇和我一同奔向閃亮、瘋狂的天際，在永遠綠意盎然的這片果園裡狂舞，摘取一萬個世界化成的成熟紅果實；與我一起漫步在果樹之間，照料它們、清除雜草、讓空氣流通。

開啓一道道「門」。

# 後記

## 霧中之門

時間是十月末，鋸齒狀的寒霜在每一扇玻璃窗遊走、綻放，湖面升起冉冉霧氣。佛蒙特州的冬季相當缺乏耐心。

清晨時分，一名青年忙著將一袋袋華盛頓磨坊的高級白麵粉搬上貨車，貨車是閃亮的黑色，側面漆上了花體金字。青年膚色微黑、眼神嚴肅，他壓低帽沿阻擋寒氣，一絲絲薄霧在他後頸凝結成珠。

他有節奏地工作，一看就是個習慣粗活的人，但他嘴邊卻聚集著不快樂的細線。線條看上去相當新，像是近期才來到他臉上，還不確定該如何表現才好，只令他顯得年紀大一些。

青年的家人將線條歸咎於他夏季生的一場病。這年七月底某一晚，他表現得非常奇怪，和洛克宅那個非洲女人匆匆交談過後便消失無蹤，將近兩週後才搖搖晃晃、迷惘無神地走回家。他似乎不記得自己去了哪裡、爲什麼離家，醫師（其實是醫治馬的獸醫，他開的藥效果更強，價格還是一般醫師的一半）猜他可能是被高燒燒壞了腦子，開了些瀉劑給他，說他過一段時間就會沒事。

時間確實有一些幫助，七月暈頭轉向的混亂淡化成了模糊的疑問、眼中的迷濛，以及遙望天際的習慣，他彷彿在等什麼東西或什麼人出現在天邊。就連他平時最愛的故事報紙也失去了對他的吸引力。家人猜測這些狀況總有一天會逐漸好轉，山謬爾本人則希望自己胸中的痛楚也能淡去，他不想再覺得自己似乎失去了非常珍貴的東西，卻怎麼也想不到那是什麼。

然而三週前發生了一件怪事，讓他的症狀加劇：他送貨到謝爾本旅社時，一個女人朝他走來。女人明顯是外國人，皮膚和油一樣黑，但雖然長相古怪，還是顯得莫名地熟悉。她說了很多山謬爾聽不懂的話——或者說，他聽懂後又聽不懂了，字句似乎拖泥帶水地在他腦中爬行，他幾乎能聽到某人的聲音對他說「把這些都忘了吧，小子」——最終，女人用盡了耐心。

她往山謬爾手裡塞了張紙條，上頭是用紅墨草草寫下的地址。她悄聲說：「以防萬一。」

「萬一什麼呢，女士？」他問道。

「萬一你想起來了。」女人嘆息一聲，而聽到她的嘆息，山謬爾不禁懷疑她心中也存在空洞。「或是萬一你又見到她了。」說罷，她消失無蹤。

在那之後，山謬爾一直清楚感受到胸中的痛楚，它彷彿冬季敞開的窗扉。痛楚在這種早晨加劇，他獨自一人聽著烏鴉冷冽、薄脆的哭喊，不知為何想到小時候用來拉車的兩匹灰色小馬，想起自己從前駕著馬車駛下通往洛克宅的車道，抬頭望向三樓窗戶，希望能看到——他記不得自己想看到什麼了。他盡量將心思放在送貨路線和麵粉上，思考該怎麼擺放破掉的麵粉袋，以免粉末灑出來。

突如其來的動靜嚇了他一跳，兩個形影突兀地走出鵝卵石鋪路小巷的尾端，自霧氣中顯露：一條口顎粗壯、古銅色的狗，還有一位女孩。

她長得頗高，膚色接近棕色，頭髮辮子挽成青年沒見過的樣式。她穿著結合了流浪漢和千金小姐風格的古怪服裝——縫了珍珠釦子的細緻藍裙，繫在低腰處的皮帶，看上去比她老數百歲、毫無形狀可言的外套。她的腳微跛，狗也一樣。

狗歡快地對山謬爾吠叫一聲，他這才意識到自己盯著他們看，連忙一本正經地轉回去看麵粉袋。可是那位女孩似乎有某種特質，某種光芒，像是從關閉的門縫裡透出的光——

山謬爾想像她穿著香檳色禮服，華麗的服裝飾有珍珠，四周是熱鬧的上流社會宴會。在山謬爾的想像中，女孩顯得十分不開心，像是被囚禁在籠裡的動物。

然而，她現在並沒有不快樂的樣子，反而面帶燦笑，笑容如篝火燦爛、狂野。片刻後，山謬爾才發現她已停下腳步，正在對著他笑。

「你好啊，山謬爾。」她說，用嗓音敲了敲門。

「妳好，小姐。」他回答。話一出口，山謬爾就知道自己說錯話了，女孩燦爛的笑容黯淡了些。她的狗不甚在乎，牠自在地走到山謬爾面前，彷彿是他的故友。

女孩的笑容有些哀傷，聲音卻相當平穩。「薩皮亞先生，我有東西要給你。」她從外套口袋取出一大綑紙張，看起來是用棕色細繩、破布與一段鐵絲捆在一起的。「抱歉，它有點亂——我沒有請人列印和裝訂的耐心。」

山謬爾想不到還能做什麼，於是他接過那疊紙，同時注意到女孩的左手腕上淨是各種繁複的刺青和傷疤。

「我知道你一定覺得這很奇怪，但請把它讀完，就當作是在幫我的忙——不過現在，你應該也沒特別想幫我了吧。」女孩呼出近似笑聲的一口氣。「反正把它讀完就是了，讀完以後來找我。你知道——你還記得洛克宅怎麼走吧？」

山謬爾不禁心想，也許這女孩的腦袋有點不正常。「記得，可是洛克先生已經出門好幾個月了，屋子空著，工作人員也開始陸續離開——我聽過關於他遺囑的傳聞，有人說他會回來——」

女孩泰然自若地揮了揮手。「喔，他不會回來了，而且他的遺囑不久前被，嗯，被發現了。」她的笑容添了分狡詐、調皮，邊角揚起復仇般的弧度。「律師把文件處理好、盡可能地抽成一大筆錢後，屋子就會是我的了。我覺得它應該會很適合我，只要把洛克先生那些恐怖的收藏清掉就行。」山謬爾看著眼前狂野的女孩。她就是洛克所有資產的法定繼承人？他實在無法想像，也不禁好奇她是否除了腦筋不正常以外，還是個罪犯。而且，眼前的女孩子明明有可能是罪犯，他為什麼卻不以為意？「我應該會盡可能把他那些東西歸還給原物主，所以必須去一些非常奇怪、不可思議的地方旅行。」說到這裡，她的眼睛亮起來。

「我們當然會先去一趟東非。我們得請詹妮把確切的位置告訴我們，不過她應該會出現的——對了，你有遇到她嗎？」山謬爾還來不及回答，女孩又接著說：「她回家以後，我會很想念她的，但這應該不是什麼太難解決的問題……洛克宅有那麼多道門，誰曉得它們會通往什麼地方呢？」

她瞇起雙眼，彷彿在思考如何改裝自家接待室。「一道去非洲，一道去肯塔基，你想要的話，還可以開一道門去湖泊北端的小屋。我必須為它們付出代價，不過那都相當值得，而且我的力量好像越來越強了。」

「噢。」山謬爾說。

夏陽般燦爛的笑容又回到女孩臉上，對著他閃耀。「山謬爾，你得讀快一點，還有很多工作等著我們去完成呢。」她毫不遲疑地伸手觸摸他的臉頰，火苗般溫暖的指尖輕觸他冰冷的肌膚，她離他好近、雙眼熠熠生輝，他心中的空洞在吶喊、顫抖、劇痛——

然後，在那一瞬間，山謬爾看見她的臉，看見她從洛克宅三樓的窗戶望向他。**一月**。那個名字是他胸中緩緩開啓的一扇門，亮光灑進了可怕的空洞。

她吻了他——柔軟的溫熱如蜻蜓點水，山謬爾甚至懷疑那是自己的幻想——然後轉身離去。山謬爾完全說不出話來。

他目送女孩與狗走下巷弄、停下腳步，她用手指劃過空氣，似是在空中書寫。薄霧宛如巨大的白貓，在她周身盤旋，自己形成了類似拱門或門扉的形狀。

女孩踏了進去，消失無蹤。

**《一月的一萬道門》完**

# 誌謝

書和小嬰兒一樣，需要照顧它長大的社群。多虧了幸運、優待與魔法，我找到了史上最好的社群，這可是簡單運算得來的結論。

謝謝我的出版經紀人——凱特・麥金（Kate McKean）——耐心又大方地回覆每一封信，即使是寫滿了條列式筆記、標了不同顏色、補充了各種歷史數據的信，她也照回不誤。感謝妮維亞・伊凡斯（Nivia Evans）——了解門與「門」之間差異的編輯——她主要的業務就是創建更多供讀者走入的「門」。另外也謝謝艾蜜莉・拜倫（Emily Byron）、愛倫・萊特（Ellen Wright）、安迪・鮑爾（Andy Ball）、愛米・史奈德（Amy Schneider），以及Orbit／Redhook出版團隊全員，多虧了他們，一道道「門」才能在書架上閃閃發光。

感謝喬納・蘇頓—莫斯（Jonah Sutton-Morse）、茲夫・威第斯（Ziv Wities）與蘿拉・布拉克維爾（Laura Blackwell），他們是不受血緣或婚姻的契約制約，讀完本書初稿之後卻仍親切地給我回饋的人。

感謝伯里亞學院與佛蒙特大學的歷史系所，我不能讓他們替我扛起結合史實與幻想的責任，但書中出現的注記多半是拜他們所賜。

感謝我的母親給了我一萬個世界——中土世界與納尼亞、托塔爾與薩爾達、貝拉亞與吉普與帕恩行星——也感謝我的兄弟們陪我在這些世界裡遊蕩。感謝父親相信我們有自己打造世界的能力，並陪我站在肯塔基州西部那片草木叢生的牧草田裡。

感謝在這本書寫到正中間時出生的芬恩（Finn），以及在寫到最後時出生的菲利克斯（Felix），他們兩個都沒有太大貢獻，只有在我心中踏平與推倒一面面牆，讓光線照射進來。

還有，感謝最初與最終與永遠的尼克（Nick），因爲唯有在找到自己的心之後，你才有辦法將它傾訴在紙上。

# 中英名詞對照表

## A

*A Study of Myths and Legends in the North Sea Isles*《北海島嶼神話傳說之調查研究》

Aaron 亞隆

aberration 畸點

Abby 亞碧

Ada Larson 雅妲・拉森

Adelaide Lee Larson / Ade
雅德蕾・李・拉森／雅德

Alexander Dockery
亞歷山大・多克里

Amarico 阿瑪麗柯海

Arcadia 隱世桃源

Azure Chests of Tuya and Yuha
圖亞與猶哈的碧藍雙箱

## B

Baby Charlotte 夏洛特寶寶

Bartholomew Ilvane
巴托羅謬・伊爾范

Bella 貝拉

Big Linda 琳妲大姊

Birthright 天賜王權

boo hag 竊息妖

Brattleboro Retreat
布拉特波羅療養院

Buhler 布勒

## C

City of Cain 凱音都

City of Ivo 漪沃

City of Iyo 漪祐

City of Jungil 瓊吉爾市

City of Nin 甯都

City of Plumm 璞羅姆市

City of Sissly 熙斯利城

City of Yef 椰夫城

Cutley 科特利

## D

Dalton Gray 道爾頓・格雷

Dawn Land 黎明國度

## E

Edon 伊東

Emily Brown 艾蜜莉・布朗

Evans 艾凡斯

## F

Farfey Scholar 法菲・學者

Fortuna Manor 福爾圖娜大宅

fracture 裂隙

Frank C. True 法蘭克・C・特魯

## G

Gene 金恩

glottologie 語言學

grammologie 文字學

Grand Riverfront Hotel
河畔大飯店

gwanna fruit 瓜納果

## H

Hanson 漢森

## I

Ifrinn 伊夫凜

Iris 愛瑞絲

Island of Tho 娑島

## J

Jacobs 亞各斯

Jane Irimu 詹妮・伊里姆

January Scaller 一月・雪勒

John Prester 約翰・普雷斯特

John Solomon Ayers / Sol
約翰・所羅門・埃爾斯／老所

Julian Scaller 朱利安・雪勒

Junior's River Supply
小伙子河上用品店

K

Kenna Merchant 凱娜・商人

*Key* 鑰匙號

L

Lee Larson 李・拉森

leopard-women 豹女族

Leyna Wordworker 蕾娜・文師

Liik 厲苛

Lizzie Larson 莉茲・拉森

Lucio Martinez
路西歐・馬丁尼茲

Luke 路克

M

Mama Larson 拉森奶奶

Margaret 瑪格麗特

Mary LeBlanc 瑪莉・勒布朗

McDowell 麥道威

Molly Neptune 茉莉・內普敦

N

New England Archaeological Society 新英格蘭考古協會

Nin Wordworker 甯・文師

Ninley 寧利鎮

O

Ogre 食人妖

P

Purtram 伯特蘭

R

Red Cloud 紅雲

Reynolds 雷諾茲

Rilling Scholar 睿聆・學者

Rosie 小玫瑰

S

Samuel Zappia 山謬爾・薩皮亞

St. Ours Manor 聖烏爾大宅

Signing of the Blessings 祝記儀式

Sinbad / Bad 辛巴達／巴達

*Southern Queen* 南方女王號

Stephen J. Palmer

史蒂芬・J・帕默

Stirling 史特靈

## T

*Tales of the Amarico Sea*《阿瑪麗柯海故事集》

*The Song of Ilgin*〈伊爾金之歌〉

*The Ten Thousand Doors*

《一萬道門》

Theodore Havemeyer

希奧多・哈夫麥爾

tide caller 潮呼人

Tilsa Ink 緹爾莎・墨師

tisi-nut 提西果

Tullsen 托森

## V

Var Storyteller 瓦爾・說書人

Vert Bonemender

韋爾特・縫骨師

Vincente LeBlanc 維森・勒布朗

## W

W. C. Locke & Co.

W・C・洛克公司

wereleopard 豹人

Wilda 威妲

William Cornelius Locke

威廉・康尼琉斯・洛克

word-magic 文術

word-worker 文師

writer 寫者

Written 載文（世界）

## Y

Yaa Murray 芽・莫瑞

Yule Ian Scholar 優利・焉・學者

## Z

Zappia Family Groceries, Inc.

薩皮亞家生鮮貨品公司

BEST 嚴選 144

# 一月的一萬道門

原著書名／The Ten Thousand Doors of January
作　　者／亞莉克絲・E・哈洛（Alix E. Harrow）
譯　　者／朱崇旻
企畫選書人／劉瑄
責任編輯／劉瑄

版權行政暨數位業務專員／陳玉鈴
資深版權專員／許儀盈
行銷企畫／陳姿億
行銷業務經理／李振東
總　編　輯／王雪莉
發　行　人／何飛鵬
法律顧問／元禾法律事務所　王子文律師
出版／奇幻基地出版
城邦文化事業股份有限公司
台北市 104 民生東路二段 141 號 8 樓
電話：(02)25007008　傳眞：(02)25027676
網址：www.ffoundation.com.tw
e-mail：ffoundation@cite.com.tw
發行／英屬蓋曼群島商家庭傳媒股份有限公司城邦分公司
台北市 104 民生東路二段 141 號 11 樓
書虫客服服務專線：(02)25007718・(02)25007719
24 小時傳眞服務：(02)25170999・(02)25001991
服務時間：週一至週五 09:30-12:00・13:30-17:00
郵撥帳號：19863813　戶名：書虫股份有限公司
讀者服務信箱 e-mail：service@readingclub.com.tw
歡迎光臨城邦讀書花園　網址：www.cite.com.tw
香港發行所／城邦（香港）出版集團有限公司
香港灣仔駱克道 193 號東超商業中心 1 樓
電話：(852) 2508-6231　傳眞：(852) 2578-9337
e-mail：hkcite@biznetvigator.com
馬新發行所／城邦（馬新）出版集團
【Cite(M)Sdn. Bhd】
41, Jalan Radin Anum, Bandar Baru Sri Petaling,
57000 Kuala Lumpur, Malaysia.
Tel: (603) 90563833 Fax:(603) 90576622
email:services@cite.my

封面設計／朱陳毅
排　　版／HAMI
印　　刷／高典印刷有限公司
■ 2022 年 9 月 29 日初版

售價／450 元

**國家圖書館出版品預行編目資料**

一月的一萬道門 / 亞莉克絲・E・哈洛（Alix E. Harrow）作；朱崇旻譯. -- 初版. -- 臺北市：奇幻基地, 城邦文化出版：家庭傳媒城邦分公司發行, 2022.09
面：　公分. -（Best 嚴選；144）
譯自：The Ten Thousand Doors of January
ISBN 978-626-7094-96-9（平裝）

874.57　　111013219



ISBN　978-626-7094-96-9

Printed in Taiwan.

| 廣　告　回　函 |
| --- |
| 北區郵政管理登記證 |
| 台北廣字第000791號 |
| 郵資已付，免貼郵票 |

104台北市民生東路二段141號11樓

**英屬蓋曼群島商家庭傳媒股份有限公司城邦分公司** 收

請沿虛線對摺，謝謝

奇幻基地

每個人都有一本奇幻文學的啓蒙書

奇幻基地官網：http://www.ffoundation.com.tw
奇幻基地粉絲團：http://www.facebook.com/ffoundation

書號：**1HB144**　　書名：一月的一萬道門

請於此處用膠水黏貼

奇幻基地

# 讀者回函卡

謝謝您購買我們出版的書籍！請費心填寫此回函卡，我們將不定期寄上城邦集團最新的出版訊息。

姓名：＿＿＿＿＿＿＿＿＿＿＿＿ 性別：□男 □女

生日：西元＿＿＿＿年＿＿＿＿月＿＿＿＿日

地址：＿＿＿＿＿＿＿＿＿＿＿＿

聯絡電話：＿＿＿＿＿＿＿＿傳真：＿＿＿＿＿＿＿＿

E-mail ：＿＿＿＿＿＿＿＿＿＿＿＿

學歷：□1.小學 □2.國中 □3.高中 □4.大專 □5.研究所以上

職業：□1.學生 □2.軍公教 □3.服務 □4.金融 □5.製造 □6.資訊

□7.傳播 □8.自由業 □9.農漁牧 □10.家管 □11.退休

□12.其他＿＿＿＿＿＿＿＿

您從何種方式得知本書消息？

□1.書店 □2.網路 □3.報紙 □4.雜誌 □5.廣播 □6.電視

□7.親友推薦 □8.其他＿＿＿＿＿＿＿＿

您通常以何種方式購書？

□1.書店 □2.網路 □3.傳真訂購 □4.郵局劃撥 □5.其他

您購買本書的原因是（單選）

□1.封面吸引人 □2.內容豐富 □3.價格合理

您喜歡以下哪一種類型的書籍？（可複選）

□1.科幻 □2.魔法奇幻 □3.恐怖 □4.偵探推理

□5.實用類型工具書籍

有更多想要分享給
我們的建議或心得嗎？
立即填寫電子回函卡

您是否為奇幻基地網站會員？

□1.是□2.否（若您非奇幻基地會員，歡迎您上網免費加入，可享有奇幻基地網站線上購書75 折，以及不定時優惠活動：
http://www.ffoundation.com.tw/）

對我們的建議：＿＿＿＿＿＿＿＿＿＿＿＿

＿＿＿＿＿＿＿＿＿＿＿＿

＿＿＿＿＿＿＿＿＿＿＿＿

請於此處用膠水黏貼